W0218716

btb

Aus Freude am Lesen

Helene Tursten · Die Tote im Keller

Helene Tursten

Die Tote im Keller

Roman

Aus dem Schwedischen von
Lotta Rüegger und Holger Wolandt

btb

Die schwedische Originalausgabe erschien 2007 unter dem Titel »En man med litet ansikte« bei Piratvörlaget, Stockholm.

FSC
Mix
Produktgruppe aus vorbildlich bewirtschafteten Wäldern und anderen kontrollierten Herkünften
Zert.-Nr. SGS-COC-1940
www.fsc.org
© 1996 Forest Stewardship Council

Verlagsgruppe Random House FSC-DEU-0100
Das für dieses Buch verwendete FSC-zertifizierte Papier *Munken Premium* liefert Arctic Paper Munkedals AB, Schweden.

1. Auflage

Satz: Uhl + Massopust, Aalen
Druck und Einband: GGP Media GmbH, Pößneck
Printed in Germany
ISBN 978-3-442-75200-3

www.btb-verlag.de

Für Hilmer mit all meiner Liebe und Dank dafür,
dass du es dieses Mal auch wieder ausgehalten hast.

Im Licht des Neumonds standen die Sterne wie Diamantsplitter im blauschwarzen Januarhimmel und spiegelten sich im Raureif, der Göteborg überzog. Das Außenthermometer des Streifenwagens zeigte 15 Grad minus an. Im Laufe der Nacht würde die Temperatur wahrscheinlich noch weiter fallen. Die strenge Kälte umklammerte bereits seit zwei Wochen das ganze Land mit eisernem Griff. Bisher war in Westschweden allerdings noch kein Schnee gefallen.

Der Inspektor der Ordnungspolizei Stefan Eriksson saß gähnend in der behaglichen Wärme des Streifenwagens und ließ den Motor laufen, ohne einen Gedanken an die Umwelt zu verschwenden. Bei diesem Wetter kam es vor allem darauf an, die Kälte auf Abstand zu halten. Gedankenverloren schaute er zu der erleuchteten Theke der Imbissbude hinüber. Sein Kollege Petrén stand ganz vorne in der Schlange und bezahlte gerade. Ein Becher Kaffee und ein Cheeseburger mit allem war genau das, was er jetzt, eine Stunde vor Ende der Abendschicht, brauchte. Erikssons Magen knurrte laut und bestätigte, dass es wirklich höchste Zeit war. Sie hatten beide nichts mehr gegessen, seit um 16 Uhr ihre Schicht begonnen hatte. Nicht weil sonderlich viel zu tun gewesen wäre, sondern weil ausgerechnet, als sie zum Essen ins Revier fahren wollten, in einer Pizzeria in Gamlestan eine Schlägerei ausgebrochen war.

Ohne übermäßige Eile waren sie also wieder umgedreht und nach Norden zur angegebenen Adresse gefahren. Die Ankunft der Streife hatte eine beruhigende Wirkung auf die drei Schläger ausgeübt, und nach einer Weile hatten Eriksson und Petrén die Lage unter Kontrolle gehabt. Keiner der Beteiligten hatte eine Anzeige erstatten wollen. Plötzlich waren sie sich geradezu rührend einig gewesen, dass es sich nur um eine hitzige Diskussion gehandelt habe. Die Tatsache, dass einer von ihnen ein gebrochenes Nasenbein hatte und so stark blutete, dass ihn der Krankenwagen zur Notaufnahme des Östlichen Krankenhauses fahren musste, war einfach nur ein bedauerliches Missgeschick. Gleiches hatte auch für die starken, roten Schwellungen in den Gesichtern der anderen gegolten, die sich in Kürze blau verfärben würden. Da kein weiteres Eingreifen von Seiten der Polizei erwünscht gewesen war, hatten Eriksson und Petrén die Pizzeria verlassen, nachdem zuvor der Mann mit dem gebrochenen Nasenbein zur Wiederherstellung seiner Gesichtssymmetrie vom Krankenwagen abgeholt worden war. Ein Bericht über den Vorfall musste reichen.

Danach waren sie sich einig gewesen, dass ihnen der Appetit auf Pizza vergangen war, und so waren sie zur Imbissbude am Delsjövägen gefahren. Dort gab es immer Parkplätze, und das Essen genoss einen guten Ruf. Behauptete zumindest Petrén. Er war Junggeselle und ernährte sich kaum von etwas anderem.

Eriksson wurde aus seinen Gedanken gerissen, als das Funkgerät krächzte:

»Allgemeine Durchsage. Ein BMW 630, silbermatallic, ist vor ein paar Minuten auf der Stampgatan gestohlen worden. Der Eigentümer hat zwei jüngere Männer in das Auto einsteigen und die Skånegatan in Richtung Liseberg davonfahren sehen. Personenbeschreibung: Beide trugen dunkle, gestrickte Mützen und dunkle Kleidung. Der Zeuge beschrieb sie als mittelgroße, eher schmächtige Hiphop-Kids. Das Kennzeichen des Fahrzeugs ist …«

Skånegatan Richtung Liseberg, also direkt am Präsidium vorbei. Ganz schön dreist!, dachte Eriksson und sah Petrén dabei zu, wie er mit der Cheeseburgertüte in der einen Hand und den Kaffeebechern mit Deckeln in der anderen auf das Auto zueilte.

Es wirkte recht gewagt, wie er die heißen Becher in seiner behandschuhten Hand balancierte. Hilfsbereit beugte sich Eriksson über den Beifahrersitz und öffnete seinem Kollegen die Tür. Petrén ging in die Knie, um sich zu setzen, als er plötzlich, einen Fuß bereits im Auto, den anderen noch auf der Straße, innehielt. Eriksson spürte, wie es im warmen Wageninneren rasch kälter wurde. Verärgert sagte er:

»Jetzt hock deinen Arsch hin, bevor …«

Mitten im Satz brach er jedoch ab. Mit Fernlicht und heulendem Motor raste auf dem Delsjövägen ein Auto auf sie zu. Der Streifenwagen war Richtung Zentrum geparkt, und der andere Wagen war, so schnell es mit Gürtelreifen auf Alufelgen nur ging, in der Gegenrichtung unterwegs. Eriksson registrierte, dass der Wagen hell war, wahrscheinlich silberfarben, als er ein paar Meter weiter an der Straßenlaterne vorbeischoss. Es war eindeutig ein größerer BMW. Der Wagen geriet etwas ins Schlingern, als der Fahrer das Gaspedal durchtrat und mit quietschenden Reifen am Polizeiwagen vorbeikam.

»Scheiße, Petrén! Das ist der BMW!«, schrie Eriksson.

»Was für ein BMW?«, fragte Petrén und ließ sich vorsichtig auf den Beifahrersitz sinken.

»Nach dem gefahndet wurde, als du draußen warst! Gib durch, dass wir die Schweine haben!«

»Geht nicht.«

»Was?«

»Beide Hände voll.«

Petrén hielt die Tüte und die Becher hoch.

»Verdammt … Schmeiß das Zeug raus!«, rief Eriksson.

Wortlos betätigte Petrén mit dem rechten Ellenbogen den Fensterheber. Das leise Surren, mit der sich die Seitenscheibe senkte, ging im Quietschen der Reifen unter, die auf dem Asphalt durchdrehten. Ohne Zögern entsorgte Petrén die Tüte mit den Burgern und die Becher mit dem Kaffee durch das Seitenfenster. Während die Scheibe nach oben glitt, griff er zum Mikro und funkte die Zentrale an.

»Streife Elf Null Eins vom Imbiss am Delsjövägen. Der gesuchte BMW ist gerade an uns vorbeigefahren. Er fährt in Richtung Kålltorp. Mit hoher Geschwindigkeit. Nehmen Verfolgung auf. Over.«

»Sehr gut, Elf Null Eins. Ich fordere Verstärkung an. Dreizehn Null Vier kommt gerade vom Östlichen Krankenhaus und kann aus der anderen Richtung den Weg abschneiden. Weitere Fahrzeuge unterwegs.«

Eriksson fuhr so schnell es ging. Die Rücklichter des BMW bewegten sich auf das hellerleuchtete, schachtelartige Gebäude des Schwedischen Fernsehens zu. Energisch drückte er aufs Gaspedal. Plötzlich flammten die Rücklichter vor ihm auf wie zwei rote Leuchtraketen. Der BMW schlitterte über die Fahrbahn und schien beinahe von der Straße abzukommen.

Die beiden Polizisten sahen, wie etwas in die Luft geschleudert wurde und dann neben dem Auto aufprallte. Was immer es gewesen sein mochte, jetzt lag es unbeweglich auf der Fahrbahn, direkt neben dem Bürgersteig. Als der Fahrer vor ihnen sein Fahrzeug wieder unter Kontrolle hatte, gab er sofort wieder Vollgas.

Der Streifenwagen wurde langsamer und hielt an.

»Verdammt! Sie haben jemanden angefahren! Fordere Hilfe an!«, schrie Eriksson aufgebracht.

Petrén griff erneut zum Mikro:

»Hier ist Elf Null Eins. Die Flüchtigen haben vor der Fernsehanstalt einen Fußgänger angefahren! Schickt einen Krankenwagen und Verstärkung. Wir bleiben am Unfallort. Over.«

»Verstanden. Wir schicken einen Krankenwagen und eine weitere Streife. Die anderen Einheiten folgen dem BMW.«

Letzteres hörte Stefan Eriksson schon nicht mehr, weil er aus dem Wagen gesprungen war. Mit wenigen großen Schritten war er bei der reglosen Gestalt.

Er sah sehr viel Blut. Und die große, dunkle Blutlache wuchs mit einer entsetzlichen Geschwindigkeit. So ein Blutverlust war tödlich. Eriksson wusste irgendwie, dass der Mann vor ihm bereits tot war. Trotzdem näherte er sich vorsichtig dem Kopf des Opfers, um nach der Halsschlagader zu tasten. Als er sah, in welchem Zustand sich der Kopf befand, ließ er es bleiben. Damit ein Mensch überleben konnte, musste er noch ein Gehirn haben. Dies war hier nicht mehr der Fall.

Eriksson hatte während seiner Dienstjahre viele Verkehrstote gesehen, aber dieser bot einen ungewöhnlich unerfreulichen Anblick. Es würde nicht leicht sein, den Toten zu identifizieren. Aus der Ferne hörte er die Sirenen des Krankenwagens. Er drehte sich um. Sein Kollege baute gerade die Absperrungen mit der reflektierenden Aufschrift »Polizei« auf. Das Blaulicht ihres Streifenwagens tauchte den Unfallort in ein gespenstisches Licht. Einige Pkws hatten in einiger Entfernung angehalten, aber es gelang Petrén, die Insassen dazu zu bewegen, sitzen zu bleiben.

Das Opfer lag mit unnatürlich verdrehten Beinen auf dem Rücken. Der linke Unterschenkel war offensichtlich vollkommen abgetrennt. Der linke Arm war im rechten Winkel ausgestreckt, die Hand fehlte. Eriksson schaute sich um und entdeckte einen Klumpen auf dem Bürgersteig, bei dem es sich vermutlich um die abgerissene Hand handelte. Die Kleidung ließ darauf schließen, dass das Opfer männlich war. Er trug einen schwarzen oder dunkelblauen Overall. Die rechte Hand lag kraftlos auf der Brust. Das verlieh der übel zugerichteten Leiche einen geradezu friedlichen Ausdruck. Als hätte der Mann eingesehen, dass er sterben würde, und instinktiv die Hand aufs Herz gelegt, um seinen letzten Schlag zu spüren.

Dicht hinter dem Krankenwagen traf der zweite Streifenwagen ein. In dem blinkenden Licht der Blaulichter sah Eriksson plötzlich, dass es in der Herzregion, neben der Hand des Toten, schwach glomm. Er versuchte der Blutlache auszuweichen, als er näher herantrat, um besser sehen zu können.

Erst weigerte sich sein Kopf zu akzeptieren, was er da sah. Er erkannte es mühelos wieder, da er es schon unzählige Male gesehen hatte. Als sich Petrén mit den eben eingetroffenen Kollegen zu ihm gesellte, deutete Eriksson mit zitterndem Finger auf die Brust des Opfers.

Einige Minuten nach dem Unfall vor der Fernsehanstalt rief jemand, der an der Straßenbahnhaltestelle in Lilla Torp gestanden hatte, bei der Polizei an. Ein Auto sei in die Töpelsgatan eingebogen und mit sehr hoher Geschwindigkeit in Richtung Naherholungsgebiet Delsjö gefahren. Die Windschutzscheibe sei stark beschädigt gewesen und ein junger Mann habe sich aus dem Seitenfenster gelehnt, um dem Fahrer den Weg zu weisen.

Mehrere Streifen wurden sofort darauf angesetzt. Der Weg, der zum Badeplatz am Delsjö führte, hatte unzählige Abzweigungen. Außerdem lag dort noch eine Schrebergartensiedlung mit vielen schmalen Wegen und Parkplätzen. Die Autodiebe konnten auch einen der Reitwege genommen haben. Es war durchaus möglich, ein Auto in der Dunkelheit unter ein paar Bäumen zu verstecken. Die Laubbäume waren im Januar zwar kahl, aber die Nadelbäume bildeten zu beiden Seiten des Weges eine dichte Wand.

Bereits nach zehn Minuten hatte eine Streife den verlassenen BMW gefunden. Sie brauchten nur dem Schein eines Feuers zwischen den Bäumen zu folgen. Die Flüchtigen hatten das Auto angezündet. Den Polizisten gelang es, das Feuer mit Hilfe des Feuerlöschers in ihrem Streifenwagen zu ersticken. Das Innere des Wagens hatte noch nicht richtig Feuer gefangen, aber die Spurensuche gestaltete sich jetzt natürlich viel schwieriger. Die Windschutzscheibe hielt noch in der Fassung, war aber so stark beschädigt worden, dass man nicht mehr hindurchsehen konnte. Der Wagen stand vor einem stabilen Schlagbaum.

Weitere Streifenwagen wurden rasch herbeizitiert, und die Polizisten begannen das Terrain zu durchkämmen. Der Schein der Taschenlampen flackerte zwischen den Baumstämmen. Die Gegend war hügelig und wegen des dichten Unterholzes unübersichtlich. Auf der einen Seite der Abzweigung ging es steil nach unten zu einem Bach, auf der anderen führte ein steiler Hang hinauf zum Alfred-Gärdes-Weg, der auf den Badeplatz zulief.

Auf halber Höhe am Hang stand ein kleineres, verrammeltes Gebäude aus Backstein. Wahrscheinlich hatte es der Aufbewahrung von Werkzeug gedient. Türen und Fenster waren durch Hartfaserplatten ersetzt worden. Das gesamte Gebäude wirkte baufällig. Es stand wahrscheinlich nur noch, weil es sich nicht entscheiden konnte, in welche Richtung es umstürzen sollte. Mehrere Polizisten umzingelten das Haus. Sie versuchten sich so leise wie möglich zu bewegen. Der Atem, der vor ihren Mündern kondensierte, verriet, wie rasch sie Luft holten. Die Atmosphäre war gespannt, da niemand wusste, ob die Autodiebe bewaffnet waren. Eine Polizistin schlich sich an eine teilweise aufgebrochene Hartfaserplatte heran, die schräg vor der Türöffnung hing. Sie drückte sich mit dem Rücken gegen die Wand und zog ihre Pistole. Ein Kollege folgte ihr mit einem Brecheisen.

»Das Haus ist umstellt! Widerstand ist zwecklos! Kommen Sie mit erhobenen Händen heraus!«, rief einer ihrer Kollegen von der anderen Seite des Hauses.

Aus dem baufälligen Haus war kein Laut zu hören. Die Kälte knackte in den Baumstämmen, und das gefrorene Laub raschelte, sobald einer der Beamten sich bewegte. Im Übrigen herrschte vollkommene Stille in der Dunkelheit. Die Beamtin an der Tür nickte ihrem Kollegen zu, und dieser rammte sein Brecheisen seitlich in die halbzerbrochene Hartfaserplatte und drückte mit aller Kraft dagegen. Mit einem Knarren gab sie nach und fiel zur Seite. Der Mann mit dem Brecheisen suchte wieder an der Hauswand Deckung und knipste seine Taschenlampe an. Ohne den Kopf vorzustrecken, leuchtete er in die kompakte Dunkelheit des Hauses.

Keine Bewegung. Nichts.

Nach einer Weile wagten sich die beiden Beamten vorsichtig durch die Türöffnung. Einige nervöse Sekunden später waren erstaunte Rufe, Gekicher und hysterisches Lachen zu hören.

»Alles in Ordnung. Es ist irgendein Tier«, rief der Polizist.

»Es kommt jetzt raus«, war die Stimme der Frau zu vernehmen.

Ein winziges Etwas kam durch die Türöffnung gewackelt und blinzelte verwirrt im grellen Schein der Taschenlampen. Es hob die Schnauze hoch in den kalten Sternenhimmel und schnupperte misstrauisch. Die Polizisten lachten und zielten mit ihren blendenden Taschenlampen in eine andere Richtung, um das Tier zu schonen. Für einen Dachs war es im Freien jetzt wirklich zu kalt, daher machte er auch einfach wieder kehrt und trottete zurück ins Haus, wo er fast mit den beiden Beamten zusammengestoßen wäre. Sie traten zur Seite und gestatteten dem schlaftrunkenen Tier, sich wieder zurückzuziehen. Anschließend traten sie ins Freie und versicherten einhellig, in dem Haus befinde sich keine Menschenseele.

Inzwischen traf der Wagen mit den Suchhunden ein und parkte oben auf dem Weg.

»Jetzt kommen die Wauwaus«, kommentierte die Polizistin.

»Das ist gut. Ziellos durch die Dunkelheit zu jagen ist schließlich vollkommen unsinnig. Die können hier überall sein«, erwiderte ihr Kollege.

Aufgeregtes Bellen war zu hören, als die hinteren Türen des Lieferwagens geöffnet wurden – die Hunde wussten, dass es jetzt bald an die Arbeit ging.

Dass es den Flüchtigen gelungen war, das Auto in Brand zu stecken, erwies sich als großer Nachteil. Die Hunde schnupperten eifrig im Fahrzeug und um dieses herum, schienen aber keine brauchbare Spur zu finden. Es roch zu stark nach Rauch, und dieser Gestank hatte alle andere Gerüche in dem Auto getilgt. Die beiden Hundeführer begannen stattdessen, sich in Kreisen um den BMW herumzubewegen. Plötzlich winselte einer der Schäferhunde und zerrte seinen Halter den Hang zum Alfred-Gärdes-Weg hoch. Die Angespanntheit der Polizisten nahm zu, alles bewegte sich zum Haus des Dachses und weiter hoch zur Straße. Der zweite Hund hatte fast gleichzeitig angefangen, in dieselbe Richtung zu ziehen. Beide Hunde blieben schließlich vor einem alten Erdkeller stehen, der hinter ein paar niedrigen, dichten Tannen gut versteckt lag. Der Keller verfügte über eine neue, massive Holztür. Das Vorhängeschloss war mit roher Gewalt aufgebrochen worden und lag vor der Tür. Die Hunde bauten sich davor auf und bellten.

»Die haben sich da drin versteckt«, flüsterte die Polizistin.

Es gelang ihr nicht, ihre Spannung zu verbergen. Ihr Kollege ließ sich vom Jagdfieber anstecken. Er schlich auf die kleine Tür zu und stellte sich daneben in Position. Vorsichtig setzte er das Brecheisen dort an, wo einmal das Vorhängeschloss gehangen hatte. Sämtliche Taschenlampen richteten sich auf die Tür. Der Einsatzleiter gab das Zeichen zum Öffnen. Quietschend ging die Tür auf. Der Schein der Taschenlampen fiel ins Innere des Erdkellers.

Manchmal steht die Zeit still. Und auch die Hunde hielten inne.

Kriminalinspektorin Irene Huss bog gestresst in den Parkplatz vor dem Göteborger Präsidium ein. Fast im Dauerlauf durchquerte sie das Foyer und winkte der älteren Kollegin zu, die hinter der Glasscheibe des Empfangs saß. Der Wartebereich war bereits voll von Leuten, die freiwillig oder eher widerwillig erschienen waren, um irgendeinen Vertreter der Polizei im Präsidium zu treffen. Irene eilte auf die Milchglastüre zu und steckte ihre Karte in das Lesegerät. Das Schloss gab ein Klicken von sich, und sie öffnete die Tür zum Gang. Bevor sie in den Fahrstuhl stieg, warf sie noch einen Blick auf die Uhr an der Wand und stellte erleichtert fest, dass ihr bis zur Morgenbesprechung noch fünf Minuten blieben. Daher war sie erstaunt, dass ihr Chef bereits ungeduldig vor dem Konferenzraum des Dezernats für Gewaltverbrechen wartete.

»Die Besprechung ist im Gange. Das heißt, wir haben bereits angefangen«, sagte Kommissar Sven Andersson unwirsch.

Irene Huss war sich wohl bewusst, dass sie oft als Letzte im Dezernat eintraf, aber das war nun mal das Los eines Morgenmuffels. Allerdings achtete sie immer darauf, nicht zu spät zu kommen. Sie kam oft in letzter Minute, aber nie zu spät. Ihr blieb meistens genug Zeit, um ihre Jacke aufzuhängen, Tommy Persson zu begrüßen, mit dem sie das Büro teilte, und einen Becher Kaffee zu holen, bevor sie sich gemächlichen Schrittes zur Morgenbesprechung begab.

»Mein Auto wollte nicht anspringen … für diese Kälte ist es einfach zu alt«, entschuldigte sie sich.

Das war die Wahrheit.

»Kaffee?«, fragte sie vorsichtig und lächelte ihren Chef an.

»Später«, erwiderte er unwirsch und verschwand im Konferenzzimmer.

Irene seufzte. Voller böser Vorahnungen betrat sie den Konferenzraum und stellte fest, dass die anderen bereits alle anwesend waren. Sofort fiel ihr die Spannung auf, die in der Luft lag und die fast körperlich zu spüren war. Sie wusste, dass etwas Außergewöhnliches vorgefallen sein musste. Sie nickte in die Runde, ließ sich auf den erstbesten freien Stuhl sinken und bemühte sich, eine aufmerksame Miene aufzusetzen.

»Es war eine hektische Nacht, was wohl keinem von euch entgangen sein dürfte«, fing der Kommissar an.

Irene wusste nicht, wovon die Rede war, aber sie sah ein, dass dies kein günstiger Augenblick war, ihre Ahnungslosigkeit preiszugeben. Sie lehnte sich zurück und versuchte auszusehen, als wüsste sie über alle nächtlichen Vorfälle Bescheid.

»Die Zeitungen haben wie immer viel verdreht, aber in groben Zügen stimmt alles, was die Lokalnachrichten gemeldet haben. Nur von dem Mädchen wussten sie noch nichts, aber die Abendzeitungen werden darüber berichten«, fuhr er fort.

Er schaute grimmig über die Kante seiner billigen Lesebrille und musterte sein Auditorium. Irene atmete auf, als Tommy Persson wie ein artiger Schuljunge die Hand hob und fragte:

»Was ist eigentlich vorgefallen? Ich habe heute Morgen die Nachrichten verpasst. Ich musste das Eis von den Scheiben kratzen und mir von einem Nachbarn mit dem Starterkabel beim Anlassen helfen lassen. Ich habe nicht mal in die Zeitung geschaut, ehe ich von zu Hause weg bin.«

Der Kommissar schob missmutig die Unterlippe vor und sah Tommy durchdringend an, was wenig half, denn davon wurde Kriminalinspektor Persson auch nicht klüger. Andersson blieb nichts anderes übrig, als dies einzusehen, also seufzte er laut und ergriff dann wieder das Wort.

»Gestern Abend um 21.17 Uhr wurde in der Stampgatan ein Autodiebstahl gemeldet. Der Halter belud gerade seinen Wagen, einen BMW 630i. Aufgrund der Kälte ließ er den Motor laufen, damit der Wagen nicht auskühlte. Das Auto stand etwa zwanzig Meter vom Hauseingang entfernt, in dem er einige Sachen abgestellt hatte. Offenbar ziehen die Leute gerade um. Er hatte einen zusammenklappbaren Kinderwagen im Kofferraum verstaut und war gerade wieder ins Haus getreten, da hörte er, wie die Türen des Wagens geöffnet und wieder geschlossen wurden. Als er sich umdrehte, sah er den Wagen bereits wegfahren.«

»Dann hat er also nicht sehen können, wer das Auto geklaut hat?«, warf Birgitta Moberg-Rauhala ein.

»Doch. Als er den Kinderwagen in den Kofferraum gelegt und den Kofferraumdeckel geschlossen hatte, kamen zwei junge Männer auf dem Bürgersteig auf ihn zu. Laut Personenbeschreibung trugen sie dunkle, weite Kleidung und gestrickte Mützen. Sie sollen wie Hiphopper ausgesehen haben.«

»Typen, denen ihre Riesenhosen über den Arsch hängen«, meinte Jonny Blom grinsend, was Irene ein wenig verwunderte. Sie hatte einige Tage vor Weihnachten Jonny und seinen ältesten Sohn auf dem Frölunda Torg getroffen. Der Fünfzehnjährige hatte eine zu weite Jeans und eine Kapuzenjacke getragen, und unter seiner gestrickten Mütze hatten sich Dreadlocks abgezeichnet.

Andersson tat so, als hätte er Jonny Bloms Beitrag nicht gehört, und fuhr unbeeindruckt fort:

»Das Alter der Jungs schätzte er auf zwischen 17 und 25 Jahre. Sie rasten in der Straßenbahnspur davon, fuhren über die Västra-Folkunga-Brücke und weiter die Skånegatan entlang. Die Verrückten sind also nur ein paar Minuten nach dem Diebstahl hier vorbeigekommen. Dann sind sie nach Liseberg gefahren und dort in Richtung Örgryte-Kreuz abgebogen. Sie fuhren in Richtung Sankt Sigfridsplan und weiter den Delsjövägen entlang. Gleichzeitig wurde der Wagen über Funk zur Fahndung ausgeschrieben. Ein Streifenwagen, der an der Imbissbude am Delsjövägen stand, sah den gesuchten BMW in hohem Tempo vorbeifahren. Die Beamten meldeten sich bei der Einsatzzentrale und nahmen die Verfolgung auf. Es gelang ihnen, das verdächtige Fahrzeug im Auge zu behalten, und sie wurden Zeuge, wie es vor dem TV-Huset in einen Fußgänger raste.«

Andersson hielt inne, um sich zu räuspern.

»Der Streifenwagen blieb natürlich an der Unfallstelle stehen und rief einen Krankenwagen und Verstärkung. Aber es hatte ordentlich gekracht. Der Arzt meint, das Opfer sei sofort tot gewesen. Der Schädel war zerschmettert. Und ...«

Er unterbrach sich, schluckte ein paarmal und fuhr dann fort:

»Das Opfer trug eine Trainingsjacke mit einem Polizeiabzeichen. Das Gesicht war fast vollkommen zerstört, aber ... aber es ist also sehr wahrscheinlich, dass es sich um einen Polizisten handelt.«

Die Stille im Raum wirkte mit einem Mal wie elektrisch aufgeladen. Alle saßen starr auf ihren Stühlen. Irene merkte, wie im Raum die Stimmung kippte. Ein Kollege. Einer von ihnen.

»Wer war es?«, fragte Hannu Rauhala.

Seit einigen Jahren war er mit Birgitta Moberg-Rauhala verheiratet. Sie hatten einen zweijährigen Sohn. Kommissar Andersson war nie richtig darüber hinweggekommen, dass sie geheiratet hatten, hatte aber inzwischen resigniert.

»Tja ... drei Kollegen wohnen in der Nähe. Eine konnten wir gleich ausschließen und zwar Kicki Börjesson von der Einsatztruppe. Stellan Edwardsson hatte gestern Abend Dienst, den konnten wir also auch streichen. Bleibt nur noch einer. Er ist vor ein paar Jahren in Rente gegangen, vorzeitig. Wir konnten ihn telefonisch nicht erreichen. Er wohnt allein. Ein paar von euch kennen ihn sicher ... Torleif Sandberg.«

»Kruska-Toto«, sagte Jonny.

Andersson warf Jonny Blom einen finsteren Blick zu und runzelte verärgert die Stirn, widersprach ihm aber nicht, da alle Torleif nur Kruska-Toto genannt hatten, als er noch die Einsatzzentrale geleitet hatte. Der Grund dafür war, dass Torleif immer Dickmilch mit Dr. Kruskas Haferkleie gegessen hatte, während die anderen sich an Kaffee und Kuchen erfreut hatten. Unermüdlich hatte Torleif seine Kollegen über die gesundheitlichen Risiken von Gebäck aufgeklärt und ihnen seine Dickmilch mit der Kruskamischung als vorbildlich angepriesen. Aber niemand war je auch nur in Versuchung geraten, die braungraue Pampe, für die sich Kruska-Toto so erwärmte, zu probieren. Auch an seinen Linsensuppen, seinen Gerstenkornbrätlingen und seinem Wurzelgemüse und ähnlichem im Kühlschrank hatte sich nie jemand vergriffen. Nie hatte jemand von dem dubiosen Inhalt seiner kleinen Aluminiumdosen naschen wollen.

»Krusk … also Torleif und ich haben gleichzeitig bei der Polizei angefangen«, sagte der Kommissar mit belegter Stimme.

Er räusperte sich angestrengt und fuhr dann fort:

»Wir wissen auch noch nicht definitiv, dass es Torleif war, der angefahren wurde. Wir versuchen gerade seine Angehörigen ausfindig zu machen … mal sehen, was dabei rauskommt.«

Irene konnte sich sehr gut an Torleif Sandberg erinnern. Er war unscheinbar, hatte dünnes, dunkelblondes Haar und war eher schmächtig. Es war nicht sein Aussehen, das sich ihr eingeprägt hatte, sondern seine Eigenheiten. Er war bescheiden und unauffällig gewesen, aber ein richtiger Gesundheitsfanatiker. Oft hatte er über sein Lieblingsthema geredet: die gesunde Lebensführung. Dazu gehörten vegetarische Kost, Bewegung, Meditation und natürlich jeglicher Verzicht auf Rauschmittel. Er trank nicht einmal alkoholfreies Bier. Das Interesse an seinen begeisterten Ausführungen war im Kaffeezimmer gelinde gesagt sehr begrenzt gewesen. Meist hatten seine Kollegen sich über ihn lustig gemacht. Sein Spitzname Kruska-Toto hatte ihm nicht gefallen. Wahrscheinlich war er den Namen gerade deswegen nie losgeworden.

Und jetzt war er vielleicht tot. Totgefahren von ein paar Autodieben, während er im Trainingsanzug des Polizeisportvereins seine tägliche Joggingrunde absolvierte.

Irene wurde aus ihren Gedanken gerissen, als der Kommissar rief:

»Aber nicht genug damit, dass sie ihn umgefahren haben, die Schweine sind auch noch abgehauen! Trotz zerschmetterter

Windschutzscheibe. Ein Zeuge hat gesehen, wie der Beifahrer den Fahrer aus dem Seitenfenster hängend die Töpelsgatan entlanglotste. Der Wagen verschwand den Hügel hinauf. Mehrere Streifen machten sich dort auf die Suche. Um 20.46 Uhr entdeckte eine Streife ein Feuer auf einem Seitenweg. Als sie in diesen einbogen, erkannten sie, dass die Scheißkerle den BMW angesteckt hatten. Den Polizisten gelang es, das Feuer mit einem Feuerlöscher zu löschen. Gleichzeitig trafen weitere Kollegen ein und begannen, das Terrain zu durchsuchen. Aufgrund der Dunkelheit und der schwierigen Bodenverhältnisse war auch die Hundestreife im Einsatz. Kurz darauf schlugen die Hunde an einem alten Erdkeller an. Die Tür war aufgebrochen. Im Keller wurde eine Leiche gefunden. Ein Mädchen.«

Irene betrachtete ihre Kollegen. Allen war das Erstaunen anzusehen, das auch sie empfand.

»Ein Mädchen? Könnte eine der beiden Personen in dem Auto ein Mädchen gewesen sein? Wenn sie doch so weite Kleidung getragen hatten, war vielleicht schwer zu erkennen, ob eines ein Mädchen war?«

Fredrik Stridh äußerte diese Vermutung. Er war zwar schon dreißig, galt aber zu seinem großen Ärger immer noch als der Jüngste der Abteilung. Er war jedoch ein kluger Kopf, und Irene arbeitete gerne mit ihm zusammen.

Andersson schüttelte den Kopf.

»Laut Arzt war sie bereits zwei bis drei Stunden tot, als sie aufgefunden wurde. Außerdem schätzte er ihr Alter auf etwa zwölf Jahre.«

»Ist ein Mädchen diesen Alters als vermisst gemeldet worden?«, wollte Birgitta wissen.

»Nein. Sie trug nichts außer einem T-Shirt. Die restlichen Kleider hatte man neben ihr in den Keller geworfen. Wir wissen nur, dass sie hellhäutig und blond ist.«

»Sexualverbrechen?«, fragte Hannu.

»Der Gerichtsmediziner nimmt es an. Wegen Personalmangels kann sie aber frühestens heute Nachmittag genauer untersucht werden.«

Es war seit mehreren Jahren bekannt, dass die Gerichtsmedizin in Göteborg unter Personalmangel litt. Hätte man Kommissar Andersson nach dem Grund gefragt, so wäre er die Antwort nicht lange schuldig geblieben: Niemand, der halbwegs klar im Kopf war, würde unter einer Chefin wie der Professorin Yvonne Stridner arbeiten wollen! Dass sie als eine der besten Gerichtsmedizinerinnen in Europa galt, war ihm dabei vollkommen gleichgültig. Für ihn war sie eine der entsetzlichsten Frauenpersonen dieses Planeten.

»Was ist aus diesen Kerlen geworden, die Kruska-Toto niedergemäht haben?«, fragte Jonny.

»Die Schweine haben sich in Luft aufgelöst! Von ihnen fehlt jede Spur. Aber die Hundetruppe setzt heute die Suche fort. Sie wird die Kleingartenanlage durchkämmen«, antwortete Andersson.

»Hoffentlich haben die Brüder sich inzwischen die Eier abgefroren«, schob Jonny hinterher.

»In den frühen Morgenstunden waren es minus sechzehn Grad. Da können sie sich so alles Mögliche abgefroren haben.«

Das war ein gewisser, wenn auch schwacher Trost für die Anwesenden.

»Haben der Mord und der Autodiebstahl etwas miteinander zu tun?«, dachte Andersson laut.

Seine Inspektoren brauchten keine lange Bedenkzeit. Alle schüttelten sofort den Kopf. Tommy Persson sprach aus, was alle dachten:

»Es war ein reiner Zufall, dass wir das Mädchen so schnell entdeckt haben. Die Hunde haben nach Spuren der Autodiebe gesucht und eine Leiche gefunden. Wenn die Kläffer sie nicht gefunden hätten, dann hätte sie vermutlich sehr lange unentdeckt dort gelegen.«

»Genau. Und die Burschen im Auto wären gar nicht in der Lage gewesen, sie in dem Erdkeller zu verstecken. Dazu hatten sie gar nicht genug Zeit«, meinte Birgitta.

Tommy Persson nickte zustimmend und setzte dann seine Überlegungen fort:

»Genau. Und das Mädchen kann auch nicht im Kofferraum des BMWs gelegen haben, da sich dort ein zusammengeklappter Kinderwagen befand. Möglicherweise lag die Leiche auf der Rückbank. Aber warum hätten die Typen sie da nicht liegengelassen? Schließlich hatten sie allen Grund, sich schnellstmöglich von dem Fahrzeug zu entfernen. Sonst wären sie auch nie so weit gekommen, und dann hätten wir sie erwischt.«

»Wenn die Leiche des Mädchens im Auto gelegen hätte, hätte sein Besitzer es dann als gestohlen gemeldet?«

»Wer weiß. Da das Fahrzeug gestohlen wurde, musste er schließlich Anzeige erstatten. Er könnte einfach behaupten, nicht das Geringste mit der Leiche zu tun zu haben. Er könnte es auf die Typen schieben, die die Karre geklaut haben.«

»Sie hatten nicht die Zeit dazu«, wiederholte Birgitta noch einmal.

Die meisten im Konferenzraum waren geneigt, ihr zuzustimmen.

Innerhalb von dreißig Minuten hatten die Kerle ein Auto geklaut, waren mindestens fünf Kilometer weit gefahren, allerdings mit sehr hoher Geschwindigkeit, hatten einen Mann angefahren, waren Richtung Delsjö entkommen, hatten das Auto angezündet und sich ausreichend weit entfernt, so dass die Suchhundtruppe sie nicht aufspüren konnte. Nein, sie hätten wohl kaum Zeit gehabt, auch noch eine Leiche zu verstecken, überlegte Irene.

»Irgendeinen Verdacht, wer diese Jungs gewesen sein könnten? Die Fahndungsliste?«, fragte sie.

»Ich dachte, dass du dich darum kümmern könntest«, meinte der Kommissar unwirsch.

Er ließ den Blick über die verfügbaren Inspektoren schweifen. Wie immer, wenn er nachdachte, trommelte er mit den Fingern auf dem Tisch. Als er einen Entschluss gefasst hatte, schlug er mit der flachen Hand auf den Tisch und sagte:

»Irene, Tommy und Hannu kümmern sich um die Sache mit der Fahrerflucht. Versucht die Identität des Opfers herauszubekommen. Überlegt euch mögliche Kandidaten für den Autodiebstahl. Verständigt mich, sobald ihr was in der Hand habt. Birgitta, Jonny und Fredrik, ihr seid für den Mord an dem Mädchen zuständig. Hier gilt dasselbe, lasst von euch hören, wenn ihr wisst, wer sie ist.«

Er faltete die Hände und drückte die Handflächen dann nach außen, bis die Gelenke knackten.

»Ich kümmere mich um die Zeugenbefragungen in der Nachbarschaft und um die Aussagen, die im Laufe des Tages reinkommen. Ich glaube zwar nicht, dass das viel bringt, aber irgendjemand in einem der Häuser in der Töpelsgatan könnte schließlich was gesehen haben. Es wird sicher nicht einfach auseinanderzuhalten, welche Beobachtungen mit der Fahrerfluchtsache, welche mit der Mordermittlung und welche nichts damit zu tun haben.«

Andersson seufzte, und Irene hörte seine Luftröhre pfeifen, als er ausatmete. Die Kälte bekam seinem Asthma nicht.

In fünf Wochen würde er bei der Cold-Cases-Gruppe anfangen. Diese Abteilung war relativ neu und hatte die Aufgabe, noch einmal alte Ermittlungen aufzurollen, ehe die Verbrechen verjährten. Kommissar Andersson hatte zwar keine Ahnung von Computern und moderner DNA-Technik, aber er war ein sehr begabter Mordermittler. Irene glaubte wirklich, dass er sich bei der Cold-Cases-Gruppe nützlich machen konnte. Dort würde es ihm in seinen letzten Dienstjahren sicher gefallen. Aber Irene vermisste ihn bereits jetzt. Nicht zuletzt, wenn sie daran dachte, wer seine Nachfolge antreten würde. Viel sprach dafür, dass es die stellvertretende Kommissarin Efva Thylqvist vom Rauschgiftdezernat werden würde. Irene kannte sie nicht, aber alles, was sie über Efva Thylqvist gehört hatte, ließ sie hoffen, dass diese Gerüchte übertrieben waren.

Weder die Einrichtungen für jugendliche Straftäter noch die Gefängnisse in Västra Götaland hatten irgendwelche Ausbrüche gemeldet. Von denen, die über Weihnachten und Neujahr abgehauen waren, saßen die meisten wieder hinter Schloss und Riegel. Jetzt war es zu kalt, um den Weg in die Freiheit zu suchen, wenn man keinen Unterschlupf hatte. Wer sich mit Fluchtplänen trug, wartete bis zum Frühling. Die Sehnsucht nach der Freiheit nahm mit der Außentemperatur zu.

»Es kommen sieben junge Männer in Frage. Nach allen wird bereits gefahndet«, stellte Irene fest.

»Einer von ihnen besonders interessant?«, fragte Tommy.

Irene sah rasch die Liste auf ihrem Monitor durch.

»Schwere Körperverletzung … Körperverletzung mit Todesfolge … Diebstahl … schwere Sachbeschädigung … umfassende Drogendelikte … Hier ist wirklich alles dabei. Könnte jeder von ihnen sein.«

»Oder keiner.«

»Keiner?«

»Vielleicht hat keiner von denen das Auto geklaut und den Mann angefahren. Es könnte sich auch um zwei nicht vorbestrafte Kleinkriminelle handeln, die nicht in unseren Akten auftauchen.«

Irene nickte und seufzte laut.

»Das wäre mühsam«, meinte sie.

»Yes. Also können wir genauso gut mit den Namen anfangen, die uns vorliegen.«

Sie teilten die Namen unter sich auf. Als Erstes wollten sie mit Hilfe der Angaben aus den Datenbanken möglichst viel über die Flüchtigen herausfinden. Falls sich dabei etwas von Interesse ergab, wollten sie die Verfolgung aufnehmen. Das würden sie dann jedoch gemeinsam tun, weil es nicht ratsam war, einem von diesen Burschen allein zu begegnen. Meist waren solche Leute bewaffnet und taten sich gerne mit Gleichgesinnten zusammen.

Hannu war derweil damit beschäftigt, sich über die Identität des Verkehrstoten Gewissheit zu verschaffen. Er berichtete, dass es immer noch nicht gelungen war, Torleif Sandberg zu erreichen. Polizisten hätten bei ihm geklingelt, aber niemand habe geöffnet. Er war auch nicht in der Nacht oder am Vormittag vermisst gemeldet worden. Auch kein anderer Mann im Übrigen. Die Wahrscheinlichkeit, dass das Opfer der Autodiebe der pensionierte Polizeieinsatzleiter Torleif Sandberg war, wurde immer größer.

Nach dem Mittagessen trugen Irene und Tommy zusammen, was sie herausbekommen hatten.

»Mijailo Janovic scheidet von vornherein aus, da er 193 cm groß ist. Kräftiger Körperbau. Auf ihn passt die Personenbeschreibung also nicht. Dafür passt sie besser auf seinen Kumpel Janos Mijic. Beide verschwanden am Neujahrstag aus Fagered. Mijailo ist neunzehn und verbüßt eine Strafe wegen schwerer Körperverletzung und Mordversuch. Er hat einem Burschen aus einer konkurrierenden Gang den Bauch aufgeschlitzt. Das Opfer hätte es fast nicht überlebt. Wahrscheinlich ging es dabei um Rauschgift, was aber keiner der Beteiligten zugeben wollte. Deswegen hat Mijailo auch nur eine relativ geringe Strafe bekommen. Zwei Jahre und drei Monate. Janos ist sein gehorsamer Schatten. Wo Mijailo ist, da ist auch Janos. Sie sind gleich alt und behaupten, Cousins zu sein. Das stimmt nicht, schon allein deswegen nicht, weil Mijailo Serbe ist und Janos Kroate. Die beiden scheren sich nicht drum. Janos ist schmächtig und 178 cm groß. Auf ihn könnte die Beschreibung vom Hiphopper passen. Wenn nicht ebenerwähnter Umstand wäre. Wo Mijailo ist, da ist auch Janos. Und Mijailo war beim Autodiebstahl nicht dabei«, sagte Tommy.

»Die beiden sind es also nicht«, stellte Irene fest.

»Nein. Aber der Name Tobias Karlsson könnte interessant sein. Er ist erst letzten Freitag aus Fagered abgehauen. Also vor fünf Tagen. Auf ihn passt die Beschreibung. Neunzehn und bereits eine ordentliche Vorstrafenliste. Rauschgiftvergehen, schwere Körperverletzung und … genau … Autodiebstahl!«

»Aufgeweckter Bursche. Definitiv interessant.«

»Absolut. Seine Mutter wohnt in Tynnered. Ist der Meinung, die Polizei würde ihren Sohn schikanieren, weil er ausgeprägte politische Ansichten hat. Wir wohnen in einem freien Land, und man darf denken, was man will!, hat sie geschrien, als er zum ersten Mal vor Gericht stand. Die Anklage lautete auf Volksverhetzung und schwere Körperverletzung. Das Opfer war ein jüngerer Einwanderer. Er wird sich sein Lebtag davon nicht mehr erholen. Zuvor war Karlsson gelegentlich wegen Autodiebstählen auffällig geworden, aber zu jung gewesen, um angeklagt zu werden.«

»Neonazi«, stellte Irene fest.

»Klar.«

»Glatze? Tätowiert?«

»Alles«, erwiderte Tommy zufrieden.

»Dann kann er es nicht sein.«

»Bitte?«

»Ein Neonazi zieht sich nicht an wie ein Hiphopper.«

Tommy sah enttäuscht aus, musste ihr aber Recht geben. Alles andere hatte gepasst, aber er hatte die Kleidung der Autodiebe außer Acht gelassen.

»Dann bleibt nur noch ein Name auf meiner Liste übrig. Niklas Ström. Neunzehn. Ist vor genau einer Woche aus Gräskärr abgehauen. Laut der Kontaktperson, mit der ich gesprochen habe, hatte er Probleme mit ein paar anderen Häftlingen in der Anstalt. Er ist schwul, und Leute, die mit Tobias Karlsson sympathisieren, sind in dieser Hinsicht nicht sonderlich tolerant. Niklas hat die Schikanen seiner Mithäftlinge nicht mehr ausgehalten.«

»Warum hat er den anderen dann von seiner Neigung erzählt?«

»Hat er nicht. Es ließ sich aber nicht verheimlichen. Er war wegen schwerer Vergewaltigung verurteilt worden. Das Opfer war ein gleichaltriger junger Mann. Er wurde zu dreizehn Monaten verurteilt.«

»Warum werden die Täter immer härter bestraft, wenn das Opfer männlich ist?«, unterbrach ihn Irene.

»Ist das so?«

»Ja.«

Tommy zuckte nur mit den Achseln. Irene begann von ihrer Liste abzulesen:

»Ich habe hier auch einen aus Gräskärr und dann noch zwei

aus Fagered. Der junge Mann aus Gräskärr heißt Björn Kjellgren, wird aber Billy genannt. Achtzehn. Sitzt wegen mehrerer Einbrüche in Häuser und Autos. Ein professioneller kleiner Dieb. Billy ist 174 cm groß und schmächtig. Rotblondes Haar, das er als Dreadlocks trägt. Heutzutage keine ungewöhnliche Frisur, aber doch nicht unwesentlich im Hinblick auf den Hiphopper-Steckbrief. Offenbar ein Einzelgänger. Er verschwand am Tag nach Niklas Ström. Angeblich durch dessen Flucht angestiftet. Das Personal hatte jedoch nicht den Eindruck, dass die beiden Freunde waren.«

»Aber Billy ist nachweislich der einzige Hiphopper unserer Liste«, unterstrich Tommy.

Irene lächelte spöttisch.

»So einfach ist das nicht. Meine anderen beiden Burschen aus Fagered sehen auch aus wie Hiphopper. Einer ist gebürtiger Schwede, und der andere ist als Sohn einer schwedischen Mutter in Schweden zur Welt gekommen. Sie wurde auf Jamaika schwanger. Vater unbekannt.«

»Sind sie gleichzeitig verschwunden?«

»Ja. Letzten Freitag. Also vor fünf Tagen. Sie sind Freunde und kennen sich schon seit dem Windelalter. Beide sitzen wegen schwerer Rauschgiftvergehen. War vielleicht nicht so klug, sie in derselben Anstalt einzubuchten. Der Halbjamaikaner heißt Fredrik Svensson, ist zweiundzwanzig und hat Rastas, recht lang, bis über den Rücken. Das hätte der Wagenhalter sehen müssen.«

»Glaube ich auch.«

»Der Freund von Fredrik heißt Daniel Lindgren und ist zwanzig. Dealt ebenfalls seit Jahren. Wurde wegen illegalen Waffenbesitzes verurteilt. Er soll der Schläger in der Gang von Fredrik Svensson gewesen sein, glauben die Ermittler.«

»Es geht also um eine Gang? Um organisierten Drogenhandel?«

»Ja. Im Großen und Ganzen passt die Beschreibung auf beide. Aber was Fredrik Svensson angeht, trägt er, wie gesagt, diese langen Rasta-Zöpfe. Außerdem hat er eine ziemlich dunkle Hautfarbe. Daniel Lindgren ist 179 cm groß. Er ist kräftig und durchtrainiert. Er pflegt sein Schläger-Image. Es ist fraglich, ob ihn jemand als schmächtig beschreiben würde.«

»Ich finde, du solltest dich noch einmal mit dem Typen unterhalten, dem der BMW gehört. Vielleicht erinnert er sich ja jetzt an mehr. Ich mache mit unseren Ausbrechern weiter.«

Auf dem Weg zum Aufzug stieß Irene mit Hannu Rauhala zusammen.

»Die Gerichtsmedizin hat angerufen. Sie haben einen Schlüsselbund in der Jackentasche des Opfers gefunden. Ich will sehen, ob einer der Schlüssel zu Sandbergs Tür passt«, sagte Hannu.

»Gute Idee. Das spart eine Menge Zeit«, erwiderte Irene.

Der BMW-Besitzer hieß Alexander Hölzer. Er hielt sich gerade in seiner Wohnung in der Stampgatan einige hundert Meter vom Präsidium entfernt auf. Irene beschloss, zu Fuß zu gehen. Das ging schneller, als lange nach einer Parklücke zu suchen.

Vor dem Haus stand ein Möbelwagen, in den zwei Möbelpacker gerade ein weißes Ledersofa einluden. Irene warf einen Blick hinein und stellte fest, dass diese Möbel alle nicht bei IKEA gekauft worden waren. Etwas anderes hatte sie im Hinblick auf das gestohlene Fahrzeug auch gar nicht erwartet: Einen BMW 630i konnten sich nicht viele Familien mit kleinen Kindern leisten.

Sie fand das passende Namensschild an einer Wohnung im dritten Stock und klingelte, was nicht nötig gewesen wäre, da die Tür nur angelehnt war. Es war aber immer gut, Manieren zu zeigen und nicht einfach reinzustiefeln. Gleich einen guten Eindruck zu machen und den Zeugen für sich einzunehmen war wichtig. Diese fundamentalen Regeln der Verhörstechnik waren jedoch, wie sich zeigte, in Bezug auf Alexander Hölzer überflüssig. Irene wartete sehr lange geduldig vor der Wohnungstür. Als sie mit ihrer Geduld fast am Ende war und die Tür einfach aufdrücken wollte, wurde sie von innen aufgerissen. Vor ihr stand ein übergewichtiger Mann Anfang fünfzig. Er trug einen gestrickten Golfpullover mit einem teuren Markenzeichen auf der Brust, schwarze Hose und auffallend elegante Schuhe.

»Ja bitte?«, sagte er kurz angebunden.

»Ich bin Kriminalinspektorin Irene Huss. Sind Sie Alexander Hölzer?«

»Ja. Was wollen Sie?«

Irene wunderte sich ein wenig über seine abweisende Art, ging aber nicht weiter darauf ein, sondern fuhr mit freundlicher Stimme fort:

»Es geht um den gestrigen Autodiebstahl. Ich würde gerne noch einige weitere Fragen …«

Ehe sie noch den Satz beenden konnte, sah Irene, wie Hölzers Gesicht dunkelrot anlief. Wütend fauchte er sie an:

»Bevor wir unseren Kinderwagen nicht zurückbekommen, habe ich nichts mehr zu sagen! Ich habe bereits zum wiederholten Male angerufen und lediglich mitgeteilt bekommen, die Untersuchungen seien noch nicht abgeschlossen! Was für Untersuchungen? Die Diebe sind doch wohl nicht in dem Kinderwagen herumgefahren? Das sind die Machtspielchen der Polizei! Es ist wirklich nicht zu fassen! Mir haben sie mein neues Auto geklaut, und jetzt muss ich mich behandeln lassen wie …«

»Möchten Sie mich für diese Unterhaltung vielleicht lieber ins Präsidium begleiten?«

Hölzers rote Gesichtsfarbe wurde noch dunkler. Es verschlug ihm fast die Sprache, schließlich brachte er aber doch heraus:

»Was bilden Sie sich eigentlich …«

Irene verzog keine Miene, sondern fuhr unbeeindruckt fort:

»Es geht nicht nur um den Diebstahl Ihres Fahrzeugs. Wir ermitteln in einem Mordfall.«

»Einem Mordf …«

Hölzer fielen fast die Augen aus dem Gesicht. Er sollte wirklich mal seinen Blutdruck überprüfen lassen, dachte Irene. Eine

Weile stand er einfach nur da und starrte sie entsetzt an, ohne Anstalten zu machen, sie hereinzubitten. Bis auf seine schweren Atemzüge war im Treppenhaus nichts zu hören. Allmählich normalisierte sich seine Gesichtsfarbe wieder, als hätte der Druck abgenommen. Langsam trat er einen Schritt zurück und ließ sie in die Wohnung. Schweigend ging er vor ihr her durch die leere Diele und weiter in das ebenfalls leere Wohnzimmer. An einer Wand stapelten sich ein paar Umzugskisten, und auf dem Fensterbrett stand eine welke Christrose.

»Das sind die letzten Kisten. Die Möbelpacker kommen jeden Augenblick und holen sie. Morgen kommt die Putzfirma«, sagte Alexander Hölzer müde.

Er verstummte, räusperte sich ein paarmal und fuhr dann fort:

»Sie erwähnten eine Mordermittlung?«

Irene erzählte ihm, was sich an dem Ort zugetragen hatte, an dem sein Auto gefunden worden war.

»Das ist ja unglaublich!«

Hölzer schüttelte den Kopf und hielt einen Augenblick inne. Er strich sich mit der Hand über sein graumeliertes Haar und bedeckte routiniert seine beginnende Glatze mit ein paar langen Haarsträhnen.

»Ich habe momentan viel um die Ohren. Man hat mir mitgeteilt, der Kinderwagen sei nicht beschädigt. Wir brauchen ihn. Eleonor ist fünf Monate alt und zu schwer, um immer getragen zu werden. Ich wollte den Kinderwagen abholen, durfte das aber nicht. Er hat zehntausend Kronen gekostet, und ich habe keine Lust, einen neuen zu kaufen. Außerdem war das ein ziemlicher Stress mit dem Umzug, dem Diebstahl und … mit allem«, meinte er.

Irene nickte, um ihm zu bedeuten, dass sie seine angestrengte Situation verstehe.

Als Hölzer erwähnt hatte, der Kinderwagen habe zehntausend Kronen gekostet, hatte sie ein Bild vor Augen. Der gebrauchte Zwillingswagen mit blauem Kordbezug für fünfhundert Kronen, in dem sie ihre Mädchen durch die Gegend gekarrt hatte. Sie erinnerte sich immer noch an ihre Freude, als Krister und sie sich einen neuen Buggy in einem rot-weiß gestreiften Nylonstoff hatten leisten können. Das war jetzt fast zwanzig Jahre her. Der Luxuskinderwagen hatte, dem Preis nach zu urteilen, wahrscheinlich einen lederbezogenen Griff, beheizte Rückspiegel und seitliche Airbags als Sonderausstattung.

Hölzer ging zu dem großen Wohnzimmerfenster und schaute auf den Innenhof. Geistesabwesend zupfte er ein welkes Blatt von der Christrose und zerbröselte es zwischen Daumen und Zeigefinger. Mit dem Rücken zu Irene fragte er:

»Glauben Sie wirklich, dass mein Wagen was mit dem Mord an dem Mädchen zu tun hat?«

»Die Spurensicherung nimmt ihn sehr genau unter die Lupe, um alle Eventualitäten auszuschließen«, antwortete Irene diplomatisch.

Hölzer nickte stumm seinem Spiegelbild in der Fensterscheibe zu.

»Ich würde Sie gerne fragen, ob Ihnen noch etwas zu den jungen Männern eingefallen ist, die das Auto gestohlen haben«, sagte Irene.

Hölzer drehte sich langsam um und betrachtete sie mit gerunzelter Stirn. Seine konzentrierte Miene verriet, dass er sich bemühte, sich an weitere Details zu erinnern. Schließlich schüttelte er den Kopf.

»Nein. Es waren zwei Burschen in weiten Hosen und weiten Jacken mit gestrickten Mützen. Dunkle Kleider. Jung.«

»Sind Ihnen die Haare oder die Frisuren aufgefallen?«

»Nein. Haare waren nicht zu sehen.«

Irene strich Fredrik Svensson von ihrer Liste. Sicherheitshalber fragte sie noch:

»Haben Sie ihre Gesichter gesehen?«

»Ich habe sie doch nur einen Augenblick lang aus dem Augenwinkel wahrgenommen.«

»Und an ihnen war nichts Besonderes?«

»Nicht dass ich mich erinnern könnte.«

»Keine Narben? Hautfarbe? Augen?«

»Ich war zu weit weg, um ihre Augen sehen zu können. In der Dunkelheit war nur schwer zu erkennen, welche Hautfarbe sie hatten. Und ihre Haare habe ich wie gesagt nicht gesehen. Aber es waren ganz sicher zwei weißhäutige Burschen. Keine Neger. Aber einige von den Kanaken sind ja recht hell.«

Kanaken. Irene dachte an den Freund ihrer Tochter. Felipe war Halbbrasilianer. Ihr Gegenüber hätte ihn vermutlich als Neger und Kanake bezeichnet.

Sie strich also Fredrik Svensson definitiv von ihrer Liste. Blieben nur noch Fredriks Gefolgsmann Daniel Lindgren, die Burschen aus Gräskärr, Niklas Ström sowie Björn »Billy« Kjellgren. Sollte sich herausstellen, dass keiner von ihnen in den Diebstahl verwickelt war, so würde sich die Ermittlung mühsam gestalten. Sie hoffte, dass sich die Schuldigen immer noch irgendwo am Delsjö versteckt hielten. Dann müssten die Streifen sie eigentlich im Laufe des Tages finden. Ansonsten würden sie sich Verletzungen zuziehen oder gar ganz erfrieren. Es war draußen noch nicht wärmer als minus zwölf Grad. Im Laufe des Nachmittags sollte es wieder kälter werden. Es gab viele Gründe, warum es eilte, die Flüchtigen zu finden.

Die Fahndung hat bisher nichts ergeben. Den ganzen Nachmittag hat ein Hubschrauber mit Wärmekamera das Gebiet abgesucht, aber nichts gefunden. In der Schrebergartensiedlung scheint nirgendwo eingebrochen worden zu sein. Wir haben keine Spuren von den Flüchtigen gefunden. Aber wir setzen unsere Suche jetzt mit der Hundestaffel fort. Wir glauben, dass sich die Burschen ein weiteres Fahrzeug beschafft haben. In der näheren Umgebung sind jedoch in den letzten 24 Stunden keine Autodiebstähle angezeigt worden.«

Der Chef der Fahndungseinheit Kommissar Erik Lind wippte auf den Sohlen seiner schweren Stiefel. Er hatte seinen warmen Winteroverall abgelegt, den er tagsüber während der Suche in Delsjö getragen hatte. In Uniform stand er vor dem Personal des Dezernats für Gewaltverbrechen. Seine Arme hielt er auf dem Rücken verschränkt, eine Gewohnheit, die er aus jener Zeit vor einem Vierteljahrhundert beibehalten hatte, als er in der Östra Nordstan Streifenpolizist gewesen war. Mit seinem kurzgeschnittenen Haar und seinen hellblauen Augen könnte er dem Hollywood-Klischee eines Nazioffiziers entsprechen. Was mit der Wirklichkeit nicht das Geringste zu tun hatte, denn er war ein sehr sympathischer Mann und genoss unter seinen Kollegen größtes Vertrauen. Wenn es ihm und seinen Leuten nicht gelang, die Flüchtigen zu fassen, dann gelang es niemandem.

»Könnten sie ein Fluchtfahrzeug in der Nähe abgestellt haben?«, fragte Tommy Persson.

Erik Lind dachte einen Augenblick über diese Möglichkeit nach, ehe er antwortete:

»Ganz ausgeschlossen ist das nicht. Aber der Diebstahl des BMW scheint im Affekt begangen worden zu sein.«

»Oder sie haben sich auf der Stampgatan tatsächlich nach einem Auto umgesehen, mit dem sie zu dem anderen Auto gelangen konnten. Aber ich weiß nicht … das wirkt ziemlich weit hergeholt«, räumte Tommy ein.

»Wenn sie sich wirklich zu diesem hypothetischen zweiten Auto hätten begeben wollen, hätten sie genauso gut die Straßenbahn nehmen können«, meinte Birgitta Moberg-Rauhala.

Das war vollkommen korrekt. Und es stimmte, dass Tommys Vermutung weit hergeholt war. Denn demnach hätten die Autodiebe das Auto auf der Stampgatan gestohlen, vor der Fernsehanstalt am Delsjövägen einen Fußgänger totgefahren und dabei die Windschutzscheibe so beschädigt, dass der Wagen nutzlos geworden war. Zufällig hätten die Diebe ausgerechnet in der Nähe des Unfallortes ein weiteres Fahrzeug bereitstehen gehabt, das sie rasch zu Fuß erreichten. Danach hätten sie unbeobachtet ihre Flucht fortgesetzt. Diese Hypothese wirkte wenig glaubhaft. Andererseits war es eine plausible Erklärung dafür, warum sie ausgerechnet den Delsjövägen als Fluchtweg gewählt hatten. Im Augenblick ließ sich nichts ausschließen, das sah Irene ein.

»Die Spurensicherung hat Probleme mit den vorgefundenen Bedingungen an der Abzweigung und vor dem Erdkeller. Auf dem Weg fanden sich unzählige Reifenspuren, die sich aber nur mühsam zuordnen lassen. Die Erde ist gefroren, und dort liegt kein Schnee. Am Fundort sind eine Menge Polizisten und Hunde herumgelaufen. Kurz gesagt, die Spurensicherung ist alles andere als begeistert«, meinte Kommissar Lind trocken.

»Keine Spur vom Mörder?«, fragte Kommissar Andersson.

»Nicht, dass ich wüsste.«

Hannu Rauhala kam leise herein. Er setzte sich auf den freien Platz neben Irene, schob die Hand in die Jackentasche und fischte einen Schlüsselbund aus seiner Daunenjacke.

»Er passt«, flüsterte er so leise, dass nur sie es hören konnte.

Irene spürte, wie ihr Herz einen Satz machte. Ihre Vorahnungen hatten sich bewahrheitet; das Opfer der unfallflüchtigen Fahrer war Torleif Sandberg. Ein Kollege, den viele im Raum im Laufe seiner Dienstjahre kennengelernt hatten. Das würde eine intensive Jagd auf die beiden Autodiebe geben. Wer einen Polizisten getötet hat, entwischt nicht. Das würden sie schon noch merken.

»Ich melde mich, sobald es einen positiven Bescheid gibt«, beendete Erik Lind seine Ausführungen und ging in Richtung Tür.

Frau Professor Yvonne Stridner trat mit demselben hohen Tempo ein, mit dem Erik Lind gerade den Konferenzraum verlassen wollte. Der Zusammenstoß war ebenso heftig wie unvermeidlich. Keiner der beiden gehörte zu den Leuten, die sich für längere Entschuldigungen Zeit nehmen. Daher wirkte die Stimmung an der Tür leicht gereizt, ehe es Lind gelang, an der Professorin vorbei hinauszugehen. Prof. Stridner trat mit hochrotem Gesicht auf Kommissar Andersson zu. Keiner der Anwesenden wagte es, eine Miene zu verziehen. Das wäre in Anwesenheit der Professorin der Rechtsmedizin einfach undenkbar gewesen.

»Ungehobelt! Einfach die Leute über den Haufen zu rennen …«

Stridner unterbrach ihr Schimpfen, holte tief Luft und fuhr dann fort:

»Da ich ohnehin in einer Stunde am Hauptbahnhof in den Zug nach Stockholm steige, kann ich hier gleich den ersten Bericht über das Mordopfer abgeben. Mein Kollege, Dozent Amirez, wird das Mädchen morgen Nachmittag obduzieren. Ich habe bislang erst eine Okularinspektion vorgenommen, finde aber trotzdem, dass Sie erfahren sollten, zu welchen Schlüssen ich gekommen bin. Zum einen sieht das Mädchen vermutlich viel jünger aus, als sie eigentlich ist. Ihre exakte Körpergröße beträgt 136 cm und ihr Gewicht 28 kg. Ein kleines, mageres Mädchen mit kleinen Brüsten und spärlicher Schambehaarung.

Rhagaden in den Mundwinkeln und entzündete Läsionen in und um den Mund herum lassen auf Unterernährung und Vitamin- und Spurenelementmangel schließen. Schlechte Zähne und mehrere unbehandelte Fälle von Karies. Der Zahnstatus lässt darauf schließen, dass sie etwa dreizehn Jahre alt ist. Der Gerichtsodontologe war in einer anderen Sache bei uns, und ich bat ihn, auch einen Blick auf das Mädchen zu werfen. Ihm fiel auf, dass ihre hinteren Backenzähne schon durchgebrochen waren. Morgen fertigt er Röntgenaufnahmen des Gebisses an. Bei dieser Gelegenheit machen wir dann auch Aufnahmen des Skeletts zwecks Altersbestimmung.«

Die Professorin legte eine Pause ein, um Luft zu holen, und fuhr sich mit den Fingerspitzen durch ihre wallende rote Mähne. Ihr kurzes, hellbraunes Wildlederjäckchen passte sehr gut zu ihrem engen schwarzen Rock. Wie immer trug sie schwindelerregend hohe Absätze. Dieses Mal an exklusiven Lederstiefeln in derselben Farbe wie die Jacke. Yvonne Stridner kleidete sich so, damit sie größer und schlanker wirkte.

»Ihr Unterleib ist ziemlich mitgenommen. Spuren alter Verletzungen sind deutlich zu erkennen. Sie litt an einer schweren Infektion, die einen fürchterlichen Gestank verbreitet. Ich habe Proben eingeschickt, um herauszufinden, um welche Bakterien es sich handelt. Auch am Anus finden sich große Wunden und vernarbtes Gewebe. Dieses Mädchen wurde also sehr lange sexuell missbraucht. Beide Armbeugen weisen außerdem diverse Einstichstellen auf. Die ältesten sind mehrere Monate alt. Es gibt ebenfalls Einstiche zwischen den Zehen und auf der Innenseite der Oberschenkel.«

Es war vollkommen still im Raum. Einen kurzen Augenblick lang wirkte das sonst beherrschte Gesicht der Professorin müde und gequält.

»Ich kann nur die körperliche Gewalt beschreiben, der sie ausgesetzt war. Über die psychische kann keine Obduktion dieser Welt Aufschluss geben.«

Nach diesem Schlusswort eilte sie zur Tür und riss sie mit dem gleichen Schwung wie bei ihrem Eintritt vor ein paar Minuten auf. Es hatte eine gewisse Logik, dass Kommissar Erik Lind in diesem Augenblick wieder von der anderen Seite hereingestolpert kam. Seine rechte Hand griff nach der Klinke und fasste ins Nichts.

»Was zum Teufel …«, fauchte er, riss sich aber sofort zusammen, als er erkannte, dass er wieder der Stridner gegenüberstand.

Zwei stählerne Blicke kreuzten sich wie Klingen in der Luft.

Dann geschah etwas vollkommen Unerwartetes.

Die Mundwinkel der Professorin begannen zu zucken. Erik Lind kniff die Augen zusammen und verzog dann plötzlich seinen Mund zu einem breiten Grinsen. Sie begannen zu lachen, erst nur gedämpft, aber nach einer Weile richtig laut und herzlich. Einige der anderen Polizisten stimmten ebenfalls ein, allerdings leiser.

Yvonne Stridner warf Erik Lind noch ein strahlendes Lächeln zu und ging dann die Hüften schwingend an ihm vorbei durch die Tür. Sie hörten ihr Lachen gemischt mit dem Klappern ihrer Absätze Richtung Ausgang verschwinden.

Erik Lind lachte noch leise, als er sich an seine Kollegen wandte. Dann setzte er wieder eine ernste Miene auf und sagte förmlich:

»Ich habe einen Anruf erhalten. Eine weitere Leiche wurde entdeckt.«

Im Raum herrschte vollkommene Stille. Der Kommissar der Ordnungspolizei erkannte, dass Erläuterungen erwartet wurden, und so fuhr er fort:

»Die Person ist schon länger tot. Mehrere Monate. Liegt in einem recht unzugänglichen, felsigen Terrain. Einer der Hunde hat sie gefunden.«

»Was … wen?«, sagte Andersson verwirrt.

Irene hörte, wie er beim Atmen zu pfeifen begann.

»Keine Ahnung. Im vorläufigen Bericht steht, dass es sich um eine Person handelt, die ihrem Zustand nach zu urteilen bereits vor einiger Zeit verschied.«

»Handelt es sich um ein Kind?«, fragte Irene rasch.

»Nein. Wahrscheinlich ein Erwachsener. Aber das Geschlecht lässt sich nicht zweifelsfrei bestimmen. Die Überreste der Kleidung geben jedoch Anhaltspunkte. Schwere Stiefel und eine Helly-Hansen-Jacke.«

Klingt nach einem Mann, dachte Irene erleichtert.

»Wer fährt mit raus?«, wollte Lind wissen.

Fredrik Stridh und Tommy Persson erhoben sich und folgten Kommissar Lind durch die Tür.

Irene berichtete von ihren Bemühungen, die Identität der Autodiebe festzustellen.

»Unter den Flüchtigen gibt es drei mögliche Kandidaten: Daniel Lindgren, Billy Kjellgren und Niklas Ström. Falls sich erweisen sollte, dass keiner von den dreien in die Sache verwickelt ist … tja, dann können wir nur noch auf ein wenig Glück hoffen«, meinte sie.

»Wir brauchen wohl eine große Portion Glück, wenn wir dieses verdammte Durcheinander, das während der letzten vierundzwanzig Stunden entstanden ist, wieder einigermaßen entwirren wollen«, murmelte Jonny Blom halblaut.

Ausnahmsweise war Irene seiner Meinung.

Hannu Rauhala berichtete, dass er den Schlüsselbund bei der Gerichtsmedizin geholt hatte. Einer der Schlüssel passe zur Wohnungstür von Torleif Sandberg.

»Ich habe mir die Wohnung angesehen. Kein Mensch da. Dann habe ich die Angehörigen von Torleif Sandberg ausfindig gemacht. Seine Exfrau ist nach Stockholm gezogen. Der Sohn wohnt in Umeå. Ich benachrichtige sie, wenn die Identifizierung abgeschlossen ist.«

»Zahnstatus?«, fragte Irene.

»Ja. Morgen wissen wir es sicher«, erwiderte Hannu nickend.

In die Stirn von Kommissar Andersson hatten sich tiefe Sorgenfalten eingegraben. Seit dem Vorabend lief alles im Dezernat auf Hochtouren. Journalisten riefen laufend bei der Vermittlung des Präsidiums an. Andersson hatte für zehn Uhr am nächsten Vormittag eine Pressekonferenz anberaumt und erklärt, vorher habe es sowieso keinen Sinn, da die Identifizierung des Mädchens noch nicht abgeschlossen sei. Die Reporter der Abendzeitungen waren jedoch erfindungsreich, und in Ermangelung von Informationen hatten sie ihrer Fantasie freien Lauf gelassen. Die Schlagzeile der größten Abendzeitung lautete:

»FUHR MÄDCHENMÖRDER MANN TOT?«

Das Fragezeichen war wohl eher rhetorischer Art. Der Artikel bestand hauptsächlich aus großformatigen Fotos, die die Abzweigung mit dem Schlagbaum, den abgesperrten Erdkeller sowie Polizeihunde, die im Dickicht herumschnüffelten, zeigten. Außerdem ein halbseitiges, platzfüllendes Foto eines Polizeihubschraubers. Da im Hintergrund blühender Flieder zu sehen war, lag der Schluss nahe, dass es sich um ein Archivfoto handelte. Der Text war sehr kurz und enthielt nichts, was man nicht schon am Morgen aus den Nachrichten erfahren hätte. Mit Ausnahme der Schlussfolgerung des Reporters, der Mörder müsse es nach dem Mord an dem Mädchen eilig gehabt haben. Daher sei er laut Zeugenaussagen mit einer wahnsinnigen Geschwindigkeit den Delsjövägen entlanggerast und habe dem Fußgänger, der gerade die Straße überquerte, nicht mehr ausweichen können.

Die Zeitung hatte bereits aufgeschlagen auf dem Schreibtisch von Kommissar Andersson gelegen, als sie ins Dezernat zurückgekehrt waren. Andersson deutete auf die Fotos und brummte etwas Unverständliches. Irene seufzte.

»Erstens stimmt die Fahrtrichtung des Autos nicht. Der BMW kam aus der Stadt. Wäre es der Mörder gewesen, dann hätte das Auto aus der entgegengesetzten Richtung kommen müssen. Zweitens stimmt die Zeit nicht. Das Mädchen war bereits tot«, sagte er.

»Genau. Das eine hat mit dem anderen nichts zu tun.« Bei dieser Feststellung verspürte er Zufriedenheit. Aber jetzt hatten sie schon eine neue Leiche am Hals. Der einzige Trost war, dass es sich nicht um eine frische Leiche handelte. Aller Wahrscheinlichkeit nach hatte sie nichts mit dem Mädchenmord und dem Unfalltod Torleif Sandbergs zu tun. Trotzdem würde sie dem Dezernat Arbeit verursachen. Es waren einfach zu viele zu große Ermittlungen gleichzeitig.

»Ich möchte bereits heute Nachmittag bekanntgeben, dass das Mädchen aller Wahrscheinlichkeit nach dreizehn oder vierzehn Jahre alt war und nicht elf oder zwölf, wie wir zu Beginn angenommen hatten. Bisher ist noch keine Vermisstenmeldung eingegangen, die auf das Mädchen gepasst hätte. Die uns momentan bekannten Ausreißerinnen sind alle älter und sehen auch alle älter aus«, sagte Birgitta.

Irene hatte nur Fotos des ermordeten Mädchens gesehen. Klein, mager, feingliedrig und ihr dünnes Haar um den Kopf ausgebreitet hatte sie nackt auf dem Stahltisch der Pathologie gelegen. Irene hatte ein wehrloses, kleines Kind gesehen.

Der Kommissar nickte grimmig. Ungeduldig trommelte er mit den Fingern auf die Schreibtischplatte. Abrupt hielt er inne und schlug energisch mit der Hand auf den Tisch.

»Wir müssen uns umgruppieren. Fredrik und Tommy kümmern sich um den neuen Fall mit der alten Leiche. Irene und Hannu machen mit der Fahrerfluchtsache und Torleif weiter. Und Birgitta und Jonny sind für den Mädchenmord zuständig.«

»Kommst du mit und schaust dir die Wohnung an?«

Sie standen im Fahrstuhl. Es war fast halb sieben, und Irene wäre gerne nach Hause gefahren. Aber etwas in Hannus Stimme ließ sie aufmerken.

»Rein rechtlich dürfen wir die Wohnung nicht betreten«, meinte sie.

Sie wies mehr der Ordnung halber auf diese Tatsache hin.

»Rein rechtlich«, erwiderte Hannu und lächelte.

Sie stiegen jeder in sein eigenes Auto, um nach der Inspektion von Torleif Sandbergs Wohnung direkt nach Hause fahren zu können. Birgitta war bereits mit dem anderen Wagen der Moberg-Rauhala-Familie aufgebrochen, um den kleinen Timo aus der Kita abzuholen.

Der Berufsverkehr hatte schon etwas nachgelassen. Es dauerte eine knappe Viertelstunde, bis sie Torleif Sandbergs Haus in der Anders Zornsgatan erreichten. Nachdem sie ihre Wagen geparkt hatten, trafen sie sich auf dem Bürgersteig. Irene nickte zur Fernsehanstalt hinüber und meinte:

»Er war auf dem Heimweg. Es fehlten nur ein paar hundert Meter bis zur Haustür.«

»Seltsame Stelle, um unter ein Auto zu geraten«, sagte Hannu.

»Seltsam? Der BMW hatte ein sehr hohes Tempo. Es blieb ihm einfach keine Zeit …«

»Freie Sicht in alle Richtungen. Er hätte das Auto sehen müssen.«

Irene musste ihm Recht geben. Aber vielleicht gab es einen Grund dafür, dass Torleif Sandberg seinen Abstand zu dem heranrasenden Auto falsch eingeschätzt hatte.

»Es war dunkel. Er war recht alt und sein Sehvermögen vielleicht eingeschränkt. Grauer Star oder so was«, wandte sie ein.

»Wieso joggt er dann bei Dunkelheit?«, fragte Hannu sofort zurück.

Die Antwort darauf musste Irene ihm schuldig bleiben. Sie gingen auf Sandbergs Treppenaufgang zu.

Die dreistöckigen Häuser waren Mitte der fünfziger Jahre aus rotem Backstein gebaut worden. Die Gegend war freundlich mit großen Rasenflächen und hohen Bäumen zwischen den Häusern. Irene wusste, dass in den Blumenbeeten im Sommerhalbjahr alles blühte, aber jetzt hatte es den Anschein, als würde die eisige Umklammerung der Erde ewig anhalten. Aber obwohl die schneidende Kälte unerbittlich wirkte, wusste sie, dass auch diese irgendwann zum Rückzug gezwungen werden würde. Der Frühlingsregen würde die gefrorene Erde aufweichen und ein weiteres Mal den eisigen Griff um Wurzeln und Blumenzwiebeln lockern.

Hannu schloss die Haustür auf, und sie traten in das warme Treppenhaus. Dem Mieterverzeichnis an der Wand entnahm Irene, dass »T. Sandberg« ganz oben wohnte. Das Treppenhaus war frisch gestrichen, in einem sahnegelben Farbton. Mit einer Borte aus dunkelgrünem Eichenlaub. Sie gingen die gründlich geputzte Treppe hoch. Ganz oben waren zwei Türen, an einer stand auf einem Schild Torleifs Name.

Hannu steckte den Schlüssel ins Schloss und drehte ihn herum. Er bedeutete Irene, als Erste einzutreten.

»Er hat fünfundzwanzig Jahre hier gewohnt«, hörte sie Hannus Stimme hinter sich.

»Also seit der Scheidung?«

»Ja.«

Sie fand den Lichtschalter und machte in der Diele Licht. Eine Hutablage an der Wand, ein Schuhständer und ein kleiner Schrank fanden darin Platz. Irene öffnete die Schranktür einen Spalt breit. In ihm hingen Mäntel und Jacken. Geradeaus war das Badezimmer. Es war bis in halbe Wandhöhe mit hellgrünen Fliesen gekachelt. Mehrere Fliesen waren gesprungen. Sowohl die Badewanne als auch das Waschbecken waren zerkratzt.

»Renovierungsbedürftig«, meinte Irene.

»Du hast die Küche noch nicht gesehen«, erwiderte Hannu trocken.

In Diele und Bad war es schon eng, die Küche jedoch war geradezu winzig. In den fünfziger Jahren hatte man kleine Küchen gebaut, aber diese schien selbst für jene Zeit ungemein klein. Es gab kaum genügend Platz, um ein Ei zu kochen. Herd, Kühlschrank und die übrige Einrichtung schienen noch zur Originalausstattung zu gehören. Die Gardine am Fenster war verblichen, aber sorgfältig gebügelt. Die tannengrünen Streifen passten zu den lackierten Türen der Küchenschränke. An der Wand stand ein kleiner Küchentisch mit zwei Holzstühlen. Auf der Tischplatte lag ein grün-weiß kariertes Wachstuch. Über dem Tisch hing ein altes Plakat mit einer Nahrungspyramide für Vegetarier. Statt Rind, Schwein, Fisch und Geflügel standen ganz oben an der Spitze Bohnen, Keime und Hülsenfrüchte. Irene entdeckte darin viele von Jennys Ernährungsgewohnheiten wieder. Für Vegetarier war es wichtig, genügend Proteine zu sich zu nehmen.

In der Speisekammer standen Kartons mit getrockneten Bohnen und Erbsen, Tüten mit unterschiedlichen Mehlsorten und – natürlich – mehrere Packungen von Dr. Kruskas Haferkleie. In einigen, ordentlich auf einem Brett aufgereihten Gläsern lag Dörrobst. Der Kühlschrank war mit Ausnahme eines geöffneten Tetrapaks Sojamilch und zwei Blecheimern unklaren Inhalts fast leer.

Sie gingen zurück in die Diele und von dort weiter ins Wohnzimmer. Es war überraschend großzügig geschnitten. Mit Panoramafenster und einer Glastür, die auf einen Balkon führte. Wenn die Sonne hereinschien, dann war dieses Wohnzimmer sicher hell und angenehm. Der einzige Gegenstand, der neu wirkte, war ein Fernseher. Darüber hing ein gerahmtes Poster: Sonnenuntergang über Gebirgsmassiv. Die Couchgarnitur, die Schrankwand und der Teppich hatten das Design der siebziger Jahre. Im Bücherregal standen ein paar Taschenbücher. Der Vitrinenschrank war mit einer imponierenden Anzahl Pokale gefüllt.

»Er war ein guter Orientierungs- und Langstreckenläufer. Diese Preise stammen sicher aus seiner Zeit beim Polizeisportverein«, meinte Irene und trat auf den Schrank zu.

Neben dem Schrank befand sich ein Lichtschalter. Als sie ihn betätigte, flammten ein paar Glühbirnen hinter den Glasscheiben auf. Die Pokale funkelten.

»Er hat sie poliert«, stellte Hannu fest.

Irene schaute sich um.

»Ja. Alles sauber und ordentlich«, meinte sie.

Hannu nickte und ging auf eine angelehnte Tür zu. Er stieß sie vorsichtig mit dem Fuß auf.

Auch das Schlafzimmer war geräumig. Die Schrankwand auf der einen, ein einzelnes, sauber gemachtes Bett mit einer hellblauen Tagesdecke aus Frottee auf der anderen Seite. Und davor ein relativ neuer, bunter Flickenteppich. Am Fußende des Bettes stand ein schmaler Schrank mit Glastüren und gläsernen Regalbrettern. Zu Irenes Erstaunen waren Spielzeugautos drin. Das kleinste war kaum größer als ein Stück Würfelzucker, das größte etwa dreißig Zentimeter lang. Es handelte sich ausschließlich um Polizeiautos und zwar aus aller Welt. Das größte war ein blaues Modell aus den fünfziger Jahren mit Sheriffsternen auf den Türen.

Vor dem Fenster stand ein Schreibtisch mit einer Schreibtischlampe und einem zugeklappten Laptop. Neben dem Computer lag ein Buch mit dem Titel »Ahnenforschung für Anfänger«. Auf dem Tisch stand das gerahmte Foto eines etwa dreijährigen, blonden Jungen. Irene deutete darauf und sagte:

»Das muss sein Sohn sein. Sie sind sich recht ähnlich.«

Sie öffnete die Kleiderschränke. Alles hing ordentlich auf Bügeln. Im Wäscheschrank lagen sorgfältig zusammengelegt Bettwäsche und Handtücher.

»Er hat hier allein gewohnt. Nichts deutet auf eine zweite Person hin«, meinte Irene.

Hannu erwiderte nichts, sondern sah sich im Zimmer um. Sein Blick blieb am Bett hängen.

»Einsam«, meinte er schließlich.

Mit diesem Wort hatte er es getroffen. Die ganze Wohnung atmete Einsamkeit. Vielleicht trog der Eindruck ja auch. Kruska-Toto hatte vielleicht als Mitglied von Rentner- und Sportvereinen einen regen Umgang gepflegt. Irene versuchte sich zu erinnern, wie er als Kollege gewesen war. Sie hatte ihn nicht näher gekannt, aber natürlich gewusst, wer er war. Torleif hatte nie viel Aufhebens um seine Person gemacht. Er hatte sich leidenschaftlich für Sport interessiert und war im Polizeisportverein sehr aktiv gewesen. Und dann war da diese Sache mit seinen seltsamen Essgewohnheiten gewesen. Er hatte eher durchschnittlich ausgesehen und war bis zu seiner Pensionierung relativ fit gewesen. Wann war er eigentlich in Rente gegangen? Irene dachte nach und musste sich eingestehen, dass sie es nicht wusste. Vermutlich irgendwann vor ungefähr fünf bis sieben Jahren.

»Kanntest du ihn?«, fragte sie Hannu.

»Nein, nur vom Sehen. Ich habe nie mit ihm gesprochen.«

»Ich kannte ihn ein wenig. Er war im dritten Revier für den Innendienst verantwortlich, als ich das letzte Jahr dort arbeitete. Er kam ins Präsidium, als die Abteilungen zusammengelegt wurden. Aber da hatte ich bereits beim Dezernat für Gewaltverbrechen angefangen und nicht mehr viel mit ihm zu tun.«

»Wie war er?«, fragte Hannu.

»Recht harmlos. Er hat sich immer nur dann wirklich ereifert, wenn es um die Bedeutung von körperlichem Training und richtiger Ernährung ging, das heißt natürlich vegetarisch.«

»Wie war er als Polizist?«

Irene zögerte, ehe sie antwortete.

»Irgendwie ... feige. Er hatte Angst davor, Entscheidungen zu treffen. Er wartete immer auf das Okay von oben. Das hat uns manchmal ganz schön genervt. Kein unbedingt herausragender Kollege, aber auch keiner von den Schlimmsten, die mir begegnet sind.«

»Gesellig?«

»Ich weiß nicht ... nicht direkt. Aber auch nicht direkt unsozial. Er war auch kein Miesmacher, soweit ich mich erinnere. Es gab wirklich Schlimmere.«

Irene hörte selbst, wie vage das alles klang. Sie versuchte, deutlicher zu werden, und sagte:

»Um die Wahrheit zu sagen, kannte ich ihn überhaupt nicht. Er war einfach da. Einer unter vielen anderen Kollegen, mit denen einen nichts verbindet.«

Hannu nickte und betrachtete weiter nachdenklich das einfache Bett. Nichts gab über seine Gedanken Aufschluss. Er ließ seinen kühlen, blauen Blick ein letztes Mal durch das Schlafzimmer wandern, drehte sich dann auf dem Absatz um und kehrte ins Wohnzimmer zurück.

Als Irene ihn einholte, stand er vor dem Schrank mit den Glastüren. Die Beleuchtung war immer noch eingeschaltet.

»Ein Sammler. Pokale und Polizeiautos«, stellte Hannu fest.

Irene hatte eine mindestens ebenso große Pokalsammlung zu Hause, die sich in den Jahren, in denen sie an Jiu-Jitsu-Wettkämpfen in Schweden und Europa teilgenommen hatte, angesammelt hatten. Sie waren im obersten Fach ihres Kleiderschranks verstaut. Zweifellos ein Unterschied zu der polierten

Sammlung, die hinter den ebenfalls gewienerten Glasscheiben funkelte.

»Und dem Buch nach war er an Ahnenforschung interessiert. Das ist ja auch eine Art Sammelleidenschaft. Man sammelt seine Familie rückwärts durch die Jahrhunderte«, meinte Irene.

Hannu sah sie an und schenkte ihr eines seiner raschen und seltenen Lächeln.

»Da ist was dran«, erwiderte er.

Katarina hat eine SMS geschickt. Sie sind in Teneriffa zwischengelandet«, rief Jenny aus dem Obergeschoss.

»Und wann werden sie dann hier sein?«, rief Irene zurück. Auf einem Bein balancierend versuchte sie den klemmenden Reißverschluss ihres zweiten Stiefels zu öffnen.

Das war leichter gesagt als getan, da Sammie schwanzwedelnd um sie herumsprang und gestreichelt werden wollte. Er war zwölf Jahre alt und würde in ein paar Monaten dreizehn werden. Er sah und hörte immer schlechter. Wenn es ihm passte, stellte er sich taub, aber das war nichts Neues, das hatte er schon als Welpe getan. Im Übrigen war er fröhlich und munter. Wenn ihn jemand gefragt hätte, was ihm seine Jugendlichkeit bewahre, hätte er sicherlich geantwortet »die Jagd«. Und Frauchen hätte bestätigen können, dass er Katzen und läufige Hündinnen jagte, sich gelegentlich aber auch mit Eichhörnchen und Vögeln begnügte. Solange sie sich nur genug bewegten, damit er sie überhaupt wahrnahm. Inzwischen kam es jedoch auch vor, dass er sie einfach übersah.

»Um Mitternacht in Landvetter. Felipes Vater holt sie ab«, antwortete Jenny.

Irene war erleichtert, dass nicht sie mitten in der Nacht zum Flughafen rausfahren musste, und war dankbar dafür, dass ihre zweite Tochter wohlbehalten auf dem Heimweg war.

Katarina und Felipe waren vier Monate lang in Brasilien gewesen. Sie hatten bei Felipes Verwandten gewohnt und Capoeira geübt und gelehrt, den Tanz, der eigentlich ein Kampfsport war. Obwohl es sich, wenn man wollte, auch andersherum definieren ließ. Katarina hatte zu Irenes Bedauern ganz mit dem Jiu-Jitsu aufgehört und sich ganz und gar dem Capoeira gewidmet.

Anfänglich hatten Irene und Krister dieser Reise sehr kritisch gegenübergestanden. Doch das Argument, Felipe sei schon oft in Brasilien gewesen, spreche fließend Portugiesisch und habe viele Verwandte und Freunde in dem Land, hatte sie schließlich nachgeben lassen. Außerdem war ihre Tochter volljährig.

Katarina hatte direkt nach dem Abitur Anfang Juni einen Job gefunden und die gesamte Sommersaison im Vergnügungspark Liseberg gearbeitet. Da sie immer noch zu Hause wohnte, hatte sie viel von ihrem Lohn zurücklegen können. Ihre gesamten Ersparnisse gingen für die Reise drauf. Dem Reisetagebuch im Internet nach zu urteilen, war die Erfahrung wohl jede Krone wert gewesen.

Aber obwohl Irene die Reise ihrer Tochter im Internet hatte verfolgen können, war sie die ganze Zeit besorgt gewesen.

Sie wusste, dass sich Krister ebenfalls Sorgen gemacht hatte, obwohl er sich bemüht hatte, das nicht zu zeigen. Mehrmals war sie mitten in der Nacht aufgewacht und hatte gehört, wie er im Haus herumgegeistert war. Seine Schlafprobleme hatten im Herbst des Vorjahres begonnen. Die Ärzte hatten ihm ein Burnout-Syndrom attestiert. Das Arbeitstempo im Gourmetrestaurant, in dem er als Küchenchef arbeitete, war hoch, und der Druck, den Stern im Restaurantführer zu verteidigen, lastete schwer auf dem gesamten Personal. Als Küchenchef trug Krister eine große Verantwortung, und schließlich hatte er einen Zusammenbruch erlitten. Erst nach ein paar Monaten hatte er halbtags wieder gearbeitet, war aber für die restliche Zeit noch krankgeschrieben gewesen. Das Glady's hatte einen neuen Küchenchef bekommen, der sehr tüchtig war. Er hatte Krister einiges von seiner Verantwortung abgenommen. Irene fand, dass Krister allmählich wieder der Alte wurde, obwohl es sicher noch dauern würde, bis er wieder ganz gesund war. Er war neun Jahre älter als sie, aber erst im letzten Jahr hatte sie den

Altersunterschied bewusst wahrgenommen. Es geschieht etwas, wenn man die fünfzig einmal überschritten hat, dachte sie gelegentlich. Aber sie selbst war schließlich noch weit davon entfernt.

»Hallo, Süße!«, hörte sie jetzt die Stimme ihres Mannes aus der Küche.

Ein verführerischer Duft drang in die Diele. Irene schlich durch die Küche auf Krister zu und umarmte ihn von hinten. Das war am einfachsten, da er sich gerade am Herd zu schaffen machte.

»Hm, wie gut das duftet. Ich habe einen Mordshunger«, murmelte sie in seinen Nacken.

»Fischsuppe mit Ofengemüse. Ich habe die Paprika und das andere Gemüse im Ofen zubereitet, den Fisch, die Krabben und Muscheln aber nicht. Die koche ich wie immer extra«, sagte Krister und drehte den Kopf herum, um sie zu küssen.

Dass Fische und Schalentiere getrennt zubereitet und serviert wurden, war notwendig, da Jenny seit einigen Jahren Veganerin war. Inzwischen gab es keine Probleme beim Kochen mehr, aber Irene hatte Mühe gehabt, sich daran zu gewöhnen. An einigen Tagen gab es veganische Kost, an den anderen normales Essen, und Jenny machte sich dann die Reste vom Vortag warm. Meist wurde sehr viel Gemüse gekocht und dazu dann, je nach Wunsch, Fisch oder Braten.

Jenny kam die Treppe herunter. Sie hatte sich ihr Haar wachsen lassen, ohne es nachzufärben. An den Haarwurzeln schimmerte ein zentimeterbreiter goldblonder Streifen, ansonsten war es pechschwarz. Die Band, in der sie jahrelang gespielt hatte, hatte sich nach dem Sommer aufgelöst, und Jenny hatte nichts unternommen, um in einer anderen Band einzusteigen. Sie war im Herbst und Winter völlig damit beschäftigt gewesen, in verschiedenen Kindergärten zu jobben.

Jenny goss sich etwas Suppe in einen kleineren Topf und gab eine halbe Dose weiße Bohnen dazu, um die Suppe nahrhafter und proteinreicher zu machen. Nachdenklich und langsam rührend betrachtete sie ihren Vater.

»Könntest du mir einen Job im Glady's besorgen?«, fragte sie schließlich.

Krister zog erstaunt die Brauen hoch. Jenny verstand sich auf Vegan-Küche, hatte aber bis dato nie ein besonderes Interesse für die Gastronomie an den Tag gelegt.

»Was schwebt dir vor?«, wollte er wissen.

Sie zuckte mit den Achseln.

»Weiß nicht. Beim Kochen helfen oder so.«

»Bei uns stehen die gelernten Köche Schlange. Das Glady's ist erstklassig. Vielleicht könntest du als Küchenhilfe anfangen. Oder in der Spülküche. Das Putzen hat eine Firma übernommen, das macht das Restaurant nicht mehr selbst.«

»Ach so«, erwiderte sie.

Sie hatte Mühe, ihre Enttäuschung zu verbergen.

»Ich dachte, du magst die Arbeit im Kindergarten«, sagte Irene.

»Tue ich ja auch. Aber irgendwie ist das nicht mein Ding.«

»Und was ist mit der Musik?«, wollte Krister wissen.

»Damit mache ich weiter. Aber im Moment hätte ich Lust, etwas ganz anderes anzufangen.«

»Und zwar?«

»Weiß nicht. Doch … es würde mir Spaß machen, in einem Restaurant zu arbeiten.«

»Du meinst kochen?«

Jenny nickte und nahm den Topf von der Platte. Es duftete verführerisch, als sie die Suppe in einen tiefen Teller goss und reichlich frische Petersilie draufstreute. Das Grün bildete einen hübschen Kontrast zur hellroten Paprikasuppe. Krister betrachtete das Arrangement.

»Ich finde schon, dass du ein Gefühl und ein gutes Auge fürs Essen hast. Aber dir fehlen die Grundkenntnisse. Ein weiteres Problem ist, dass du Veganerin bist. Du musst lernen, Fleisch und Fisch zuzubereiten, wenn du in einer Restaurantküche arbeiten willst«, meinte er.

»Nicht, wenn es ein vegetarisches Restaurant ist«, erwiderte Jenny rasch.

»Du würdest also gerne lernen, vegetarisch zu kochen?«

Jenny nickte.

»Dann musst du halt versuchen, einen Job in einem vegetarischen Restaurant zu finden.«

»Das ist nicht so leicht. In ganz Göteborg gibt es nur zwei oder drei«, sagte Jenny.

»Ruf einfach an und stelle dich vor. Du kannst auch erwähnen, wer dein Vater ist.«

Er grinste Jenny an, und sie lächelte. Sie sind sich so ähnlich, dachte Irene, und ihr wurde ganz warm ums Herz.

Als sich Irene im Schlafzimmer ans Fenster stellte, um die Jalousie herunterzulassen, sah sie, dass es draußen kräftig schneite. Sie beschloss, am nächsten Morgen früh aufzustehen und ihr Auto auszugraben, um nicht schon wieder zu spät zu kommen.

»Dass sie jetzt auch kochen will«, sagte Krister in die Dunkelheit, nachdem sie das Licht gelöscht hatten.

Er konnte seine Zufriedenheit nicht verhehlen.

»Glaubst du, dass es ihr damit ernst ist?«, fragte Irene.

»Ich hoffe es. Ich glaube, es würde ihr liegen.«

Irene wunderte sich. Sie hatte immer geglaubt, dass sich ihre Tochter für die Musik entscheiden würde. Vegan-Köchin. Nun, warum nicht.

Ein Esslöffel Schnee und das Chaos bricht aus, pflegte Irenes Mutter Gerd immer zu sagen. Und darin lag mehr als nur ein Körnchen Wahrheit, sie konnte immerhin auf fünfundsiebzig Jahre Erfahrung zurückblicken.

Im Verlauf der Nacht waren etliche Esslöffel Schnee gefallen, um genau zu sein, waren es fünfundzwanzig Zentimeter. Der gesamte Verkehr im Raum Göteborg war zusammengebrochen. Die Schneepflüge hatten kaum mit ihrer Arbeit begonnen, als der Berufsverkehr einsetzte. Wie immer hatte der Wintereinbruch die Göteborger kalt erwischt. Wer keine Winterreifen am Auto hatte – und das war bei vielen der Fall –, schlitterte im Schneematsch herum. Autos kamen von der Straße ab und verursachten Auffahrunfälle. Der Verkehr stand praktisch still. Irene sah ein, dass sie sich sehr verspäten würde. Das war ihr in sechzehn Jahren am Dezernat für Gewaltverbrechen noch nie passiert. Sie saß im Stau fest und verfluchte die unzureichenden Maßnahmen der Stadtverwaltung, was natürlich nicht weiterhalf. Der einzige Trost war, dass das Thermometer wieder stieg.

Mit fast halbstündiger Verspätung hetzte Irene in ihre Abteilung. Aus der Ferne erblickte sie Fredrik Stridh im Korridor. Er hob die Hand und rief:

»Immer mit der Ruhe. Hannu und Birgitta sind auch noch nicht da.«

Irene freute sich, dass sie so doch noch ihr Morgenritual absolvieren konnte. Sie hängte ihre Jacke auf, wechselte ein paar

Worte mit Tommy und ging dann direkt zum Kaffeeautomaten. Sicherheitshalber nahm sie zwei Becher.

Im Konferenzraum saßen die anderen und unterhielten sich. Es dauerte einen Moment, bis Irene bemerkte, dass Kommissar Andersson fehlte.

»Wo ist Sven?«, fragte sie.

Jonny Blom und Fredrik Stridh machten erstaunte Gesichter.

»Ist er nicht hier? Er kommt doch sonst immer als Erster«, meinte Fredrik.

»Vermutlich sitzt er wie alle anderen in diesem verdammten Schneechaos fest«, vermutete Jonny.

»Birgitta hat angerufen und mitgeteilt, dass sie in zehn Minuten da sein werden«, sagte Tommy Persson, als er ins Konferenzzimmer kam.

»Hast du Sven schon gesehen?«, fragte Irene.

»Nö. Ist er noch nicht da?«

»Nein.«

Sie setzte sich mit ihren zwei Kaffeebechern an den Tisch. Irene berichtete von dem Schlüsselbund in der Jacke des Opfers und dass einer der Schlüssel zu Torleif Sandbergs Wohnung gepasst habe.

»Mit größter Wahrscheinlichkeit ist das Opfer also Torleif. Heute Nachmittag werden seine Zähne geröntgt. Sein Unterkiefer ist offenbar noch recht intakt«, meinte sie.

Betretenes Schweigen.

»Kruska-Toto war ein dröger Typ. Ihr wisst schon, dauernd nur Stroh fressen und joggen. Außerdem rührte er keinen Alkohol an«, sagte Jonny, der wie immer die allgemeine Stimmung nicht erfasst hatte.

»Dröge, ich weiß nicht… das stimmt nicht ganz. Er hatte eben seine Prinzipien«, wandte Tommy ein.

»Prinzipien. Genau! Er war so ein verdammter Prinzipienreiter!«, sagte Jonny.

Dann sah er Tommy durchdringend an.

»Hattest du je näher mit Kruska-Toto zu tun?«

»Tja… eigentlich nie direkt. Aber er muss ja nicht dröge gewesen sein, bloß weil er…«

»Ach! Kann mir einer von euch etwa auch nur einen einzigen Kollegen nennen, der mit Kruska-Toto befreundet gewesen wäre?«

Sein Blick schweifte über die Versammlung. Alle schüttelten den Kopf. Triumphierend fuhr Jonny fort:

»Keiner war mit ihm befreundet, eben weil er so verdammt langweilig war! Stellt euch mal vor, ihr wärt bei ihm zum Essen eingeladen gewesen.«

Jonny räusperte sich und sprach dann im Falsett weiter:

»Komm doch Freitagabend zu mir. Es gibt Bohnensuppe und Wasser.«

Alle lachten. Das Lachen erstarb jäh, als sie Andersson in der Tür entdeckten. Der Blick, mit dem er Jonny bedachte, war nicht gerade freundlich.

»Ich war mit Torleif befreundet«, sagte er knapp.

Stille machte sich breit, als er langsam auf seinen Platz am Tischende zuging. Schwer atmend ließ er sich auf den Stuhl sinken, der unter seinem Gewicht ächzte. Er sah alt und müde aus, fand Irene, er war es auch, er war 62 Jahre alt, litt an Übergewicht, an Bluthochdruck und Asthma – bedauerlich, dass sein Freund Torleif keinen größeren Einfluss auf seine Lebens- und Essgewohnheiten gehabt hatte. Irene hörte zum ersten Mal, dass Torleif Sandberg und der Kommissar sich gekannt hatten. Zwei unterschiedlichere Menschen waren kaum zu finden. Was sie wohl verbunden hatte? Plötzlich fiel Irene auf, dass sie keinen einzigen Menschen kannte, der mit Sven Andersson privat verkehrte. Irene betrachtete ihren Chef und dachte dann an Torleif Sandbergs Wohnung. Das war der gemeinsame Nenner: Einsamkeit.

»Ich habe wirklich nicht geahnt, dass du mit Kruska-Toto befreundet warst«, sprach Jonny aus, was alle dachten.

Schweigend schaute Andersson auf seine Hände. Dann sagte er:

»Wir hatten einiges… gemeinsam. Als ich mich scheiden ließ,

sagte er mir, dass er das auch gerade hinter sich hätte. Wir haben uns öfter unterhalten.«

Plötzlich blickte er auf und lächelte in die Runde.

»Er hat mich damals übrigens zu einem Kohlgratin eingeladen, das mit das beste war, was ich je gegessen habe.«

»Kohlgratin? Da ist doch Hackfleisch drin …«, begann Jonny.

»Er hat irgend so ein Sojazeug reingetan. Es dauerte eine Weile, bis mir klarwurde, dass das gar kein richtiges Hackfleisch war.«

»Du willst uns wohl nicht erzählen, dass er dir dazu ein richtiges Bier angeboten hat«, meinte Jonny und verdrehte die Augen.

»Doch, doch, allerdings nur ein alkoholfreies. Aber immerhin.«

Die Ankunft Birgitta Moberg-Rauhalas unterbrach den Gedankengang des Kommissars. Es entstand eine gewisse Verwirrung, als sie anfing, von einer Massenkarambolage auf der Autobahn bei Floda zu erzählen, und sich gleichzeitig für ihre Verspätung und die ihres Mannes entschuldigte.

»Wir gehen nur schnell das Allerwichtigste vor der Pressekonferenz um zehn durch«, sagte Andersson.

Dann wandte er sich an Tommy und fragte:

»Die Leiche, die gestern gefunden wurde. Was habt ihr in Erfahrung gebracht?«

»Einer der Polizeihunde fand den Toten in unwegsamem Gelände hinter dem Brudaremossen-Sendemast. Er saß zurückgelehnt in eine Felsspalte eingekeilt. Fredrik und ich glauben beide, dass es sich um einen Mann handelt. Er hat wohl schon recht lange so dagesessen. Ganz sicher schon einige Monate.«

»Jung oder alt?«, fragte Andersson.

»Älter. Jedenfalls der Kleidung nach zu schließen. Gummistiefel in Größe 42. Eine Helly-Hansen-Allwetterjacke und eine Mütze mit Ohrenklappen.«

»Warm gekleidet«, merkte Irene an.

»Ja. Aber die Gummistiefel deuten darauf hin, dass das Thermometer noch nicht unter Null gesunken war. Wahrscheinlich war es ein feuchter Herbsttag«, überlegte Tommy laut.

»Torleif Sandberg trug Joggingschuhe bei sechzehn Grad unter Null«, sagte Hannu plötzlich ins Zimmer hinein.

Die anderen sahen ihn verwundert an.

»Und?«, erwiderte Andersson.

»Kalt«, meinte Hannu lakonisch.

Manchmal werde ich aus diesem Finnen nicht schlau. Oder Lappen, wie auch immer, dachte der Kommissar, sagte aber nichts. Dann wandte er sich mit der nächsten Frage an Fredrik:

»Habt ihr rausgekriegt, wie er zu Tode gekommen ist?«

»Zweifellos ist er an dem Ort gestorben, an dem er gefunden wurde. Dort fand sich nichts, weder Waffen noch verdächtige stumpfe Gegenstände. Auch an der Leiche ließ nichts auf ein Verbrechen schließen. Die Obduktion muss nähere Aufschlüsse darüber liefern. Aber bis dahin werden wohl einige Tage verstreichen.«

»Bestimmt. In der Gerichtsmedizin herrscht ja übelste Personalknappheit«, schnaubte Andersson verächtlich.

Er trommelte mit den Fingern ein schnelles Solo auf die Tischplatte und schob die Unterlippe vor. Was darauf schließen ließ, dass er nachdachte. Schließlich meinte er:

»Fredrik soll alle älteren Männer überprüfen, die letztes Jahr hier in der Gegend vermisst gemeldet wurden. Im Übrigen lassen wir über die Leiche in Brudaremossen nichts verlauten, bis wir Näheres von der Gerichtsmedizin wissen. Außerdem kann ich noch berichten, dass die Befragungen in der Nachbarschaft in den Häusern in der Töpelsgatan bisher nichts ergeben haben.«

Er rieb sich energisch die Hände und wandte sich dann an Birgitta:

»Neuigkeiten, was dieses Mädchen betrifft?«, fragte er.

»Eigentlich nicht. Ich habe die Kollegen in Norwegen, Dänemark und Finnland verständigt. Es gibt keine Vermisstenmeldungen von Mädchen dieses Alters und mit dieser Beschreibung. Ich will mich heute mit Linda Holm vom Dezernat für Menschenhandel unterhalten.«

»Ach! Blondie. Das ist doch die, die zu begabt für uns war und die sie gleich zur Chefin einer eigenen Abteilung machen mussten!«, sagte Jonny und lachte vielsagend.

»Wie meinst du das, zur Chefin machen mussten?«, fragte Birgitta.

»Als sie Blondie damals mit einem Ermittlungsauftrag nach Rosenlund schickten, brach dort regelrecht das Chaos aus. Alle Zuhälter wollten die Blondine, die in dem Auto saß, in ihren Stall nehmen. Die anderen Huren hätten sie aus Eifersucht fast verprügelt.«

Jonny lachte zufrieden über seine kleine Anekdote. Ein Blick auf Birgitta genügte jedoch, um zu erkennen, dass sie die Geschichte anscheinend überhaupt nicht zu schätzen wusste. Sie biss die Zähne so fest zusammen, dass die Adern an den Schläfen hervortraten. Vom Hals her stieg ihr eine wütende Röte ins Gesicht.

»Hörst du dir eigentlich selbst zu? ›Die anderen Huren.‹ Kommissarin Linda Holm ist also eine der Huren in Rosenlund!«

»Ach was. Das war doch nicht ernst gemeint.«

»Nicht ernst gemeint! Du bezeichnest eine Kommissarin als Hure! Du sagst, sie hat ihren Job nur bekommen, weil sie im Einsatz nicht zu gebrauchen war! Und du nennst sie abwertend Blondie!«

Birgitta war so wütend, dass sie fast keine Luft mehr bekam. Sie musste einige Male tief einatmen.

»Bist du jetzt in die Feministische Initiative eingetreten oder was?«, fragte Jonny höhnisch.

Er ließ nie die Gelegenheit aus, Auseinandersetzungen auf die Spitze zu treiben. Birgitta sprang von ihrem Stuhl auf und beugte sich über den Tisch. Ihre Augen funkelten wütend.

»Halt die Schnauze, Jonny! Kommissarin Linda Holm hat Jura studiert und ist eine gute Polizistin. Sie hat Qualifikationen, von denen du nur träumen kannst! Deswegen musst du an ihr herumkritisieren. Deswegen bezeichnest du sie als Hure. Weshalb? Weil das Einzige, was du ihr vorwerfen kannst, ist, dass sie eine Frau ist!«

»Jetzt hört beide auf!«

Andersson stand die Zornesröte im Gesicht, und er schlug wütend mit der Faust auf den Tisch.

»Nehmt euch zusammen!«, sagte er barsch.

Birgitta setzte sich wieder hin. Sie presste die Lippen zusammen und starrte wütend auf eine verblichene Lithographie an der Wand: ein paar Kräne am Hafen vor graublauem Himmel.

»... überempfindlich ... Haarspaltereien ... kein Humor ...«, murmelte Jonny halblaut.

Irene versuchte, die schlechte Stimmung zu heben, und erzählte den Neuankömmlingen, dass einer der Schlüssel des Schlüsselbunds zu Torleif Sandbergs Wohnungstür passte.

»Es deutet also sehr viel darauf hin, dass es tatsächlich Torleif Sandberg ist, der im Leichenschauhaus liegt«, stellte Andersson fest.

»Ja. Wir haben auch damit angefangen, alle flüchtigen jungen Männer zu überprüfen. Das sind nicht besonders viele. Aber auf drei könnte die Täterbeschreibung passen.«

»Versuch, diese Kerle ausfindig zu machen, selbst wenn es nur dazu gut sein sollte, ihre Täterschaft auszuschließen«, sagte der Kommissar zu Irene.

Diese nickte und fing dabei Tommys Blick auf. Also auf ein Neues, was Daniel Lindgren, Niklas Ström und Billy Kjellgren anging.

Andersson wandte sich Birgitta zu.

»Wieso willst du dich eigentlich mit Linda Holm vom Dezernat für Menschenhandel unterhalten?«, fragte er.

»Ein so junges Mädchen müsste vermisst gemeldet worden sein, wenn es sich um eine Schwedin oder skandinavische Staatsbürgerin gehandelt hätte. Nirgendwo wird ein Mädchen dieses Alters vermisst. Außerdem weist der Leichnam Spuren grober sexueller Gewalt auf, die über einen längeren Zeitraum verübt wurde. Frau Stridner sagte auch, das Mädchen habe an einer Unterleibsinfektion gelitten. Einstiche an den Armen lassen auf Drogenmissbrauch schließen. All das lässt meines Erachtens darauf schließen, dass es sich bei dem Mordopfer um eine eingeschleuste Sexsklavin handelte.«

Andersson nickte bedächtig und schaute dann nachdenklich aus dem Fenster in die Dunkelheit. Der Schnee schlug gegen die Scheibe. Mit etwas gutem Willen konnte man in dem Grau in Grau schon einen hellen Streifen ausmachen, der die Morgendämmerung ankündigte. Andersson begann wieder, nervös auf die Tischplatte zu trommeln. Obwohl sie darauf gefasst waren, zuckten alle zusammen, als er plötzlich mit der flachen Hand auf den Tisch schlug.

»Irene, Fredrik und Birgitta sollen sich weiter um den Mädchenmord kümmern. Jonny kümmert sich statt Irene weiter um den Tod von Torleif und zwar zusammen mit Tommy und Hannu. Was den Toten von Brudaremossen angeht, warten wir die Obduktion ab. Der ist jetzt schon so lange tot, dass es auf ein paar Tage nicht mehr ankommt«, entschied er.

Irene war genauso überrascht wie alle anderen im Zimmer. Sie wusste jedoch, warum Andersson die Aufgaben umverteilt hatte. Das Verhältnis zwischen Jonny und Birgitta war sehr gespannt und würde nur ihre gemeinsame Arbeit beeinträchtigen. Der Grund dafür lag bereits sieben Jahre zurück. Damals hatte Birgitta gerade ihre Stelle am Dezernat angetreten. Und sofort hatte Jonny begonnen, ihr – einer hübschen Blondine mit wachen braunen Augen – Avancen zu machen und war dabei, wie gewohnt, recht unsensibel vorgegangen. Bei der Weihnachtsfeier schließlich, war es nicht bei verbalen Annäherungsversuchen geblieben, und da war Birgitta der Kragen geplatzt. Mitten auf der Tanzfläche hatte sie ihm die Leviten gelesen. Die Kollegen hatten ihren Spaß an ihrer unverblümten Ausdrucksweise gehabt.

Als Birgitta im Jahr darauf per Hauspost anonym Fotos aus Pornoheften zugeschickt worden waren, hatte sie sofort Jonny verdächtigt. Später hatte sich herausgestellt, dass ein anderer Kollege dahintersteckte, aber das Verhältnis von Birgitta und Jonny war nicht mehr zu reparieren gewesen. Es hatte sich zwar über die Jahre etwas entspannt, aber richtig gut würde es nie mehr werden.

Einmal hatte Andersson Irene in einem ungewöhnlichen Anfall von Vertraulichkeit gefragt, ob sie glaube, dass es helfen würde, wenn Birgitta die Abteilung wechselte. Da war Irene wütend geworden und hatte ihn angefahren: »Birgitta hat sich nichts zuschulden kommen lassen. Sie hat Jonny nie zwischen die Beine gefasst oder ihm irgendwelche obszönen Angebote gemacht.« Der Kommissar hatte sie erstaunt angesehen und wortlos ihr Büro verlassen. Und die Sache danach nie wieder zur Sprache gebracht.

»In fünf Minuten beginnt die Pressekonferenz«, sagte Andersson grimmig.

Er erhob sich, und die Besprechung war beendet.

Das Dezernat für Menschenhandel, in dessen Aufgabenbereich die Beschäftigung mit dem zunehmenden Problem der Zwangsprostitution fiel, war vor sechs Jahren als Versuchsprojekt gestartet worden. Linda Holm hatte als Kriminalinspektorin des Dezernats angefangen, das damals nur aus drei Personen bestand. Im Laufe der Jahre entwickelte sich das Dezernat zu einer permanenten Einrichtung und wurde personell verstärkt. Mittlerweile arbeiteten dort acht Personen. Seit einem Jahr war Linda Holm Kommissarin. Ihr früherer Chef war inzwischen unabhängiger Projektleiter. Er reiste durch das gesamte Land und hielt Vorträge für Polizisten und andere von der Zunahme des Menschenhandels betroffene Berufsgruppen. Irene hatte an dem Informationstag vor einem Jahr teilgenommen, der eigens für die Kollegen vom Dezernat für Gewaltverbrechen veranstaltet worden war.

Kommissarin Linda Holm führte gerade ein Telefongespräch, als sie ihr Büro erreichten. Da die Tür offenstand, ließ es sich nicht vermeiden, einen Teil des Gesprächs mitzuhören.

»Das ist okay. Wie lange sind die Mädchen denn schon hier? Wirklich? Dann müssen wir uns dranhalten.«

Sie verstummte wieder und hörte konzentriert zu. Dabei hob sie den Blick von ihrem Notizblock und sah Irene und Birgitta vor der Tür warten. Sie lächelte und bedeutete ihnen einzutreten.

»Liegt genug vor für eine Hausdurchsuchung? Am liebsten heute Abend… Okay. Dann morgen. Ich halte Kontakt zur

Staatsanwaltschaft. Du hältst mich auf dem Laufenden. Bis dann.«

Sie legte auf und wandte sich ihren beiden Besucherinnen zu. Linda Holm war einige Jahre jünger als Irene. Irene überlegte, ob in der Geschichte von Jonny nicht vielleicht doch ein Körnchen Wahrheit steckte. Dass Linda Holm mit ihren Naturlocken Blondie genannt wurde, war naheliegend.

Birgitta kam ohne weitere Umschweife auf den Grund ihres Besuches zu sprechen. Sie schilderte den Fall und äußerte ihren Verdacht, das ermordete Mädchen könnte eine Zwangsprostituierte gewesen sein. Linda Holm nickte.

»Der Verdacht liegt nahe. Mal sehen, ob wir sie irgendwo im Internet finden«, meinte sie.

Die Kommissarin griff zur Maus ihres Notebooks. Der Bildschirm stand so, dass weder Irene noch Birgitta, die auf der anderen Seite des Schreibtischs saßen, sehen konnten, wie sie vorging. Linda Holm runzelte konzentriert die Stirn. Ihre Finger flogen über die Tasten, und ihre Augen scannten die Seiten, die auf dem Monitor auftauchten.

»Hier«, sagte sie nach einer Weile.

Sie drehte das Notebook um. Auf dem Bildschirm war eine Seite mit Anzeigen geöffnet. Dass es um Sex ging, konnte man aus den Fotos schließen. Halbnackte und gänzlich unbekleidete Mädchen posierten in unterschiedlichen Stellungen. Sie wurden mit Vornamen und einem kurzen Text vorgestellt.

»Göteborgs Mädchen der Woche«, kommentierte Linda Holm trocken.

Sie deutete auf die Fähnchen neben den Bildern.

»Die Flaggen zeigen an, welche Sprachen die Mädchen sprechen. Eindrucksvoll, nicht wahr?«

Neben den meisten Fotos waren drei oder vier Fahnen abgebildet. Am häufigsten waren russische, lettische, estnische, deutsche und englische Fähnchen.

»Die Mädchen sprechen einzelne Brocken Deutsch und Englisch, die sie auf ihrer Odyssee durch Europa aufgeschnappt haben.«

Irene und Birgitta waren, wie die meisten ihrer Kollegen, öfter mit Zwangsprostitution in Berührung gekommen. Irene hatte jedoch das Gefühl, zu wenig über die aktuelle Situation zu wissen.

»Wie lange bleiben sie jeweils in einem Land?«, fragte sie.

»Etwa ein bis vier Wochen. An jedem Ort bleiben sie nur ein paar Tage. Die meisten der Mädchen wurden entführt. Es ist möglich, dass ihre Angehörigen sie suchen und als vermisst gemeldet haben. Die Zuhälter wollen sich deswegen nicht zu lange an einem Ort aufhalten. Sie kaufen die Mädchen den Kidnappern ab und können es sich nicht leisten, sie wieder zu verlieren, bevor sie möglichst viel Geld eingebracht haben. Diese Mädchen werden wie Sklavinnen gehandelt, in vielen Fällen sogar mit Hilfe der Eltern oder anderer Angehöriger. Oft handelt es sich um organisierte Menschenhändler, die den Mädchen und ihren Angehörigen vorgaukeln, im Ausland erwarte sie eine gute Arbeit. Ihre Armut macht dieses ganze Elend möglich.«

»Sehen die Mädchen überhaupt was von dem Geld, das mit ihnen verdient wird?«

»Nein. Die Zuhälter nehmen ihnen zuerst die Pässe ab, sobald sie die Grenze ihres Landes überschritten haben. Dann drohen sie ihnen. Sie reden den Mädchen ein, sie müssten für die Kosten aufkommen, die entstanden seien, als man sie aus dem Land geschleust habe. Oft drohen die Zuhälter auch mit Repressalien gegen die Angehörigen der Mädchen, falls diese nicht gehorsam seien. Gehorsam bedeutet, alle Formen von sexuellen Handlungen über sich ergehen zu lassen, die die Zuhälter und Kunden fordern.«

Linda Holm unterbrach sich einen Augenblick und zog ein Buch aus einer Schreibtischschublade. Sie hielt es hoch.

»Das ist der UNO-Bericht, aus dem hervorgeht, dass es in der Geschichte der Menschheit noch nie so viele Sklaven auf der Welt gegeben hat wie heute! Mindestens 26 Millionen Menschen leben in Sklaverei. Wahrscheinlich ist die genaue Zahl viel höher. Früher handelte es sich überwiegend um Arbeitskräfte. So etwas gibt es auch heute noch, aber mittlerweile ist Zwangsprostitution mindestens ebenso verbreitet. Und von diesem Handel sind Mädchen und junge Frauen betroffen. Mit Menschenhandel wird mehr Geld umgesetzt als mit Drogenhandel.«

»Wie kann das sein?«, wollte Birgitta wissen.

»Drogenhandel wird überall auf der Welt strenger bestraft. Oft riskieren die Täter sogar die Todesstrafe. Menschenhandel wird generell milder geahndet. Außerdem sind die Gewinne enorm. Die Gesetzgebung kann mit der explosionsartigen Zunahme nicht Schritt halten. Und dort, wo es entsprechende Gesetze gibt, sind die Behörden nicht unbedingt daran interessiert, diese auch anzuwenden. Man darf nicht vergessen, dass die Mächtigen nicht selten selbst Dreck am Stecken haben.«

Bei diesen Worten sah Linda Holm richtig aufgebracht aus.

»Wir haben die schlechteren Karten«, stellte Birgitta fest.

»Das könnte man sagen. In Schweden hat sich ja einiges verbessert, aber im Ausland ist die Einstellung zur Prostitution immer noch unverändert. Zwischen freiwilliger Prostitution und Zwangsprostitution wird kein Unterschied gemacht. Alle werden über einen Kamm geschoren. Man hält die Mädchen für Huren, die sich ihre Beschäftigung selbst gesucht haben.«

Linda dachte einen Augenblick nach und fuhr dann fort:

»Vor einem halben Jahr haben wir eine Wohnung durchsucht, die wir zuvor schon eine Weile beobachtet hatten. Wir wussten, dass sich mindestens zwei Frauen und zwei Zuhälter in der Wohnung befanden. Freier kamen und gingen rund um die Uhr. Ich war selbst bei der Durchsuchung dabei. Die Wohnung war wie zu erwarten ziemlich runtergekommen, aber der Geruch war kaum zu ertragen … Als ich in das eine Zimmer kam, war ein Mädchen, das knapp sechzehn war, gerade dabei, einem erwachsenen Mann die volle Windel zu wechseln. Ich frage mich bis heute, wie sich dieser Hundertkilotyp in den Strampelanzug hatte zwängen können. Einen Schnuller hatte er auch im Mund.«

Bei der Vorstellung wurde Irene fast übel.

»Widerlich«, meinte sie.

»Aber nicht ungewöhnlich. Glaubt ihr denn, dass sich ein junges Mädchen so etwas freiwillig aussucht? Ständig bereit, sich vor fremden Männern zu erniedrigen, um sie sexuell zu befriedigen? Diese Sexsklavinnen stehen für die schlimmsten Perversionen zur Verfügung.«

»Was sind das nur für Männer?«, fragte Irene.

»Alle möglichen und zwar von siebzehn bis siebzig. Die meisten gut situiert mit Familie.«

»Weiß man, warum sie das tun?«

»Du meinst, warum sie die Dienste einer Sexsklavin in Anspruch nehmen?«, fragte Linda Holm.

Sie dachte nach und sagte dann:

»Darüber habe ich sehr viel nachgedacht. Ich glaube, dass es mit Macht zu tun hat. Sie haben die Macht, sich die totale Unterwerfung eines anderen Menschen zu kaufen. Erleichtert wird es ihnen dadurch, dass die Mädchen ihre Sprache nicht sprechen. Das macht sie zu einem stummen Objekt. Einem Sexspielzeug. Ich glaube, das ist ausschlaggebend für einen Mann, der so etwas tut. Eigentlich ist er nie untreu. Er hat nur sein Sexspielzeug benutzt und ist gefühlsmäßig nicht involviert. Dass er sich gleichzeitig an der Macht über das Mädchen berauscht, würde er natürlich nie zugeben. Viele Männer reden sich außerdem ein, dem Mädchen Geld zu geben sei eine gute Tat.«

»Was passiert mit den Mädchen?«

»Einigen wenigen gelingt es, in ihre Heimat zurückzukehren«, antwortete Linda. »Das geht gut, solange sie nicht erzählen, was ihnen zugestoßen ist. Aber die körperlichen und seelischen Schäden sind oft so groß, dass sie psychische Erkrankungen davontragen oder Selbstmord begehen.«

Linda verstummte und betrachtete wieder den Bildschirm mit den winzigen Bildern der Sexangebote der Woche. Dann fuhr sie fort:

»Sie sind Wegwerfartikel. Die meisten gehen an Krankheiten oder Drogenmissbrauch zugrunde. Einige werden von ihren

Zuhältern oder von Freiern ermordet. Dafür gibt es einen eigenen Markt.«

»Einen eigenen Markt? Kann man sich ein Mordopfer kaufen?«, rief Birgitta entrüstet.

»Klar. Wenn das Mädchen verbraucht ist, kann der Zuhälter sie an jemanden verkaufen, der sie töten will. Aber das kostet einiges.«

Die Frauen schwiegen.

»Meinst du, dass das auch hier in Schweden möglich wäre?«, fragte Birgitta schließlich.

»Wahrscheinlich. Obwohl wir bisher nur in zwei Fällen einen konkreten Verdacht hatten. Beide in der Stockholmer Gegend. Außerdem sind einige Mädchen ertrunken, als sie von irgendeiner Fähre ins Wasser geworfen wurden. Wahrscheinlich von ihren Zuhältern. Eine einfache und billige Methode, sich der verbrauchten Mädchen zu entledigen.«

»Du meinst also, unser Mädchen im Leichenschauhaus könnte auch ein solches käufliches Mordopfer gewesen sein?«

»Ja. Nach der Beschreibung zu urteilen, war sie sehr krank und mitgenommen. Vielleicht brachte sie dem Zuhälter nichts mehr ein. Mit dem richtigen Käufer konnte er noch einmal richtig Kasse machen und war sein wertloses Mädchen außerdem los.«

Linda Holm ging die Homepages durch, die sexuelle Dienste anboten.

»Hier«, sagte sie schließlich.

Mit einem Bleistift deutete sie auf eine Anzeige. Auf dem Bild waren zwei lächelnde Teenager zu sehen, die sich die Arme um die Schultern gelegt hatten. Beide trugen nur Stringtangas.

»Heinz Becker hat diese Anzeige seit zwei Jahren im Netz. Die Mädchen auf dem Bild gibt es schon lange nicht mehr, aber wenn seine Kunden diese Anzeige sehen, wissen sie, woran sie sind. Es bedeutet, dass Heinz Becker wieder in der Stadt ist. Er hat die jüngsten Mädchen. Das ist sozusagen seine Spezialität.«

»Und wer ist dieser Heinz Becker?«

»Um die fünfzig. In der damaligen DDR ein hohes Tier beim Militär. Sein Vater war Deutscher, und seine Mutter kam aus Estland. Wurde Anfang der Neunziger wegen irgendwelcher Drogenvergehen verurteilt. Als er aus dem Knast kam, stieg er im Mädchenhandel ein. Er kauft junge Mädchen im Baltikum. Wobei die Betonung auf jung liegt. Die meisten Zuhälter sind vorsichtig. Allzu junge Mädchen wecken Verdacht. Der Zoll und die Polizei fangen an Fragen zu stellen. Es kann schwierig werden zu behaupten, dass die Mädchen freiwillig mitkommen, wenn sie minderjährig sind. Aber Heinz Becker ist bereit, dieses Risiko einzugehen. Die Nachfrage der Freier bestimmt den Markt, und für Kinder zahlen sie extra.«

»Und zurzeit ist dieser Heinz Becker also in Göteborg?«

»Ja. Seit drei Tagen steht die Anzeige im Internet. Wir haben die Wohnung gerade ausfindig gemacht, in der er mit den Mädchen untergekommen ist. Wir beobachten sie im Moment noch. Morgen wollen wir zuschlagen.«

»Es ist sicher nicht einfach, die Mädchen zum Reden zu bringen«, vermutete Irene.

»Stimmt. Aber wir arbeiten mit Dolmetschern. Denn zur Einschüchterung gehört ja, dass der Zuhälter der Einzige ist, mit dem sich die Mädchen in dem fremden Land unterhalten können. Mit etwas Glück haben sie noch eine Leidensgenossin, die dieselbe Sprache spricht. Aber meistens stammen die Mädchen aus verschiedenen Ländern, und die Zuhälter sorgen dafür, dass sie sich nicht näher kommen. Der Zuhälter wird so zur einzigen Bezugsperson.«

»Und sicher wird ihnen auch Angst vor der ausländischen Polizei gemacht.«

»Natürlich. Normalerweise weigern sie sich, Fragen zu beantworten. Wir haben immer eine Frau bei den Gesprächen. Kein Beamter darf die Mädchen alleine verhören.«

Irene dachte eine Weile konzentriert nach. Der Fall des toten Mädchens im Erdkeller bekam langsam Konturen.

»Dürfen wir dabei sein, wenn ihr diesen Heinz Becker verhört? Es würde uns sehr interessieren, ob er etwas über unser Mordopfer weiß. Natürlich würden wir gerne auch mit den Mädchen sprechen, die sich anscheinend in dieser Wohnung befinden. Vielleicht wissen sie etwas.«

»Klar. Kein Problem«, erwiderte Linda lächelnd.

Aber sie lächelte nur mit dem Mund, nicht mit den Augen. Vielleicht hatte sie ja bereits zu viel menschliches Elend gesehen. Irene war aufgefallen, dass viele ihrer Kollegen diesen müden Blick hatten.

Nach der Besprechung mit der Kommissarin war es höchste Zeit zum Mittagessen, aber weder Irene noch Birgitta hatten sonderlichen Appetit.

»Wie wär's mit Sushi?«, schlug Irene vor, als sie mit dem Fahrstuhl nach unten fuhren.

»Hm … eher nicht«, meinte Birgitta verlegen.

»Dir schmeckt das doch sonst.«

Birgitta sah Irene an und lächelte dann plötzlich breit.

»Schwangere sollen keinen rohen Fisch essen«, erwiderte sie fröhlich.

Es dauerte eine Sekunde, bis Irene begriff, was ihre Kollegin eben gesagt hatte.

»Schwanger … du bist schwanger? Ich meine … herzlichen Glückwunsch!«, erwiderte sie verwirrt.

»Ja. Ich bin wieder schwanger. Vielen Dank für die Glückwünsche. Ich glaube aber kaum, dass Sven mir gratulieren wird«, erwiderte Birgitta und verzog das Gesicht.

Nein. Das würde er wohl nicht. Er würde außer sich geraten. Andererseits war es bald nicht mehr sein Problem, da er zur Cold-Cases-Gruppe wechseln würde.

»Wann kommt das Kind?«, fragte Irene.

»Mitte Juli.«

Sie waren im Parterre angelangt und gingen durchs Foyer. Draußen fiel der Schnee immer noch so dicht wie am Morgen. Irene blieb vor der Tür stehen und wandte sich an Birgitta.

»Juli. Super Planung. Da bleibt es dir erspart, den Kinderwagen durch den Schnee zu schieben«, meinte sie und deutete auf das Schneechaos, das sie umgab.

Gegen vier verließ Irene das Präsidium und eilte auf den Parkplatz zu. Sie kämpfte gegen Wind und Schnee an. Die Kollegen hatten alle etwas von der Arbeit gemurmelt, die sich auftürmte, aber Irene hatte ausnahmsweise einmal an ihrem Entschluss festgehalten, früher zu gehen. Sie hatte unzählige Überstunden, die sie abfeiern musste, und das kam ihr jetzt sehr gelegen. Sie musste noch einiges für das Abendessen vorbereiten.

Natürlich wäre es besser gewesen, das Essen Freitag- oder Samstagabend abzuhalten, aber Krister würde das ganze Wochenende arbeiten, und bis zum nächsten Wochenende wollte sie nicht warten. Deswegen hatte sie diesen Donnerstagabend ausgesucht. Die ganze Familie wollte feiern, dass Katarina und Felipe nach vier Monaten glücklich und wohlbehalten aus Brasilien zurückgekehrt waren. Irene hatte sie noch gar nicht zu Gesicht bekommen, denn in der vergangenen Nacht hatten sie in Felipes Wohnung übernachtet. Er bewohnte eine Einzimmerwohnung am Frölunda Torg, allerdings nur vorübergehend. Katarina sprach bereits davon, von zu Hause auszuziehen, wollte aber erst einmal alleine wohnen, bevor sie mit jemandem zusammenzog. Und wenn sie dann mit Felipe zusammenziehen würde, dann in eine große Wohnung. Ihr Problem war ohnehin, dass sie immer noch nicht wusste, was sie mit ihrem Leben anfangen wollte. Ihre Noten waren recht ordentlich, aber nicht gut genug, um zum Studium der Krankengymnastik zugelassen zu werden. Sie hatte auch keine Lust, ihre Noten nachträglich zu verbessern. Von Schule hatte sie genug.

Jedenfalls war das so, als sie vor vier Monaten nach Südamerika gefahren war. Irene fragte sich, ob sie vielleicht inzwischen anders dachte. Sie war neugierig, was ihre Tochter in dem großen Land auf der anderen Seite des Atlantiks erlebt hatte. Irene und Krister hatten diese Seite der Erdkugel nie besucht. Nicht einmal Europa hatten sie bislang verlassen. Die jungen Leute von heute fuhren kreuz und quer um die Welt. Sie zogen mit derselben Selbstverständlichkeit mit ihren Rucksäcken durch Thailand und Australien, wie Irene und ihr damaliger Freund vor fünfundzwanzig Jahren eine Fahrradtour nach Gotland unternommen hatten.

Irene hatte mit Katarina im Verlauf des Tages telefoniert, und ihre Tochter hatte sich »schwedisches Essen« gewünscht, weil sie sich danach gesehnt hatte: die Blini ihres Vaters mit roten Zwiebeln und Kaviar sowie Cannelloni mit Gorgonzolasauce und geräuchertem Schinken. Als Dessert sollte es Crème brûlée geben. Alles Gerichte, auf die Krister besonders stolz war. Er hatte sehr gelacht, als ihm seine Frau die Bestellung dieser »schwedischen« Gerichte durchgegeben hatte:

»Russische Blini und italienische Cannelloni und als großartigen Abschluss ein Dessert, das seine Ursprünge in der spanischen Crème catalane hat, aber in New York von dem Restaurantbesitzer Sirio Maccioni veredelt wurde. Von dort brachte es der Sternekoch Paul Bocuse nach Europa und Frankreich.«

»Meine Güte. Ist das wahr?«

»Klar. Von wegen die Globalisierung hat jetzt erst angefangen! In der Gastronomie gibt es sie längst. Wir mischen unbekümmert die Kochrezepte aus aller Welt. Die Wahrheit ist jedoch, dass heute bereits alle Menschen Kosmopoliten sind. Zum Beispiel Pizza. Ich aß meine erste, als ich zwölf war. Die Pizzeria gibt es übrigens immer noch in Göteborg. La Gondola. Der Geschmack und Duft der ersten Calzone meines Lebens machte einen größeren Eindruck auf mich als zuvor der Besuch im Vergnügungspark. Ich erzählte allen meinen Freunden in Säffle von der superguten Pizza in Göteborg. Nur wenige Jahre später wurde dann die erste Pizzeria in Säffle eröffnet. Pizza hat sich zur schwedischen Hausmannskost entwickelt.«

Dies war eines von Kristers Lieblingsthemen. Irene hatte sich gezwungen gesehen, seinem Redeschwall Einhalt zu gebieten.

»Du kannst doch in den Supermarkt gehen, und ich kaufe den Wein?«, hatte sie rasch gesagt, als Krister Luft geholt hatte, um gleich wieder weiterzureden.

»Klar. Jenny begnügt sich zwar zu den Cannelloni mit einer normalen Tomatensauce, aber mir fehlen trotzdem noch einige Zutaten. Champignons und schwarze Oliven auf jeden Fall. Und frisches Basilikum.«

Seine Stimme hatte froh und erwartungsvoll geklungen. Er hatte lange gebraucht, seine Erschöpfungs-Depression von vor anderthalb Jahren zu überwinden. Und es kam immer noch vor, dass ihn die düstere Stimmung überfiel. Aber jetzt hoffte Irene, dass er wieder der Alte werden würde. Seine gute Laune und sein Humor waren langsam zurückgekehrt und schimmerten jetzt immer häufiger durch. Auch im Bett passierte wieder mehr. Manchmal fand Irene sogar, dass ihr Leben in vielerlei Hinsicht besser geworden war, seit Krister nicht mehr so viel arbeitete. Meist war er es, der einkaufte und kochte. Manchmal machte er auch eine Runde mit dem Staubsauger durchs Haus, ehe sie nach Hause kam.

Auf dem Heimweg machte sie einen Abstecher nach Guldheden, um ihre Mutter abzuholen. Trotz des dichten Schneefalls konnte sie sie schon aus der Ferne erkennen. Ihre Mutter trug eine Pelzmütze und einen signalroten Daunenmantel und wartete auf ihren Stock gestützt vor der Haustür. Irene stellte den Wagen ab und stieg aus, um ihrer Mutter über den Schneewall zu helfen, den der Schneepflug aufgetürmt hatte. Beide schimpften über die unzureichenden Maßnahmen der Stadtverwaltung, während Irene ihre Mutter mehr oder minder über den Schneehaufen trug.

Wie leicht sie geworden ist, ging es Irene durch den Kopf.

Vorsichtig setzte sie ihre Mutter ab und hielt ihr die Beifahrertür auf. Gerd schob sich mit großer Mühe auf den Sitz. Ihr Hüftgelenk war vollkommen verschlissen und musste, so der Hausarzt, bald operiert werden. Vor drei Jahren hatte er bereits einen Überweisungsschein ausgestellt. Ein Jahr später hatte sie endlich einen Termin beim Orthopäden erhalten. Dieser hatte sie gründlich untersucht, und seither wartete sie auf einen Operationstermin.

Der Gewichtsverlust konnte auch daher rühren, dass sich Gerd Sorgen um Sture machte, ihren Partner. Im Mai würde er 82 Jahre alt werden. Vor einem halben Jahr hatte er eine große Herzoperation durchgestanden, die ihn sehr mitgenommen hatte. Vor kurzem hatte Irene sie beide zum Abendessen eingeladen, aber Sture hatte sich damit entschuldigt, dass er zu müde sei. Auch an Heiligabend vor einem Monat war er sehr erschöpft gewesen. Um fünf hatte ihn Irene schon nach Hause fahren müssen, er war im Auto eingeschlafen. Glücklicherweise wohnten Gerd und er nur wenige hundert Meter voneinander entfernt. Deswegen waren sie vermutlich auch nie zusammengezogen.

Irene freute sich sehr über die Jahre, die ihre Mutter mit Sture hatte verbringen dürfen. Nicht zuletzt, weil es ihr schlechtes Gewissen darüber, dass sie die Mutter vernachlässige, ein wenig gemildert hatte. Gerd und Sture hatten wirklich ihren Spaß zusammen. Sie reisten und unternahmen Ausflüge. Aber jetzt wurden beide merkbar gebrechlich und alt. Sie konnten keine längeren Strecken mehr gehen. Sogar die wenigen hundert Meter zwischen den beiden Wohnungen waren an manchen Tagen zu weit.

Irene versuchte daher, ihre Mutter mindestens einmal in der Woche zu besuchen, aber meist fuhr dann doch wieder nur Krister zu seiner Schwiegermutter. Er kaufte für sie ein und putzte. Das war am praktischsten so, da Irene den ganzen Tag arbeitete und auch noch Überstunden machte, während Krister jetzt ja mehr Zeit hatte. Wenn er wieder voll arbeitete, würde Irene Mühe haben, die nötige Zeit für ihre Mutter aufzubringen. Kristers Mutter war im Sommer zuvor gestorben und zwar fast genau auf den Tag zwei Jahre nach ihrem Mann. Jetzt ist nur noch Mama übrig, dachte Irene und blickte auf die zusammengesunkene Gestalt ihrer Mutter auf dem Beifahrersitz.

»Wie geht's, Mama?«, fragte sie.

»Könnte besser sein. Ich schlafe vor Schmerzen kaum noch.«

»Helfen die neuen Tabletten denn gar nicht?«

Gerd schnaubte verächtlich.

»Die sind zu stark! Sie machen mich ganz benommen, und mir wird schwindlig. Wenn ich eine vor dem Einschlafen nehme, wirken sie noch den ganzen nächsten Vormittag. Ich glaube auch, dass ich davon Alpträume bekomme. Wenn es mir überhaupt mal gelingt einzuschlafen.«

Das klang nicht gut. Wenn ihre Mutter nachts aufstand und ihr dann schwindlig wurde. Was würde passieren, wenn sie hinfiel? Sie konnte sich das Bein brechen oder den Kopf anschlagen. Irene beschloss, die Sache endlich anzusprechen. Es ließ sich einfach nicht länger aufschieben. Sie schluckte und sagte:

»Vielleicht solltest du dir ja so einen Alarmknopf zulegen, Mama? Du weißt schon … so einen, den man ums Handgelenk trägt. Da kannst du dann draufdrücken, falls du hinfällst.«

Das Schnauben, das Gerd jetzt von sich gab, hatte fast Orkanstärke.

»Alarm! Das ist was für Greise! Und ich falle schon nicht hin!«

Die Zeit war für diese Diskussion offenbar noch nicht reif. Aber da Irene das Thema schon einmal angeschnitten hatte, würde sie nicht lockerlassen.

Irene war nervös, jetzt würde sie endlich Felipes Familie kennenlernen. Sie wusste, dass sein brasilianischer Vater früher Tänzer gewesen war. Bei einer Tournee durch Schweden hatte er vor bald dreißig Jahren seine Truppe verlassen und Felipes Mutter geheiratet. Jetzt arbeitete er schon seit etlichen Jahren als Sachbearbeiter bei einer Versicherung. Felipes Mutter Eva war Lehrerin.

Josef Medina und sein Sohn Felipe waren sich sehr ähnlich. Sie waren groß und schlank. Josefs Haut war ein paar Nuancen dunkler. Sein silberweißes Haar war kurz geschnitten. Sein Sohn trug sein üppiges dunkles Haar in Tausenden von Zöpfchen, die ihm weit über den Rücken hingen und an deren Enden Holzperlen befestigt waren, die klapperten, wenn er den Kopf bewegte. Seine jüngere Schwester Evita war sechzehn, und Katarina hatte sie sehr gern.

Jenny und Katarina hatten den großen Esstisch im Wohnzimmer ausgezogen, so dass neun Personen leicht daran Platz fanden. Das Zimmer war jedoch recht klein, und Gerd erhielt den Platz am Tischende, damit sie sich mühelos hinsetzen konnte.

Das Abendessen verlief angenehm. Alle hörten interessiert zu, als Katarina und Felipe von ihren Reiseerlebnissen und von der Arbeit mit den Straßenkindern in Natal erzählten. Wenn die Kinder jeden Tag in der Schule erschienen, erhielten sie gratis Unterricht in Capoeira sowie eine Mahlzeit. Wenn sie ihre Hausaufgaben nicht machten oder schwänzten, flogen sie aus der Capoeira-Gruppe.

»Die Schule ist ihre einzige Chance. Bildung ist der einzige Weg aus der Armut«, sagte Felipe ernst.

Natürlich hatten sie auf ihrer Reise auch weniger angenehme Erlebnisse gehabt. Felipe war am helllichten Vormittag von vier mit Messern bewaffneten Jungen am Strand von Natal ausgeraubt worden. Niemand hatte es gesehen, nicht einmal Katarina, die nur etwa fünfzig Meter entfernt gewesen war.

Katarina hatte vor allem die unglaubliche Armut schockiert. Manche dieser Menschen besaßen nur das, was sie am Leib trugen.

»Aber am schlimmsten war es in Rio. Dort haben wir Kinder und Jugendliche gesehen, die in Bars und Parks darauf warteten, bis Männer sie ansprachen. Ein paar von ihnen waren nicht mal zehn! Schrecklich, diese Kerle mit so einem kleinen Jungen oder Mädchen zusammen zu sehen!«, sagte Katarina entrüstet.

»Ein Glück, dass es das hier nicht gibt«, meinte Evita.

Ohne sich zu besinnen, sagte Irene:

»Doch, das gibt es hier auch. Aber wir importieren sie, also die Sexsklaven.«

Die anderen am Tisch sahen sie erstaunt an. Sie legte sich rasch ihre Worte zurecht, ehe sie fortfuhr:

»Menschenhandel ist ein zunehmendes Problem. Ihr habt sicher davon gelesen. Zwangsprostitution nimmt auch in Schweden zu.«

Als sie das gesagt hatte, bereute sie es sofort. Die Stimmung hatte einen deutlichen Dämpfer erhalten. Nach einer Weile sagte Eva ernst:

»Solange wir diese Verbrechen für das Problem anderer Länder und noch dazu solcher am anderen Ende der Erde halten, können wir offen darüber diskutieren. Aber wenn wir einsehen müssen, dass Menschenhandel auch bei uns stattfindet, wird es heikel. Denn das zwingt uns doch dazu, Stellung zu beziehen und zu handeln.«

»Genauso ist es«, pflichtete ihr Irene erleichtert bei.

»Ich habe darüber in der Zeitung gelesen und kann nicht einsehen, wo das Problem ist. Sperrt diese ekligen Zuhälter einfach lebenslänglich weg und helft den armen Mädchen zurück nach Hause. Oder lasst sie hierbleiben, wenn sie das wollen«, sagte Gerd mit Nachdruck.

Wie immer war sie der Meinung, die beste Lösung des Problems parat zu haben.

Im Wetterbericht war am Vorabend vor weiterem Schneefall gewarnt worden. Irene hatte sich ihren Wecker deswegen eine halbe Stunde früher gestellt.

Ekelhaft, das warme Bett zu verlassen und schlaftrunken ins Badezimmer taumeln zu müssen. Aber als sie einen benommenen Blick aus dem Fenster warf, gratulierte sie sich zu dieser Entscheidung. In der Nacht waren weitere zehn Zentimeter Schnee gefallen.

Bevor Irene zur Arbeit fuhr, wollte sie Sammie noch zu einem Spaziergang überreden. Der öffnete jedoch nicht einmal die Augen, sondern schnarchte nur demonstrativ lauter und drehte sich, die Pfoten von sich gestreckt, auf den Rücken. Wenn er etwas wirklich verabscheute, dann war es, an einem kalten und nassen Morgen früh aufzustehen. Diese Einstellung teilte sein Frauchen voll und ganz. Aber im Unterschied zu ihm blieb ihr keine Wahl, sie musste sich in das Sauwetter hinauswagen.

»Blondie … Linda Holm hat für dich angerufen«, teilte Jonny ihr mit, als er Irene auf dem Korridor begegnete.

Sie sah rasch auf die Uhr. Bis zur Morgenbesprechung waren es noch zehn Minuten. Sie ging durch einen Seitengang zum Dienstzimmer der Kommissarin. Linda Holm stand mit dem Rücken zur Tür vor ihrem Schreibtisch. Sie telefonierte und versuchte gleichzeitig eine türkise Wolljacke auszuziehen.

Sie legte auf und konnte sich endlich aus ihrem Ärmel befreien. Da entdeckte sie Irene in der Tür.

»Hallo! Ich habe gedacht, dass ihr vielleicht dabei sein wollt, wenn wir heute Nachmittag Heinz Becker und die Mädchen aus dem Bordell vernehmen?«, fragte sie.

Irene überlegte, was sie im Verlauf des Tages zu tun hatte, und kam zu dem Schluss, dass es unendlich viel war. Aber diese Verhöre hatten Vorrang. Becker war bislang die einzige Spur, die zur Identität des Mädchens führen konnte.

»Gerne. Vielleicht weiß ja eine dieser Personen, wer das ermordete Mädchen ist«, erwiderte sie.

»Genau das dachte ich auch.«

Linda deutete auf ihr Notebook und sagte:

»Gestern Nachmittag bin ich alle Mädchen durchgegangen, die im Internet in der Gegend von Göteborg im Augenblick feilgeboten werden. Ich habe auch alle Städte in einem Umkreis von hundert Kilometern überprüft. Nirgends gab es ein Mädchen, das nur annähernd so jung war wie die Tote. Aber wie gesagt, befindet sich Heinz Becker in der Stadt. Und falls es jemandem möglich ist, richtig junge Mädchen ranzuschaffen, dann ihm. Ich glaube, dass einiges dafür spricht.«

»Dann sind wir bei den Verhören dabei. Ich rede mit Birgitta.«

»Ich melde mich, wenn es so weit ist.«

»Okay«, erwiderte Irene.

Linda nickte, da klingelte wieder ihr Telefon.

Irene hastete den Korridor entlang, um vor der Morgenbesprechung noch einen Kaffee aus dem Automaten zu holen. In rasendem Tempo bog sie um eine Ecke und stieß mit dem Kriminaltechniker Svante Malm zusammen.

»Au! Oh! Entschuldige«, sagte Irene überrascht.

»Verdammt! Du hast den Kaffee auf dem Pullover«, sagte Svante.

Unbeholfen machte er sich an dem Kaffeefleck zu schaffen, der sich rasend schnell auf dem Ärmel von Irenes hellblauem Pullover ausbreitete. Irene schob seine Hand beiseite und eilte wieder in die Richtung, aus der sie gekommen war. Rasch öffnete sie die Tür zur Toilette und stürzte ans Waschbecken. Sie drehte den Kaltwasserhahn voll auf und hielt ihren Arm darunter. Es spritzte in alle Richtungen. Dank ihrer schnellen Reaktion hatte sie sich keine Verbrennung zugezogen, aber es schmerzte trotzdem. Svantes sommersprossiges Gesicht tauchte in der Tür auf.

»Hast du dich verbrannt?«, fragte er besorgt.

»Nein, ist noch mal gutgegangen. Aber könntest du so nett sein und mir einen Becher Kaffee holen? Dann sehen wir uns im Besprechungszimmer«, erwiderte Irene und versuchte überzeugend zu klingen.

Ein erleichtertes Lächeln machte sich auf Svantes freundlichem Pferdegesicht breit.

»Kein Problem. Die anderen warten sowieso auf mich. Sie müssen sich eben gedulden, bis ich zwei Becher Kaffee geholt habe. Milch und Zucker?«

»Nein danke. Schwarz.«

Seufzend drehte Irene den Wasserhahn ab und tupfte mit ein paar Papierhandtüchern an dem Fleck herum. Er war deutlich zu sehen, aber das ließ sich nicht ändern. Irene war etwas geknickt, der dünne Wollpullover war ein Markenteil. Das einzige Kleidungsstück, das sie im Schlussverkauf nach Weihnachten erstanden hatte. Sie schaute in den Spiegel und stellte fest, dass sie genauso aussah, wie sie sich fühlte.

»Wir haben Spermaflecken auf dem T-Shirt und auf der Jacke gefunden. Außerdem klebte frisches Sperma in ihrem Haar«, sagte Kriminaltechniker Svante Malm.

Er hielt inne, blickte in die Runde und fuhr dann fort:

»Das Sperma im Haar stimmt mit den Flecken auf dem T-Shirt überein. Es stammt also vom selben Mann. Die Spermaflecken auf der Jacke stammen von zwei anderen Männern.«

Nach diesen Ausführungen herrschte ein beklommenes Schweigen. Dann flüsterte Birgitta leise Irene zu:

»Gruppenvergewaltigung.«

Irene warf einen Blick auf das Foto, das an der Tafel befestigt war. Sie schauderte unwillkürlich, als sie den zarten Körper auf der kalten Stahlfläche des Seziertisches betrachtete. Vor ihrem inneren Auge sah sie drei nackte Männer, die um den Tisch standen. Irene wurde übel, und sie schob das Bild von sich.

Der Tod hatte alle Gefühle aus dem mageren Mädchengesicht vertrieben und nur versiegelte Stummheit zurückgelassen. Wer war sie? Wo kam sie her? Wer hatte sie ermordet? Wie war sie in den Erdkeller gelangt?

Svantes Stimme drang zu ihr durch und unterbrach ihre Überlegungen.

»In Anbetracht der Kälte, die an dem Abend herrschte, an dem sie ermordet wurde, war sie erstaunlich dünn gekleidet. Ihre Kleider lagen neben ihr in dem Erdkeller. Als hätte sie ihr jemand hinterhergeschmissen, sie lagen teilweise auf ihr. Abgesehen von dem T-Shirt war sie nackt. Das T-Shirt ist aus einem Baumwollsynthetikmischgewebe, Größe XXS.«

Svante projizierte ein Bild auf die Leinwand.

Ein Kinderkleidungsstück, dachte Irene. Als sie es genauer betrachtete, erkannte sie jedoch, dass dies vielleicht doch nicht stimmte. Das kurzärmelige Top war hellrosa und stark verschmutzt. Auf der Brust stand mit großen Buchstaben SEX. Der Hals war sehr weit ausgeschnitten. Bei den schmalen Achseln des Opfers war ihr der Ausschnitt vermutlich immer über die eine Schulter gerutscht.

Das nächste Foto zeigte eine schwarze Röhrenjeans. Wieder überkam Irene ein Gefühl des Unbehagens: Kinderjeans, nicht größer als Größe 130.

»Umgenäht«, sagte Svante und deutete auf das eine Hosenbein.

Er wandte sich an sein Auditorium und fuhr fort:

»Die Jeans ist ganz neu, und wir haben auf ihr auch keine Spermaflecken gefunden.«

Er warf das nächste Bild an die Wand. Ein Paar schwarze Damenstiefel. Sie waren abgetragen, und die hohen Absätze waren abgelaufen.

»Billig. Kunstleder. Größe 35. Das Mädchen hatte aber kleinere Füße. Sie hatte sie vorne mit Papier ausgestopft. Wahrscheinlich in einem Second-Hand-Laden gekauft, meint die Expertise, d.h. Emilia. Sie behauptet, dieses Modell sei aus den späten Neunzigern. Keine Strümpfe. Wahrscheinlich trug das Mädchen die Stiefel barfuß.«

Alle im Konferenzraum wussten, dass Emilia die neue Kriminaltechnikerin im Göteborger Präsidium war. Sie hatte vorher lange im Staatlichen Kriminaltechnischen Labor in Linköping gearbeitet und war dann mit ihrem Mann nach Göteborg gezogen, als dieser hier eine Stelle an der Technischen Hochschule Chalmers angetreten hatte. Ihr großes Wissen hatte sich bereits herumgesprochen. Außerdem war es von Vorteil, dass sie über so gute Kontakte zum SKL verfügte.

»Einen Stringtanga aus Nylon haben wir sichergestellt.«

Auf dem Bild waren ein paar verdrehte schwarze Schnüre zu sehen, die wohl das erwähnte Unterbekleidungsstück darstellten.

»Bei der Daunenjacke handelt es sich um die Größe S. Auch diese hat schon ein paar Jahre auf dem Buckel.«

Auf dem Bild war eine kurze rosa Jacke mit gestricktem Bund zu sehen. Das ebenfalls gestrickte Bündchen am rechten Ärmel war ausgefranst. Außerdem hatte die Jacke dringend eine Wäsche nötig.

»Auf der Außenseite der Jacke haben wir insgesamt sieben Spermaflecken gefunden und zwar alle im oberen Bereich der Vorderseite. Dieses Sperma stammt von zwei verschiedenen Männern. Die Flecken sind mindestens eine Woche älter als die auf dem T-Shirt.«

Irene empfand ein irrationales Gefühl der Erleichterung. Es hatten sich also doch nicht drei Männer gleichzeitig an dem Mädchen vergriffen. Der Mörder war wahrscheinlich allein gewesen.

»Habt ihr überhaupt nichts auf der Jeans gefunden?«, unterbrach ihn Birgitta.

»Nein. Wie gesagt, war sie nagelneu. Im Schritt klebte eine Menge Sekret, aber kein Sperma.«

»Frau Stridner sagte, das Mädchen habe an einer Infektion

gelitten. Wahrscheinlich haben die Typen Kondome benutzt«, meinte Jonny.

Svante nickte.

»Bestimmt. Aber ich habe auch das Gefühl ...«

Er verstummte und zeigte das nächste, letzte Bild.

»Schmuck. Nicht echt und außerdem sehr billig. So Zeug, wie man es am Kaugummiautomaten bekommt.«

Auf dem Foto waren eine Halskette mit passenden Ohrringen in Form von kleinen Plastikblumen sowie drei Ringe mit bunten Plastiksteinen abgebildet. Kaugummiautomatenschmuck. Wahrscheinlich das gesamte Vermögen des Mädchens.

»Was wolltest du eben noch sagen? Du hattest das Gefühl, dass ... was?«, wollte Birgitta wissen.

Svante schwieg eine Weile und antwortete dann:

»Danach zu urteilen, wo wir die Flecken gefunden haben, glaube ich, dass es sich um Oralsex gehandelt hat. Aber sie ist nicht erstickt ... sie wurde erwürgt. Genaueres erfahren wir ebenfalls nach der Obduktion.«

»War nicht für heute Nachmittag ein erster Bericht angekündigt?«, erkundigte sich Jonny.

Kommissar Andersson räusperte sich.

»Ich habe gestern Nachmittag in der Gerichtsmedizin angerufen. Mit der Obduktion werden sie heute noch nicht fertig. Aber sie haben uns für Montagnachmittag einen vorläufigen Bericht versprochen. Dann bekommen wir auch die vorläufige Stellungnahme zu Torleif«, sagte er.

»Es kann doch nicht so schwer sein herauszufinden, woran er gestorben ist«, stänkerte Jonny.

Andersson sah ihn finster an, erwiderte aber nichts. Er wandte sich an den Kriminaltechniker und fragte:

»Wo die Kleider gekauft sind, lässt sich nicht feststellen?«

»Nein. Die Jacke und die Stiefel sind wahrscheinlich secondhand, das T-Shirt möglicherweise ebenfalls. Das Einzige, was wir sicher wissen, ist, dass die Jeans in Schweden gekauft wurde. Bei JC. Es handelt sich nämlich um eine Jeans der JC-eigenen

Marke Crocker. Das habe ich auch von Emilia. Ihre Kinder kaufen gelegentlich Jeans dieser Marke.«

Der Kommissar wandte sich an Birgitta und sagte:

»Erkundige dich bei allen JC-Läden in Göteborg und Umgebung.«

Irene biss sich auf die Unterlippe, um nicht lautstark zu protestieren. Sie hatte Birgitta noch nicht mitgeteilt, dass sie an den Verhören von Heinz Becker und den anderen aus dem Bordell teilnehmen durften.

»Wir haben Gewebefasern und Partikel von ihren Kleidern gesichert. Die einzigen interessanten Funde sind bislang ein paar etwa einen Zentimeter lange, dunkelblaue Nylonfasern, die sich auf ihrem T-Shirt befanden und zwar überwiegend auf der Rückseite. Sie hat also auf irgendeiner fusseligen Decke gelegen. Vielleicht auf einer Fleecedecke oder auch einem Kleidungsstück aus Fleecestoff.«

Das waren Svantes abschließende Worte. Er schloss sein Notebook und ging auf die Tür zu. Als er an Irene vorbeiging, fragte er:

»Wie geht es dem Arm?«

»Kein Problem«, versicherte sie ihm.

Es brannte zwar immer noch etwas, aber das war nichts, worüber man sich aufhalten und beklagen brauchte. Tröstend tätschelte er den feuchten Fleck, lächelte sie aufmunternd an und verschwand durch die Tür. Obwohl er sie nur ganz leicht berührt hatte, hatte es wahnsinnig gebrannt. Sie musste sich sehr zusammennehmen, um nicht das Gesicht zu verziehen und den Arm an sich zu reißen.

Irene bat um das Wort und informierte die anderen über die Pläne der Kollegen vom Dezernat für Menschenhandel, die Wohnung auszuheben, in der Heinz Becker sein Bordell unterhielt. Gleichzeitig erwähnte sie, dass Linda Holm angeboten hatte, die beiden Inspektorinnen des Dezernats für Gewaltverbrechen am Nachmittag an den Verhören teilnehmen zu lassen.

»Vielleicht ist das wirklich eine gute Idee. Möglicherweise erhalten wir auf diese Weise eine erste Spur. Aber erst einmal müsst ihr diese JC-Läden überprüfen«, entschied Andersson.

Dann wandte er sich an Hannu und fragte:

»Irgendwas Neues über die Halbstarken, die Torleif überfahren haben?«

»Es heißt, Daniel Lindgren sei Mittwochabend auf dem Frölunda Torg gesehen worden. Die Kollegen in Frölunda überwachen die Wohnung seiner Mutter. Von den anderen beiden fehlt jede Spur. Wir lassen im gesamten westlichen Götaland nach Niklas Ström, Daniel Lindgren und Billy Kjellgren fahnden. Gleichzeitig untersuchen wir auch noch alle anderen Möglichkeiten. Bisher hat sich jedoch nichts ergeben«, antwortete Hannu.

Andersson ergriff wieder das Wort:

»Insgesamt fünf Zeugen sahen den BMW die Töpelsgatan entlangrasen, nachdem er Torleif Sandberg überfahren hatte. Zwei dieser Zeugen sind sich sicher, dass nur zwei Leute im Fahrzeug saßen. Es gibt auch zwei Zeugen, die bereits früher am Mordabend ein Auto, das auffällig schnell fuhr, gesehen haben wollen. Beide wohnen in der Töpelsgatan. Der eine Zeuge sah das Auto von seinem Fenster aus, der andere führte gerade seinen Hund aus. Beide sind sich nicht ganz sicher, was den genauen Zeitpunkt angeht, meinen aber, dass es etwa halb neun gewesen sein müsste. Der Hundebesitzer gibt die Zeit mit fünf nach halb neun an. Er behauptet, sein Hund sei beinahe überfahren worden, als er gerade die Straße überqueren wollte. Er drohte dem Fahrer mit der Faust, aber der Wagen verschwand einfach um die nächste Kurve, ohne die Geschwindigkeit zu drosseln. Der Zeuge behauptet, es hätten ein Mann und eine Frau in dem Auto gesessen. Ich habe mich gestern dann noch einmal mit diesem Zeugen unterhalten, und er sagte, die Frau sei dunkelhaarig und dunkel gekleidet gewesen. Er hat nicht genau gesehen, wie sie aussah, meinte aber, sie sei schon älter gewesen. Also kein Kind oder Teenager. Der Mann hatte dunkles, sehr kurz geschnittenes Haar, möglicherweise schon etwas gelichtet, und trug eine Brille. Er soll sich gestikulierend mit der Frau unterhalten haben. Der Zeuge hatte den Eindruck, dass sie gestritten haben. Bei dem Auto handelte es sich um einen dunklen Volvo S 80, wahrscheinlich dunkelblau oder schwarz.«

Der Kommissar verstummte, runzelte die Stirn und dachte nach.

»Wir haben die Suchmeldung an die Presse gegeben. Möglicherweise haben die beiden Leute in dem Auto ja was gesehen«, meinte er schließlich.

Eine Stunde, bevor die Burschen in dem gestohlenen BMW mit der kaputten Windschutzscheibe die Straße hinaufgerast waren, war also der dunkelfarbene Volvo mit überhöhter Geschwindigkeit dieselbe Straße entlanggefahren. Weder der Fahrer noch seine Beifahrerin hatten sich bei der Polizei gemeldet, obwohl alle, die sich im betreffenden Zeitraum in der Gegend befunden hatten, dazu aufgefordert worden waren. Der relevante Zeitraum hatte in der Zeitung gestanden. Wahrscheinlich hatte das Paar in dem Volvo nichts mit dem Mord zu tun, aber es war trotzdem seltsam, dass sie sich nicht mit der Polizei in Verbindung gesetzt hatten. Hatten sie etwas zu verbergen? Waren sie vielleicht sogar in den Mord an dem Mädchen verwickelt? Irene zog verschiedene Möglichkeiten in Betracht, kam jedoch zu keinem Ergebnis.

Fredrik Stridh hob die Hand.

»Ich habe einen Tipp bekommen, wer unsere alte Leiche oben bei Brudaremossen sein könnte«, sagte er mit triumphierender Stimme.

»Und zwar?«, fragte Andersson kurz angebunden.

»Ich bin die Vermisstenmeldungen durchgegangen. Alle Männer über sechzig, die in der Göteborger Gegend im letzten Jahr verschwunden sind. Die meisten sind wieder aufgetaucht, aber drei werden immer noch vermisst. Einer scheidet sofort aus, da ihm drei Finger der linken Hand fehlen. Unsere Leiche hat aber noch alle Finger. Ein weiterer scheidet ebenfalls aus, weil er auf Mallorca verschwand. Bleibt also nur einer übrig.«

Er schaute auf den Block, den er vor sich liegen hatte, und begann vorzulesen:

»Ingvar Olsson, 71 Jahre alt, wurde im Dezember von seinem Vermieter vermisst gemeldet. Er hatte Ende August zuletzt seine Miete bezahlt, müsste also irgendwann im September verschwunden sein. Er war früher einmal zur See gefahren und wohnte in einer Einzimmerwohnung in Kortedala, die er von seinem Bruder nach dessen Tod übernommen hatte. Dieser Bruder hatte keine anderen Erben, Olsson war also Alleinerbe. Der Bruder besaß nicht nur diese Wohnung, sondern auch einen Schrebergarten mit Haus, den er von seinen Eltern übernommen hatte. Ratet mal, wo dieser Schrebergarten liegt?«

»Klarer Fall. In der Schrebergartensiedlung Delsjö«, antwortete Birgitta rasch.

»Genau! Als Kinder verbrachten die Olssons dort immer ihre Sommerferien. Ingvar muss die Gegend wie seine Westentasche gekannt haben!«

»Besaß er den Schrebergarten mit dem Haus noch?«, warf Birgitta ein.

»Nein. Er hat es vor einigen Jahren verkauft. Wahrscheinlich bekommen alte Seeleute keinen goldenen Händedruck, wenn sie für immer von Bord gehen. Außerdem trank er. Er verbrachte im Laufe der Jahre ab und zu eine Nacht in der Ausnüchterungszelle. Und …«

Fredrik legte eine Kunstpause ein, um die Spannung seiner Kollegen zu erhöhen.

»… als wir die Leiche abtransportierten, fanden wir einen Rucksack, an den gelehnt er gesessen hatte. In einer Plastiktüte befand sich etwas verfaultes Obst und in einer Plastikdose ein paar schimmelige Butterbrote. Neben ihm auf der Erde lag eine fast leere Flasche Schnaps, Brännvin Special, und eine leere Dose, in der vermutlich Schlaftabletten gewesen waren. Wie hießen die noch gleich?«

Er unterbrach sich und begann in seinen Papieren zu blättern.

»Mogadon. Die Dose war leer. Wir wissen also nicht, wie viele er geschluckt hat.«

»Selbstmord«, stellte Andersson fest.

»Es deutet alles darauf hin. Aber wir sollten die Obduktion abwarten, bevor wir die Ermittlungen einstellen.«

»Gut. Dann warten wir also ab. Du kannst Irene und Birgitta dabei helfen, diese JC-Läden anzurufen. Falls ihr im Laufe des Tages kein Glück habt, können wir uns mit der Geschäftszentrale in Verbindung setzen und sie auffordern, eine Mail an sämtliche Filialen zu schicken. Es könnte schließlich sein, dass die Person, die dem Mädchen die Jeans verkauft hat, heute ihren freien Tag hat. Jonny und Hannu kümmern sich weiter um die Burschen, die Torleif Sandberg auf dem Gewissen haben. Tommy und ich gehen die Zeugenaussagen von der Töpelsgatan vom Mordabend durch. Irgendjemand muss schließlich was gesehen haben, was mit dem Mord zu tun hat. Und mit diesem Paar aus dem Volvo würde ich mich auch gerne unterhalten.«

Bei JC am Backaplan hatten sie Erfolg. Die Verkäuferin konnte sich sehr gut an das seltsame Paar erinnern, das am Wochenende zuvor eine Jeans der Marke Crocker gekauft hatte.

»Ich erinnere mich an sie, weil das Mädchen einen kurzen Jeansrock und eine wahnsinnig hässliche rosa Daunenjacke trug. Ihre Stiefel waren auch schon hundert Jahre alt, und außerdem trug sie keine Strumpfhose. Meine Güte, dachte ich, und das bei zehn Grad minus! Und dann wollte ihr Papa, dass wir die Hosenbeine einnähen, damit sie die Hosen in die Stiefel reinbekam. Es war Samstag, und ich sagte, dass wir das nicht sofort machen könnten, aber da wurde er wahnsinnig sauer«, berichtete die junge Frau am anderen Ende der Leitung.

»Sprach er Schwedisch?«, wollte Birgitta wissen.

»Nee. Englisch. Megaschlecht.«

»Sprach das Mädchen ebenfalls Englisch?«

»Nee. Das Mädchen sagte kein Wort. Sie nickte nur, wenn der Typ was sagte.«

»Wissen Sie, in welcher Sprache sie sich unterhielten?«, fragte Birgitta.

»Tja… es klang irgendwie wie Finnisch.«

Estnisch klang fast so wie Finnisch, zumindest wenn man keine der Sprachen beherrschte. Birgitta war sich recht sicher, dass sie den richtigen JC-Laden gefunden hatte. Sie bat die Verkäuferin, einen Moment zu warten.

»Irene. Ich glaube, wir haben den Laden. Aber ich muss erst noch beim Dezernat für Menschenhandel vorbeischauen und Linda Holm fragen, ob sie ein Foto von diesem Heinz Becker hat. Außerdem brauche ich ein Foto von dem Mädchen. Dann fahre ich zum Backaplan, um der Verkäuferin die Fotos vorzulegen.«

»Super«, sagte Irene und strich die Nummer durch, die sie gerade gewählt hatte.

Es wäre verfrüht gewesen, die Liste der Läden wegzuwerfen. Es konnte schließlich sein, dass die Verkäuferin vom Backaplan die Personen auf den Fotos nicht wiedererkannte.

»Ich gehe zu Linda rüber, dann kannst du dich um das Foto von dem Mädchen kümmern. Die Zeichnung für die Zeitungen müsste inzwischen auch fertig sein«, meinte Irene.

»Falls nicht, kannst du auch das Foto aus der Pathologie nehmen. Sie sieht darauf ganz friedlich aus. Sie hat auch keine Verletzungen im Gesicht«, dachte Birgitta laut nach.

Im Gesicht nicht, dachte Irene, und sie schauderte.

Als Irene in Linda Holms Büro eintraf, kämpfte die Kommissarin gerade wieder mit ihrer Strickjacke, die sie während des Telefonierens anzuziehen versuchte.

»Okay. Ich fahre sofort.«

Sie legte auf und winkte Irene zu, die in der offenen Tür stand. Rasch fragte Irene, ob sie ein Foto von Heinz Becker bekommen könne. Linda Holm öffnete die oberste Schreibtischschublade und nahm einen vergrößerten Ausdruck heraus.

»Hier. Ein ganz neues Passfoto. Erst drei Monate alt.«

Heinz Beckers Augen waren schmale Schlitze in seinem fleischigen Gesicht mit fliehender Stirn. Sein dünnes angegrautes Haar trug er nach hinten gekämmt in einem Pferdeschwanz. Irgendwann in seinem Leben hatte er sein Nasenbein gebrochen, und diese Fraktur war nie behandelt worden. Seine Kartoffelnase ragte schief nach rechts. Er wirkte mindestens zehn Jahre älter, als er eigentlich war.

»Meine Güte. Eine richtige Verbrechervisage!«, meinte Irene verblüfft.

»Stimmt! Willst du übrigens an der Razzia teilnehmen? Ich fahre jetzt. Wir legen in knapp einer Stunde los.«

Irene dachte einen Augenblick nach. Birgitta konnte sich auch allein mit der Verkäuferin am Backaplan unterhalten. Und wenn sich herausstellte, dass sich das Mädchen aus dem Leichenschauhaus vor ihrem Tod in der Wohnung aufgehalten hatte, sparten sie eine Menge Zeit.

»Gerne. Kann ich Fredrik Stridh mitnehmen?«

»Klar. Kein Problem.«

Irene rannte zurück, gab Birgitta das Foto von Heinz und fragte Fredrik, ob er sie bei der Razzia begleiten wolle.

»Klar doch«, erwiderte er.

Er freute sich, eine Weile hinauszukönnen. Wie Irene verabscheute er die Schreibtischarbeit. Er strahlte eine jungenhafte Freude und Energie aus, die man leicht als etwas kindisch missverstehen konnte. Irene wusste seine gute Laune und Unbekümmertheit zu schätzen, genauso wie seine Begeisterung für seine Arbeit. Fredrik war immer noch der Meinung, den besten Beruf der Welt auszuüben. Irene war davon nicht immer so überzeugt wie er.

Der Stadtteil Biskopsgården hatte nie einen Preis für seine Architektur oder menschenfreundliche Gestaltung erhalten. Einige der Hochhäuser aus den fünfziger Jahren waren hin und wieder renoviert worden, aber die übrigen verfielen allmählich. Die Mieten wurden trotzdem gezahlt. Schließlich mussten Arbeiter und Einwanderer irgendwo wohnen, seit die traditionellen Arbeiterstadtteile Majorna, Landala und Haga luxussaniert worden waren und es dort nur noch Eigentumswohnungen gab.

Das achtstöckige Wohnhaus sah aus wie alle anderen, mit dem einzigen Unterschied, dass das Dach teilweise mit einer Plane abgedeckt war, weil es auf dem Dachboden gebrannt hatte. Der Lastwagen des Bauunternehmens stand vor dem Treppenaufgang. Er war dunkelblau, und auf den Seiten stand mit weißen Buchstaben MT-Bygg. Das Haus wirkte verlassen, und der Bürgersteig war menschenleer. Nur die Presslufthämmer der Bauarbeiter vom Dach störten die Stille. Auf dem Hof standen ein paar Schaukeln, der Sandkasten war zugeschneit. Kinder, die im Schnee spielten, waren nicht zu sehen. Wahrscheinlich war es zu kalt. Der Schnee fiel jetzt wieder stärker.

Linda Holm hatte ihren neutralen Wagen so geparkt, dass sie die gesamte Vorderseite des Hauses überblicken konnten. Der Schneefall erschwerte die Sicht. Nach einer Weile war es fast nicht mehr möglich, die Aufschrift auf der Seite des Lastwagens zu lesen.

»Es ist der Aufgang, vor dem der Lastwagen steht. Hausnummer 33. Im vierten Stock«, sagte Linda Holm, ohne sich ihren Kollegen auf dem Rücksitz zuzuwenden.

Irene beugte sich vor und schaute zu den Wohnungen hoch. Außer Schneegestöber sah sie nichts.

»Es handelt sich um eine Zweizimmerwohnung. Der Mieter ist seit einigen Wochen verreist. Wir versuchen gerade, ihn ausfindig zu machen. Wir wollen natürlich wissen, wie Heinz Becker an diese Wohnung gekommen ist. Es ist wahrscheinlich kein Zufall, dass der Mieter gerade in der Woche verreist, in der Heinz Becker einen Unterschlupf für sein temporäres Bordell benötigte«, meinte Linda Holm.

»Funktioniert das immer so?«, fragte Irene.

»Gelegentlich. Es lässt sich schwer beweisen, wer den Zuhältern den Zutritt zur Wohnung gestattet hat. Der verreiste Mieter spielt immer den Ahnungslosen«, antwortete Linda.

Die Haustür von Nummer 33 ging auf, und zwei Männer traten ins Freie. Sie trugen einen großen schwarzen Plastikmüllsack. Sie zogen wegen des Schneefalls die Köpfe ein, eilten auf den Lastwagen zu und schlossen die hintere Tür auf. Dann warfen sie den Sack auf die Ladefläche, knallten die Tür zu und rannten zum Fahrerhaus. Einige Sekunden später heulte der Motor auf. Der Lastwagen machte einen Satz und fuhr davon.

Kommissarin Holm zog ihr Handy aus der Tasche und antwortete. Irene hatte es nicht klingeln hören. Linda Holm brummte ein paarmal zustimmend und sagte dann kurz:

»Fünf Minuten ab ... jetzt!«

Sie machte ihr Handy aus. Einige Minuten später fuhr der Mannschaftswagen vor. Er parkte auf dem Parkplatz, auf dem der Lastwagen eben noch gestanden hatte. Niemand im Auto sagte etwas, alle starrten auf die Zeitanzeige des Handys. Nach fünf Minuten stieß Linda Holm die Fahrertür auf. Rasch, aber nicht im Laufschritt bewegten sie sich auf die Haustür zu. Aus einem Auto, das etwas abseits geparkt war, stiegen zwei Beamte des Dezernats für Menschenhandel, ein Mann und eine Frau.

»Fahrstuhl und Treppen«, sagte die Kommissarin kurz, als die beiden Trupps gleichzeitig an der Haustür eintrafen.

Der Inspektor öffnete daraufhin die schwere Haustür. Die Glasscheibe in der oberen Hälfte war beschädigt und durch eine Sperrholzplatte ersetzt worden. Schwarze und blaue Graffiti bedeckten die ganze Tür.

Drei Beamte rannten die Treppe hinauf, die anderen nahmen den Fahrstuhl. Einer der Polizisten aus dem Mannschaftswagen bezog unten im Eingang Posten. Irene geriet in die Gruppe, die die Treppe als Rückzugsweg sperren sollte.

Sie musste sich beeilen, um die beiden anderen, die bereits die Treppe hinaufrannten, einzuholen. Im zweiten Stock hörte sie einen Knall, der im ganzen Treppenhaus widerhallte. Die Polizisten hatten die Tür eingetreten. Als Irene atemlos das vierte Stockwerk erreichte, sah sie sich dem erbosten Leiter des Einsatzkommandos gegenüber.

»Leer. Sie haben sich dünngemacht«, sagte er.

»Der Lastwagen!«, rief Irene.

Die anderen sahen sie fragend an.

»Der, der vor dem Haus stand. Er fuhr weg, kurz bevor ihr gekommen seid.«

»Wir lassen sofort nach ihm fahnden«, sagte der Leiter des Einsatzwagens.

»Stensson! Geh rauf auf den Speicher und frag die Bauarbeiter, ob von ihnen jemand den Lastwagen weggefahren hat. Wenn nicht, brauchen wir das Kennzeichen.«

Der Beamte namens Stensson kam aus dem Inneren der Wohnung und verschwand Richtung Fahrstuhl. Einige Minuten später ertönte seine Stimme aus dem Funkgerät:

»Die Burschen hier oben wissen nicht, wer den Lastwagen genommen hat. Die sind wahnsinnig wütend. Das Kennzeichen lautet …«

Irene hörte nicht weiter zu, sondern begann, die Wohnung näher in Augenschein zu nehmen.

Das Erste, was ihr auffiel, war der Geruch. Es stank nach kaltem Zigarettenrauch, allerdings auch süßlich nach Haschisch. Nach Leuten, die sich lange nicht gewaschen haben, roch es ebenfalls.

»Die Techniker sind jeden Moment hier«, rief Linda aus einem der beiden Zimmer.

Irene streifte einen Plastikschutz über ihre Schuhe und zog Gummihandschuhe an, die sie in der Tasche hatte. Anschließend öffnete sie die Tür mit dem Toilettenschloss und machte Licht.

Das Badezimmer war klein und der Gestank darin unerträglich. Auf dem Boden lag ein Laken, das vermutlich als Handtuch verwendet worden war. Es war fleckig und würde die Kriminaltechniker sicher eine Weile beschäftigen. Einiges sah nach Blutflecken aus. Auf der Badewannenkante stand eine große Flasche Duschgel. Über dem Waschbecken hing ein Spiegelschrank mit halboffener Tür. Irene stieß sie ganz auf. Im obersten Fach lag eine Schachtel Kondome, darunter lagen ein Kamm, eine Haarbürste und eine fast leere Flasche Mundwasser. Ganz unten lag eine verwendete Spritze. Am vorderen Ende des Spritzenzylinders fanden sich noch Reste einer blutvermischten Flüssigkeit. Amphetamin, vermutete Irene.

»Hier stinkt's!«, ließ sich Fredriks Stimme von der Tür vernehmen.

Irene deutete auf die Spritze, und Fredrik nickte.

»Wir haben ein paar Tütchen mit Pulver in der Küche gefunden. Sie scheinen Hals über Kopf aus ihrer Fixerbude getürmt zu sein. Überall liegen noch Rauschgift und Kondome herum. Eine große Schachtel mit so was wie Viagra steht mitten auf dem Tisch. Bislang haben wir aber noch keine Pässe oder andere Papiere gefunden.«

Irene kehrte in die Diele zurück. Eine nackte Glühbirne hing an der Decke und warf ihr kaltes Licht auf die Polizisten.

»Wir sehen uns die Wohnung genauer an, wenn die Spurensicherung fertig ist«, sagte Linda Holm.

Fredrik öffnete eine Schranktür und schaute hinein. Er wollte die Tür gerade wieder zumachen, als er stutzte. Er leuchtete mit seiner Taschenlampe in den Schrank.

»Irene!«, rief er leise.

Sie schaute über seine Schulter.

Auf dem Boden des Schranks lag ein kleiner Jeansrock.

»Glaubst du, das ist ihrer?«, fragte Fredrik aufgeregt.

»Sehr gut möglich«, erwiderte Irene und spürte, wie sich ihr Puls beschleunigte.

Das Mädchen, das vor sechs Tagen bei JC eine schwarze Jeans gekauft hatte, hatte so einen Jeansrock getragen und, obwohl es so kalt war, keine Strumpfhose. Sie hatten allen Grund, den Rock für eine wichtige Spur zu halten.

»Sollte es ihrer sein, so sind wir ihrer Identität jetzt schon viel nähergekommen. Dann wissen wir, dass sie sich in dieser Wohnung aufgehalten hat und dass dieser Heinz Becker wissen muss, wer sie war und woher sie kam«, sagte Irene.

Sie ging mit Fredrik ins Schlafzimmer. Dort war es bedrückend dunkel. Die Rollos waren heruntergezogen und ließen kaum Licht durch. Es hingen keine Bilder an den Wänden, und es gab keine Teppiche und Vorhänge. Die grauen Tapeten waren fleckig und beschädigt. Im Zimmer stand nur ein Doppelbett mit schmutzigem Laken. Auf dem Bett lagen zwei Kissen, aber keine Decken. Auf der einen Bettseite stand ein Papierkorb, der mit Toilettenpapier und gebrauchten Kondomen gefüllt war. Der Geruch von menschlichen Sekreten war hier besonders durchdringend. Auf den beiden wackligen Nachttischchen standen Toilettenpapierrollen und ein angeschlagenes Dessertschälchen. Auf den ersten Blick schien es leer zu sein, doch es lagen ein paar ovale, blaue Tabletten darin.

»Fressen die Viagra wie Smarties?«, sagte Fredrik kopfschüttelnd.

»Dass die sich das trauen. Da kann schließlich irgendwas drin sein. Die bestellen die Pillen übers Internet«, meinte der Chef der Ordnungspolizisten, der ins Zimmer getreten war.

Er sah sich um und rümpfte die Nase.

»Wir fahren jetzt. Schon sehr seltsam, dass sie vor euren Augen verschwinden konnten«, meinte er und lächelte spöttisch.

Weder Irene noch Fredrik machten sich die Mühe, ihn darüber aufzuklären, dass sie nicht zum Dezernat für Menschenhandel gehörten. Sie mussten ihm allerdings beipflichten: Es war wirklich äußerst merkwürdig, dass es Heinz Becker und einem Kumpanen gelungen war, aus der Wohnung zu verschwinden. Wie hatten sie wissen können, dass eine Razzia bevorstand? Und wie waren sie an den Zündschlüssel des Lastwagens gekommen?

Sie betraten das zweite Zimmer, das Wohnzimmer. Es glich jedoch mehr einem Feldlager. Eine durchgesessene Couchgarnitur war in eine Ecke geschoben, sowie ein paar andere Möbel und Lampen. Auf dem Boden lagen zwei Matratzen und um diese herum dieselben Utensilien wie im Schlafzimmer: Klopapierrollen, Kondome, ein Plastikschälchen mit Potenzpillen.

Die Küche war offenbar Rückzugsort der Zuhälter gewesen. An der Wand ein Feldbett mit Decke und Kopfkissen, ein Küchentisch in der Mitte des Raums, darauf ein großer Fernseher, neben dem Fernseher eine Großpackung Viagra. Zumindest stand es so auf der Verpackung. Ansonsten türmten sich leere Pizzakartons und Schnapsflaschen. In der Spüle lag eine gebrauchte Kanüle. Der Gestank war fürchterlich.

»Die Spurensicherung kommt jeden Augenblick. Wir fahren ins Präsidium zurück«, sagte Linda Holm, die ihren Kopf zur Tür hereinstreckte.

»Hier ist nicht mehr viel für uns zu tun«, meinte Irene.

»Stimmt.«

Die Kommissarin versuchte nicht einmal, ihre Enttäuschung zu verbergen.

»Wenn ich nur wüsste, wie sie rausgekriegt haben, dass wir kommen!«

Fredrik sah sie nachdenklich an. Als sie wieder im Treppenhaus standen, sagte er plötzlich:

»Ich bleibe noch eine Weile. Ich will noch was kontrollieren.«

Linda Holm nickte nur. Sie schien Fredriks Worte kaum gehört zu haben. Sie war tief in ihre eigenen Überlegungen versunken.

Linda schwieg, als sie wieder im Auto saßen. Um die Stille zu durchbrechen, fragte Irene:

»Wie habt ihr eigentlich herausgefunden, wo sich Heinz Becker aufhält?«

»Er hat im Internet seine Handynummer angegeben«, antwortete die Kommissarin.

»Einer unserer Leute hat also bei ihm angerufen?«

»Ja.«

»Und wie lange habt ihr die Wohnung überwacht?«

»Zweieinhalb Tage. Es dauert immer eine Weile, bis wir den Durchsuchungsbefehl bekommen. Wir müssen erst den Verdacht erhärten. Die Zusammenarbeit mit der Staatsanwaltschaft funktioniert jedoch recht gut. In diesem Fall gab es auch keinerlei Bedenken. Ein steter Strom von Männern suchte die Wohnung auf.«

»Glaubst du, dass sie jemand gewarnt hat und dass es ihnen deswegen gelungen ist zu verschwinden?«, fragte Irene.

»Bestimmt. Sie haben teure Drogen und Medikamente zurückgelassen. Wenn sie ohne Eile aufgebrochen wären, hätten sie alles mitgenommen. Sie sind in Panik geflüchtet. Irgendjemand muss ihnen kurz vorher den Tipp gegeben haben!«

Die Stimme der Kommissarin und ihre finstere Miene machten deutlich, dass diejenige Person, die die Aktion verraten hatte, nicht auf Gnade rechnen konnte, sollte sie sie je ausfindig machen.

»Ich frage mich, wo sie den Zündschlüssel des Lastwagens herhatten. Obwohl wegen des Schneetreibens schlechte Sichtverhältnisse herrschten, hatte ich den Eindruck, dass sie die Tür zum Laderaum aufschlossen, bevor sie den Sack einluden und …«

»Der Sack!«

Linda Holm fiel Irene ins Wort und schlug mit der flachen Hand aufs Lenkrad.

»Das Mädchen war in dem Sack!«

Die Kommissarin umklammerte das Lenkrad so fest, dass die Knöchel weiß hervortraten. Sie starrte durch die Windschutzscheibe. Obwohl die Scheibenwischer mit höchster Geschwindigkeit arbeiteten, konnte man kaum nach draußen schauen. Der Schneefall hatte sich in einen Schneesturm verwandelt.

»Sie haben wohl nur noch ein Mädchen«, sagte sie halblaut.

Irene hatte das Gefühl, dass die Kommissarin mit sich selbst sprach, und sagte daher nichts. Wahrscheinlich war es so, wie Linda Holm vermutete: Das eine Mädchen lag in einem Plastiksack auf der Ladefläche eines Lastwagens, das andere in einem Kühlfach der Gerichtsmedizin.

»Entschuldige. Ich hatte dich unterbrochen. Was hast du gerade über den Lastwagen gesagt?«, fragte Linda Holm.

Sie schielte zu Irene hinüber, wagte es jedoch nicht, die Fahrbahn ganz aus den Augen zu lassen.

»Ich dachte, sie hätten den Lastwagen mit einem Schlüssel aufgeschlossen. Vielleicht habe ich mich getäuscht. Hatten sie einen Schlüssel, dann müssen sie Bauarbeiter gewesen sein …«

Irene hielt inne. Plötzlich war ihr klar, was Fredrik vorgehabt hatte.

»Wo konnten sie den Autoschlüssel hergehabt haben?«, fragte Linda.

»Ich habe das Gefühl, dass Fredrik dieser Frage gerade nachgeht«, erwiderte Irene.

Schweigend bogen sie auf den Parkplatz vor dem Präsidium ein.

Eine Stunde später wurde der Lastwagen hinter einem Lagerhaus in Ringön gefunden. Ein Monteur, der hundert Meter von dem Lagerhaus entfernt gerade an einem Telefonverteilerkasten zu tun hatte, berichtete, einen dunkelfarbenen Kombi vor dem Gebäude gesehen zu haben, wahrscheinlich einen VW Passat. Zwei Männer und eine Frau seien eilig hinter dem Lagerhaus hervorgekommen und in den Kombi gestiegen. Es hatte zu stark geschneit, als dass er die drei näher hätte beschreiben können. Das Kennzeichen des Wagens hatte er ebenfalls nicht lesen können. Einer der Männer war groß und kräftig gewesen.

»Heinz Becker«, sagte Linda Holm düster.

Irene und sie hatten in der Kantine der *Staatlichen Versicherungsgesellschaft* zu Mittag gegessen und saßen jetzt im Büro der Kommissarin und tranken Automatenkaffee. Dauernd klingelte das Telefon, es gab aber keine interessanten Neuigkeiten. Die Zuhälter und das Mädchen hatte der Schneesturm förmlich verschluckt.

»Flugplätze und Fährhäfen sind verständigt worden. Auf welche Weise werden sie wohl versuchen, das Land zu verlassen?«, fragte Irene.

»Wahrscheinlich planen sie, in Richtung Süden zu entkommen. Von Schonen aus können sie eine Fähre nach Estland, Polen oder Deutschland nehmen oder nach Dänemark. Von dort aus gelangen sie überall hin. Offenbar haben sie ihre Pässe dabei. Schließlich haben wir in der Wohnung keine gefunden.«

»Aber bei dem Schneechaos in Schonen werden sie es nicht leicht haben.«

»Stimmt. Vielleicht verkriechen sie sich einfach irgendwo und warten ab. Zumindest bis es aufgehört hat zu schneien.«

Irene schaute aus dem Fenster. Draußen tobte der Schneesturm mit unverminderter Heftigkeit.

»Offenbar werden wir hier im Präsidium eingeschneit«, sagte sie zu Linda und lächelte.

»Hallo! Bingo!«, ließ sich eine Stimme von der offenen Tür her vernehmen.

Birgitta trat mit dem Foto von Heinz Becker in der Hand ein.

»Er war tatsächlich am Samstag im JC-Laden. Zusammen mit unserem Mädchen!«

Sie zog ein zusammengefaltetes Blatt Papier aus ihrer Hosentasche, faltete es auf und legte es lächelnd zusammen mit dem Foto des Zuhälters auf den Schreibtisch. Irene betrachtete das aufgedunsene Gesicht Heinz Beckers. Die Zeichnung des mageren Mädchens bildete dazu einen starken Kontrast.

Birgittas Lächeln verblasste, als sie die Mienen der beiden anderen bemerkte.

»Aber hört mal! Wir haben gerade den Beweis dafür erhalten, dass das Mädchen in den Stall von Heinz Becker gehörte. Jetzt brauchen wir ihn nur noch beim Verhör mit dieser Tatsache zu konfrontieren, und … Ist was passiert?«

»Das kann man wohl sagen.« Linda Holm seufzte.

Rasch erzählte sie von der Razzia in Biskopsgården. Birgitta schwieg lange und sagte dann:

»Wenn wir sie festnehmen, werden wir beweisen, dass er und sein Kumpan das Mädchen in ihrer Gewalt hatten. Wir lassen wegen dringenden Mordverdachts nach ihnen fahnden! Aber bevor wir sie verhört haben, können wir schließlich nicht wissen, ob die Zuhälter sie auf dem Gewissen haben oder ein Freier sie ermordet hat.«

»Ich habe bereits alles veranlasst«, sagte die Kommissarin leise.

Irene stand auf.

»Wir gehen wieder rüber. Aber wir bleiben in Kontakt, falls es etwas Neues gibt«, sagte sie.

Linda Holm nickte und verzog das Gesicht zu einem gezwungenen Lächeln. Dass Becker und sein Kumpan entkommen waren, hielt sie offenbar für ein persönliches Versagen. Vielleicht empfand sie es auch als demütigend, dass die Kollegen vom Dezernat für Gewaltverbrechen ihrer Niederlage beigewohnt hatten.

Als Irene und Birgitta auf den Gang traten, kam ihnen Fredrik mit hochzufriedener Miene entgegen.

»Hat sich deine Annahme bestätigt?«, fragte Irene.

»Yes!«

»Wie viele sind es insgesamt?«

»Vier.«

»Und zwar?«

Er zog die Brauen hoch und sah seine Kolleginnen vielsagend an, als er antwortete:

»Offenbar alle.«

Irene nickte.

»Könnt ihr aufhören, in Rätseln zu sprechen, und mir endlich sagen, was Sache ist!«, rief Birgitta verärgert.

»Okay! Wir gehen in mein Büro«, sagte Fredrik und hielt ihnen die Tür auf.

Die Frauen setzten sich auf die beiden Stühle in dem kleinen Zimmer. Fredrik blieb stehen.

»Irene und ich haben gesehen, wie die beiden Typen mit einem Plastiksack aus der Haustür kamen. Der eine zog einen Autoschlüssel aus der Tasche und schloss die Tür zur Ladefläche auf, damit sie den Sack einladen konnten. Dann schloss er die Fahrerkabine des Lastwagens auf. Mit quietschenden Reifen fuhren sie davon. Sie sahen aus wie Bauarbeiter. Als uns klarwurde, dass es unsere Beschatteten waren, die sich mit dem Laster aus dem Staub gemacht hatten, tauchte natürlich die Frage auf, wo sie den Wagenschlüssel herhatten«, sagte er.

»Gute Frage. Woher hatten sie ihn?«, wollte Birgitta wissen.

Fredrik konnte seine Zufriedenheit nicht unterdrücken, als er antwortete:

»Ich bin auf den Speicher gegangen, wo die Arbeiter zugange sind. Dort ist es saukalt und alles voller Schnee. Bei diesem Wind ist es nicht einfach, die Planen festzuzurren. Sie wurden nervös, als ich hochkam und mich vorstellte. Keiner von ihnen hatte sonderliche Lust, sich mit mir zu unterhalten, aber ich ließ nicht locker. Ich drohte ihnen, sie mitzunehmen, falls ihnen das lieber sei!«

Er grinste.

»Daraufhin knöpfte ich mir einen nach dem anderen vor. Den Chef zuerst. Es stellte sich heraus, dass sie erst seit vier Tagen auf diesem Dach arbeiten. In der Nacht von Sonntag auf Montag hat es dort oben gebrannt. Zunächst stritt er ab, von dem Bordell im vierten Stock zu wissen. Er konnte aber auch nicht erklären, wie die Herren an den Schlüssel für den Lastwagen gekommen waren. Er versuchte sich damit rauszureden, ihn verloren zu haben oder bestohlen worden zu sein. Damit verstrickte er sich in Widersprüche. Außerdem gibt es dort oben auf dem Dach keine Umkleide. Wenn sie sich aufwärmen wollen, gehen sie ins Treppenhaus, und wenn sie arbeiten, sind sie warm angezogen. Sie tragen also während des gesamten Arbeitstages ihre Arbeitskleidung. Schließlich hatte er sich so in seine Lügen verstrickt, dass es kein Entrinnen mehr gab. Ich drohte ihm ein weiteres Mal an, ihn hier im Präsidium zu verhören, da knickte er ein. Er war am Vormittag selber in dem Bordell gewesen. Er sagt, dass ihm entweder Heinz Becker oder sein Kumpan den Schlüssel aus der Hosentasche gestohlen haben müssen, als er mit dem Mädchen zugange war.«

Eine Weile wurde es still im Zimmer. Alle drei stellten sich das Szenario vor.

»Aber du glaubst ihm nicht«, sagte Irene schließlich.

»Nein. Ich habe mich mit den anderen dreien ebenfalls unterhalten. Als ich sie fragte, ob sie im vierten Stockwerk gewesen seien, wurden sie wahnsinnig nervös. Offenbar wussten alle, was dort los war! Als ich dann wissen wollte, ob sie das Bordell besucht hätten, antworteten sie etwas in der Art von, man sei schließlich neugierig, und: die anderen seien auch dorthin gegangen, oder: sie hätten das zum ersten Mal gemacht. Schwachsinn! Zwei sind verheiratet, und der dritte wohnt mit seiner Freundin zusammen. Der dritte ist der Jüngste. Alle haben wahnsinnige Angst, dass rauskommen könnte, dass sie ein Bordell besucht haben.«

»Dass sie es nicht einfach abgestritten haben!«, meinte Birgitta.

Fredrik lächelte spitzbübisch.

»Ich muss zugeben, dass ich sie erst in Sicherheit wiegte. So von Mann zu Mann.«

»Wir müssen uns diesen Vorarbeiter vorknöpfen, der zugegeben hat, dass er am Vormittag Sex mit dem Mädchen hatte«, sagte Irene energisch.

»Ich habe ihm versprochen, dass er nicht herkommen muss …«, begann Fredrik, aber Irene fiel ihm ins Wort.

»Wir müssen ihn und die anderen drei verhören! Sie können uns vielleicht eine Beschreibung des Mädchens liefern. Vielleicht haben sie auch mitbekommen, aus welchem Land sie stammte. Außerdem können sie bezeugen, dass sich Becker und sein Kumpan gleichzeitig in der Wohnung befanden. Es stellt sich auch die Frage, wie es dem Mädchen geht, das sie mitgenommen haben. Zumindest war sie nach der Flucht mit dem Lastwagen noch am Leben. Der Telefonmonteur hat ja gesehen, wie sie auf eigenen Beinen zu diesem Passat ging, der sie abholte.«

»Okay. Ich sorge dafür, dass sie alle herkommen«, sagte Fredrik.

»Gut. Wir müssen ihnen klarmachen, dass es sich bei den Zuhältern möglicherweise um Mörder handelt. Wir ermitteln in einer Mordsache, und die Tatsache, dass der Kauf von sexuellen Diensten unter Strafe steht, braucht uns nicht zu interessieren.«

»Der Vorarbeiter ist also verheiratet«, stellte Birgitta fest.

»Ja«, entgegnete Fredrik.

Er ging zur Tür.

»Ich fahre noch einmal nach Biskopsgården. Ich nehme eine Streife mit. Das geht am schnellsten.«

»Sieh zu, dass du nicht im Schnee stecken bleibst«, ermahnte ihn Irene, ehe sie sich noch eines Besseren besinnen konnte.

Als müsste man Fredrik noch bemuttern, dachte sie und ärgerte sich über sich selbst. Er schien ihr das aber nicht weiter krummzunehmen.

»Die Gefahr besteht. Aber das Unwetter hat etwas nachgelassen.«

Irene schaute aus dem Fenster. Er hatte Recht. Der Schneesturm war in normalen Schneefall übergegangen. Es bestand sogar die Hoffnung, dass sie am Abend nach Hause kommen würde. Wenn nur die Schneepflüge ihre Arbeit verrichteten … Irene wurde aus ihren Gedanken gerissen, als Fredriks Telefon klingelte. Er stand bereits mit der Hand auf der Türklinke da, ging aber noch einmal zurück zum Schreibtisch und hob ab.

»Inspektor Fredrik Stridh … ja, das stimmt … ach, ein Toyota?«

Fredrik schwieg lange und hörte der Stimme am anderen Ende zu. Birgitta und Irene sahen, wie er förmlich erstarrte. Dann rief er:

»Alle beide! Aber sie hat es überlebt… okay…«

Noch ehe der Hörer wieder auf der Gabel lag, begann er mitzuteilen, was er eben gehört hatte:

»Jetzt kommt Bewegung in die Sache! Das war die Polizei in Varberg. Ein weißer Toyota, der vor zwei Stunden hier in Göteborg, in Heden, gestohlen worden war, ist vor einer Stunde etwas nördlich von Varberg von der Straße abgekommen. Im Wagen saßen drei Personen, auf die die Beschreibung unserer gerade erfolgten Fahndung passt. Das Auto fuhr eine Böschung hinab und überschlug sich dabei. Als sie im Krankenhaus eintrafen, konnte nur noch der Tod der beiden Männer festgestellt werden. Die junge Frau ist schwer verletzt und liegt im Koma. Sie hat eine schwere Gehirnerschütterung davongetragen, und ihre Milz ist gerissen. Frakturen des Beckens und der Wirbelsäule und was sonst noch alles. Ihr Zustand ist sehr kritisch.«

Birgitta und Irene fehlten einen Moment lang die Worte. Nachdem sich Irene wieder gesammelt hatte, sagte sie:

»Meine Güte… plötzlich geschieht alles auf einmal!«

»Das ist noch eine Untertreibung«, murmelte Birgitta verblüfft.

Fredrik ließ sich auf seinen Schreibtischstuhl sinken und dachte nach.

»Wie gehen wir jetzt vor? Soll ich immer noch nach Biskopsgården rausfahren und die Bauarbeiter ein weiteres Mal verhören?«, fragte er.

»Unbedingt! Es ist sehr wichtig, dass wir die Verbindung zwischen Heinz Becker und dem bewusstlosen Mädchen festmachen. Ganz zu schweigen davon, dass einer aussagen könnte, das Mädchen aus dem Erdkeller in der Wohnung gesehen zu haben. Damit hätten wir dann auch diese Verbindung geklärt«, antwortete Irene rasch.

»Insbesondere, da Heinz Becker anscheinend tot ist. Von ihm werden wir kein Geständnis mehr erhalten«, warf Birgitta ungerührt ein.

»Ich informiere Sven über die neuesten Entwicklungen. Es hat keinen Sinn, bei diesem Wetter nach Varberg zu fahren. Wahrscheinlich wird das Mädchen ihr Bewusstsein noch eine ganze Weile nicht wiedererlangen. Und dann muss sie auch erst wieder zu Kräften kommen, bevor wir mit ihr sprechen können. Wir müssen herausfinden, welche Sprache sie spricht, damit wir den richtigen Dolmetscher bestellen können«, sagte Irene.

»Klingt vernünftig. Ich geh in mein Büro und schreibe den Bericht über die Aussage der Verkäuferin in dem JC-Laden. Sie liefert uns schon mal die Verbindung zwischen Becker und dem toten Mädchen«, sagte Birgitta.

»Falls wir DNA auf dem Jeansrock sicherstellen können, wäre das ebenfalls ein starker Beweis dafür, dass sie sich wirklich in der Wohnung aufgehalten hat«, meinte Fredrik.

»Unbedingt. Obwohl Linda Holm nicht besonders froh über die Entwicklung der Dinge ist, muss ich sagen, dass wir, was die Aufklärung des Mordes an dem Mädchen angeht, ein gutes Stück vorangekommen sind. Wir sind der Identität der Toten bedeutend näher als heute Morgen. Und vielleicht auch ihrem Mörder. Wir müssen von Becker und seinem Kumpanen die DNA ermitteln lassen und mit dem Sperma aus ihrem Haar vergleichen«, sagte Irene.

»Glaubst du wirklich, dass es einer von den beiden war?«, fragte Birgitta skeptisch.

»Wir können diese Möglichkeit nicht ausschließen. Aber ich glaube nicht, dass die beiden sie ermordet haben.«

»Warum nicht?«

»Wegen des Ortes, an dem das Mädchen gefunden wurde. Woher hätten Heinz Becker und sein Kumpan diesen versteckten, alten Erdkeller kennen sollen? Es wäre viel einfacher für sie gewesen, die Tote einfach in irgendeinen Graben am Weg zu schmeißen oder in irgendein Wäldchen zu legen. Aber der Erdkeller, dafür waren genaue Kenntnisse der lokalen Verhältnisse erforderlich. Und ich glaube, dass weder Becker noch sein Geschäftspartner darüber verfügten.«

»Dann müssen wir eben weiter nach dem Täter suchen«, konstatierte Birgitta.

Irene hatte das Wochenende frei. Den Samstagvormittag verbrachte sie mit zwei intensiven Trainingseinheiten im Dojo. Zuerst trainierte sie eine Gruppe von Polizistinnen, von denen mehrere den blauen Gürtel in Angriff nehmen wollten. Sie legten sich sehr ins Zeug, und Irene war ausgesprochen stolz auf sie. Beim zweiten Training hatte sie es mit einer gemischten Gruppe zu tun, überwiegend waren es jedoch Männer. Jeder wollte eine Runde gegen Irene kämpfen, da sie einmal Europameisterin gewesen war. Und obwohl dieser Titelgewinn schon mehr als zwanzig Jahre zurücklag, war sie immer noch sehr gut.

Den Rest des Samstags hatte sie damit verbracht, vor ihrem Haus Schnee zu schippen und die Wäscheberge abzutragen. Die Waschmaschine lief auf Hochtouren. Wie bei vier Leuten so viel Schmutzwäsche anfallen konnte, war ihr ein Rätsel. Seltsamerweise hatte Irene den Eindruck, dass der Wäscheberg mit zunehmendem Alter ihrer Töchter wuchs. Wir tragen unsere Kleider nicht mehr auf, sondern wir waschen sie kaputt, dachte sie. Sie sagte jedoch nichts, da die beiden Mädchen gerade damit beschäftigt waren, das Haus zu putzen. Bei Familie Huss fand der monatliche Haushaltstag statt. Irene hatte ihn bereits vor etlichen Jahren eingeführt und fand, dass er gut funktionierte. Einmal im Monat musste die ganze Familie ran. Dann putzten alle gemeinsam. Krister war jedoch dieses Mal ausgenommen, da er im Prinzip den ganzen Weihnachtsputz allein erledigt hatte. Er hatte sogar in der Küche Vorhänge mit

Weihnachtsmuster aufgehängt. Wenn er es nicht gemacht hätte, hätte das niemand getan. Vorhänge waren irgendwie nicht Irenes Ding, wie die Zwillinge das ausgedrückt hätten. Außerdem war Krister den ganzen Tag bei der Arbeit und würde erst gegen Mitternacht nach Hause kommen.

Eigentlich wäre es mal wieder an der Zeit gewesen, Sammie das Fell zu stutzen, aber dafür war es draußen noch zu kalt. Es war ratsam, dass er sein langes Fell noch eine Weile behielt. Im März würde er dann aussehen wie ein Schaf, das den Winter auf der Weide verbracht hat, aber das kratzte ihn nicht weiter. Er verabscheute jede Art der Haarpflege! Das war in seinem zwölfjährigen Hundeleben immer so gewesen. Nicht umsonst hieß die Rasse »Irish Softcoated Wheaten Terrier« oder übersetzt: »Irischer, weichpelziger, weizenfarbener Terrier«. Damit war Sammie sehr treffend beschrieben: Er hatte lockiges Fell, das kaum haarte, aber sorgfältig gekämmt und gestutzt werden musste. So ein arbeitsaufwändiges Fell war mit einem Terrier kaum vereinbar! Irene hatte sich oft gefragt, wer auf die Idee gekommen war, eine solche Rasse zu züchten.

Sie war gezwungen, ihn zu kämmen, weil sie sonst nie mehr Fasson in seinen Pelz bringen würde. Sie stellte ihn also auf den Tisch in der Waschküche. Er wusste, was ihn erwartete, und er hatte schlechte Laune. Mit eingeklemmtem Schwanz versuchte er Irene nervös auf dem Tisch auszuweichen. Es war, als versuche man, ein Pferd im Galopp zu beschlagen. Das hatte ihre Mutter früher immer gesagt. Aber Irene war das schon gewohnt und beherrschte die Tricks. Sie klemmte sich seinen Kopf unter den Arm und begann, sein weiches Fell zu bürsten. Sie hielt die eine Hand an seinen Hals unter dem einen Ohr und bürstete mit der anderen.

Sie spürte plötzlich ganz deutlich einen harten, walnussgroßen Knoten unter den Fingern. Eine ungefährliche Fettgeschwulst, versuchte sich Irene sofort einzureden. Sie wusste jedoch sehr gut, wie sich weiche Fettgeschwulste anfühlten. Sie saßen unter der Haut und bewegten sich leicht auf der darunterliegenden Muskulatur. Dieser Knoten saß fest. Sie begann,

Sammie abzutasten. In der rechten Leiste saß ein fast ebenso großer Knoten und am Hals ein dritter, haselnussgroßer.

Irene überrieselte es eiskalt. Sie wusste, was das bedeuten konnte. Im April wurde Sammie dreizehn, ein beachtliches Alter für einen Hund. Falls es sich nur um einen Tumor handelte, konnte man versuchen, ihn operativ zu entfernen. Falls sich der Krebs jedoch ausgebreitet hatte, sah die Prognose nicht sonderlich rosig aus, und sie hatte bereits drei Knoten an unterschiedlichen Stellen des Körpers gefunden!

Am Montag muss Krister mit ihm zum Tierarzt, dachte sie. Ihr kamen die Tränen, alles verschwamm vor ihren Augen. Nur nichts übereilen, ermahnte sie sich und schluckte. Aber das hatte keinen Sinn, sie hatte einen Kloß im Hals, und der ließ sich nicht vertreiben.

Zärtlich drückte sie Sammies Kopf an ihr Gesicht und legte ihre Wange an seine. Erst wirkte er verwundert, merkte dann aber, dass sein Frauchen traurig war. Vorsicht stupste er mit seiner Schnauze ihre Nase an und leckte sie dann im Gesicht.

Am Sonntagmorgen war es vollkommen windstill, und der Himmel war blau. Irene spazierte mit dem schlaftrunkenen Sammie hinunter zur Fiskebäck Marina. Sie hatte sich eine dicke Jacke angezogen, ihm reichte sein dichtes Fell als Schutz.

Am Meer war es atemberaubend schön. Die Sonne funkelte auf der unberührten Schneedecke auf dem Eis und blendete sie. Die große Kälte der letzten Tage hatte dazu geführt, dass die Küste Schwedens ungewöhnlich früh mit einer Eisdecke überzogen war. Wenn die Kälte anhielt, war es sicher bald möglich, mit dem Auto zu den Schäreninseln zu fahren.

Irene ließ Sammie von der Leine, und dieser begann überglücklich im Schnee herumzutollen und sich zu wälzen. Er liebte Schnee, und die Kälte machte ihm nicht das Geringste aus. Es spielte auch keine Rolle, dass er nicht angeleint war, er war inzwischen so alt und sah so schlecht, dass er nicht mehr abhauen würde. Mit Schnee im Pelz kam er schwanzwedelnd auf Irene zugelaufen. Er sah so glücklich aus, wie nur ein freier Terrier aussehen kann. Der Gedanke daran, wie alt und krank er wirklich war, versetzte Irene einen Stich. Es blieb ihm nicht mehr viel Zeit.

Als sie wieder zu Hause waren, ließ sich Sammie auf den Teppich im Wohnzimmer fallen. Nach ein paar Minuten schnarchte er laut. Er hatte sich nicht einmal mehr die Mühe gemacht, sich ein Stückchen Leberwurstbrot zu erbetteln, obwohl Krister gerade frühstückte. Irene küsste ihren Mann auf die Wange. Die Kaffeekanne stand auf dem Tisch, und sie goss sich die Tasse bis zum Rand ein. Dann schmierte sie sich ein Brötchen und erzählte Krister von den beunruhigenden Knoten.

»Du hast doch morgen frei. Könntest du nicht beim Tierarzt vorbeischauen?«, meinte sie.

»Klar, ich habe ja eh nichts Besseres zu tun.«

Sein sarkastischer Unterton entging Irene nicht, aber sie konnte nicht verstehen, warum er plötzlich so sauer reagierte.

»Du hattest andere Pläne?«, fragte sie.

Er seufzte hörbar.

»Nein. Ich rufe dort an.«

»Ist das okay?«

»Ja, ja.«

In Irenes Ohren klang das trotzdem nicht so. Sie verzichtete jedoch darauf nachzubohren. Sie würde schon früh genug erfahren, was mit ihm nicht stimmte. Vielleicht war er einfach nur müde. Die Wochenendschicht war lang. Irene beschloss, ihn und die Zwillinge damit zu überraschen, dass ein gutes Abendessen auf dem Tisch stand, wenn sie heute nach Hause kamen.

Gegen vier klingelte das Telefon. Fredriks muntere Stimme trompetete aus dem Hörer:

»Wir haben den Passat gefunden«, begann er euphorisch.

»Was für einen Passat?«, fragte sie, ehe sie noch nachgedacht hatte.

»Den schwarzen Kombi, mit dem Heinz Becker und sein

Kumpan sowie das Mädchen, das jetzt im Krankenhaus liegt, abgeholt worden sind!«

»Ach. Ich meine …«

»Heute Nacht wurde ein Typ aufgegriffen. Er fuhr einen dunkelblauen Passat Kombi, war stockbetrunken. Sein Name ist Anders Pettersson, ein stadtbekannter Krimineller.«

»Stadtbekannt? Ich weiß nicht, wer das ist«, fiel ihm Irene ins Wort.

Fredrik lachte.

»Anders Pettersson sagt dir vielleicht nichts, aber vielleicht ›der Indianer‹?«, erwiderte er.

Den Indianer kannte Irene sehr gut. Ein Dealer, der bei der Polizei einen üblen Ruf besaß, weil er Drogen an Kinder und Jugendliche verkaufte. Er war besonders skrupellos und verlangte von seinen jungen Kunden sexuelle Gegenleistungen, sobald er sie erst einmal am Haken hatte. Einige waren noch nicht einmal Teenager. Es spielte auch keine Rolle, ob Mädchen oder Jungen. Einige Male war er schon wegen Unzucht mit Minderjährigen und wegen Drogenvergehen belangt worden, aber bis zum Prozess war es meist nicht gekommen. Zwar konnte nie bewiesen werden, dass er Kläger oder Zeugen erpresste. Aber alle Personen, die die Freiheit des Indianers hätten gefährden können, hatten ihre Anklagen und Zeugenaussagen stets rasch wieder zurückgezogen. Der Indianer genoss den Schutz der Rockerbande Bandidos und hatte jahrelang ihren Drogenverkauf an den Göteborger Schulen organisiert. Die minderjährigen Abhängigen hatten kaum eine Möglichkeit, sich gegen ihn zur Wehr zu setzen, sie wagten es erst gar nicht.

»Der Indianer? Haben wir das Schwein jetzt tatsächlich wegen Trunkenheit am Steuer drangekriegt?«, sagte Irene.

»So ist es. Ein Streifenwagen war gerade auf dem Weg zurück ins Präsidium, als ihnen ein Auto auffiel, das dauernd die Fahrspur wechselte, und stoppten es. Am Steuer: der Indianer. Vollkommen blau hat er sich am Lenkrad festgehalten. In der einen Hand sein Handy. Die ganze Zeit über sagte er immer das Gleiche. Der Streifenpolizist spitzte die Ohren, als er schließlich verstand, was der Indianer da lallte: ›Muss Heinz anrufen.‹ Rate mal, wer der Streifenpolizist war?«

»Vermutlich einer von denen, die in Biskopsgården dabei waren«, meinte Irene.

»Yes! Er heißt übrigens Lennart Lundstedt. Gewiefter Bursche. Er dachte, dass es vermutlich nicht so viele Heinze gibt, und beschlagnahmte das Handy vom Indianer. Als er die letzte angerufene Nummer überprüfte, war es natürlich die von Heinz Becker!«

»Die aus dem Internet?«

»Ja. Ich hatte dieses Wochenende Bereitschaft bei der Kripo, deswegen hat Lundstedt mich heute Vormittag verständigt. Er hatte eine Idee. Wir haben einen Volltreffer gelandet!«

»Volltreffer? Was soll das heißen?«, fragte Irene verwirrt.

»Ich rief die Kollegen in Varberg an und ließ das Handy von Heinz Becker kommen. Dann rief ich die Nummer an, die auf dem Display des Indianers auftauchte. Und ratet mal, welches Handy anfing zu bimmeln!«

»Beckers«, vermutete Irene.

»Genau. Und in Beckers Telefon war die Nummer des Indianers gespeichert. Das liefert uns den eindeutigen Beweis, dass sie gemeinsame Sache gemacht haben!«

»Sauber!«, sagte Irene mit aufrichtiger Bewunderung.

»Die Varberger sagten noch, dass sie nach Pässen und anderen Papieren suchen, die Aufschluss über die Identität des Typen, der mit Becker im Auto saß, und des Mädchens geben können.«

»Sie haben also bislang nichts gefunden?«

»Nein. Aber sie suchen weiter. Das Auto ist offenbar Schrott. Wahrscheinlich ist es nicht ganz leicht, da was zu finden.«

»Wir müssen uns also erst mal damit begnügen, dass Heinz und der Indianer sich gekannt haben.«

»Begnügen? Wir haben einen Trumpf im Ärmel! Aber wir müssen schnell was unternehmen. Jetzt gleich.«

»Warum diese Eile?«

»Der Indianer hat in der Ausnüchterungszelle seinen Rausch

ausgeschlafen. Er hatte 2,3 Promille, aber wahrscheinlich war er auch noch mit irgendwelchen Drogen voll.«

»Und was meinst du jetzt mit Trumpf in der Hand?«

Irene war eigentlich nicht schwer von Begriff, aber gerade jetzt konnte sie ihrem enthusiastischen Kollegen nicht folgen.

»Er weiß noch nicht, dass Heinz Becker tot ist!«

Es dauerte eine Weile, bis Irene begriffen hatte, was das bedeutete.

»Du hast Recht. Wir müssen mit ihm reden, ehe er davon erfährt«, erwiderte sie.

»Ich glaube, es wäre ganz gut, wenn wir das zu zweit machen.«

»Gut. In einer halben Stunde vor dem Untersuchungsgefängnis.«

»O.k. Ich bereite inzwischen das Verhör vor.«

Irene und Fredrik saßen auf ihren Plätzen im Verhörzimmer, als Anders »der Indianer« Pettersson von zwei stämmigen Gefängniswärtern vorgeführt wurde. Laut Akte war er 36, sah aber viel älter aus. Und das, obwohl er sich den Kopf kahl rasiert, die Brauen gepierct, sich jugendlich gekleidet hatte und überall tätowiert war. Es war bereits ein paar Tage her, seit er sich das letzte Mal den Schädel rasiert hatte, und die Stoppeln verrieten gnadenlos, dass er bereits fast eine Glatze hatte. Früher war er sicher einmal sehr durchtrainiert gewesen – vermutlich nach einem längeren Gefängnisaufenthalt –, aber jetzt schleppte er viel zu viele Kilos mit sich herum. Sein Äußeres ließ gut auf seinen Job schließen: Er sah aus wie ein Krimineller mittleren Alters, der hart gelebt hat.

Er ließ sich auf der anderen Seite des Tisches auf einen Stuhl fallen, der unter seinem Gewicht ächzte. Demonstrativ hob er seine Hände in die Luft.

»Keine Ketten?«, fragte er mit rauer Stimme.

Es folgte ein gurgelnder Hustenanfall, der aus den unteren Lungenlappen zu kommen schien. Gleichzeitig verbreitete sich der Gestank von Besäufnis im Verhörraum. Das aufgedunsene

Gesicht des Indianers glänzte vor Schweiß, und seine rotunterlaufenen Augen verrieten, dass es ihm alles andere als gut ging.

»Dieses Mal nicht. Wir wollen nur ein paar Fragen stellen«, erwiderte Fredrik, als das Keuchen des Indianers verebbt war.

Er stellte Irene und sich vor.

»Was soll der Scheiß? Was für Fragen? Da müsst ihr schon meinen Anwalt kommen lassen! Ich sage kein …«

»Immer mit der Ruhe! Es geht nicht um Sie.«

Der Indianer sah Fredrik erstaunt an. Langsam verarbeitete sein von Drogen vergiftetes Gehirn die Information.

»Nicht?«, war der einzige Kommentar, der ihm dazu einfiel.

Unbeholfen erhob er sich vom Stuhl.

»Dann bleibe ich hier keine Sekunde länger sitzen.«

»Setzen!«, kommandierte Fredrik.

»Verdammt! Wenn es gar nicht um mich geht, dann …«

»Es geht um Mord.«

Sein Hintern erstarrte einen halben Meter über dem Stuhlsitz. Mit offenem Mund starrte er Fredrik an.

»Was soll der Scheiß?«, murmelte er und ließ sich kraftlos auf den Stuhl zurücksinken.

Eine Sekunde lang befürchtete Irene, dass er danebenlanden würde, aber er schaffte es.

»Ich kann eine Tasse Kaffee holen, falls Sie eine haben wollen«, bot sie ihm an.

Der Indianer richtete seine blutunterlaufenen Augen auf sie und grunzte etwas. Es hatte den Anschein, als hätte er etwas Stimulierendes dringend nötig.

»Mit Milch und Zucker?«, fragte sie.

»Zucker. Viel Zucker.«

Sie stand auf, öffnete die Tür und gab dem Wärter auf dem Korridor ein Zeichen, auf das sie sich vorher verständigt hatten. Der Wärter lächelte verschwörerisch und verschwand Richtung Kaffeeautomat.

»Einmal mit Zucker, einmal mit Milch und einmal schwarz«, rief sie ihm hinterher.

So unauffällig wie möglich ging sie zu ihrem Stuhl zurück, der Indianer hatte seine gesamte Aufmerksamkeit ohnehin Fredrik zugewandt.

»Was … was soll der Scheiß … was für ein Mord? Ich habe, verdammt noch mal, keinen …«

»Wissen wir. Aber einer deiner Kumpel steht unter dringendem Mordverdacht«, fiel ihm Fredrik ins Wort.

Der Indianer versuchte ihn zu fixieren, was ihm nicht gelang. Seine Augäpfel zitterten. Irene fühlte sich an einen Glücksspielautomaten erinnert. Die Augen des Indianers hätten leicht für zwei Kirschen durchgehen können. Aber für den Jackpot waren drei nötig. Außer einem Riesenkater würde also kein Gewinn für ihn herausspringen.

Er sagte nichts, sondern glotzte Fredrik weiterhin an, bis der Wärter mit ihrem Kaffee eintrat. Erst als der wieder gegangen war und die Tür hinter sich geschlossen hatte, sagte der Indianer:

»Wer?«

Fredrik tat so, als hätte er ihn nicht gehört, und fragte:

»Was haben Sie am Freitagnachmittag gegen halb zwei getan?«

Statt zu antworten, schlürfte der Indianer Kaffee.

»Los, antworten Sie schon! Sonst behalten wir Sie wegen Begünstigung eines Straftäters in Untersuchungshaft.«

Der Indianer zuckte mit den Achseln.

»Sie wissen es vielleicht nicht, aber wir haben Freitagnachmittag kurz nach drei nach Ihrem Wagen fahnden lassen. Die gesamte Polizei in Västra Götaland hat nach der Karre gesucht, und Sie haben nichts Besseres zu tun, als besoffen durch die Gegend zu fahren und sich dabei erwischen zu lassen!«

Der Indianer nippte wieder am Kaffee und schien nicht zuzuhören. Aber Irene sah, dass ihm seine wirren Gedanken durch den Kopf schossen und irgendeinen Halt suchten. Er konnte einem fast leidtun.

»Was soll der Scheiß …? Wieso habt ihr nach meinem Wagen gefahndet?«, murmelte er schließlich.

»Ein Zeuge hat ihn gesehen, als Sie Heinz Becker und zwei andere Personen in Ringön mitgenommen haben. Und zwar am selben Ort, an dem wir einen Laster gefunden haben, den sie geklaut hatten. Nach dem Mord.«

»Was für ein verdammter Mord?« Der Indianer stöhnte.

»Der an dem kleinen blonden Mädchen, das Heinz Becker dabei hatte. Wie hieß sie noch gleich …?«

Fredrik tat, als würde er nachdenken. Irene beobachtete den Indianer, ohne erkennen zu lassen, mit welcher Spannung sie seine Reaktion erwartete. Er runzelte seine stark gepiercten Brauen, und Irene hatte den deutlichen Eindruck, dass er wirklich versuchte zu verstehen, was Fredrik gesagt hatte.

»Was sagen Sie da … Heinz hat die kleine Russin kaltgemacht?«

Er sah genauso erstaunt aus, wie er klang.

»Ist Ihnen nicht aufgefallen, dass sie nicht dabei war, als Sie die drei aufgelesen haben?«, fragte Fredrik.

»Doch … aber Heinz hat gesagt, sie sei bereits nach Teneriffa gefahren …«

»Allein?«

»Tja … nee …«

»Wer hat sie dann begleitet?«

»Sergej«, antwortete er mit einem müden Seufzer.

»Wie heißt dieser Sergej weiter?«

Der Indianer schüttelte seinen runden Kopf.

»Ich habe immer nur Sergej gehört.«

»Sergej soll also mit der Blonden nach Teneriffa gefahren sein? Hat Heinz das gesagt?«

»Ja.«

Irene hatte das deutliche Gefühl, dass er die Wahrheit sagte. Ihr war klar, dass er sich im Hinblick auf sein eigenes Gewerbe nicht in Beckers schmutzige Geschäfte hineinziehen lassen wollte. Es war aber auch klar, dass sie irgendwie zusammengearbeitet hatten, da Heinz den Indianer offensichtlich angerufen hatte, als er in Schwierigkeiten steckte. Wo war die Verbindung? Irene stand auf und trat an den Tisch.

»Sie ist nicht mit Sergej nach Teneriffa gefahren«, sagte sie ruhig und legte ihm das Foto des toten Mädchens hin.

Der Indianer warf einen zerstreuten Blick auf das Foto und zuckte zusammen, als er das Mädchen erkannte.

»Sie kennen sie. Heinz stellte die Mädchen, und Sie besorgten die Drogen«, sagte Irene.

Mit einer müden Handbewegung schob der Indianer das Foto beiseite. Dann ballte er die andere Hand zur Faust und drohte damit Fredrik.

»Das könnt ihr mir nicht anhängen! Ich will einen Anwalt! Ich habe nicht das Geringste mit dem Mädchen zu tun!«, schrie er aufgebracht.

Irene konnte fast hören, wie der Kater in seinem Kopf hämmerte.

»Ich kann Ihnen noch einen Kaffee holen, wenn Sie möchten«, sagte sie freundlich.

»Ja, bitte«, antwortete er kleinlaut.

»Ich weiß, dass Sie Zucker nehmen, vielleicht wollen Sie ja auch noch eine Zimtschnecke oder ein Butterbrot?«

»Eine Zimtschnecke.«

Irene gab dem Wärter ihr Zeichen. Hinter sich hörte sie, wie Fredrik fragte:

»Erinnern Sie sich, wie das russische Mädchen hieß?«

»Nee … hieß sie nicht Tanja? Oder Katja? Nee … ich erinnere mich nicht«, antwortete der Indianer und schüttelte schwerfällig den Kopf.

»Und das andere Mädchen? Wie hieß die?«

»Keine Ahnung.«

Die Antwort kam zu schnell.

»Ist sie auch Russin?«

»Weiß nicht.«

»Sie haben sie also nie reden hören oder gehört, wie sich jemand mit ihr unterhielt?«

»Nee.«

»Aber Tanja war Russin, das wissen Sie«, sagte Fredrik.

Der Indianer nickte und presste dann die Lippen zusammen.

Er hatte offensichtlich nicht vor, mehr über die Tote zu sagen. Jetzt wussten sie immerhin, dass es sich um eine Russin handelte.

»Der Typ, den Sie zusammen mit Heinz Becker aus der Wohnung abgeholt haben, wer ist das?«, fuhr Fredrik fort.

»Weiß nicht.«

»Sie hatten ihn noch nie gesehen?«

»Nee.«

»Und im Auto hat Heinz seinen Namen auch nicht genannt?«

»Nee.«

Es gab eine Unterbrechung, als Kaffee und Zimtschnecke gebracht wurden. Der Indianer tunkte die Zimtschnecke in den Kaffee und verspeiste sie schmatzend. Gestärkt durch Kohlenhydrate und Koffein lehnte er sich zurück und faltete die Hände auf dem Bauch. Fehlt noch, dass er uns einschläft, dachte Irene. Aber sie brauchte sich keine Sorgen zu machen. Fredrik hatte vor, den Indianer noch eine ganze Weile wach zu halten.

»Wie lange kennen Sie Heinz Becker schon?«

Der Indianer zuckte bei dieser Frage zusammen. Aus seiner Stimme war das Misstrauen herauszuhören:

»Nicht lang … seit letzter Woche.«

»Sie hatten vorher noch nie Kontakt?«

»Nee.«

Offenbar hatte er nicht vor, diese Frage wahrheitsgemäß zu beantworten. Er log, aber vermutlich würde der Versuch, ihn unter Druck zu setzen, nichts bringen. Er war Verhöre gewohnt und wusste, wann er lügen und wann er schweigen musste.

»Hatten Sie dieses russische Mädchen, Tanja oder Katja, früher schon mal getroffen?«

»Nee.«

»Wann haben Sie sie zum ersten Mal gesehen?«

Der Indianer schwieg lange und schwenkte den letzten Schluck Kaffee im Becher herum. Schließlich trank er aus und knallte den leeren Becher energisch auf den Tisch.

»Samstagfrüh, also letzten Samstag …«

»Ich verstehe.«

Fredrik betrachtete das Foto der Toten.

»Wie war sie?«, fragte Fredrik.

»Wollen Sie Details? Sie sind wohl pervers, oder was?« Der Indianer grinste.

»Sie hatten Sex mit ihr?«

Der Indianer antwortete nicht, sondern grinste nur. Irene musste sich sehr zusammennehmen, um nicht auf ihn loszugehen.

»Sie war ein Kind«, sagte sie stattdessen.

Er antwortete immer noch nicht, aber das Grinsen verschwand. Dann gähnte er laut und sagte:

»Ich habe jetzt alles gesagt, was ich weiß. Jetzt will ich in die Zelle zurück und schlafen.«

Um seiner Forderung Nachdruck zu verleihen, riss er seinen Mund zu einem riesigen Gähnen auf.

Fredrik und Irene sahen sich rasch an und nickten. Aus dem Indianer würde nichts mehr herauszubringen sein. Er war ohnehin ungewöhnlich gesprächig gewesen, was vermutlich dem immer noch hohen Alkoholanteil seines Blutes zuzuschreiben war.

Der Wärter brachte den Indianer zurück in seine Zelle.

»Der Indianer ist in die Sache verwickelt. Er hat ein paar wichtige Informationen geliefert. Das müsste reichen, um ihn in Untersuchungshaft zu behalten«, sagte Fredrik.

»Er ist zwar nicht der zuverlässigste Informant, der mir im Lauf der Jahre untergekommen ist, aber außer ihm haben wir im Augenblick nichts. Wir müssen uns auf seine Aussage verlassen. Ich informiere morgen früh Linda Holm und frage sie, ob sie diesen Sergej kennt.«

Kurz nach acht parkte Irene ihren Wagen vor dem Reihenhaus. Krister und die Mädchen hatten gekocht und bereits gegessen. Irene machte sich wie schon so oft die Reste in der Mikrowelle warm.

Irene traf wie immer außer Atem im Dezernat ein. Vor der Morgenbesprechung brauchte sie unbedingt noch eine Tasse Kaffee. Im Laufschritt bog sie um die Ecke und öffnete mit dem Fuß die Tür ihres Büros. Gleichzeitig versuchte sie ihre dicke Winterjacke auszuziehen. Fast hätte der junge Mann, der in ihrem Zimmer stand, die Tür ins Gesicht bekommen. Er sah mindestens genauso erstaunt aus wie Irene, als diese abrupt auf der Schwelle stehenblieb und den unerwarteten Besucher anstarrte.

»Oh … entschuldigen Sie. Ich wusste nicht, dass jemand hier ist«, sagte sie schließlich.

Der Mann war zwischen fünfundzwanzig und dreißig, mittelgroß und hatte dunkelbraunes Haar und bernsteinbraune Augen. Er war eher stämmig, aber sehr durchtrainiert. Er sah gut aus. Sie hatte ihn noch nie zuvor gesehen. Über der Lehne des Besucherstuhls hing eine Canada-Goose-Jacke. Er trug robuste Winterstiefel, Jeans und einen gestrickten dunkelblauen Pullover über einem weißen Rollkragenpullover aus Baumwolle. Sie hatte keine Ahnung, wer er sein könnte. Der schwache Duft eines frischen Rasierwassers lag in der Luft. Irene streckte die Hand aus, um ihn zu begrüßen.

»Guten Morgen. Ich bin Inspektorin Irene Huss.«

Er erwiderte ihren Gruß mit festem Händedruck.

»Hallo. Ich bin Stefan Sandberg.«

Irene stutzte. Das musste Torleif Sandbergs Sohn sein. Konnte es sich um den kleinen Jungen von dem Foto handeln, das sie in der Wohnung von Kruska-Toto gesehen hatte? Der Junge auf dem Foto war blond gewesen.

»Mein Beileid zu dem tragischen Tod ihres Vaters …«, begann sie und stockte, als sie seinen Gesichtsausdruck bemerkte.

»Danke«, erwiderte er steif.

Tommy streckte seinen Kopf durch die Tür.

»Morgen. Kommst du? Wir fangen an … oh, du hast so früh schon Besuch?«

Tommy trat ein und lächelte den unerwarteten Besucher an. Irene stellte sie rasch einander vor.

»Was den Tod Ihres Vaters angeht, müssen Sie sich mit Inspektor Hannu Rauhala unterhalten, denn der ist zuständig für diesen Fall«, informierte Irene Stefan Sandberg eilig.

Sie hatte die Hoffnung noch nicht ganz aufgegeben, es noch rechtzeitig zum Kaffeeautomaten zu schaffen.

»Ich weiß. Aber er ist heute krank. Magendarmgrippe, hat mir ein älterer Typ erklärt, scheint hier der Chef zu sein. Er hat mich zu Ihnen geschickt. Ich muss nämlich eine Anzeige erstatten«, sagte Stefan Sandberg ernst.

»Worum geht es denn?«, fragte Irene.

Sie musste sich anstrengen, um ihre Ungeduld nicht zu zeigen.

»Torleifs Auto ist gestohlen worden.«

Irene und Tommy schwiegen verblüfft.

»Gestohlen?«, brachte Irene schließlich heraus.

»Ja. Der Wagen ist weg. Er steht nicht mehr auf seinem Parkplatz.«

Alle drei zuckten zusammen, als die Gegensprechanlage plötzlich anging und sich scheppernd die unfreundliche Stimme des Kommissars aus dem Lautsprecher vernehmen ließ:

»Kommt schon, ihr Nieten!«

»Okay, okay!«, rief Tommy zurück.

Irene wandte sich an Stefan Sandberg und sagte:

»Wie Sie merken, müssen wir jetzt gehen. Wir sind heute unterbesetzt. Ich würde mich aber gerne noch mit Ihnen unterhalten. Hätten Sie die Möglichkeit, heute nach dem Mittagessen noch mal vorbeizuschauen? Gegen eins oder halb zwei?«

»Aber sicher. Kein Problem«, sagte Stefan Sandberg nickend und nahm seine dicke Jacke von der Stuhllehne.

»Hannu und Birgitta liegen mit Kotzerei im Bett. Sie haben sich im Kindergarten die Magendarmgrippe geholt«, eröffnete Kommissar Andersson die erste Morgenbesprechung der neuen Arbeitswoche.

Einige in der Runde wurden nervös, und um sie zu beruhigen, fuhr er fort:

»Ihr Junge wurde letzten Freitag krank und Hannu und Birgitta gestern. Ich habe mich bei einer Krankenschwester informiert: Wahrscheinlich bleiben wir davon verschont, diese Magendarmgrippe hat eine kurze Inkubationszeit. Falls sonst niemand am Wochenende erkrankt ist, können wir hoffen, dass sie Recht behält.«

Trotzdem wirkte Andersson bedrückt.

»Für uns wird es nicht leicht. Die Rauhalas kommen frühestens Ende der Woche zurück. Ich bekomme noch einen Mann vom Dezernat für allgemeine Kriminalität, der neu dort ist. Er kann Jonny bei der Suche nach den Fahrerflüchtigen beistehen. Bist du weitergekommen?«

Der Kommissar wandte sich an Jonny Blom, der auf seinem Stuhl fast eingeschlafen war. Jonny zuckte zusammen und versuchte wach zu klingen.

»Doch, doch! Eine Streife hat gestern Vormittag gegen elf Daniel Lindgren in Tynnered vor dem Haus seiner Mutter gesichtet. Es war reiner Zufall, dass der Streifenwagen gerade vorbeifuhr. Die Kollegen sind sich sicher, dass er es war. Er sah sie ebenfalls und verschwand in ein Wäldchen hinter dem Haus. Da er sich in der Gegend natürlich bestens auskennt, konnte er entwischen. Aber nun wissen wir, dass er sich in der Umgebung aufhält. Wir überwachen das Haus, dann haben wir ihn bald.«

Jonny schien sich seiner Sache sicher zu sein, und Andersson begnügte sich damit, zustimmend zu nicken. Endlich einmal Fortschritte.

Fredrik berichtete von der Razzia in Biskopsgården und davon, was am Wochenende weiter vorgefallen war. Da außer Irene noch niemand davon wusste, konnte er sich über mangelndes Interesse bei seinen Zuhörern nicht beklagen.

»Der Indianer und Heinz Becker haben also Dienstleistungen ausgetauscht. Der Indianer bekam wahrscheinlich junge Mädchen und Heinz Becker Drogen und Viagra. Die Bandidos müssen nicht unbedingt direkt in diese Bordellgeschichte verwickelt sein. Obwohl sie vielleicht die Wohnung beschafft haben und indirekt über den Indianer auch die Drogen. Ich habe mich gestern Abend mit dem Indianer unterhalten, er traf die kleine Russin Samstagabend, also vor neun Tagen. Ich fragte ihn, ob er sich sicher sei, dass sie Russin war, und er bejahte.«

»Aber die Verkäuferin bei JC war doch der Meinung, Heinz Becker hätte sich mit ihr in einer Sprache unterhalten, die nach Finnisch klang. Wir gingen eigentlich davon aus, dass es sich um Estnisch gehandelt haben muss. Becker sprach Estnisch, seine Mutter stammte aus Estland, aber ob er auch Russisch sprach? Wir müssen versuchen, das herauszufinden«, warf Irene ein.

»Tu das«, meinte Andersson.

Irene ignorierte seinen Kommentar und fuhr fort:

»Der Indianer sagte, das Mädchen hätte Tanja oder Katja geheißen. Er war sich nicht sicher. Die einzige Spur, die wir von ihr in der Wohnung gefunden haben, ist ihr Jeansrock. Laut der Zeugin in dem JC-Laden trug das Mädchen einen kurzen Jeansrock, als sie dort zusammen mit Heinz Becker die schwarze Jeans kaufte. Der Rock befindet sich im Augenblick bei der Spurensicherung.«

Der Kommissar runzelte die Stirn und trommelte irritierend unrhythmisch auf die Tischplatte.

»Der Indianer hat die kleine Russin getroffen. Sie ist tot. Er hat auch Becker getroffen. Er ist tot. Er hat Beckers Kumpan getroffen. Auch tot. Und er hat das andere Mädchen getroffen.

Liegt im Koma und stirbt vielleicht auch. Wie ich die Sache sehe, ist der Indianer der Einzige, den wir haben, der die Sache zusammenhält. Und der immer noch am Leben ist. Wir müssen ihn erneut verhören«, sagte er.

Als alle aufstanden, fiel ihm plötzlich etwas ein:

»Du, Irene. Was wollte der Bursche, der nach jemandem verlangt hatte, der mit der Torleif-Sache befasst ist? Ich habe ihn zu dir und Tommy geschickt, da Hannu ja nicht hier ist«, sagte er.

»Er heißt Stefan und ist der Sohn von Torleif. Wir hatten keine Zeit, uns zu unterhalten, aber er kommt nach dem Mittagessen noch mal vorbei. Er sagte, das Auto seines Vaters sei gestohlen worden.«

»Torleifs Auto ist gestohlen worden?«, wiederholte Andersson erstaunt.

»So sagte er zumindest. Ich befrage ihn eingehender, wenn er wiederkommt.«

»Tu das«, murmelte der Kommissar.

Plötzlich sah er alt und mitgenommen aus.

Direkt nach der Morgenbesprechung begab sich Irene ins Büro von Linda Holm. Die Kommissarin des Dezernats für Menschenhandel war tief in etwas auf ihrem Monitor versunken und merkte erst nicht, dass Irene bei ihr eingetreten war. Irene klopfte leise auf den Türrahmen. Als Linda sie in der Tür sah, hellte sich ihre Miene auf und sie bedeutete ihr einzutreten.

»Hallo. Das war wirklich ein seltsamer Verlauf der Dinge am Freitag. Sowohl Heinz Becker als auch sein Kumpan sind tot. Und das Mädchen immer noch nicht bei Bewusstsein. Das Krankenhaus in Varberg hat mir versprochen anzurufen, sobald sie aufwacht.«

Sie schüttelte ihre blonde Mähne und vollführte einige der Kopfbewegungen, die Spannungen im Nackenbereich lösen sollen. Irene nahm gar nicht erst Platz, sie hatte es eilig. Rasch informierte sie sie, was sich bei dem Verhör des Indianers ergeben hatte. Linda Holm hörte ihr aufmerksam zu.

»Interessant. Russin. Das kann gut sein. Es gibt viele Russen in Estland. Möglicherweise sprach sie beide Sprachen. Viele Kinder und Jugendliche verschwinden aus den Slums in Russland und dem Baltikum. Und nicht zuletzt aus den Kinderheimen. Oft ist das Personal in den Handel verwickelt. Es ist fast unmöglich festzustellen, wer diese Kinder sind, wenn sie es nicht selbst preisgeben. Das kann die kleine Russin nun nicht mehr.«

»Wir sind hinsichtlich ihrer Identität immer noch nicht viel klüger geworden«, meinte Irene.

Es fiel ihr schwer, ihre Enttäuschung zu verbergen.

»Vielleicht kann uns ja das bewusstlose Mädchen weiterhelfen, sobald sie aufwacht«, fügte sie hinzu.

»Vielleicht. Heinz Becker hat die Mädchen hierhergebracht, ich bin sicher, dass er sie in ihren Pässen ein paar Jahre älter gemacht und ihnen ganz sicher falsche Namen gegeben hat.«

»Sven Andersson hat die Polizei in Varberg gebeten, alle Papiere und Pässe hierherzuschicken, die eventuell in dem Autowrack gefunden werden. Ich werde dafür sorgen, dass du sofort Kopien erhältst.«

Als sie sich zum Gehen wandte, fiel Irene noch etwas ein.

»Der Indianer behauptet, Heinz Becker habe ihm erzählt, die kleine Russin und Sergej seien bereits nach Teneriffa gefahren. Sagt dir der Name Sergej etwas?«, fragte sie.

Linda Holm dachte eine Weile nach und antwortete dann:

»Sergej ist ein sehr häufiger russischer Name. Aber das Stichwort Teneriffa hilft uns vielleicht weiter. Ich werde dem nachgehen.«

»Teneriffa … glaubst du wirklich, dass sie nach Teneriffa weiterreisen sollten?«, fragte Irene.

»Sehr gut möglich. Wo Geld ist, gibt es auch Prostitution. Die Kunden bestimmen das Angebot. Wo sich die Kunden aufhalten, da gibt es auch Sexhandel.«

»Ja, aber … Teneriffa ist doch ein Ziel für Pauschalurlauber. Familien mit Kindern …«

»Klar. Aber das ist das Bild, das einem die Reiseveranstalter vermitteln. Tatsache ist, dass gerade auf den Kanarischen Inseln die Sexindustrie boomt. Sowohl legal als auch mehr im Verborgenen. Die Ostmafia wird auf den Inseln immer stärker. Sie beschaffen alles, was sich die Kunden wünschen. Wie gesagt, die Nachfrage bestimmt das Angebot. Und der, der zahlt, bekommt alles. Und ich meine, wirklich alles.«

Irene sah Linda Holm an und wusste nicht recht, was sie sagen sollte. Linda war nach den vielen Jahren, in denen sie mit Menschenhandel beschäftigt war, sicher zynisch und mit allen Wassern gewaschen. Aber sie wusste sehr gut, wovon sie sprach.

Irene dankte für die Hilfe und ging zur Tür. Als sie noch einmal zurückschaute, war Linda Holm bereits wieder tief in ihren Computer versunken.

»Varberg hat angerufen. Sie haben in dem Autowrack drei Pässe gefunden. Einer ist auf Heinz Becker ausgestellt. Alle Angaben stimmen mit den Informationen, die uns bereits vorliegen, überein. Offenbar reiste er mit seinem echten Pass. Der andere Typ heißt laut Pass Andres Tamm. Este, zweiundvierzig Jahre alt. Der dritte Pass ist auch estnisch und auf eine Leili Tamm ausgestellt. Sie ist laut Pass achtzehn. Wahrscheinlich sollte es so aussehen, als seien sie Vater und Tochter. Ich habe die Kollegen in Varberg gebeten, uns alle Papiere zu schicken, die sie gefunden haben«, teilte Andersson mit.

Er ging im Zimmer auf und ab und rieb sich zufrieden die Hände.

»Ich rede mit Linda Holm. Sie soll uns dabei helfen herauszufinden, ob dieser Sergej wirklich existiert. Sie hätte deswegen gerne Kopien der Papiere und Pässe, wenn sie hier eintreffen«, sagte Irene.

»Klar. Sie bekommt ihre Kopien, sobald wir die Sachen haben«, versprach der Kommissar.

Punkt eins teilte die Wache am Empfang mit, dass ein Stefan Sandberg auf Frau Inspektorin Huss warte. Sie fuhr mit dem

Fahrstuhl nach unten und holte ihn ab. Als sie wieder oben im Dezernat waren, bot sie ihm einen Kaffee an.

»Ja, gerne. Ich habe bei McDonalds einen Hamburger zu Mittag gegessen. Den muss ich jetzt erst mal runterspülen.«

»Einen vegetarischen?«

»Vegetarisch? Nein, einen normalen Cheeseburger.«

»Sie sind also nicht Vegetarier wie Ihr Vater?«, fragte Irene.

Der Schatten, der über sein Gesicht flog, entging ihr nicht. Sie sagte nichts, sondern holte am Automaten zwei Becher Kaffee.

Sie gingen in ihr Büro und setzten sich. Tommys Schreibtisch war leer. Er war zur Pathologie gefahren, um Näheres über die Obduktion des Mädchens aus dem Erdkeller in Erfahrung zu bringen. Sie nannten das tote Mädchen nicht Katja oder Tanja, weil sich »die kleine Russin« durchgesetzt hatte.

»Ich muss erst einmal eines klarstellen. Ich bin der Erbe von Torleif. Er hat keine anderen Verwandten. Aber er war nicht mein richtiger Vater. Als Mama und er heirateten, war sie hochschwanger. Ich kam einen Monat später zur Welt, und er adoptierte mich.«

»Ach«, war alles, was Irene dazu einfiel.

Das erklärte, weshalb sich Stefan und Torleif nicht im Geringsten ähnlich waren. Wahrscheinlich zeigte das Foto auf Torleifs Schreibtisch ihn selbst als Kind. Ein Gedanke tauchte in Irenes Unterbewusstsein auf und bahnte sich schließlich einen Weg an die Oberfläche: Warum hatte keine einzige Fotografie, kein einziger Gegenstand in der Wohnung, auf Stefans Existenz hingewiesen? Ihre Neugier war geweckt, aber sie wollte ihn jetzt noch nicht danach fragen. Primär ging es darum, dass er den Diebstahl eines Fahrzeugs anzeigen wollte.

»Wenn ich Sie richtig verstanden habe, dann haben Sie den Diebstahl des Wagens erst jetzt am Wochenende festgestellt?«, fragte Irene stattdessen.

»Gestern, um genau zu sein. Ich wohne in Umeå und arbeite dort als Arzt. Ich erfuhr letzten Donnerstag von Torleifs Tod, konnte aber erst letzten Samstag eine Maschine hierher nehmen. Ich traf am Spätnachmittag ein. Da war es bereits dunkel, und mir fiel zunächst nicht auf, dass das Auto weg war. Es gab so viel anderes …«

Er verstummte. Er schien auf dem Besucherstuhl nicht sonderlich bequem zu sitzen. Irene beschloss, ihrem Instinkt zu folgen, und fragte:

»Standen Sie sich nahe?«

Er rutschte hin und her, und es dauerte eine ganze Weile, bis er antwortete:

»Nein, das kann man nicht behaupten. Wir hatten in den letzten Jahren nicht viel Kontakt.«

Er sah verärgert aus, und Irene beschloss, das offenbar heikle Thema auf sich beruhen zu lassen.

»Aber Sie sind sich sicher, dass er ein Auto besaß? Ich meine, Sie hatten schließlich nicht viel Kontakt …«, sagte sie bewusst vage.

»Er besaß ein Auto. Das war das Einzige, was er sich gönnte. Ein gutes Auto und jährlich eine Reise ins Ausland. Ich weiß zufälligerweise, dass er einen zwei Jahre alten weißen Opel Astra besaß.«

Stefan Sandberg schien sich seiner Sache sicher zu sein. Irene wollte dies aber trotzdem anhand des Kraftfahrzeugregisters überprüfen.

»Woher wissen Sie das? Ich meine, wie alt das Auto war und was für ein Fabrikat?«

»Er hat es mir erzählt. Wir telefonierten gelegentlich. Er rief vor zwei Jahren einige Tage vor Weihnachten bei mir an. Wir hatten wie gesagt nicht viel gemein. Er sprach die meiste Zeit über sein neues Auto. Hier sind die Ersatzschlüssel, die ich in seiner Schreibtischschublade gefunden habe.«

Zwei Schlüssel an einem Schlüsselring fielen klappernd auf den Schreibtisch. Irene fiel auf dem Schlüsselanhänger das Wappen des Polizeisportvereins auf.

»Haben Sie sich anschließend noch einmal unterhalten?«, fragte Irene weiter und betrachtete die goldene Krone auf dem Wappen.

Er schüttelte seufzend den Kopf.

»Nein. Es war wie immer. Wir … stritten uns und legten dann auf«, sagte er.

Eine leichte Röte machte sich auf seiner rechten Wange breit. Irene ertappte sich bei dem Gedanken, wie gutaussehend er doch sei. Es war für ihn sicher nicht von Nachteil gewesen, dass Kruska-Toto nicht sein leiblicher Vater gewesen war. Im Gegenteil, fand sie, aber das behielt sie für sich.

»Worüber stritten Sie?«, fragte sie.

»Das Übliche. Mama … er wollte mich immer über sie aushorchen. Und wie immer redete er schlecht über sie.«

»Was sagte er?«

»Wie gesagt … das Übliche. Sie sei hinterhältig. Sie hätte nie Kinder zur Welt bringen sollen. Immer dasselbe.«

Stefan sah betreten aus, als er von seinem letzten Gespräch mit Torleif berichtete. Irene hätte gern mehr über das schwierige Verhältnis von Stefan und seinem Adoptivvater erfahren, aber schließlich war er wegen des Wagens hier. Plötzlich richtete sich Stefan Sandberg auf und sah Irene in die Augen. Mit Nachdruck sagte er:

»Sie finden sicher, ich sei hart gewesen, weil ich den Kontakt zu Torleif abgebrochen habe. Er besaß keine anderen näheren Verwandten mehr und war ein Sonderling. Aber er konnte so wahnsinnig gemein sein … damals, vor zwei Jahren, erzählte ich ihm nämlich auch, dass ich Vater werden würde. Ich dachte, dass er sich freuen würde! Stattdessen fing er mit den schlechten Genen meiner Mutter an und den schlechten Genen meines Vaters … also meines leiblichen Vaters.«

Es war ihm deutlich anzuhören, dass es ihm nicht leichtfiel, davon zu erzählen.

»Wissen Sie, wer Ihr leiblicher Vater ist?«, fragte Irene.

Stefan Sandberg nickte.

»Ja. Meine Mutter erzählte mir alles, als ich fünfzehn war. Wir wohnten in den ersten sechs Jahren nach der Scheidung in Warschau. Mama glaubte nämlich, mein richtiger Vater wohne immer noch dort. Aber dem war nicht so. Es stellte sich heraus, dass er nur ein Jahr, bevor wir nach Polen gezogen waren, gestorben war. Die klassische Geschichte: Er war viel älter und verheiratet. Sie war seine Sekretärin. Dann wurde sie schwanger. Die gesamte Familie ist katholisch. Sie weigerte sich, das Kind abtreiben zu lassen. Sie verlor ihre Arbeit, weil mein richtiger Vater befürchtete, man könnte ihre Schwangerschaft bemerken. Sie wagte nicht einmal, es ihrer Familie zu erzählen, dass sie schwanger war. Dann antwortete sie auf eine Heiratsanzeige. Von einem schwedischen Mann. Von Torleif.«

Er verzog das Gesicht, als er den Namen seines Adoptivvaters aussprach. Irene war überrascht. Torleif hatte sich per Anzeige eine Frau in Polen gesucht, und er war nicht der Vater des Jungen! Ob Andersson das weiß?, fragte sie sich. Ich muss ihn fragen.

»Wie alt sind Sie?«, fragte sie.

»Neunundzwanzig. Ich werde im April dreißig. Dann wird Amanda zwei. Auch im April.«

Er strahlte, als er von seiner Tochter sprach, und der traurige Ausdruck wich aus seinen Augen.

»Meine Zwillingstöchter werden im März zwanzig, und mein Hund wird im April dreizehn«, meinte Irene.

Sie lächelten sich an, und die Stimmung im Raum war nicht mehr so gedrückt. Das war von Vorteil, denn Irene wusste, dass es recht bald wieder anstrengend werden würde. Sie hatte angefangen »herumzuschnüffeln«, wie Andersson das immer nannte. Sie machte ohne Hemmungen weiter.

»Wie lange waren Torleif und Ihre Mutter verheiratet?«, fragte sie.

»Vier Jahre. Vier Jahre zu viel.«

Sein hübsches Lächeln erlosch, und seine Miene wurde wieder traurig. Aber noch etwas anderes war in ihr zu lesen. Hass? Wut? Angst? Schwer zu entscheiden, aber irgendetwas verbarg sich dort.

»Hat er sie misshandelt?«

»Nein ... jedenfalls nicht körperlich. Aber psychisch. Der Altersunterschied war recht groß. Vierzehn Jahre. Sie war gerade mal zwanzig, als ich zur Welt kam. Er brachte sie mit seinem Kontrollbedürfnis fast um den Verstand. Sie bekam so gut wie kein Geld, musste sich aber trotzdem um den ganzen Haushalt kümmern. Sie musste von nichts Kleider und Essen kaufen. Das sagt sie jedenfalls immer. Aber sie zieht es vor, gar nicht mehr über Torleif zu reden.«

Irene beschloss fortzufahren.

»Können Sie sich an die Jahre mit Torleif erinnern?«

Ihr Gegenüber dachte lange nach und antwortete dann:

»Nein, fast gar nicht. Einmal bekam ich Prügel, weil ich mit seiner Modellautosammlung gespielt hatte. Er sammelte Polizeiautos. Aber das war wohl das einzige Mal, dass er mich geschlagen hat. Aber da wurde es meiner Mutter zu viel. Sie packte ihre Siebensachen und kehrte nach Warschau zurück. Später hat sie mir erzählt, dass sie sich von meiner Großmutter Geld für die Heimreise geliehen hatte. Meine Großmutter hatte vermutlich eingesehen, dass sie in ihrer Ehe im fernen Schweden nicht glücklich war. Aber selbst heute wissen die Verwandten in Polen nicht, dass Torleif nicht mein richtiger Vater ist.«

»Hatten Sie und Torleif in den Jahren, in denen Sie in Polen wohnten, Kontakt?«

»Nein. Überhaupt keinen. Meine Mutter bekam eine gute Arbeit, da sie fließend Schwedisch sprach und schrieb. Sie arbeitete für eine polnische Firma und stieg nach ein paar Jahren zur Chefin der Vertretung in Schweden auf. Wir zogen nach Stockholm um. Dort lernte sie wieder einen schwedischen Mann kennen und heiratete ein zweites Mal. Ich habe eine Halbschwester, die sechzehn ist. Meine Mutter ist immer noch verheiratet und wohnt auch noch in Stockholm. Aber die ersten Jahre in Schweden hatte sie Angst. Ich verstand das damals nicht. Das ist mir erst später aufgegangen. Sie hatte Angst, dass Torleif wieder zu uns Kontakt aufnehmen könnte. Dass er Streit anfangen würde, was er dann schließlich auch tat.«

Zu Irenes Erstaunen begann er zu lachen, dann wurde er rasch wieder ernst.

»Wenn ich jetzt daran denke, ist es komisch, aber damals war es das nicht. Irgendwie fand er raus, dass Mama und ich wieder nach Schweden gezogen waren, und brachte unsere Telefonnummer in Erfahrung. Wahrscheinlich machte er sich zunutze, dass er Polizist war. Sie wissen vermutlich besser als ich, wie man Adressen von Leuten rauskriegt.«

Irene nickte, erwiderte aber nichts. Sie wollte, dass er weitererzählte.

»Er verlangte, mich treffen zu dürfen. Er behauptete, er habe Besuchsrecht. Aber Mama war nicht mehr die kleine, verschüchterte Polin, derer er sich erbarmt hatte, wie er das selbst ausdrückte. Sie fuhr ihre Krallen aus und sagte, er könne dann erst einmal den Unterhalt für mehrere Jahre nachzahlen, was ihm erspart geblieben sei, und wünschte ihn zum Teufel. Sie gerieten richtig aneinander. Das ging dann so lange, bis ich selbst verlangte, Torleif zu treffen. Ich war fünfzehn und glaubte immer noch, er sei mein richtiger Vater. Vermutlich sehnte ich mich nach einem Vater. Ich hatte schließlich nie ein richtiges männliches Vorbild gehabt. Mamas neuer Mann war eigentlich immer sehr okay gewesen. Aber trotzdem … alle Kinder idealisieren vermutlich den Elternteil, mit dem sie keinen Umgang pflegen. Und wenn wir den erst einmal kennenlernen, dann wird alles ganz wunderbar …«

Er lächelte und hob vielsagend die Brauen.

»Da Sie wissen, wie die Geschichte ausgeht, können Sie sich sicher auch vorstellen, was passierte. Allein und voller Erwartung fuhr ich von Stockholm nach Göteborg. Es war Anfang Juli, und ich träumte die ganze Zeit davon, was für einen Spaß wir zusammen haben würden. Mein Papa und ich. Wir würden den Vergnügungspark Liseberg besuchen, Hamburger essen, im Meer baden gehen. An diesem Wochenende spielte eine englische Mannschaft im Ullevi-Stadion gegen den IFK Göteborg. Ich hoffte, er hätte Karten für das Spiel gekauft, denn ich hatte ein paar Tage vor meiner Abreise mit ihm darüber gesprochen. Schließlich hatte ich mir eingeredet, er habe sie tatsächlich besorgt.«

Er hielt einen Augenblick inne, und Irene glaubte zu erkennen, dass seine Augen glänzten. Aber nicht vor Freude. Das hörte sie an seiner Stimme, als er fortfuhr:

»Er holte mich vom Bahnhof ab. Keine Umarmung bei der Begrüßung, nur ein formelles Händeschütteln. Dann fuhren wir zu seiner Wohnung. Dort gab er mir irgendwelche Linsenbrätlinge zu essen. Ich hätte fast gekotzt. Ich muss wohl nicht dazusagen, dass nichts aus Liseberg und dem Fußballspiel wurde? Wir gingen zum Badeplatz am Delsjö schwimmen, das war alles. Ich erinnere mich, dass es dort recht schön war und dass ich drei Bockwürste bei einem alten Mann mit einem Wägelchen kaufte. Heimlich, als Torleif im Wasser war. Glücklicherweise hatte mir meine Mutter Geld mitgegeben. Sie kannte Torleif schließlich und ahnte vermutlich, wie der Besuch verlaufen würde.«

Er hielt einen Augenblick inne und fuhr dann fort:

»Als ich wieder in Stockholm war, versuchte ich den Schein zu wahren und sagte, es sei mit Papa sehr nett gewesen. Aber Mama durchschaute mich natürlich und erzählte mir die Wahrheit. Sie zeigte mir die Adoptionsunterlagen. Dort steht ›Vater unbekannt‹. Sie hat nie erzählt, wer mein richtiger Vater ist. Das wissen nur sie und ich. Noch heute sagt sie, dass sie es bereut, dass sie mich diesem Treffen mit Torleif ausgesetzt hat. Dass sie es mir nicht erzählt hat, bevor ich nach Göteborg gefahren bin. Aber Tatsache ist, dass ich erleichtert war, als ich die Wahrheit erfuhr. Und dass ich ihn nie mehr treffen musste, wenn ich nicht wollte! Und ich wollte nicht.«

Letzteres sagte er mit sehr viel Nachdruck.

»Haben Sie ihn nie mehr gesehen?«, fragte Irene.

»Doch. Einmal. Als ich zu einem Bruce-Springsteen-Konzert nach Göteborg kam. Meine Freundin, meine jetzige Frau, kam aus Malmö, wir wollten uns auf dem Hauptbahnhof treffen. Ich hatte noch ein paar Stunden Zeit und überlegte mir, dass ich Torleif anrufen könnte. Wir gingen Kaffee trinken. Als Allererstes sagte ich ihm, dass ich die Wahrheit wüsste, dass er nicht mein Vater sei. Das schien ihm egal zu sein. Ich glaube, dass wir beide das Gefühl hatten, dass wir uns nichts zu sagen hatten. Dann rief er noch ab und zu an. Das letzte Mal kurz vor Weihnachten vor zwei Jahren. Und diese Unterhaltung war wie gesagt nicht sonderlich geglückt.«

Stefan Sandberg lehnte sich zurück, atmete tief durch und richtete seinen Bernsteinblick auf Irene.

»Ich weiß, dass ich das alles nicht vor Ihnen ausbreiten muss, aber irgendwie habe ich das Gefühl, dass es für Sie wichtig sein könnte. Vielleicht ist es auch einfach wichtig für mich, darüber zu reden. Vielleicht hätte ich mich einem Therapeuten anvertrauen sollen, ehe ich selbst Vater wurde. Aber das hier ist viel billiger.«

Er lächelte, um ihr zu bedeuten, dass dies ein Witz war. Aber seine Augen verrieten die Wahrheit. In ihnen ließ sich der kleine Junge erkennen, dem es in seiner Kindheit sehr schlecht ergangen war. Trotzdem war er seinen Weg gegangen und hatte mit seiner Familie eine Zukunft. Irene hatte in ihrem Beruf oft mit vom Schicksal benachteiligten Kindern zu tun.

»Ich danke Ihnen sehr für Ihr Vertrauen. Ich kannte Torleif dem Namen nach, als er noch im dritten Distrikt arbeitete, habe ihn aber nie persönlich kennengelernt. Wahrscheinlich war der Altersunterschied daran schuld«, meinte Irene und erwiderte sein Lächeln.

Er nickte, sagte aber nichts.

»Wie lange bleiben Sie?«, fragte Irene, um das Schweigen zu brechen.

»Bis Donnerstag. Heute Vormittag habe ich bei einem Beerdigungsinstitut das Begräbnis bestellt. Jetzt muss ich mich um den Nachlass kümmern und die Wohnung auflösen. Die praktischen Dinge, die nach einem Todesfall anstehen. Die Beerdigung ist in drei Wochen, dann komme ich wieder nach Göteborg.«

»Ich werde das Auto als gestohlen melden. Das Kennzeichen suche ich im Kraftfahrzeugregister.«

Beide erhoben sich gleichzeitig und verabschiedeten sich mit einem Händedruck. Irene gab ihm ihre Visitenkarte für den Fall, dass er sich mit ihr in Verbindung setzen wollte.

»Verdammt seltsam«, lautete der Kommentar des Kommissars, nachdem ihm Irene kurzgefasst das Gespräch mit Stefan Sandberg erzählt hatte.

»Du wusstest also nicht, dass Torleif nicht der Vater des Jungen ist«, stellte Irene fest.

Andersson schüttelte den Kopf.

»Nein. Er hat sogar noch damit angegeben, sie noch vor der Hochzeit geschwängert zu haben. Er habe sie heiraten müssen, sagte er. Nach der Scheidung jammerte er, sie sei nach Polen abgehauen und er könne deswegen seinen Sohn nicht treffen. Ich erinnere mich, dass ich zu ihm sagte, er solle halt hinfahren und seinen Sohn besuchen. Warschau liege schließlich nicht am Ende der Welt. Aber da klagte er darüber, wie teuer die Reise sei. Er war wirklich manchmal ein richtiger Meckerfritze. Man soll zwar nichts Böses über Tote sagen, aber das war er. Das war auch der Grund dafür, warum wir immer weniger Kontakt hatten …«

Andersson beendete den Satz nicht. Er starrte geistesabwesend aus dem Fenster. Die Dunkelheit wurde von den Lichtern der Stadt nur notdürftig erhellt. Der Wetterbericht sagte zwar mildere Temperaturen voraus, aber auch von noch mehr Schnee oder Regen war die Rede gewesen. Irene mochte den reinen, weißen Schnee, aber in der Stadt wurde er rasch schmutzig und schwarz. Und wenn es jetzt auch noch regnete, würde sich der Schnee erst recht in schwarzen Matsch verwandeln.

Andersson sah Irene müde an.

»Was hältst du von dieser Sache mit dem Autodiebstahl?«, fragte er.

»Wahrscheinlich hat irgendein Autodieb den Parkplatz beobachtet und bemerkt, dass der Wagen nicht benutzt wurde. Er war schließlich relativ neu.«

Der Kommissar nickte, schien ihr aber gar nicht richtig zugehört zu haben. Er wirkte geistesabwesend. Was war los mit ihm? Als hätte er bemerkt, dass sie sich diese Frage stellte, sagte er:

»Morgen komme ich später. Nach zehn. Ich muss zu einem Check-up.«

Sein abweisender Tonfall hielt sie davon ab, Fragen zu stellen. Irene empfand eine berechtigte Unruhe. Ihr Chef hatte nicht gerade die beste Gesundheit. Er war übergewichtig, litt an Asthma, Bluthochdruck und chronischer Angina Pectoris. Hatte sich sein Zustand verschlechtert? Oder waren neue Beschwerden hinzugekommen? Ihr lagen die Fragen auf der Zunge, aber sie war klug genug, sie herunterzuschlucken. Sie würde früh genug erfahren, worum es ging.

»Die Besprechung findet morgen ausnahmsweise nach dem Mittagessen statt. Bis dahin müsste auch der Obduktionsbericht über die kleine Russin eingetroffen sein. Richte das bitte den anderen aus.«

Er wedelte mit der Hand. Die Audienz war zu Ende. Dieses Abweisende und Abwesende war ganz untypisch für ihn. Offensichtlich bedrückte ihn etwas.

Die Stimmung am Tisch war gedämpft. Vor dem Abendessen hatte Krister erzählt, was bei seinem Besuch beim Tierarzt rausgekommen war. Irene schob ihr Essen auf dem Teller hin und her. Ihr war der Appetit vergangen. Ihre schlimmsten Befürchtungen hatten sich bewahrheitet. Bei Sammies Knoten handelte es sich um Krebsgeschwülste. Fast der ganze Körper war von den Geschwülsten befallen. Es sah nicht gut aus.

»Der Tierarzt meint, dass es nur eine einzige Möglichkeit gibt: Erst entnehmen sie einem der Knoten eine Zellprobe, und dann bekommt Sammie eine passende Chemotherapie«, sagte Krister.

»Von Chemotherapie wird einem übel und man verliert die Haare… beziehungsweise das Fell«, sagte Jenny düster und seufzte.

»Er ist munter und fröhlich, vielleicht etwas müder als früher, aber schließlich ist er auch schon fast dreizehn«, sagte Irene.

»Dreizehn Jahre sind bei einem Hund sehr viel. Mit dreizehn ist er alt«, stellte Jenny fest.

Krister und Irene sahen sie an. Schließlich sagte Krister:

»Du findest also nicht, dass wir ihn behandeln lassen sollten?«

»Ja. Das erschwert ihm nur seine letzte verbleibende Zeit. Es ist sicher besser für ihn, unbeschwert zu leben, solange er noch die Kraft dazu hat.«

Als überzeugte Veganerin stand Jenny auch der Schulmedizin kritisch gegenüber. Sie stand abrupt vom Tisch auf und ging ins Wohnzimmer. Sammie lag friedlich schnarchend unter dem Couchtisch. Er wachte auf, als Jenny sich neben ihn legte und ihr Gesicht in sein weiches Fell vergrub. Schlaftrunken bemerkte er, dass sie weinte. Er wusste, was er in so einem Fall zu tun hatte. Vorsichtig stupste er sie mit der Schnauze an und leckte rasch ihre Tränen ab. Die waren salzig und gut. Das hatte er immer getan, wenn eine der Zwillingsschwestern traurig gewesen war. Immer war es ihm gelungen, das Weinen in Gekicher und Lachen zu verwandeln. Aber nicht dieses Mal. Verwirrt sah Sammie seine Freundin an, die schluchzend neben ihm lag, und bedachte auch sein Frauchen und sein Herrchen, die mittlerweile in der Tür standen, mit einem bekümmerten Blick. Sie waren ratlos, wie sie mit Jennys Trauer umgehen sollten. Krister beugte sich zu Irene hinüber und flüsterte:

»Ich glaube, Sammie weiß am besten, wie man sie tröstet.«

Sie kehrten zum Esstisch zurück. Katarinas Teller war unbenutzt, sie würde erst später nach Hause kommen. Und wahrscheinlich würde sich dann die Szene wiederholen.

»Ich finde nicht, dass wir jetzt schon um ihn trauern sollten. Schließlich wissen wir, dass Hunde im Schnitt zehn Jahre leben. Einige länger, andere etwas kürzer. Jenny hat Recht. Sammie soll seine letzte Zeit genießen können. Er scheint keine Schmerzen zu haben. Und falls er welche bekommt, können wir immer noch handeln. Aber bis dahin sollten wir uns über jeden Tag freuen, den wir noch mit ihm verbringen dürfen«, sagte Krister mit Nachdruck.

Irene nickte, brachte aber kein Wort über die Lippen.

In der Nacht war das Wetter umgeschlagen. Die Temperatur lag genau bei null Grad, ein dichter Nebel zog vom Meer auf und hüllte die gesamte Küste ein. Die Feuchtigkeit drang in den trockenen Schnee. Mit bloßem Auge war zu erkennen, wie sehr die Schneewehen seit dem Vortag in sich zusammengesunken waren. Irene beglückwünschte sich selbst dazu, dass sie den Schnee immer sofort weggeschaufelt hatte.

Der Nebel verringerte die Sichtweite. Die Autoschlange kroch dahin. Alle folgten den Rücklichtern des Vordermanns.

Es war einer dieser Morgen, an denen die Selbstmordrate in die Höhe schnellte.

Tommy wirkte, als wolle er seinen Teil dazu beitragen.

Irene stutzte, als sie seine düstere Miene sah, die ganz untypisch für ihn war. Ihrer Meinung nach war er in der Regel morgens unerträglich munter. Sie begrüßte ihn, hängte dann ihre Jacke an den Haken an der Tür und fragte:

»Ist was passiert?«

»Setz dich erst mal«, sagte Tommy und deutete auf ihren Schreibtisch.

Als sie seiner Aufforderung nachgekommen war, sagte er:

»Hannu hat angerufen. Birgitta liegt in der Klinik. Sie hatte beinahe eine Fehlgeburt.«

»Mein Gott! Sie hat mir erst letzten Freitag erzählt, dass sie wieder schwanger ist…«

Die Nachricht passt zu den Vorfällen der letzten Zeit, dachte sie pessimistisch. Erst Sammies Knoten, jetzt fast eine Fehlgeburt. Und über all die tragischen Ereignisse legte sich der Nebel wie eine dicke graue Decke.

»Laut Hannu sind die Ärzte aber hoffnungsvoll, dass es doch noch gutgeht. Sie wird jetzt aber erst einmal ziemlich lange krankgeschrieben sein, zwei Wochen fürs Erste.«

»Zwei Wochen! Ich brauche einen Kaffee«, seufzte Irene.

»Na klar«, erwiderte Tommy mit der Andeutung eines Lächelns.

Auf dem Gang begegneten sie Linda Holm. Ihre Miene hellte sich auf, als sie sie erblickte.

»Hallo! Zu euch wollte ich gerade. Die Kollegen auf Teneriffa haben geantwortet. Irgendein Commandante von der Policía Nacional. Sie…«

Tommy fiel ihr ins Wort:

»Nimm dir einen Kaffee und komm mit«, meinte er.

Mit einer gewissen Zufriedenheit nahm Irene zur Kenntnis, dass seine Stimme ausnahmsweise einmal müde klang.

»Dieser Kommendante wollte wissen, ob ich ihn mit dem Chef des Dezernats für Menschenhandel verbinden könnte. Als ich sagte, dass ich das sei, wurde es am anderen Ende vollkommen still.«

Linda konnte ihre Genugtuung kaum verbergen, ehe sie fortfuhr:

»Und der Typ sprach auch noch miserables Englisch. Immerhin habe ich rausbekommen, dass meine Anfrage hinsichtlich eines Sergej bei ihnen eingetroffen ist. Sie haben sofort reagiert. Es gibt nämlich Probleme mit einem Sergej. Er ist verschwunden. Sergej Petrov. Dann allerdings wurde es kompliziert. Irgendjemand sei erschossen worden, weil dieser Sergej verschwunden sei. Der Kommendante wurde auch nicht glücklicher, als ich ihm erzählte, dass wir nur den Vornamen kennen und dass dieser Sergej mit einem jungen Mädchen von Schweden nach Teneriffa gefahren sein soll. Ich erzählte ihm, dass dieses Mädchen ermordet aufgefunden worden sei und dass wir keine Ahnung hätten, wer dieser Sergej sei. Ehrlich gesagt weiß ich nicht, ob er überhaupt verstanden hat, was ich ihm da erzählt habe. Er wollte sich mit der Person unterhalten, die den Zeugen verhört hat, der euch den Namen Sergej nannte.«

»Das war Fredrik. Er ist im Moment allerdings nicht so sonderlich guter Dinge. Der Staranwalt des Indianers, dieser Svanér, hat heute Morgen die Freilassung seines Klienten erwirkt. Fredrik hat sich daraufhin bei der Staatsanwaltschaft beschwert und einen neuen Haftbefehl beantragt«, sagte Irene.

Sie stand auf, um nachzusehen, ob er in seinem Zimmer war. Als sie die Tür öffnete, sah es dort aus wie immer: als sei ein Tornado durch das Büro gefegt. Fredrik behauptete steif und fest, er wisse immer, wo sich in dem Durcheinander welche Papiere befänden. Niemand anderem war es bislang gelungen, sein System zu durchschauen.

»Er ist bereits aufgebrochen. Wahrscheinlich ist er hinter dem Indianer her«, sagte Irene den beiden anderen, als sie wieder zurückkam.

»Ich schreibe ihm die Telefonnummer des Commandante auf einen Zettel und lege ihn auf seinen Schreibtisch. Dann kann er anrufen, wenn er zurückkommt«, sagte Linda und erhob sich, um in ihr Büro zurückzukehren.

Irene dachte an die Papierberge auf Fredriks Schreibtisch. Ein Zettel mehr oder weniger fiel gar nicht auf und würde wochenlang dort liegen bleiben. Oder monatelang.

»Es ist besser, wenn du ihm eine E-Mail schreibst«, meinte sie.

»Eine Mail? Okay.«

Die Kommissarin wirkte erstaunt, fragte aber nicht weiter. Wahrscheinlich hatte sie schon seltsamere Dinge erlebt.

Kurz nach zehn kam Kommissar Andersson, dann Fredrik, der eine große Tüte aus einer Bäckerei dabeihatte, die er auf den Kaffeetisch warf. Der wunderbare Duft von frischen Zimtschnecken verriet ihren Inhalt.

»Um diesen fürchterlichen Dienstag etwas aufzuhellen«, erklärte er.

Irene hatte ihn auf seinem Handy erreicht und ihn informiert, dass ihnen in den nächsten Tagen zwei Inspektoren fehlen würden.

Ausnahmsweise hatte Fredrik einmal richtig mutlos geklungen. Der Indianer hatte sich nicht bei der Adresse blicken lassen, wo er gemeldet war, und wurde auch sonst nirgends gesehen.

»Hm. Riecht gut! Ein Glück, dass es an so einem Tag wenigstens etwas Positives gibt«, meinte Tommy und sah beim Gedanken an die frischgebackenen Zimtschnecken zum Kaffee gleich etwas fröhlicher aus.

Alle hatten sich Kaffee geholt, und Fredrik hatte die Zimtschnecken auf einen Teller gelegt. Er reichte ihn herum. Jeder nahm sich eine, außer Andersson.

Es dauerte eine Weile, bis Irene realisierte, dass der Teller am Kommissar vorbeigewandert war, ohne dass dieser sich bedient hatte. Er aß sonst immer Süßes. Jetzt schaute er auf den Teller, nahm aber nichts. Auch Jonny war das aufgefallen.

»Bist du auf Diät?«, fragte er grinsend.

»Das geht dich einen Scheißdreck an!«, fauchte Andersson.

Jonnys Grinsen verschwand. Er sah erstaunt aus. Die beiden frotzelten eigentlich immer und waren dabei nicht gerade zimperlich. Aber jetzt war Jonny offenbar wirklich in ein Fettnäpfchen getreten. Selbst er begriff das. Während sich betretenes Schweigen breitmachte, erhob sich Andersson, nahm seine Kaffeetasse und verließ den Raum.

»Der ist heute aber empfindlich!«, sagte Jonny, nachdem sich die Tür hinter dem breiten Rücken des Kommissars geschlossen hatte.

»Er war heute Morgen bei einer Vorsorgeuntersuchung. Der Arzt hat ihm sicher geraten abzunehmen«, vermutete Irene.

»Wahrscheinlich. Und das wird ihm nicht leichtfallen«, pflichtete ihr Tommy bei.

Schweigend aßen sie ihre Zimtschnecken. Als sich Irene erhob, um sich noch eine Tasse Kaffee zu holen, wandte sie sich an Fredrik:

»Rufst du diesen Kommandant auf Teneriffa an?«

»Sí! Sí!«, sagte Fredrik fröhlich.

»Und suchst du weiter nach dem Indianer?«

»Noch einmal Sí!«

»Und Tommy …«

Sie ließ die Frage zögernd in der Luft hängen.

»Ich rufe in der Pathologie an. Sie haben versprochen, den Bericht über die kleine Russin zu schicken. Aber nichts ist gekommen. Ich werde denen mal Feuer unterm Hintern machen«, erwiderte Tommy rasch.

»Gut. Frag sie, ob sie schon Gelegenheit hatten, sich auch Torleif anzusehen«, sagte Irene.

»Jesper und ich suchen immer noch nach den Typen, die Kruska-Toto niedergemäht haben«, kam Jonny Irene zuvor.

Er hatte keine Lust, Anweisungen von einem Frauenzimmer zu erhalten. Es dauerte ein paar Sekunden, bis sich Irene den Namen des neuen Mannes, der Jonny helfen sollte, wieder in Erinnerung gerufen hatte. Jesper Tobiasson.

»Und Andersson kümmert sich um die Nachforschungen in der Umgebung der Töpelsgatan. Hat die Suche nach diesem Paar, das zum Zeitpunkt des Mordes die Straße entlangraste, etwas ergeben?«, fragte Irene.

Jonny und Tommy schüttelten den Kopf.

»Seltsam. Wir haben sie doch durch die Presse aufgefordert, sich mit uns in Verbindung zu setzen. Das kann ihnen doch wohl kaum entgangen sein«, dachte Irene laut nach.

»Und wie willst du dir deine Zeit heute vertreiben?«, fragte Jonny provokativ.

»Ich konzentriere mich auf Heinz Becker und seinen Kumpan. Ich will zusehen, dass wir endlich die Pässe aus Varberg bekommen. Ich habe das übrigens gestern telefonisch veranlasst. Ich will herausfinden, ob Andres und Leili Tamm ihre richtigen Namen sind. Vielleicht gibt es ja doch eine Möglichkeit, an den richtigen Namen der kleinen Russin zu kommen. Und dann will ich noch überprüfen, ob die Suche nach Torleifs Auto etwas ergeben hat. Und …«

Irene wurde unterbrochen. Die Gegensprechanlage knackte: »Hier liegt eine Botensendung aus Varberg für Irene Huss.«

»Ich komme runter.«

Dass der Pass von Heinz Becker echt war, wusste sie bereits. Die anderen beiden musste sie jedoch überprüfen. Irene schickte eine Anfrage an die estnische Polizei. Mit etwas Glück kam noch am selben Tag eine Antwort.

Vor ihr auf dem Schreibtisch lagen die drei Pässe. Heinz Beckers aufgedunsenes Gesicht kannte sie bereits. Daher wandte sie ihre Aufmerksamkeit den beiden anderen zu.

Andres Tamm war laut den Angaben im Pass 42 Jahre alt und 177 cm groß. Er hatte sehr helle, blaue Augen und blondes Haar. Auf dem Foto trug er eine moderne randlose Brille. Sein Haar war recht lang und sorgfältig geföhnt. Ein weißer Hemdkragen und der glänzende Knoten einer Seidenkrawatte waren ebenfalls zu erkennen. Über dem Hemd trug er ein dunkles Sakko. Auf dem Foto sah man auch, dass er sonnengebräunt war. Hätte er sich bei seinem Tod nicht in dieser Gesellschaft befunden, hätte ihn Irene für einen erfolgreichen Geschäftsmann gehalten.

Leili Tamm hätte man wahrscheinlich wirklich für seine Tochter halten können. Laut Pass war sie achtzehn, 163 cm groß und blond, und ihre Augenfarbe wurde mit »mixed colour« angegeben. Auf dem Foto wirkte sie trotz des starken Make-ups keinen Tag älter als vierzehn. Vielleicht lag das an der kindlichen Rundung ihrer Wangen oder den trotzig vorgeschobenen Lippen. Irene stutzte, als sie sich die Augen des Mädchens näher ansah. Dieser leere Blick passte nicht zu einem Teenager, sondern eher zu einer sehr alten Frau. Oder stand sie unter starken Drogen? Das war durchaus möglich. Auf dem Foto trug sie ein sehr stark ausgeschnittenes T-Shirt und um den Hals eine dünne Halskette mit einem kleinen Anhänger. Irene erkannte die kleine Plastikblume wieder. Derselbe Kaugummiautomatenschmuck, den sie bei der kleinen Russin gefunden hatten.

Irene rief bei der Polizei in Varberg an, und es gelang ihr, den Kollegen an den Apparat zu bekommen, der sich mit dem Autounfall befasst hatte. Nach ein paar einleitenden Höflichkeiten fragte Irene:

»Wissen Sie, ob die Männer Drogen genommen hatten?«

»Noch nicht, aber Blutproben sind im Labor. Mit dem Resultat rechnen wir aber frühestens Ende der Woche.«

»Wissen Sie, ob man auch das Mädchen auf Drogen getestet hat?«

»Nein, da müssen Sie im Krankenhaus nachfragen. Glauben Sie, dass Drogen im Spiel sind?«

»Ja. Wir haben einiges in ihrem Unterschlupf gefunden«, antwortete Irene ausweichend.

Natürlich wusste die Varberger Polizei über die missglückte Razzia Bescheid und auch, dass es um Menschenhandel ging.

»Ja, ja, so ist es immer. Haben sie in einer Sache Dreck am Stecken, so kann man Gift darauf nehmen, dass sie auch noch in andere Schweinereien verwickelt sind. Das gibt dann immer verdammt unübersichtliche Fälle!«

Ganz Ihrer Meinung, dachte Irene, behielt dies aber für sich. Stattdessen dankte sie dem Kollegen und legte auf.

Ihr nächster Anruf galt der Intensivstation des Varberger Krankenhauses. Irene bekam einen gehetzten Arzt an den Apparat, der darum bat, zurückrufen zu dürfen. Ihr war klar, dass er erst einige Datenschutzfragen zu klären hatte. Trotzdem ärgerte sie sich, dass sie auf den Rückruf fast zehn Minuten warten musste. Er entschuldigte sich damit, dass er erst seinen Oberarzt habe fragen müssen, was er der Polizei erzählen dürfe.

»Wie Sie wissen, haben wir ihre Identität noch nicht klären können. Das gilt auch für den Mann, der laut Pass ihr Vater sein soll. Der dritte Tote ist ein berüchtigter Menschenhändler. Er machte junge Frauen zu Sexsklavinnen«, begann Irene.

»Aha«, erwiderte der Arzt abwartend.

»Wir haben den Verdacht, dass das Mädchen nicht Leili heißt und dass es sich bei ihr um eine Zwangsprostituierte handelt.«

»Ich verstehe.«

»Wir haben Drogen in der Wohnung gefunden, in der die Männer Leili gefangen hielten. Ich würde jetzt gerne wissen, ob Sie das Mädchen auf Drogen getestet haben?«

Am anderen Ende blieb es lange still, dann antwortete der Arzt:

»Haben wir. Sie wies mehrere frische Einstichwunden auf. Wir konnten sowohl Heroin als auch Amphetamin nachweisen. Wahrscheinlich hat sie beide Drogen intravenös bekommen. Sie hat Amphetamin offensichtlich jedoch auch in Tablettenform zu sich genommen. In der Tasche ihrer Jeans waren Tabletten.«

»Wie geht es ihr?«

»Ihr Zustand ist unverändert. Sie hat viele schwere Frakturen, aber am bedenklichsten sind ihre Schädelverletzungen. Sie liegt im Koma. Wenn man sie umdreht, reagiert sie nicht, was aber auch an den Schmerzmitteln liegen könnte. Es ist schwierig, diese Mittel bei Drogensüchtigen richtig zu dosieren.«

»Wie lange, glauben Sie, ist sie schon süchtig?«

»Erst seit ein paar Monaten. Sie hat immer noch eine stabile Gesundheit und ist nicht sonderlich abgemagert.«

»Für wie alt halten Sie sie?«

»Tja ... gestern hieß es, dass sie laut Pass achtzehn sei. Aber wir haben sie alle für jünger gehalten. Und jetzt sagen Sie, dass der Pass möglicherweise gefälscht ist ... tja, ich glaube, sie ist nicht älter als fünfzehn.«

Die Einschätzung des Arztes deckte sich mit der Irenes. Wenn der Name des Mädchens nicht Leili Tamm lautete und sie vielleicht nicht einmal Estin war, wer war sie dann? Und wer war der Mann, der sich als ihr Vater ausgegeben hatte?

»Könnten Sie die DNA von Leili feststellen lassen?«, fragte Irene.

»Aus welchem Grund?«

»Wir müssen kontrollieren, ob der Tote, der laut Pass Andres Tamm heißt, wirklich ihr Vater war.«

»Verstehe. Kein Problem. Das fällt zwar unter die Schweigepflicht, aber Sie sollten wissen, dass das Mädchen schwanger ist. Ein frühes Stadium, vielleicht dreizehnte oder vierzehnte Woche.«

»Wie wollen Sie damit umgehen?«

»Vermutlich sind wir gezwungen, einen Abbruch vorzunehmen. In ihrem Zustand verkraftet sie keine Schwangerschaft. Wir wissen nicht einmal, ob sie überhaupt noch mal aufwacht. Aufgrund der Einstichstellen haben wir sie auf Krankheiten getestet, die auf diesem Weg übertragen werden. Sie hat weder Hepatitis A noch Hepatitis B, ob sie HIV-positiv ist, wissen wir noch nicht.«

Irene überkam ein Gefühl der Ohnmacht. Diese Mädchen waren zu einem fürchterlichen Dasein verurteilt: verkauft, missbraucht, verbraucht. Und schließlich weggeworfen.

Nach dem Gespräch mit dem Arzt rief Irene Svante Malm von der Spurensicherung an und bat ihn, auf die DNA-Profile von Leili und Andres Tamm zu warten. Wie immer war er sehr kooperativ und versprach, sofort zurückzurufen, wenn er erste Ergebnisse hätte.

Irene beschloss, erst mal essen zu gehen. Es sah so aus, als würde es ein langer Arbeitstag werden.

Als sie nach einem hastigen Essen wieder in ihr Büro kam, hatte sie eine E-Mail von der estnischen Polizei. Es lagen keine Vermisstenmeldungen vor, die den Angaben aus Irenes Anfrage entsprochen hätten. Auch ein Fotovergleich hatte keinerlei Übereinstimmungen ergeben. Ohne sonderliche Verwunderung stellte Irene fest, dass beide Pässe gefälscht waren. Wer waren Leili und Andres Tamm wirklich?

Die Obduktion der kleinen Russin bestätigt unsere Vermutung, dass sie erdrosselt wurde, und zwar von vorne. Der Mörder hat sie mit beiden Händen am Hals gepackt und mit den Daumen zugedrückt. Wahrscheinlich war nicht sonderlich viel Kraft erforderlich. Sie hat sich jedoch gewehrt. Unter ihren Fingernägeln haben wir Hautreste gefunden. Wir haben also die DNA des Mörders. Und die entspricht der des Spermas, das wir in ihrem Haar gefunden haben.«

Tommy Persson klang optimistisch. DNA-Spuren waren bei der Verurteilung eines Täters sehr hilfreich. Jetzt ging es nur noch darum, den Mann zu finden.

Irene, Fredrik Stridh, Jonny Blom und Kommissar Andersson hörten dem Bericht Tommys zu. Jonnys neuer Kollege Jesper Tobiasson saß daneben und kümmerte sich mit Eifer um die jugendlichen Ausbrecher – vermutlich jene Männer, die vor dem Gebäude des Schwedischen Fernsehens Fahrerflucht begangen hatten.

»Die kleine Russin wies mehrere Verletzungen im vaginalen und analen Bereich auf. Außerdem litt sie an einer sehr schweren Unterleibsinfektion, die von resistenten Gonokokken hervorgerufen worden war. Ich habe mich bei Yvonne Stridner erkundigt, was das bedeutet. Resistent bedeutet, dass sich die Bakterien mit einem herkömmlichen Antibiotikum nicht behandeln lassen. Die Infektion war so weit fortgeschritten, dass das Mädchen eine beginnende Blutvergiftung hatte. ›Sepsis‹, wie es im Protokoll steht. Offenbar waren die Gonokokken durch die Verletzungen am Unterleib in den Blutkreislauf geraten. Nieren und Lungen wiesen bereits Bakterien auf. Als sie ermordet wurde, muss sie sehr krank gewesen sein. Das ist zwar auch kein Trost, aber sie wäre höchstwahrscheinlich an dieser Infektion gestorben.«

»Es könnte also sein, dass Heinz Becker oder Andres Tamm das Mädchen loswerden wollten«, stellte Irene sachlich fest.

»Durchaus möglich. Wir müssen ihre DNA mit der der Hautabschürfungen und des Spermas vergleichen«, sagte Tommy.

»Ich habe ihre DNA angefordert. Sie kommt in ein paar Tagen«, informierte Irene.

»Gut. Dann warten wir bis dahin ab. Im Übrigen stellte die Gerichtsmedizinerin fest, was wir bereits wussten, nämlich dass das Mädchen stark unterernährt war und Morphium und Amphetamin im Blut hatte. Eine lebensgefährliche Mischung, Upper und Downer gleichzeitig. Könnte jeden Menschen gefährden, aber die kleine Russin ganz besonders, denn ihr Allgemeinzustand war ja ohnehin schon miserabel. Laut der Stridner litt das Mädchen auch an einer Art Hormonmangel. Sie hatte zu wenig Wachstums- und Geschlechtshormone. Offenbar ist das ein erblicher Defekt, der sich beheben lässt, wenn er rechtzeitig entdeckt wird. Der Rechtsodontologe meint, dass ihr Zahnstatus darauf hindeutet, dass sie zwischen dreizehneinhalb und vierzehneinhalb Jahre alt war. Aber körperlich war sie unterentwickelt. Die meisten von uns schätzten sie auf zehn, maximal zwölf, als wir sie fanden.«

Irene drehte sich um und betrachtete das Foto an der Wand. Blondes Haar umrahmte das Gesicht des Mädchens ... Elf ... sie sah keinen Tag älter aus.

»Der Mageninhalt bestand aus etwas Weißbrot und Weißkohlsalat, wie man ihn zu einer Pizza bekommt. Ihre letzte Mahlzeit aß sie mindestens sechs Stunden vor ihrem Tod. Wahrscheinlich war sie schon zu krank und entkräftet, um zu essen und zu trinken.«

Tommy war damit am Ende des Obduktionsberichts angekommen und legte die Papiere vor sich auf den Tisch.

»Aber offenbar war sie nicht zu krank, um missbraucht zu werden. Bis zuletzt sollte sie zu Diensten stehen!«

Irene konnte die Bitterkeit in ihrer Stimme nicht verbergen.

»Es war doch der Mörder, der …«, begann Tommy. Irene fiel ihm sofort ins Wort.

»Ja, er zwang ein todkrankes Mädchen zu sexuellen Handlungen. Wahrscheinlich versuchte sie sich noch zu wehren, worauf die Hautreste unter ihren Fingernägeln hindeuten. Er spritzte sein Sperma in ihr Haar. Und wahrscheinlich erdrosselte er sie in diesem Moment!«

Sie merkte, wie finster sie die Männer in der Runde betrachtete. Zornesröte brannte auf ihren Wangen.

»Mal langsam. Keiner von uns hat das Mädchen ermordet«, meinte Jonny spitz.

Irene spürte, dass ihr Herz schneller schlug, aber sie versuchte, ihre Wut zu beherrschen. Gleichzeitig erinnerte sie sich an Linda Holms Worte: »Die meisten Käufer sind gut situierte Männer mit Familie.«

Es konnte jeder sein. Auch einer ihrer Kollegen. Sie gab sich einen Ruck und versuchte die düsteren Gedanken abzuschütteln, aber es gelang ihr nicht. Plötzlich sagte sie:

»Das ist genau das, was mich so … wütend macht. Die schwedischen Männer wissen, dass diese Mädchen Sklavinnen sind. Sie wissen, dass sie unter widerwärtigen Umständen leben. Trotzdem unterstützen sie diese Sklaverei, indem sie Sex kaufen. Ich verstehe das nicht! Könnt ihr mir das mal erklären?«

Am Tisch wurde es still. Vier Paar Augen sahen sie verständnislos an. Schließlich brach der Kommissar das Schweigen.

»Du gehörst also zu diesen Feministinnen, die herumlaufen und alle Männer als Tiere bezeichnen«, sagte er ärgerlich.

»Ganz und gar nicht. Ich kann nur nicht begreifen, wie man Sex mit einem Menschen haben kann, von dem man weiß, dass er zur Sklaverei gezwungen wird«, konterte Irene.

Tommy antwortete als Erster.

»Ich verstehe, was du meinst. Wenn man daran denkt, wie schäbig die Räume waren, in denen sich die Mädchen aufhalten mussten, dann ist unbegreiflich, dass diese Männer überhaupt einen hochkriegen. Der Gestank und der ganze Müll … nein, das ist unbegreiflich.«

»Aber es gibt immer noch genug Männer, die so etwas tun«, beharrte Irene.

Fredrik sah aus, als würde er ernsthaft über Irenes Frage nachdenken.

»Diese Zwangsprostituierten sind oft billiger als normale Prostituierte«, sagte er schließlich.

»Der Grund wäre also rein finanzieller Natur? Das glaube ich nicht …«, begann Irene, wurde aber von Jonny unterbrochen.

»Verdammt! Der Durchschnittsfreier ist ein Typ, der alleine in einem Hotelzimmer sitzt und plötzlich Lust auf eine Nummer bekommt. Oder er ist zu Hause und gerade Strohwitwer. Was macht er? Er greift zu seinem Laptop und geht online. Checkt ab, was es für Bräute gibt. Und dann ruft er an. Mit etwas Glück kommt er zu seiner Nummer, das Mädchen bekommt das Geld und weiter nichts! Ist doch nichts dabei!«

»Und wenn einer der Freier jetzt vor ein paar Wochen Kontakt mit der kleinen Russin hatte und kein Kondom benutzt hat? Dann hat er seine Frau oder Freundin inzwischen mit resistenter Gonorrhö angesteckt. Oder mit Aids.«

»Verdammt, was glaubst du, was man sonst von solchen Frauen kriegt?«, sagte Jonny grinsend.

»Können wir jetzt endlich auf dieses dumme Gerede verzichten und unsere Arbeit erledigen?«, platzte es aus Andersson raus.

Den anderen war die zunehmende Ungeduld ihres Chefs gar nicht aufgefallen, verblüfftes Schweigen war die Folge.

»Dieses verdammte Geschwätz ist für die Ermittlung vollkommen bedeutungslos«, fügte der Kommissar mit Nachdruck hinzu.

Er atmete einige Male tief durch, um seinen Blutdruck zu normalisieren. Das hatte er vor einigen Jahren bei einem Krisenmanagementkurs für Führungskräfte gelernt, und das war so ziemlich das Einzige, was er davon noch ab und zu anwandte.

Irene sah ein, dass es sich nicht lohnte, die Diskussion weiterzuführen. Sie konnte immer noch nicht begreifen, wie in ihrer aufgeklärten Gesellschaft Sklaverei geduldet werden konnte.

Es klopfte, und Kommissarin Linda Holm öffnete die Tür. Sie blieb kurz auf der Schwelle stehen, als sie die gespannte Atmosphäre bemerkte, trat dann aber unbekümmert in den Raum.

»Hallo. Entschuldigt, dass ich mitten in die Besprechung platze, aber ich habe diesen Kommandanten aus Teneriffa wieder am Telefon. Offenbar ist wieder jemand erschossen worden. Er ist sehr aufgebracht!«, meinte sie mit vielsagender Miene.

»Sollen wir jetzt auch noch die Verbrechen aufklären, die auf den Kanarischen Inseln begangen werden, oder was?«, fragte Jonny.

»Keine Ahnung. Er spricht unglaublich schlechtes Englisch. Ich habe ihm gesagt, dass ich nicht beim Morddezernat bin, sondern zum Dezernat für Menschenhandel gehöre, und dass wir nur gelegentlich zusammenarbeiten wie jetzt im Fall der kleinen Russin. Aber er scheint das nicht zu begreifen. Jetzt will er mit dem Chef des Morddezernats sprechen. Das bist doch wohl du«, sagte sie und nickte Andersson zu.

Der Kommissar rutschte verlegen auf seinem Stuhl hin und her.

»Was? Doch … ja, das bin wohl ich«, erwiderte er.

Wenn Andersson eines verabscheute, dann war es, sich mit Ausländern am Telefon zu unterhalten. Es spielte keine Rolle, ob sie Dänen, Deutsche oder Spanier waren. Das lag vor allen Dingen daran, dass er selbst nur schlecht Englisch sprach. Eine große Rolle spielte aber auch, dass er immer schlechter hörte. In den letzten Jahren hatte ihm das zunehmend zu schaffen gemacht. Bei größeren Gesellschaften fiel es ihm sehr schwer, einzelnen Stimmen zu folgen – alles wurde zu einem einzigen Gemurmel.

»Gibt es jemanden, der Spanisch spricht?«, fragte er.

Alle Anwesenden schüttelten den Kopf. Plötzlich hob Fredrik die Hand:

»Birgitta kann Spanisch!«, rief er.

»Sie liegt im Krankenhaus und ist frühestens in zwei Wochen wieder im Einsatz«, erinnerte ihn Tommy.

Ein kurzes Schweigen machte sich breit. Schließlich sah Andersson Irene an und sagte:

»Du redest mit ihm.«

»Ich? Warum? Ich kann kein Spanisch und bin auch nicht die Kommissarin des Dezernats«, protestierte sie.

»Aber du kannst auf Englisch telefonieren«, entschied Andersson.

Es stimmte, dass sie bei der Aufklärung der Schyttelius-Morde vor einigen Jahren ziemlich viel Englisch gesprochen hatte. Mit dem Inspektor von Scotland Yard, Glen Thomsen, hatte sie immer noch Kontakt. Die Familien Huss und Thomsen hatten sich gegenseitig besucht und verstanden sich sehr gut.

Ein aufgeregter spanischer Polizeioffizier war aber trotzdem etwas ganz anderes.

»Okay. Aber jetzt ist ja schon später Nachmittag. Ich rufe ihn morgen an«, sagte Irene seufzend.

»Gut«, meinte Linda und reichte ihr ein gelbes Post-it.

Ohne ihn sich weiter anzusehen, pappte Irene den Zettel auf den Deckel ihres Blocks. Als sie ihn aufschlug, um ihre letzten Notizen zu lesen, hatte sie ihn bereits vergessen.

Linda Holm war eben durch die Tür verschwunden, da flog diese schon wieder auf. Dieses Mal hatte der Besucher nicht einmal geklopft. Er entschuldigte sich auch nicht für seine Störung. Es war Jonnys vorübergehender Gehilfe Jesper Tobiasson, der aufgeregt ins Konferenzzimmer stürmte.

»Sie haben Daniel Lindgren festgenommen!«, sagte er ganz aus dem Häuschen.

Jonny sprang auf.

»Wo?«, fragte er.

»Bei seiner Mutter in Tynnered. Aber sie wollten ihn direkt hierherfahren.«

»Okay. Wir verhören ihn, so bald er eintrifft, und fragen ihn, was er in letzter Zeit so getrieben hat. Falls es zu spät wird, kann er erst mal bis morgen in der Zelle schmoren«, entschied Jonny.

Der Kommissar rieb sich zufrieden die Hände.

»Gut. Dann können wir ihn hoffentlich der Fahrerflucht überführen oder ihn von der Verdächtigenliste streichen.« Er erhob sich, um zu bedeuten, dass die Besprechung beendet war.

Starker Schneeregen schlug gegen die Windschutzscheibe, als Irene nach Hause fuhr. Der Schnee verwandelte sich in einen zähflüssigen Matsch. Die Gullis waren schon übergelaufen, und auf den Straßen bildeten sich ganze Seen aus Schneewasser, das stellenweise bis über die Radkappen reichte. Obwohl der Berufsverkehr vorüber war, konnte sie nicht einmal die erlaubte Höchstgeschwindigkeit fahren, weil die Fahrbahn überschwemmt war.

Irene war müde, als sie die Tür ihres Reihenhauses aufschloss. Sie freute sich auf ein gutes Abendessen. Krister hatte den ganzen Tag frei gehabt. An solchen Tagen fuhr er immer in die Stadt und kaufte in der Fischmarkthalle und in der Markthalle ein. War er in Stimmung, gab es mitten in der Woche ein richtiges Festmahl.

Der wunderbare Duft von Brathähnchen und Knoblauch schlug ihr entgegen, als sie die Tür öffnete. Ihr lief das Wasser im Mund zusammen, als sie an das Essen dachte, das sie erwartete. Rasch schlüpfte sie aus ihrer Jacke und hängte sie an den Haken.

Jenny trat mit einer dampfenden Teetasse und einem Teller mit einem Tomaten-Kresse-Brot in die Diele. Sie blieb lächelnd am Fuß der Treppe stehen.

»Hallo! Ich war heute im Grodden, und die wollen mir wahnsinnig gern einen Job geben!«, teilte sie mit.

»Ach. Prima! Wo liegt denn das Grodden?«

»Am Redbergsplatsen.«

»Aber warum suchst du dir eine Arbeit so weit weg? Gibt es

hier im Westen keine Kindertagesstätte, die dich anstellen könnte? Wieso bleibst du eigentlich nicht im Tomtebo?«

Jenny verdrehte die Augen und seufzte. Ihre Mutter war wirklich schwer von Begriff.

»Grodden ist kein Kindergarten, sondern ein vegetarisches Restaurant. Ich werde dort kochen! Am ersten März darf ich anfangen. Und weißt du, was das Beste ist?«

Sie machte eine Kunstpause. Ihre Augen funkelten erwartungsvoll. Irene schüttelte matt den Kopf.

»Ich kann im selben Haus eine Wohnung mieten! Zwei Zimmer! Zwar nur zur Untermiete, aber immerhin ein Jahr lang!«

Das waren mehrere umwerfende Neuigkeiten auf einmal. Irene trat auf ihre Tochter zu und küsste sie auf die Wange. Sie wagte nicht, sie zu umarmen, da Jenny immer noch die Tasse mit dem frischgebrühten Tee in der Hand hielt.

»Gratuliere, Süße! Klasse!«

Jenny lächelte sie strahlend an und verschwand dann die Treppe hinauf.

In der Küche goss Krister gerade das Wasser von einem Topf Tagliatelle ab, die er zu einem stark gewürzten italienischen Gericht mit Huhn servieren wollte.

Irene umarmte ihn von hinten und vergrub ihren Kopf an seinem Hals. Er strahlte die Wärme des Herds aus und duftete nach Knoblauch.

»Dass unser kleiner Racker von zu Hause auszieht«, murmelte sie.

Krister drehte sich um und umarmte sie. Lange standen sie eng umschlungen da. Dann suchte Irene mit ihren Lippen nach seinem Mund. Es war lange her, dass sie sich so leidenschaftlich geküsst hatten – in der Küche, mitten in der Woche und stocknüchtern.

»Man kann sich wirklich keinen Augenblick umdrehen, und ihr fangt wieder an!«

Irene und Krister hielten beim Küssen inne und traten instinktiv einen Schritt auseinander. Katarina stand in der Tür und lachte spöttisch.

»Das war nur ein Witz. Ihr seid wirklich zu süß. In eurem Alter und überhaupt!«

Sie drohte ihnen scherzhaft mit dem Finger.

»Was soll das heißen, in unserem Alter? Rein statistisch lebe ich noch mindestens dreißig Jahre und deine Mutter fünfundvierzig«, sagte Krister.

Demonstrativ zog ihn Irene wieder an sich und gab ihm noch einen innigen Kuss. Dann wandte sie sich an ihre Tochter und sagte:

»Wieso glaubst du, dass das mit der Liebe aufhört, wenn man ein gewisses Alter erreicht hat? Liebe ist zeitlos, das Alter spielt keine Rolle.«

»Hört schon auf. Ich habe einen Wahnsinnshunger, und es duftet supergut!«

Katarina schlenderte in die Küche und setzte sich an den Küchentisch. Irene setzte sich neben sie und lud ihr eine große Portion Nudeln und Huhn auf den Teller.

»Wie ist Jenny eigentlich an diese Wohnung gekommen?«, fragte sie Katarina.

»Stoffe, also den sie im Restaurant vertreten soll, dem gehört die Wohnung. Er will für ein Jahr als Koch in London arbeiten. Stoffes Freundin ist Kellnerin und hat sich auch einen Job in London besorgt. Sie fahren in zwei Wochen. Jenny hat mich gefragt, ob ich die Wohnung mit ihr teilen will, bis ich was Eigenes gefunden habe. Ich glaube, ich mache das. Zumindest mal für ein halbes Jahr.«

Irene erstarrte mit der Gabel in der Luft.

»Ihr zieht also gleichzeitig aus?«

»Ich glaube schon.«

Irene sah, dass Krister ebenso überrascht war wie sie. Er sagte nichts, sondern nickte nur einige Male stumm vor sich hin, als hätte sich jetzt etwas bewahrheitet, was er lange geahnt hatte.

Katarina war genauso groß wie Irene und schlank und durchtrainiert. Sie war eine erwachsene, schöne Frau. Bald würde sie also ausziehen. Und Sammie war alt, und in einer nicht allzu fernen Zukunft würde auch er fort sein. In dem Reihenhaus würde es nicht mehr so lebhaft zugehen. Plötzlich blieben nur noch Krister und sie übrig. Sie hatten sich nur anderthalb Jahre gekannt, als die Kinder zur Welt gekommen waren, und jetzt waren die Zwillinge fast zwanzig Jahre lang Teil ihres gemeinsamen Lebens gewesen.

Eine neue Zeit würde bald anbrechen, sie würden mehr Geld haben und mehr reisen und sich mehr leisten können. Das war schon eine verlockende Zukunftsperspektive. Gleichzeitig würde es keinen Puffer mehr zwischen ihnen geben. Für den Rest ihres Lebens würden sie zwei allein sein.

Hannu war stiller als sonst. Einsilbig hatte er Irenes Fragen nach Birgitta beantwortet. Es war deutlich zu sehen, dass es ihm ebenfalls nicht sonderlich gut ging. Seine Schwiegermutter war vorübergehend eingezogen, um sich um den kleinen Timo zu kümmern. Irene hatte Birgittas Mutter einmal getroffen und sie als eine resolute Frau mit klaren Ansichten kennengelernt. Sie hatte Birgitta allein großgezogen und nebenbei noch Karriere bei einer Bank gemacht. Nach vielen Jahren als Direktorin war sie mit 65 in Pension gegangen und verbrachte inzwischen ihre neugewonnene Freizeit hauptsächlich auf dem Golfplatz von Alingsås. Aber jetzt im Winter konnte sie sich mit voller Energie auf die Familie ihrer Tochter konzentrieren. Einerseits war Hannu dankbar dafür, aber Irene wusste auch, dass das Verhältnis zu seiner Schwiegermutter nicht ganz reibungslos war.

Taktvoll verkniff sich Irene weitere Fragen nach seiner Familie und begann stattdessen von dem zwei Tage zurückliegenden Besuch Stefan Sandbergs und von Torleifs gestohlenem Wagen zu erzählen.

»Ich habe das Kraftfahrzeugregister bereits überprüft. Allerdings hatte ich nicht die Zeit zu kontrollieren, ob der Opel wirklich nicht auf dem Parkplatz steht. Das wollte ich eigentlich letzten Montag tun«, sagte Hannu mit düsterer Miene.

Irene hatte größtes Verständnis dafür, dass er es nicht geschafft hatte. Sie wusste allerdings, dass er sich trotz seines matten Blickes sehr wohl für die Tatsache interessierte, dass Torleif nur Stefans Adoptivvater war.

»Weißt du, ob er bereits obduziert wurde?«, fragte Hannu.

»Die Obduktion war noch nicht abgeschlossen, als Tommy den Bericht über die kleine Russin bekam.«

»Kommt ihr vorwärts?«

»Zäh«, gab Irene zu.

»Wie immer.«

Er warf ihr ein mattes Lächeln zu, aber seine Augen lächelten nicht.

Als Irene auf dem Weg zurück in ihr Büro war, rief ihr Fredrik zu:

»Sie haben das Auto gefunden!«

Irene blieb stehen und drehte sich um. Sie wusste sofort, welches Auto er meinte. Fredrik eilte mit einem Blatt Papier auf sie zu.

»Wo?«, fragte sie.

»In einer baufälligen Scheune bei Olofstorp. Das Dach stürzte gestern ein, weil die Schneelast zu schwer wurde. Als der Bauer sich heute Morgen die Schäden näher ansehen wollte, entdeckte er den Wagen. Er hatte sofort den Verdacht, dass die Karre gestohlen ist, und rief die Polizei in Angered an. Sie kontrollierten das Kennzeichen und sahen, dass wir den Wagen suchen. Dann riefen sie an. Der Wagen soll jetzt hierher gebracht werden.«

»War die Spurensicherung schon dran?«

»Nein. Aber ich habe sie verständigt, dass das Auto auf dem Weg hierher ist.«

»Gut. Siehst du ihn dir denn heute noch an?«

Fredrik warf einen raschen Blick auf seine Armbanduhr.

»Nein. Ich muss noch Hinweisen zum Aufenthaltsort des Indianers nachgehen.«

»Du hast noch keine Spur von ihm?«

»Nein. Aber er ist Montagabend in einem Pub am Järntorget gesehen worden. Stockbesoffen, er wurde rausgeworfen. Seitdem fehlt jede Spur.«

»Wo wohnt er?«

»In der Slottsskogsgatan. Schön renovierte Vierzimmerwohnung in einem dieser Landshövdinge-Häuser. Der Typ hat Kohle. Es hat mich zwei Tage gekostet, die Wohnung ausfindig zu machen. Es ist nicht dieselbe Adresse, unter der er gemeldet ist. Ich frage mich, ob seine Nachbarn wissen, womit er sein Geld verdient.«

»Sollten wir die Wohnung nicht observieren lassen?«

»Wir haben im Moment nicht genug Leute, um sie rund um die Uhr bewachen zu lassen. Andersson kümmert sich drum. Sie sind allen Tipps aus der Töpelsgatan nachgegangen. Es sind keine neuen Hinweise mehr reingekommen. Einige seiner Leute können sich nun also der Wohnungsüberwachung widmen. Wahrscheinlich können wir damit aber erst morgen anfangen. Im Augenblick fahre ich ein paarmal jeden Tag dort vorbei und peile die Lage.«

»Hast du schon mal geklingelt, um zu sehen, ob er dort ist?«

»Klar. Vielleicht ist er ja da, die Tür öffnet er jedenfalls nicht. Ich habe nach Einbruch der Dunkelheit auch kein Licht gesehen.«

»Vielleicht genießt er ja die Dunkelheit«, meinte Irene ironisch.

»Gut möglich. Mit einer ordentlichen Portion Dope.«

Beide lächelten, waren sich aber im Klaren darüber, dass an dem Scherz wirklich etwas dran sein konnte. Immerhin hatte der Indianer ein ernstzunehmendes Drogenproblem.

»Informierst du Hannu über das Auto, oder soll ich das tun?«, wollte Irene wissen.

»Das mach ich. Wir wollten sowieso noch den Tippschein für die Pferdewette ausfüllen«, erwiderte Fredrik.

»Viel Glück«, sagte Irene lächelnd.

Tommy, Fredrik, Jonny und Hannu schlossen seit fast zwei Jahren jede Woche gemeinsam Pferdewetten ab. Niemand hatte Birgitta oder Irene gefragt, ob sie sich ebenfalls an den Wetten beteiligen wollten. Deswegen kauften sich die beiden Inspektorinnen ab und zu samstags selbst einige Tippscheine, die bereits von einem Computer ausgefüllt waren, der sich allemal besser als sie mit Lotto und Fußball auskannte. Im vergangenen Jahr Ende Oktober war ihr Triumph dann total gewesen, als sie beim Toto über viertausend Kronen gewonnen hatten! Sie hatten ihren Erfolg mit einem guten Abendessen im Restaurant Fond am Götaplatsen gefeiert und immer noch Geld übrig gehabt. Die Herren hatten ihnen mit gezwungener Freundlichkeit zu ihrem Gewinn gratuliert. Ihre wohldurchdachten Tipps hatten ihnen bislang nie mehr als 370 Kronen eingebracht, aber das reichte schließlich für eine Pizza und ein alkoholfreies Bier, wie Birgitta aufmunternd gemeint hatte.

Auf Irenes Schreibtisch türmten sich die Akten. Seufzend ließ sie sich auf ihren Schreibtischstuhl sinken. Sie verabscheute Papierarbeit, wusste aber ebenso gut, dass sie unumgänglich war. Es war besser, die Berichte gleich in Angriff zu nehmen. Je länger sie das aufschob, desto mehr musste sie schreiben.

Sie ertappte sich bei dem Wunsch, gestört zu werden. Ausnahmsweise ging er in Erfüllung.

»Hallo!«

Linda Holms blonde Locken tauchten in der Tür auf. Sie trat ein, bevor Irene noch etwas sagen konnte. In der Hand hielt sie eine blaue Plastikmappe, aus der sie ein Papier zog und vor Irene auf den Schreibtisch legte.

»Das ist vor einer Minute gekommen«, meinte sie ohne Umschweife.

Es handelte sich um einen Fahndungsaufruf. Der Text unter dem Foto war auf Spanisch. Der Mann auf dem Foto hatte sehr kurzes Haar, aber Irene konnte erkennen, dass er dunkelhaarig war. In beiden Ohren funkelten mehrere Goldringe. Seine Augen waren hell, und er starrte gerade in die Kamera. Die vollen Lippen wurden von einem ordentlich gestutzten Bart umrahmt. Durch die Nasenscheidewand war ebenfalls ein solider Goldring gezogen. Er trug ein ärmelloses, weit ausgeschnittenes T-Shirt. Seine Halsmuskeln waren wie die Muskulatur des Oberkörpers, die auf dem Foto zu sehen war, zu kräftig. Um den Hals trug er eine schwere Goldkette, die fast so dick war wie eine wohlgenährte Boa.

»Irgendetwas an ihm kommt mir bekannt vor«, murmelte Irene.

»Stell ihn dir fünf Jahre älter vor, von den Drogen etwas verlebt und ohne Bart und Schmuck. Mit Brille und mit längerem, blondiertem Haar und …«

»Andres Tamm!«

»Yes! Und jetzt schau dir den Namen des Gesuchten an.«

Irene ging den unverständlichen Text durch und entdeckte sofort die größeren, fetten Buchstaben: Sergej Petrov.

»Andres heißt also eigentlich Sergej«, stellte Irene fest.

»Noch einmal Yes! Und mein lieber Kollege El Comandante hat auch ein Foto des Mädchens auftreiben können. Surprise!«

Mit der Miene einer Magierin, die rudelweise Kaninchen aus einem Zylinder hervorzaubert, zog Linda ein neues Blatt Papier aus ihrer Mappe.

Das Mädchen stand halb abgewandt und mit dem Rücken zur Kamera und blickte über die Schulter. Ihr blondes Haar hing ihr in Wellen über ein Auge. Mit der Hand hielt sie ihren Rock etwas hochgezogen, um zu zeigen, dass sie nichts darunter trug. Ihre Pobacken waren klein und fest. Ein Kinderpo. Ihr Oberkörper war nackt. Eine kleine Brust, kaum mehr als eine kleine Erhebung ihres mageren Brustkorbs, war im Halbprofil zu erahnen. Die Wirbel ihres Rückens ließen sich zählen. Ihre dünnen Beine steckten in schwarzen Stiefeln.

Das Bild hätte sexy sein können, wären nicht das offensichtlich geringe Alter und der Blick des Mädchens gewesen. Die Angst stand ihr in das eine sichtbare Auge geschrieben. Wahrscheinlich war das Foto mehrere Monate alt, denn sie wirkte nicht so abgemagert wie auf dem Foto aus der Gerichtsmedizin. Vielleicht hatte aber auch der Seziertisch aus Stahl dazu beigetragen, dass sie nach ihrem Tod noch kleiner aussah.

Der Text war auf Deutsch, aber Irene konnte den Namen Tanja lesen und einige Zahlen, die einen Sinn ergaben: »10 bis 03 Uhr« und »130 €«. Endlich hatte die kleine Russin einen

Namen, obwohl es sich dabei mit größter Wahrscheinlichkeit nicht um ihren wirklichen handelte. Tanjas Dienste wurden zwischen zehn Uhr vormittags und drei Uhr nachts zum kulanten Preis von 130 Euro feilgeboten.

Irene erkannte sowohl den Rock als auch die Stiefel wieder. Die Stiefel waren dieselben, die sie am Abend ihrer Ermordung getragen hatte, und der Rock war identisch mit dem Jeansrock, den sie in der Wohnung in Biskopsgården gefunden hatten.

»Tanja war also im Herbst in Deutschland. Hat der Kommandant gesagt, wo er das Bild herbekommen hat?«, fragte Irene.

»Nein. Oder besser, falls er sich dazu geäußert haben sollte, habe ich ihn nicht verstanden. Aber eine Nachricht ist zu mir durchgedrungen: Er besteht darauf, dass einer von uns nach Teneriffa fährt, um ihm bei der Aufklärung seiner Mordfälle zu helfen. Ich bin mir allerdings nicht ganz sicher, ob er es mit zwei oder drei Leichen zu tun hat. Er sagte, er beabsichtige, mit ›the highest comandante for Policía Nacional in Gothenburg‹ zu sprechen. Dann hat er noch mehrmals ›no gangwar‹ in den Hörer geschrien und ›murder bad for tourists!‹.«

Sie lachten herzlich über die Sorgen des spanischen Polizeichefs. Morde, die vor der Nordwestküste Afrikas verübt wurden, kümmerten sie nicht. Sie hatten mit ihren eigenen Fällen mehr als genug zu tun.

»Tatsache ist, dass sie Kosten für Reise und Unterbringung übernehmen, wenn wir jemanden von unseren Leuten schicken«, sagte Linda, als sie wieder ernst geworden war.

»Dann fahr halt hin.«

»Unmöglich! Zum einen habe ich nichts mit dem Mordfall zu tun, das ist dein Verantwortungsgebiet, zum anderen planen wir gerade die nächste Razzia und zwar in einem Café in Trollhättan, ob du es glaubst oder nicht.«

»In einem Café?«

»Ja. Ein Zuhälter ist dort in den letzten Monaten gelegentlich mit seinen Mädchen aufgetaucht. Sie mieten wochenweise einen Lagerraum hinter dem Café. Ein Nachbar hat uns den

Tipp gegeben. Seiner Meinung nach hatte das Café phasenweise verdächtig viele männliche Gäste. Wir haben es eine Weile überwacht, und jetzt wollen wir zuschlagen.«

»Sind die Mädchen jung?«

»Nicht so jung wie Tanja und Leili.«

Irene war merkwürdig erleichtert. Es war zwar schlimm, dass Frauen zur Prostitution gezwungen wurden, egal, wie alt sie waren, aber die richtig jungen Mädchen waren so verdammt wehrlos. Ihr Leben war schon zu Ende, bevor es überhaupt begonnen hatte.

Nach dem Mittagessen kehrte Irene an ihren Schreibtisch zurück. Tommy kam in ihr Büro, als sie mit dem letzten Bericht, der das Fax aus Teneriffa und die Identifizierung von Andres Tamm als Sergej Petrov behandelte, fast fertig war. Der Bericht umfasste nur ein paar knappe Zeilen, da sie das gesamte Fahndungsblatt erst mal zum Übersetzen gegeben hatte. Der letzte Bericht über die kleine Russin, die Tanja genannt wurde und im Herbst in Deutschland gearbeitet hatte, stand noch aus. Irene wollte dafür die Übersetzung des deutschen Textes abwarten. Sie war optimistisch, dass die wahre Identität Tanjas gefunden werden würde. Die Frage war nur, ob ihnen das auch bei ihrem Mörder gelingen würde.

»Das Labor teilt mit, dass die DNA der Hautreste unter den Fingernägeln der kleinen Russin mit der des Spermas auf ihrem T-Shirt und in ihrem Haar übereinstimmt«, sagte Tommy.

Irene nickte und schob ihm das gefaxte Foto von Tanja über den Schreibtisch. Er zog die Brauen hoch, als er es sah.

»Unglaublich… Tanja. Die kleine Russin hat einen Namen bekommen. Natürlich ist das nicht ihr richtiger Name, aber vielleicht ist es so trotzdem leichter, ihre Identität zu ermitteln.«

»Hoffentlich.«

»Wo hast du das Fax her?«

»Linda Holm hat es von ihrem Kommandanten auf Teneriffa bekommen. Er befindet sich offenbar in ziemlicher Bedrängnis und benötigt Hilfe.«

Irene erzählte, was er zu Linda am Telefon gesagt hatte, und sie lachten beide darüber. Sie waren einigermaßen erleichtert, dass in ihrer Nähe kein Gangsterkrieg herrschte. Aus Erfahrung wussten sie, wie schwierig es war, so etwas in den Griff zu bekommen. In der Regel waren solche Kriege auch erst dann vorüber, wenn den Beteiligten die kampftauglichen Mitglieder ausgingen. Es wurde erst ruhig, wenn sie entweder hinter Schloss und Riegel saßen oder tot waren.

Lichtung der eigenen Reihen, nannte Jonny das immer.

»Hast du mit Hannu gesprochen?«, fragte Irene.

»Nur kurz. Er war auf dem Weg in die Gerichtsmedizin. Die Obduktion von Torleif ist abgeschlossen.«

»Du hast gehört, dass sie sein Auto gefunden haben?«

»Ja. Schon seltsam, dass ausgerechnet sein Auto geklaut wurde.«

»Wir warten die morgige Untersuchung der Spurensicherung ab. Vielleicht finden sich ja Fingerabdrücke, die sich einem Prominenten aus unserem Register zuordnen lassen.«

»Das wäre zu einfach. Jeder Kleinganove weiß, dass man Handschuhe trägt. Oder dass man alles sorgfältig abwischt. Oder das Auto einfach abfackelt. Ich wette, dass der Dieb bei dieser Kälte Handschuhe trug.«

»Dann können wir nur hoffen, dass du Unrecht hast. Vielleicht hatte er ja kalte Hände und hat die Karre nur geklaut, um sich draußen nicht die Finger abzufrieren.«

Als Tommy den letzten Satz beendet hatte, starrte ihn Irene schweigend an.

»Was ist?« Tommy sah sie fragend an.

»Deine Worte haben mich an irgendetwas erinnert. Aber dann war es gleich wieder weg.«

»Was denn? Dass er ein Auto geklaut hat, um nicht zu erfrieren?«, versuchte ihr Tommy auf die Sprünge zu helfen.

Niedergeschlagen schüttelte Irene den Kopf.

»Es ist weg.«

Sie wusste, dass es zwecklos war, den Gedanken wieder an die Oberfläche ihres Bewusstseins zwingen zu wollen. Früher oder später würde sie schon wieder draufkommen. Trotzdem fühlte es sich an, als habe sie etwas zwischen den Zähnen, das sie nicht loswurde.

»Der kleine Scheißer hat ein wasserdichtes Alibi«, verkündete Jonny beim Nachmittagskaffee.

Er klang wütend und wirkte sichtlich verärgert. Jesper Tobiasson saß neben ihm und ließ den Kopf hängen.

Daniel Lindgren, einer der jugendlichen Ausbrecher, hatte klein beigegeben, als man ihn mit dem Verdacht gegen ihn konfrontiert hatte, an der Fahrerflucht beteiligt gewesen zu sein, die den Tod eines pensionierten Polizisten zur Folge gehabt hatte. Trotz seines jungen Alters war er, was seine Verbrecherlaufbahn betraf, kein Anfänger mehr. Ihm war sehr wohl bewusst, wie sich die Polizei Straftätern gegenüber verhielt, die Polizisten auf dem Gewissen hatten. Ohne weitere Umschweife hatte er zugegeben, nach dem Ausbruch zusammen mit seinem Kumpan Fredrik Svensson den Bus zum Hauptbahnhof in Göteborg genommen zu haben. Dort waren sie in den Zug nach Kopenhagen gestiegen und hatten sich einige Stunden später direkt nach Christiania begeben, da sie dort, in diesem alternativen Stadtviertel, Leute kannten. Diese Freunde hätten ihnen ein Dach über dem Kopf angeboten. Ohne Vorwarnung war dann die Polizei aufgetaucht und hatte sie in Untersuchungshaft genommen. Laut Daniel hatte es sich jedoch um ein großes Missverständnis gehandelt, und so waren sie nach zwei Tagen wieder auf freien Fuß gesetzt worden.

Die Version der Kopenhagener Polizei klang etwas anders. Ein bekannter Großdealer war ermordet im Nyhavn aufgefunden worden. Festgefroren in der Eisbrühe am Kai. Die Todesursache: mehrere harte Schläge auf den Kopf. Die Gerichtsmedizin hatte festgestellt, dass er zu dem Zeitpunkt, als man ihn ins Wasser geworfen hatte, bereits tot gewesen sein musste, da er kein Wasser in der Lunge hatte. Die Typen aus Christiania waren die letzten Personen, mit denen der Dealer gesehen wurde. Sie hatten zusammen in einer Kneipe in Nyhavn gezecht. Ein

Zeuge sagte aus, dass sie lautstark gestritten hätten. Es war jedoch nicht zu Tätlichkeiten gekommen. Alles schien wieder harmonisch, als die Gesellschaft den Pub gegen Mitternacht verlassen hatte. Am Morgen darauf war dann die Leiche von einem Mann gefunden worden, der gerade am Kai seinen Hund ausführte.

Die gesamte Christiania-Gang war in Untersuchungshaft genommen worden, samt Daniel Lindgren und Fredrik Svensson. Alle hatten ausgesagt, der Dealer sei noch vollkommen gesund gewesen, als man sich vor der Tür des Pubs getrennt habe. Es gab keine Zeugen und keinerlei Spuren, anhand derer irgendeiner von ihnen hätte überführt werden können. Nach zwei Tagen war die Gruppe schließlich wieder auf freien Fuß gesetzt worden.

An jenem Abend, an dem Torleif Sandberg in Göteborg totgefahren worden war, hatten Daniel und Fredrik ihre zweite Nacht im Untersuchungsgefängnis der Kopenhagener Polizei verbracht.

Danach hatte Daniel kalte Füße bekommen und war nach Göteborg zurückgekehrt, Fredrik war jedoch bei seinen Freunden in Christiania geblieben. Da Daniel keine eigene Wohnung in Göteborg besaß, hatte er sich notgedrungen bei seiner Mutter einquartiert und war dort aufgegriffen worden.

»Wir können sie also endgültig von unserer Liste streichen. Jetzt bleiben nur noch Björn Kjellgren, alias Billy, und Niklas Ström«, meinte Irene aufmunternd.

Der Blick, den ihr Jonny zuwarf, war vernichtend. Offensichtlich fand er es ungeheuer frustrierend, wieder von vorne anfangen zu müssen.

»Irene hat Recht. Auch wenn sie sich nicht zu kennen scheinen, spricht doch einiges für diese beiden Burschen. Beide sind aus Gräskärr abgehauen«, meinte Tommy.

»Billy Kjellgren ist ein Einzelgänger und Niklas Ström ein verrückter Schwuler, der eine Vergewaltigung auf dem Gewissen hat. Es hieß, dass sich beide absonderten und mit keinem der anderen Insassen Umgang pflegten. Nicht weiter verwunderlich, was Niklas Ström angeht. Schließlich hoffen alle, dass der Arsch nach dem Duschen noch intakt ist«, meinte Jonny und lachte wiehernd über seinen eigenen Scherz.

Jesper stimmte in das Lachen ein, hörte aber abrupt auf, als er merkte, dass sonst niemand lachte.

»Es könnte ja auch sein, dass nur einer der beiden in diese Fahrerfluchtsache verwickelt ist. Oder keiner. Es gibt immer noch das alptraumhafte Szenario, dass es sich nur um zwei Typen handelt, die uns vollkommen unbekannt sind, obwohl das unwahrscheinlich wirkt. Deswegen müssen wir uns jetzt auf die beiden letzten Namen konzentrieren«, sagte Tommy, ohne auf Jonnys letzten Kommentar einzugehen.

»Genau. Du arbeitest mit dieser Gruppe, damit es endlich weitergeht«, entschied Andersson.

Tommy bedeutete mit einem Nicken, dass er einverstanden sei.

»Störe ich?«, war eine Frauenstimme von der Tür zu vernehmen.

Alle im Raum erkannten die Stimme und blickten zur Tür. Dort stand die stellvertretende Provinzpolizeichefin Marianne Wärme. Eine mollige Dame um die fünfzig mit graumeliertem Kurzhaarschnitt und Brille. Hinter den dicken Gläsern funkelten ihre munteren, pfefferkornbraunen Augen. Sie pflegte ihr Gegenüber stets freundlich anzulächeln. Wenn sie gerade nicht ihre Polizeiuniform anhatte, dann trug sie für gewöhnlich Kostüm, Pumps sowie eine farblich passende Handtasche. Wer es nicht besser wusste, konnte sie für eine harmlose ältere Dame halten, aber sie machte ihrem Spitznamen »Iron Lady« alle Ehre. Ihrer Unbestechlichkeit und Ehrlichkeit, aber auch ihrer zupackenden Art, ihrer Unnachgiebigkeit und ihrem unbeugsamen Willen hatte sie es zu verdanken, dass sie stetig die Karriereleiter hochgeklettert war. Was sie sich einmal vorgenommen hatte, das zog sie durch. Niemand zweifelte an ihrer Kompetenz und ihren Führungsqualitäten. Die meisten schätzten sie, da sie klare, eindeutige Anweisungen erteilte. Gleichzeitig hatten alle großen Respekt vor ihr. Frauen mit Macht und Charisma flößten ihrer Umgebung in der Regel mehr Angst ein als Männer mit denselben Eigenschaften. Insbesondere Frauen, die sich um ihre Position verdient machten. Und eine solche Frau war die stellvertretende Provinzpolizeichefin Marianne Wärme.

Resolut und auf hohen Absätzen betrat sie den Raum und lehnte die angebotene Tasse Kaffee dankend ab.

»Ich bin in Eile und fasse mich deswegen kurz. Der oberste Chef der Policía Nacional in Spanien hat mich angerufen. Ihm liegt eine Anfrage des Polizeikommandeurs auf Teneriffa vor, in der er im Zuge einer Mordermittlung um die Mithilfe eines Kollegen des Dezernats für Gewaltverbrechen in Göteborg ersucht. Insgesamt wurden dort vier Menschen ermordet. Und offenbar gibt es eine direkte Verbindung zu dem Mord an dem russischen Mädchen, das am Delsjö gefunden wurde.«

Sie legte eine Pause ein und ließ ihren scharfen Blick über ihre Zuhörer wandern. Niemand wirkte sonderlich begeistert. Zu guter Letzt gab sich Andersson einen Ruck:

»Ich glaube nicht, dass wir ihnen helfen können, indem wir dorthinfahren. Einige unserer Inspektoren sind krank. Es handelt sich um einen komplizierten Fall und …«

»Ja, er wirkt zweifellos sehr kompliziert. Ebendeswegen finde ich, dass es eine gute Idee ist, einen von euch dorthinzuschicken. Fünf, sechs Stunden Flug, und man ist in der Wärme. Das ist auch nicht länger als mit dem Auto nach Stockholm. Und die Spanier zahlen dafür, wie gesagt. Es handelt sich um zwei Tage mit einer Übernachtung. Das müsste beiden Seiten reichen, um Informationen auszutauschen. Es könnte auch unsere Ermittlung voranbringen. Möglicherweise verfügen die Spanier über Informationen, die wichtig sind für uns.«

Damit hatte sie zweifellos Recht. Es gab bei dieser Ermittlung immer noch unzählige offene Fragen.

»Es geht hier auch darum, guten Willen zu zeigen, indem man sich innerhalb der EU zu einem solchen Informationsaustausch bereit erklärt«, meinte die stellvertretende Provinzpolizeichefin und lächelte.

Aber dieses Lächeln täuschte niemanden. Wenn Marianne Wärme sagte, einer von ihnen müsse nach Teneriffa fahren, so würde sich einer von ihnen schon bald in einem Flugzeug wiederfinden.

»Ich habe keine Zeit«, sagte Irene mit Nachdruck.

Sie hatte einfach zu viele Fälle auf dem Schreibtisch. Außerdem hatte die Familie Huss vereinbart, einige Tage zum Skifahren ins Ferienhaus nach Värmland zu fahren. Irene hatte sich extra Freitag und Montag freigenommen und wollte noch einiges vor ihrem Kurzurlaub abarbeiten. Krister hatte ebenfalls frei, und sogar die Zwillinge wollten mitkommen. Auf dem Hinweg waren sie bei Kristers Schwester in Säffle zum Mittagessen eingeladen. Seit der Beerdigung von Irenes Schwiegermutter im vergangenen August hatten sie sich nicht mehr gesehen.

»Nur du kannst fahren«, entschied Andersson.

»Wie meinst du das? Bin nur ich im Dezernat entbehrlich? Wir versinken geradezu in der Arbeit! Und da sagst du, dass ich entbehrlich sei!«

Irene brauste nur selten auf, aber jetzt fühlte sie sich zutiefst beleidigt.

»Du sollst nach Teneriffa fahren, um zu arbeiten und nicht, um in der Sonne zu liegen. Außerdem bringst du eine gewisse Erfahrung mit, was die Zusammenarbeit mit Kollegen im Ausland angeht«, meinte der Kommissar beschwichtigend.

Irene meinte einen einschmeichelnden Ton mitschwingen zu hören. Allerdings hatte ihr Chef nicht ganz Unrecht. Sie war dienstlich bereits in Kopenhagen, London und Paris gewesen und hatte dort mit der örtlichen Polizei zusammengearbeitet. Das war zwar nicht immer erfolgreich verlaufen, aber sie hatte dabei Erfahrungen gesammelt, die ihren Kollegen im Dezernat fehlten. Meist war diese Arbeit auch fruchtbar und interessant.

»Hannu kann ich schließlich nicht schicken, so wie es um Birgitta steht. Und Tommy wird bei der Suche nach diesen Leuten gebraucht, die Torleif auf dem Gewissen haben. Ebenso Jonny und dieser neue Bursche … Jonathan.«

»Jesper«, berichtigte ihn Irene.

»Der neue Bursche Jesper. Und Fredrik jagt den Indianer. War wirklich bescheuert, ihn wieder laufen zu lassen! Diesen Typen müssen wir erwischen!«

Andersson holte Luft und fuhr dann fort:

»Bleibst also nur du übrig. Du bist als Einzige mit dem Fall des toten Mädchens befasst, jetzt wo Birgitta ausgefallen ist. Ich glaube, es ist eine gute Idee, nach Teneriffa zu reisen. Viele werden neidisch sein, wenn sie hören, dass du in den warmen Süden fahren darfst.«

»Pah. Schließlich gehen zwei Tage für die Reise drauf. Insgesamt werde ich mich gerade mal zwölf Stunden auf der Insel aufhalten. Und außerdem sollte ich doch arbeiten«, sagte Irene, während sie aus dem Fenster schaute.

Schneeregen klatschte gegen die Scheibe, und das Wasser floss zäh nach unten. Es war um die null Grad, und der Wind blies stürmisch. Ein Tag in der Wärme würde vielleicht nicht schaden, aber das wollte sie nicht sagen. Außerdem war da ja da noch der geplante Skiausflug nach Sunne.

»Okay. Aber eigentlich habe ich keine Zeit«, seufzte sie demonstrativ.

Anderssons Miene hellte sich auf.

»Gut! Dann fährst du morgen, spätestens übermorgen! Du kannst den Spaniern die freudige Nachricht selbst übermitteln.« Lächelnd reichte er ihr einen zerknitterten Zettel.

Ehe sie noch an der Tür war, hatte er schon die Hand nach dem Telefonhörer ausgestreckt, um der stellvertretenden Provinzpolizeichefin mitzuteilen, dass eine Inspektorin bereits auf dem Weg sei, der Policía Nacional bei ihrer schwierigen Ermittlung beizustehen.

Es war genau, wie Linda Holm gesagt hatte: Polizeichef Miguel de Viera sprach lausig Englisch. Außerdem schien er von dem Gedanken, eine schwedische *Kollegin* zu treffen, nicht sonderlich angetan zu sein. Irene glaubte zu hören, wie er seufzend sagte: »Just women *policía*?«

Nach ein paar Minuten herrschte vollkommene Verwirrung, und Irene war im Begriff aufzugeben. Sie zuckte zusammen, als der Polizeichef plötzlich laut in den Hörer brüllte. Es dauerte ein paar Sekunden, bis sie erkannte, dass er gar nicht sie anschrie, sondern jemanden in seiner Nähe. Klappernd legte er den Hörer auf eine Tischplatte, und Irene hörte ihn erregt mit einer anderen Person im Zimmer reden. Nach einer Weile griff wieder jemand zum Hörer. Eine ruhige Männerstimme sagte:

»Detective Inspector Juan Rejón speaking.«

Irene stellte sich vor und teilte mit, dass sie auf Bitten des Polizeichefs hin die Absicht habe, bereits am folgenden Tag oder am Freitag auf Teneriffa einzutreffen.

»Gut. Dann bestellen wir die Tickets und das Hotel.«

Er sprach gut Englisch, allerdings mit starkem spanischem Akzent. Da sie selbst auch nur über durchschnittliche Kenntnisse verfügte, war sie sehr erleichtert, als er fortfuhr:

»Ich melde mich wieder bei Ihnen, Inspektorin Huss, wenn ich weiß, wann Ihr Flugzeug ankommt. Und ich werde Sie am Flughafen abholen.«

»Vielen Dank«, erwiderte Irene erleichtert.

Sie war froh, dass sie sich um die praktischen Dinge der Reise nicht zu kümmern brauchte, da sie ohnehin genug vorzubereiten hatte.

»Wir haben zu danken. Wir freuen uns, dass Sie kommen. Unsere Situation ist … verfahren.«

Das letzte Wort sprach er mit einem gewissen Zögern aus, aber Irene zweifelte nicht daran, dass die Lage kompliziert war. Wären sie nicht verzweifelt gewesen, hätten sie wohl kaum Hilfe aus dem kalten, weit entfernten Norden angefordert. Außerdem übernahmen sie ohne Einwände sämtliche Kosten.

Das Telefon klingelte, als Irene gerade nach Hause gehen wollte. Inspektor Juan Rejón informierte sie, dass es am nächsten Tag keine freien Plätze nach Teneriffa gab. Auch alle Maschinen, die am Samstag von Teneriffa nach Göteborg flogen, waren voll. Deswegen hoffte er, dass Inspektorin Huss mit zwei Übernachtungen einverstanden sei. Er habe ihr ein Ticket für Freitagmorgen um 7.15 Uhr gebucht und die Heimreise am Sonntagmittag um 13 Uhr. Da ihr Skiausflug ohnehin ruiniert war, hatte Irene gegen einen zusätzlichen Tag in der Sonne nichts einzuwenden. Sie würde im Hotel Golden Sun Club wohnen. Etwas kryptisch sagte Rejón, die Wahl des Hotels sei aus strategischen Gründen erfolgt. Irene wollte ihn jedoch nicht fragen, was er damit meinte.

Die Reaktion ihrer Familie auf die Nachricht von ihrem Wochenendausflug auf die Kanarischen Inseln ließ sich am ehesten mit Resignation beschreiben. Sie waren gewohnt, dass sie Überstunden machen musste und auch an Wochenenden arbeitete, an denen sie eigentlich hätte frei haben sollen. Aber Krister fiel es schwer, seine Enttäuschung zu verbergen. Alle fünf Wochen hatte er vier Tage am Stück frei, und am kommenden Wochenende war es wieder so weit. Seine Stimmung hellte sich jedoch auf, als Katarina resolut meinte, dass sie trotzdem zum Skiurlaub nach Värmland fahren würden. Statt Irene solle Felipe mitkommen. Felipe hatte letzten Winter das erste Mal auf Skiern gestanden. Als Tänzer besaß er einen guten Gleichgewichtssinn und hatte deswegen auch recht schnell Snowboardfahren gelernt. Inzwischen machte es ihm sehr viel Spaß.

Irene schoss ungewollt ein Gedanke durch den Kopf: Auch ihre Familie konnte sie entbehren. Entschieden schob sie diesen dummen Gedanken beiseite. Dass jetzt Felipe an ihrer Stelle mitfuhr, hatte einzig und allein mit ihrer Arbeit zu tun.

»Zwei Tage! Ich gönne dir keine einzige Stunde!«

Tommy lächelte, als er das sagte, aber sein kleiner Seufzer am Ende dieses Satzes verriet, dass er die Wahrheit sagte. Er wäre zu gerne am Freitag dösend der Sonne entgegengeflogen. Die Besprechung mit den spanischen Kollegen würde sicher nur den Nachmittag in Anspruch nehmen. Den Samstag hätte er dann am Pool verbringen können. Wie so oft hatte Irene dieselben Gedanken wie Tommy.

Jonny machte große Augen. Dann sagte er:

»Schicken sie dich? Haben diese verdammten Ausländer nicht schon so genug Ärger?«

Aber er lächelte nicht bei dieser Bemerkung.

Sie saßen im Konferenzzimmer und warteten auf Hannu. Er stand vor Lerum im Stau und hatte von dort aus angerufen. Ein Teil der Autobahn war überschwemmt, und der Verkehr wurde über verschiedene Abfahrten und schmale Nebenstraßen umgeleitet. Er würde sich mindestens eine halbe Stunde verspäten.

Irene hatte ihre Berichte fertiggestellt und die aktuellen Fotos in ihren Laptop eingescannt. Sicherheitshalber hatte sie auch noch normale Fotokopien gemacht, für den Fall, dass die Technik sie wie schon so oft zuvor im Stich ließ.

Als Hannu schließlich auftauchte, wirkte er auf den ersten Blick wie immer. Er nahm gegenüber von Irene Platz, und so bot sich ihr die Gelegenheit, ihn eingehender zu betrachten. Sein hellblondes Haar war frisch geschnitten, und er trug wie immer Jeans und Pullover. Als Irene jedoch zufällig seinen Blick auffing, verspürte sie eine gewisse Besorgnis. Die blauen Augen spiegelten nicht seine übliche Gelassenheit wider, sondern waren stark gerändert. Hatte er etwa geweint? Er schien jedenfalls kaum geschlafen zu haben. Irene waren bislang keine Falten in seinem Gesicht aufgefallen. Jetzt waren aber im Licht der Leuchtstoffröhren deutlich welche zu erkennen. Die Beleuchtung schmeichelte zwar niemandem, aber Hannu wirkte trotzdem ungewöhnlich müde und grau im Gesicht.

Irene erhob sich und sagte:

»Ich hole dir einen Kaffee. Ich wollte mir sowieso gerade die zweite Tasse holen.«

Hannu nickte ihr dankbar zu.

»Irenes Universalmedizin: Kaffee«, sagte Tommy und lächelte Hannu aufmunternd zu.

Auch Tommy hatte bemerkt, dass etwas nicht stimmte. Sie arbeiteten jetzt seit vielen Jahren mit Hannu zusammen und kannten ihn inzwischen gut. Jedenfalls so gut man Hannu als Kollege überhaupt kennen konnte. Irgendetwas stimmte nicht. Hatte es mit Birgitta zu tun? In Irenes Magen rumorte es, als sie zum Kaffeeautomaten eilte. Wie besorgt sie wirklich war, merkte sie daran, dass sie sich auf einmal nicht daran erinnern konnte, ob Hannu seinen Kaffee mit Milch trank oder nicht. Sie ließ es darauf ankommen und drückte auf den Latte-Knopf.

»Danke. Ich kann ihn auch mal mit Milch trinken.«

Hannu schenkte ihr ein trauriges Lächeln. Verdammt! Es war Birgitta, die ihren Kaffee mit Milch trank. Irene bot an, die Tassen zu tauschen, aber er lehnte ab.

»Ich trinke dann die zweite schwarz«, sagte er.

Er nahm einen großen Schluck, verzog das Gesicht, ohne es zu merken, und stellte dann die Tasse wieder hin.

»Ich wollte euch sagen, dass Birgitta … also wir … wir haben heute Nacht das Kind verloren«, sagte er mit belegter Stimme.

Niemand wusste, wie man auf eine solche Bekanntmachung reagiert. Im Raum wurde es sehr still. Kommissar Andersson räusperte sich und vollführte ein paar verkrampfte Mundbewegungen, als wolle er etwas sagen, es kamen aber keine Laute über seine Lippen. Es war Hannu, der fortfuhr:

»Birgitta geht es den Umständen entsprechend gut, aber ihr Blutdruck ist immer noch zu hoch. Sie wird noch so lange krankgeschrieben sein, bis er wieder runter ist.«

Immer noch zu hohen Blutdruck? Irene konnte sich nicht erinnern, dass Birgitta ihr etwas davon erzählt hatte. Im Gegenteil. Sie hatte sich sehr auf das Kind gefreut und war sehr zuversichtlich gewesen. Der einzige Trost war wohl, dass sie sich noch ganz am Anfang der Schwangerschaft befunden hatte. Irene vermutete, dass es Birgitta recht bald gelingen würde, physisch und psychisch wieder auf die Beine zu kommen. Und sicher würde der kleine Timo in nicht allzu ferner Zukunft noch ein kleines Geschwisterchen bekommen.

Hannu trank in einem Zug seine Kaffeetasse leer.

»Ich war bei der Gerichtsmedizin und habe den Obduktionsbericht von Torleif Sandberg bekommen«, sagte er.

Jetzt sprach er wieder in seinem normalen, gelassenen Tonfall, und sofort ließ auch die Spannung seiner Kollegen nach. Diese halberstickte Stimme gemischt mit abgrundtiefer Verzweiflung hatte sie verunsichert. Sie konnten mit Trauer nicht umgehen, wenn sie ihnen zu nahe kam. Es war so viel einfacher, wenn man professionelle Distanz wahren konnte.

»Der Schädel war zertrümmert. Der Tod muss augenblicklich eingetreten sein. Außerdem hatte er noch zahlreiche andere Verletzungen. Seine rechte Hand war abgerissen und lag zwei Meter vom Körper entfernt. Die Halsschlagader war durchtrennt, und er muss sehr rasch verblutet sein. Frau Prof. Stridner findet die Verletzungen nicht weiter auffällig. Sie machte jedoch einige andere Beobachtungen.«

Er schaute von dem Papier auf, das er vor sich auf den Tisch gelegt hatte. Weil niemand Anstalten machte, etwas zu sagen, schaute er wieder nach unten und las weiter vor:

»Sie wies darauf hin, dass er erstaunlich dünn gekleidet war. Es hatte 15 Grad unter Null, als er joggen ging. Ohne Mütze und Handschuhe und ohne entsprechende Unterwäsche. Er trug Joggingschuhe und Sportsocken. Unter einem normalen Trainingsanzug trug er ein T-Shirt und eine normale Unterhose. Er trug zwar den gefütterten Trainingsanzug der Polizei aus Popeline, aber den trägt man auch, wenn es mehrere Grad plus sind. Er ist nicht besonders warm.«

Keine Handschuhe. Das war es gewesen, was Irenes Unterbewusstsein am Unfallort registriert hatte. Die nackte, abgerissene Hand, die auf dem Bürgersteig gelegen hatte.

»Er war wie für eine Joggingrunde bei fünf Grad plus oder noch wärmeren Temperaturen gekleidet«, stellte Fredrik fest.

»Genau. Frau Stridner findet es wichtig, das festzuhalten. Insbesondere auch deswegen, weil er an mehreren Stellen des Körpers beginnende Erfrierungen aufwies. An den Fingern, Zehen, an der Nase, an den Ohren und am Kinn.«

»Erfrierungen? Wieso konnte er sich denn nichts Gescheites anziehen? Torleif war seit mindestens vierzig Jahren bei jedem Wetter unterwegs!«

Andersson musste sich anstrengen, seine Erregung zu bändigen.

»Er war schließlich früher als Orientierungsläufer sehr erfolgreich und viele Jahre lang Mitglied der Polizeimannschaft. Sein Schrank war voller Pokale«, meinte Irene.

»Woher weißt du das?«, wollte Andersson misstrauisch wissen.

Da er von ihrer höchst inoffiziellen Hausdurchsuchung mit Hannu nichts erfahren sollte, log sie rasch und ungezwungen:

»Stefan hat es erzählt. Sein Adoptivsohn.«

»Ich weiß, wer das ist«, fiel ihr der Kommissar ins Wort.

Er hatte immer noch nicht verdaut, dass Torleif vorgegeben hatte, Vater des Kindes zu sein. Vielleicht war es Torleif ja peinlich gewesen, eine Frau zu heiraten, die ein Kind von einem anderen erwartete. Aus den Motiven der Menschen wurde man allerdings nie schlau. Das hatte Irene in ihren vielen Jahren bei der Polizei eingesehen.

»Warum begibt sich ein erfahrener Sportler und Orientierungsläufer so dünn gekleidet in diese extreme Kälte? Wieso ist er so weit gelaufen? Und er muss weit gelaufen sein, da er sich mindestens eine Stunde lang im Freien aufgehalten hat. Wieso war er so spät abends noch unterwegs? Schließlich war es stockdunkel«, schleuderte Tommy den anderen in rascher Folge Fragen entgegen.

»Vielleicht war er senil?«, schlug Jonny vor.

»Möglich. Aber eigentlich deutet nichts darauf hin«, meinte Hannu.

Irene dachte an die aufgeräumte Wohnung. Die Einrichtung war zwar langweilig und altmodisch gewesen, aber alles hatte sich in tadelloser Ordnung befunden. Es hatte nicht so gewirkt, als wäre es die Wohnung eines Demenzkranken. Außerdem war Torleif Sandberg nur 64 Jahre alt geworden. In dem Alter trat selten eine schwere Demenz auf, das wusste sie. Obwohl sie sich in letzter Zeit manchmal über ihr eigenes Verhalten wunderte. Erst in der vergangenen Woche hatte sie die Milch in die Mikrowelle gestellt und dort am nächsten Morgen wiedergefunden. Ohne den anderen etwas davon zu sagen, hatte sie sie weggekippt …

»Kann es etwas mit dem Autodiebstahl zu tun gehabt haben?«, fragte Fredrik.

»Was meinst du?«, wollte Andersson wissen.

Fredrik dachte eine Weile nach und brachte dann seine Theorie vor:

»Vielleicht hat er gerade aus dem Fenster geschaut, als jemand sein Auto klaute, und ist vielleicht einfach im Trainingsanzug aus dem Haus gerannt. Vorausgesetzt also, dass er zu Hause einen Trainingsanzug trug. Er verschwendete keinen Gedanken daran, wie kalt es draußen war, sondern rannte einfach nach draußen, ohne sich eine Jacke überzuziehen. Als er vor der Tür ankam, war es dem Dieb bereits gelungen, den Motor anzulassen, und er fuhr weg. Torleif rannte hinterher. Ihr sagt schließlich, er sei ein Sprinter gewesen. Und dann … ja, was ist dann passiert? Vielleicht hat er sich verirrt?«

Fredrik blickte erwartungsvoll in die Runde.

»Verirrt? Wohl kaum. Er wohnte seit mindestens 25 Jahren in der Gegend und joggte dort so gut wie jeden Tag«, meinte Andersson.

»Er kann gar nicht gesehen haben, wie das Auto von dem Parkplatz gestohlen wurde. Seine Wohnung hat keine Fenster in dieser Richtung«, sagte Hannu.

Dieser Gedanke war Irene auch schon gekommen. Der Treppenaufgang von Torleif war der letzte in der Häuserzeile von der Straße aus gesehen. Der Parkplatz, auf dem sein Wagen gestanden hatte, befand sich an der Giebelseite am anderen Ende des Hauses. Es wäre also unmöglich gewesen, das Auto von seiner Wohnung aus zu sehen.

»Er muss sich bereits im Freien aufgehalten haben«, sagte sie.

»Aber warum so dünn gekleidet, wenn es so kalt war?«, wiederholte Tommy.

Es war schwer, eine vernünftige Erklärung dafür zu finden. Auch wenn er so schnell wie nur möglich gerannt war, musste er gefroren haben. Kein routinierter Läufer setzte sich der Gefahr aus zu frieren. Besonders bei älteren Leuten war dann das Risiko einer Muskel- und Sehnenverletzung sehr groß. Deswegen zogen Jogger lieber zuviel als zuwenig an. Es war einfacher, sich etwas auszuziehen, wenn einem zu warm wurde, als schneller zu rennen, wenn sich die Muskeln verkrampften.

»Sind die toxikologischen Tests schon fertig?«, fragte Irene.

Hannu nickte.

»Keine Spuren irgendwelcher Drogen oder Medikamente«, bestätigte er.

»Das hätte auch noch gefehlt«, meinte Andersson mehr zu sich selbst.

Er trommelte nachdenklich mit den Fingerspitzen auf die Tischplatte.

»Tommy. Kannst du den Ermittlungsstand nicht zusammenfassen? Vielleicht fällt uns ja beim Zuhören etwas auf«, meinte er schließlich.

»Okay. Es fängt also damit an, dass Torleif laut Augenzeugen an der Straßenbahnhaltestelle sehr schnell am Foyer des Gebäudes des Schwedischen Fernsehens vorbeirennt. Er läuft direkt auf den Delsjövägen, auf dem sich ein BMW mit einem Autodieb am Steuer nähert. Neben dem Mann am Steuer sitzt noch ein zweiter. Das gestohlene Auto wird in etwa 150 m Entfernung von einem Streifenwagen verfolgt. Die Kollegen im Streifenwagen sehen, wie ein Mensch angefahren und in die Luft geschleudert wird. Sie halten an und rufen einen Krankenwagen. Die Zeugen sehen den BMW mit zersplitterter Windschutzscheibe in die Töpelsgatan einbiegen und den Berg hinauf verschwinden. Als …«

Andersson machte eine abwehrende Handbewegung und fiel ihm ins Wort.

»Stopp! Den Rest kennen wir. Das Problem ist, dass wir nicht wissen, was vorher geschah! Wieso ist er da überhaupt in der Dunkelheit und Kälte herumgerannt? Je länger ich darüber nachdenke, desto seltsamer kommt es mir vor.«

Diese Meinung teilten alle im Raum. Aber niemand konnte

mit einer plausiblen Erklärung aufwarten, seit sich die von Fredrik als nicht stichhaltig erwiesen hatte.

»Es stellt sich nun die Frage, ob es uns kümmern muss, warum er so leicht gekleidet joggen war. Vielleicht hatte er die Länge der Strecke einfach nur unterschätzt. Oder er hat den Müll runtergetragen, wurde auf etwas aufmerksam und rannte los«, meinte Tommy.

»Er befand sich auf dem Weg nach Hause«, wandte Irene mit leiser Stimme ein.

»Bitte? Woher willst du das wissen?«, fragte Andersson.

»Er überquerte den Delsjövägen Richtung der Anders Zornsgatan, in der er wohnte. Es ist also wahrscheinlich, dass er bereits zuvor in entgegengesetzter Richtung über den Delsjövägen gelaufen ist. Wo hat er sich in der Zwischenzeit aufgehalten? Ist er eine Stunde lang einem Joggingpfad gefolgt? Oder hielt er sich in irgendeinem Gebäude auf? Und wenn ja, in welchem?«

»Vielleicht saß er in einem Auto?«, schlug Fredrik vor.

»Möglich. Vor dem Fernsehhaus befindet sich ein großer Parkplatz«, sagte Irene.

»Die Erfrierungen«, erinnerte sie Hannu.

»Sie beweisen, dass er sich im Freien aufgehalten hat und nicht in irgendeinem Fahrzeug. Und selbst wenn er nur vorgehabt hätte, den Parkplatz vor dem Fernsehhaus zu überqueren, so hätte er sich eine Jacke angezogen. Bis dahin sind es einige hundert Meter, und es war arschkalt«, wandte Tommy ein.

»Vielleicht ist er dorthin gerannt«, versuchte es Fredrik noch einmal.

»Oder er lief einfach durch die Gegend, um sein verschwundenes Auto zu suchen«, schlug Jonny vor.

»Das bringt uns alles nichts. Es spielt auch keine Rolle, was Torleif getan hat, ehe er überfahren wurde. Wir müssen die Scheißkerle finden, die ihn getötet haben!«, sagte Andersson.

Irene und Hannu warfen sich einen raschen Blick zu. Sie wussten beide, dass der Kommissar Recht hatte. Sie konnten es sich nicht leisten, ihre knappen Ressourcen auf Fragen zu verschwenden, die für die Ermittlung bedeutungslos waren. Gleichzeitig waren sie nun einmal routinierte Ermittler, und die Ungereimtheiten, auf die sie im Zusammenhang mit Torleif Sandberg gestoßen waren, ließen sie nicht los.

Alle zuckten zusammen, als die Gegensprechanlage ansprang:

»Hallo! Seid ihr noch da?«, schepperte Svante Malms Stimme aus dem Lautsprecher.

Tommy, der neben dem Apparat saß, beugte sich vor und drückte den Sprechknopf.

»Hallo! Wir sind alle hier«, erwiderte er munter.

»Gut. Ich habe gerade die Fingerabdrücke abgeglichen, die wir in Torleif Sandbergs Auto gefunden haben. Wir konnten sie in unserem Register finden. Sie stammen von zwei Typen, die Niklas Ström und Billy Kjellgren heißen. Ihre Personennummern lauten …«

»Danke, Svante, aber wir haben die Daten«, brachte Tommy heraus.

»Ach? Okay. Ich melde mich wieder, falls ich noch etwas finde.«

Nachdem die Verbindung abgebrochen war, war es vollkommen still. Alle saßen reglos da, und niemand wagte es, auch nur zu blinzeln. Bei einigen schwirrten die Gedanken wie Bienen herum, bei anderen standen sie ganz still.

»Was zum Teufel soll das bedeuten?«, fragte Jonny schließlich.

»Weiß nicht. Das passt ganz und gar nicht!«, sagte Tommy ratlos.

»Jesper und ich haben uns den Arsch aufgerissen, um diese verdammten Ausbrecher zu finden. Wir hatten am Anfang ja einige zur Auswahl. Mit der Zeit haben wir einen nach dem anderen von der Liste der Verdächtigen streichen können und hatten jetzt nur noch Billy und Niklas übrig. Aber wir glaubten, sie hätten den BMW, mit dem Kruska-Toto totgefahren wurde, gestohlen. Und jetzt zeigt es sich, dass sie *sein* Auto geklaut haben! Wie zum Teufel ist das möglich?«, rief Jonny.

Seine Frustration war deutlich zu spüren und wurde von allen im Konferenzzimmer geteilt.

»Das wirkt tatsächlich vollkommen unglaublich«, stimmte ihm Tommy zu.

»Unglaublich? Ein Scheißdreck ist das!«, explodierte der Kommissar.

Sein Gesicht hatte einen besorgniserregenden Farbton angenommen.

»Es kann sich doch wohl nicht um einen Fehler handeln«, vermutete Irene.

»Schon eher um einen schlechten Scherz«, meinte Tommy matt.

»Und dass sich dieser Billy mit diesem Vergewaltiger zusammengetan haben soll! Wir können also nur davon ausgehen, dass sie dieselben Neigungen haben. Vielleicht liebt es der kleine Billy ja brutal«, sagte Jonny grinsend.

Offenbar hatte er sich von seinem ersten Schock erholt und war wieder der Alte.

»Es ist erstaunlich und dann auch wieder nicht. Beide saßen in Gräskärr ein. Das Personal meint, dass sie keinen näheren Umgang pflegten, was offenbar nicht stimmte. Sie brachen in einem zeitlichen Abstand von vierundzwanzig Stunden aus. Niklas als Erster und Billy am Tag darauf, was zu der Vermutung Anlass gab, Billy habe sich von Niklas' Flucht inspirieren lassen, aber offenbar heckten sie die Fluchtpläne gemeinsam aus«, sagte Irene.

Sie hatte in einem frühen Stadium der Ermittlung bereits Informationen über die Ausbrecher zusammengetragen. Irgendwie kam es ihr vor, als sei das schon sehr lange her.

»Lass die Mutmaßungen! Nehmt die Schweine endlich fest!«, fauchte Andersson.

Er erhob sich, und somit war die Besprechung beendet. Irene fiel auf, dass er sich keinen Keks genommen hatte. Allmählich begann sie sich Sorgen um ihn zu machen.

Hannu trat auf Irene zu und stellte sich schweigend neben sie. Er wartete, bis sie allein waren.

»Könntest du mir bei einer Sache helfen?«, fragte er leise.

Er hatte sich wieder im Griff. Es musste ihn Überwindung gekostet haben, sich vor den Kollegen zu der Trauer in seiner Familie zu bekennen. Irene wusste, dass er kein Wort mehr darüber verlieren würde, wenn sie ihn nicht darauf ansprach.

»Klar. Was soll ich machen?«

»Du hast dich doch so gut mit Stefan Sandberg verstanden. Ich hatte den Eindruck, dass er dir vertraut. Er hat dir schließlich viel mehr erzählt, als nötig gewesen wäre.«

Irene nickte.

»Könntest du ihn anrufen und ihm sagen, dass wir das Auto gefunden haben?«

»Weiß er das noch nicht?«, fragte Irene erstaunt zurück.

»Nein. Sie haben gestern vergessen, ihn zu informieren.«

Irene öffnete den Mund, um noch etwas zu sagen, aber schloss ihn dann wieder. Sie wusste schließlich selbst, dass sie förmlich in Arbeit ertranken. Ein gestohlenes Auto war da zunächst nebensächlich, zumindest solange es nicht eine besondere Rolle spielte. Die Ausbrecher, die sie verdächtigt hatten, Torleif angefahren und getötet zu haben, erwiesen sich jetzt als die Diebe seines Autos. Sie hatten es nur wenige hundert Meter von dem Platz entfernt gestohlen, an dem Torleif gestorben war. Das ergab keinen Sinn. Wieso hatten sie sich überhaupt in dieser Gegend aufgehalten? Und wie waren sie in den Besitz von Torleifs Autoschlüsseln gekommen? Wussten sie, dass es sein Wagen war?

»Erzähl Stefan Sandberg von den Fingerabdrücken. Frage ihn, ob er sich irgendeine Verbindung zwischen Torleif und den jungen Männern vorstellen kann«, fuhr Hannu fort.

»Woran denkst du?«, fragte Irene.

Ihr war klar, dass er mit seinen Fragen etwas bezweckte.

»Niklas Ström ist schwul. Über Billy Kjellgrens Veranlagung wissen wir nichts. Aber schließlich ist er zusammen mit Niklas abgehauen. Ich denke, dass Torleif Sandberg vielleicht auch schwul war. Niklas und Billy könnten Torleif in sein Auto gelockt haben. Vielleicht mit der Aussicht auf Sex. Dann haben sie Torleif bedroht, und der konnte aus dem Auto entkommen. Natürlich versuchte er dann, so schnell wie möglich nach Hause zu kommen. Es könnte aber noch ein gutes Stück bis dorthin gewesen sein. Deswegen hat er sich auch diese Erfrierungen zugezogen. Das würde auch erklären, warum wir nur die Ersatzschlüssel finden konnten, die in seiner Wohnung lagen. Niklas und Billy haben die Autoschlüssel und das Auto behalten.«

Irene starrte Hannu erstaunt an. Wahrscheinlich war das die längste Ausführung, die sie je von ihm gehört hatte. Die Theorie jedenfalls klang sehr wahrscheinlich.

»Das ist eine fantastische Hypothese! Und jetzt willst du, dass ich herausfinde, ob Stefan etwas über die mögliche Homosexualität Torleifs weiß«, sagte sie.

»Ja.«

»Ich rufe ihn sofort an.«

Sie ging unverzüglich in ihr Büro. Hannus Vermutung war wirklich einleuchtend. Aber die Frage, wer Torleif angefahren haben könnte, war immer noch offen.

Irene erreichte Stefan Sandberg auf seinem Handy. Er sagte ihr, dass er am Nachmittag nach Umeå zurückkehren werde. Das meiste sei geregelt und er würde erst wieder zur Beerdigung nach Göteborg kommen. Dass der gestohlene Wagen aufgetaucht war, schien ihn nicht weiter zu interessieren.

»Bei Olofstorp? Bedeutet das, dass sich die Diebe dort befinden?«, fragte er.

»Nicht unbedingt. Der Tank war leer. Sie könnten mit einem anderen Fahrzeug weitergefahren sein. Allerdings wurde in der Gegend keines gestohlen«, sagte Irene.

Sie dachte fieberhaft darüber nach, wie sie die Frage nach den sexuellen Neigungen von Torleif Sandberg formulieren sollte. Schließlich war das kein sonderlich naheliegendes Gesprächsthema. Dann kam sie zu dem Schluss, dass es das Beste sei, das Thema ohne weitere Umschweife anzusprechen. Schließlich war Stefan Sandberg Arzt.

»Es gibt da etwas, was wir uns nicht erklären können. Die Spurensicherung hat Fingerabdrücke der beiden Autodiebe in unserem Register entdeckt. Wir wissen, wer sie sind.«

»Na, ausgezeichnet! Und wo liegt das Problem?«

»Das Problem ist die Verbindung zwischen Torleif und den beiden Männern. Wir konnten uns keinen Reim darauf machen. Deswegen würde ich Ihnen gerne eine etwas heikle Frage stellen.«

Sie überlegte, wie sie diese Frage am besten formulieren sollte.

»Was meinen Sie mit heikel?«

Ein gewisses Misstrauen schwang in Stefan Sandbergs Stimme mit.

»Einer der jungen Männer ist homosexuell. Wissen Sie, ob das auch bei Torleif der Fall war?«, fragte sie unverblümt.

Stefan schwieg so lange, dass Irene bereits befürchtete, er würde die Frage gar nicht beantworten. Sie war erleichtert, als sie wieder seine Stimme im Hörer vernahm.

»Ich versuche nachzudenken… Mama hat nie etwas gesagt, was darauf hingedeutet hätte. Falls er homosexuell war, hat er das vermutlich vor ihr verheimlicht. Oder er hat diese Seite erst nach der Scheidung ausgelebt.«

Irene konnte sich nicht helfen: Sie war enttäuscht.

»Das Problem ist vermutlich, dass ich Torleif nicht so gut kannte. Ich kann mich fast gar nicht an meine ersten vier Lebensjahre mit Mama und ihm hier in Göteborg erinnern. Muss Torleif denn irgendein Verhältnis zu den Autodieben gehabt haben?«

»Sie hatten die Autoschlüssel«, informierte ihn Irene.

»Die könnten sie sich natürlich irgendwie beschafft haben. Aber merkwürdig ist das schon. Aber ich bin auch auf eine Ungereimtheit gestoßen«, sagte Stefan.

»Das klingt interessant«, sagte Irene.

»Ja, ich habe heute Nachmittag Torleifs Kundenberater von der Bank getroffen. Da ist nach einem Todesfall einiges zu regeln. Ich stellte fest, dass Torleif nur 80000 Kronen auf dem Konto hatte. Das war alles.«

»Das ist doch gar nicht so übel.«

Irene dachte an ihr eigenes Konto. Sie hätte gejubelt, wenn Torleifs Geld auf ihrem Konto läge.

»Nein, das ist schon eine stattliche Summe, aber Torleif hatte immer so… vorsichtig gelebt. Er müsste viel mehr auf der hohen Kante gehabt haben. Und der Bankangestellte sagte mir schließlich auch, wo das Geld geblieben ist. Er zeigte mir alle Papiere. Torleif hatte sich gerade ein Haus in Thailand gekauft!«

»Thailand?«, wiederholte Irene verblüfft.

»Ja. Ein großes Haus für 800 000 Kronen. Offenbar ein richtig luxuriöser Kasten, der in Schweden ein Vielfaches kosten würde, mit Pool und allem Drum und Dran.«

»Wussten Sie, dass er vorhatte, nach Thailand zu ziehen?«

»Nein. Aber ich wusste, dass er dort gewesen war. Das hat er mir erzählt, als ich ihn dieses letzte Mal vor fast drei Jahren traf. Da sagte er zu mir, er gönne sich ein gutes Auto und jedes Jahr eine Reise ins Ausland. Im Jahr zuvor war er in Thailand gewesen.«

»Nicht zu fassen!«

Kein besonders intelligenter Kommentar, dachte Irene, aber das drückte in etwa aus, was sie spontan empfand.

»Das kann man wirklich sagen. Jetzt habe ich eine Immobilie in Thailand am Hals. Das ist ein unerwartetes Problem. Apropos Problem: Haben Sie möglicherweise Torleifs Handy gefunden?«

»Nein. Er hatte kein Handy dabei, nur den Schlüsselbund mit den Wohnungsschlüsseln. Und neben ihm lag noch eine Taschenlampe«, sagte Irene.

»Merkwürdig. Es kam nämlich eine Rechnung für einen ganz neuen Telefonvertrag mit einem Nokia-Handy. Ich habe die ganze Wohnung durchsucht. Das Handy ist nirgends.«

Konnte das für die Aufklärung von Torleifs Tod von Bedeutung sein? Irene bezweifelte es.

»Ich frage die Kriminaltechniker, ob sie ein Nokia-Handy im Auto gefunden haben«, meinte Irene.

»Gut. Ich muss dann noch den Vertrag kündigen. Vielleicht wollen die ja das Handy zurück. Keine Ahnung, wie die Handhabe bei unerwarteten Todesfällen ist.«

»Ich auch nicht«, erwiderte Irene.

»Sie haben meine Handynummer, falls Sie mich in Umeå erreichen wollen«, sagte Stefan Sandberg.

Plötzlich kam Irene ein Gedanke.

»Steht auf den Papieren nicht auch irgendwo die Nummer von Torleif?«

»Ja klar. Sowohl die Nummer als auch seine PIN. Und die Nummer des Handys. Hier …«

Er gab Irene die Zahlen durch, und diese notierte.

Als sie das Gespräch mit Stefan Sandberg beendet hatte, wählte sie die Durchwahl von Svante Malm. Aber er war dienstlich unterwegs. Irene schickte ihm eine E-Mail und fragte, ob ein Nokia-Handy in dem Wagen von Torleif Sandberg gefunden worden war. Dann schrieb sie ihm alle Nummern auf, die zu diesem Handy gehörten.

Anschließend packte sie ihren Laptop und die Ermittlungsunterlagen zusammen und verabschiedete sich von ihren Kollegen. Begleitet von den mehr oder weniger herzlichen Abschiedsscherzen verließ sie das Dezernat und drückte auf den Fahrstuhlknopf. Sie wollte nach Hause, um zu packen.

Irene war in ihrem Leben nicht sonderlich viel gereist. Früher hatten sie weder Zeit noch Geld für längere Reisen gehabt. Das Reihenhaus, das Krister und sie gekauft hatten, als die Zwillinge noch klein waren, war eine schwere finanzielle Belastung gewesen. Sie fanden jedoch, dass es das wert gewesen war. Die Mädchen hatten am Meer und im Grünen aufwachsen können. In den letzten Jahren hatten sie sich zwei Pauschalreisen zu zweit gegönnt, und im Spätsommer planten sie eine weitere Reise nach Griechenland. Bis dahin war es noch ein halbes Jahr. So lange musste sie noch durchhalten.

An Ostern waren sie zuletzt im Ausland gewesen. Sie hatten in London Irenes Kollegen Glen Thomsen und seine lebhafte Familie besucht. Bei dieser Gelegenheit hatte sie auch erfahren, dass die Romanze von Kommissar Andersson und Donna vorüber war. Donna war Glens brasilianische Mutter, die sich jedoch für Andersson als zu heißblütig erwiesen hatte. Sie hatte sich einen neuen Mann in ihrer Nähe zugelegt. Aber – wie Irene von Glen erfahren hatte – Andersson und sie telefonierten immer noch miteinander und schrieben sich Briefe. Andersson hatte sich der Illusion hingegeben, dass niemand von seiner kleinen Affäre in London gewusst hatte. Aber Irene hatte nicht den Eindruck, dass ihm jetzt etwas zu fehlen schien.

Glen und Irene hatten sich vor ein paar Jahren bei ihrer zweiten Dienstreise ins Ausland angefreundet. Die erste Reise hatte sie nach Kopenhagen geführt. Irene schauderte immer noch, wenn sie an den Fall mit den verstümmelten Leichen dachte, ein Fall, den sie geflissentlich zu verdrängen suchte. Aber die fürchterlichen Bilder, die sie in manchen Nächten heimsuchten, ließen sich nicht ausmerzen.

Der Wochenendtrip nach Teneriffa war für sie vor allem eine Dienstreise, aber auch ein kurzzeitiges Entkommen aus der Winterkälte. Der Winterkönig Boreas hielt den Norden mit eisernem Griff umklammert, und so würde es wohl auch noch einige Wochen bleiben, denn diese Nacht war die Temperatur wieder um ein paar Grade gefallen. Jetzt war es ein paar Grad unter Null. Das gesamte Schmelzwasser, das Westschweden beim Tauwetter der vergangenen Tage überschwemmt hatte, hatte sich in Eis verwandelt.

Als das Taxi kurz nach fünf vorfuhr, um Irene abzuholen, steckte ganz Göteborg in einem Eispanzer. Deswegen war es nicht bloß die Müdigkeit, die sie die wenigen Schritte von der Haustür zum Taxi taumeln ließ. Der Asphalt war spiegelglatt, und so früh am Morgen war noch nicht gestreut worden. Sie konnte sich nur in winzigen Schritten vorwärtsbewegen, wenn sie nicht ausrutschen wollte. Sie seufzte erleichtert, als sie sich endlich auf den Rücksitz des Taxis fallen lassen konnte. Die Fahrt nach Landvetter würde etliche hundert Kronen kosten, aber da mussten die Spanier eben ein wenig tiefer in die Tasche greifen. Das war ihr letzter Gedanke, dann schlief sie ein.

Irene fand, das Fliegen hatte einen großen Nachteil: Die Flüge gingen immer so ungeheuer frühmorgens. Außer der kleinen Laptoptasche, die aussah wie eine etwas größere Handtasche, und einem Rucksack hatte sie kein Gepäck dabei. Nichts davon musste sie einchecken. Trotzdem musste sie eine Stunde vor Abflug am Flughafen sein. Das war auch der Grund, warum sie um zwanzig nach sechs schlaftrunken im Terminal für Auslandsflüge herumwankte. Instinktiv folgte sie dem Kaffeeduft und landete in einem Café, das so früh bereits geöffnet war. Nach drei Tassen Kaffee – die zweite und dritte Tasse waren gratis – und einem frischgebackenen Minibaguette mit Ei und Anschovis hatte sich ihre Laune erheblich gehoben.

In der Dunkelheit waren hinter den riesigen Fensterscheiben der Abfertigungshalle die erleuchteten Start- und Landebahnen auszumachen und die Blinklichter der Fahrzeuge, die auf dem Rollfeld unterwegs waren. Busse brachten Passagiere zu den Maschinen, und Lastwagen lieferten das scheußliche Essen an, das an Bord serviert wurde. Irene beschloss, sich sicherheitshalber noch ein belegtes Brot im Rucksack mitzunehmen.

Sie ging in den Dutyfree-Laden und kaufte, was ihr die Zwillinge aufgetragen hatten. Für sich kaufte sie Wimperntusche und eine kleine Flasche Sonnenmilch mit Schutzfaktor 15. Sie wollte bei ihrer Heimkehr nicht wie ein frischgekochter Hummer aussehen, denn dann würde sie sich wochenlang die schadenfrohen Kommentare ihrer Kollegen anhören müssen.

Normalerweise kaufte sie ihre Kosmetika bei Coop, wenn sie den Einkauf für die Woche erledigte. Sie benutzte keine bestimmte Marke, sondern kaufte einfach das, was preiswert war. Auf dem Weg zur Kasse erblickte sie jetzt einen Ständer mit einem großen Schild »Sonderangebot des Monats«. Steuerfrei und zusätzlich Sonderpreis, das musste wirklich wahnsinnig billig sein, dachte Irene und blieb stehen, um sich die Sachen näher anzusehen. Über den Tuben und Cremetöpfen hing ein Spiegel. Sie warf einen Blick hinein und konnte nur feststellen, dass ihr Gesicht jede erdenkliche Hilfe gebrauchen konnte … Alles hing: Mundwinkel, Lider und Wangen. Um die Augen und zwischen den Brauen hatte sie kleine Fältchen. Und seit wann hatte sie Tränensäcke? Einiges ließ sich sicher mit der frühen Stunde erklären und der Tatsache, dass sie keinerlei Make-up aufgelegt hatte. Es ließ sich aber nicht mehr leugnen, dass sie mittlerweile über vierzig war. Verstohlen zog sie ihre Lesebrille aus einem Seitenfach ihres Rucksacks. Sie hatte sie für 150 Kronen in der Apotheke gekauft. Kleingedrucktes konnte sie ohne Brille nicht mehr lesen. Sie begann die hübschen Schächtelchen eingehender zu betrachten. Alle versprachen glattere Haut, weniger Falten und das Verschwinden von hässlichen Pigmentflecken. Und war da nicht tatsächlich auch der Retter in der Not: eine Augencreme, die speziell für Ringe und Tränensäcke gedacht war. Perfekt! Über dem Regal hing ein Schild, auf dem stand: »Beim Kauf von 2 Artikeln halber Preis!« Besser konnte es nicht werden! So würde die Augencreme bis nächste Weihnachten reichen. Energisch griff sie sich zwei Tuben Augencreme, eine Tagescreme, die versprach, die Haut um 20 Jahre zu verjüngen, sowie die dazugehörende Nachtcreme. Zufrieden begab sie sich zur Kasse.

Die Kassiererin bat um ihr Flugticket und scannte die Waren ein.

»2940 Kronen«, sagte sie dann.

Irene glaubte sich verhört zu haben. Kosmetika für fast 3000 Kronen? Im selben Augenblick wurde ihr Flug aufgerufen.

»Letzter Aufruf für den Spanair-Flug 321 um 7.15 Uhr nach Teneriffa. Bitte begeben Sie sich zum Gate 12«, mahnte eine unerträgliche wache Stimme aus dem Lautsprecher.

Schicksalsergeben reichte Irene der Kassiererin ihre Kreditkarte. Diese gähnte ungeniert und bat Irene, ihre PIN-Nummer einzugeben. Irene sah ein, dass sie keine Zeit mehr hatte, den Kauf rückgängig zu machen. Außerdem war Hilfe wirklich vonnöten. Das Gesicht im Spiegel konnte eine Rundumerneuerung wirklich gebrauchen.

Irene platzierte ihren dünnen Mantel und ihre gestrickte Baumwolljacke neben ihrem Laptop in der Gepäckablage über dem Sitz. Im Seitenfach der Computertasche steckten sämtliche Papiere über den Fall. Das war vielleicht etwas übertrieben, sowohl Hosenträger als auch Gürtel, wie Fredrik gesagt hätte, aber sie wollte auf alle Eventualitäten vorbereitet sein. Sie kontrollierte noch einmal, dass die Tasche und alle ihre Seitenfächer ordentlich verschlossen waren. Danach setzte sie sich. Sie hatte eine Stretchjeans an, die auch bei einer langen Reise nicht knittern würde, und einen dünnen Rollkragenpullover aus Wolle. Unter dem Pullover trug sie ein kurzärmeliges Top. Sie hatte sich so gekleidet, dass sie ein paar Schichten ablegen konnte, falls es zu warm würde. Sie hatte ihre Segelschuhe angezogen und dazu Kniestrümpfe aus dünner Wolle. Bei der Landung wollte sie ihre Strümpfe ausziehen und ihre Schuhe barfuß tragen. Vorher hatte sie dann vermutlich bereits den Rollkragenpullover ausgezogen. Im Rucksack waren ihr Necessaire, ihre soeben erworbenen Verjüngungscremes, frische Unterwäsche, ein Bikini, zwei T-Shirts, Sandalen und Shorts. Im Außenfach waren Pass, E-Ticket und ihre Brieftasche verstaut. Sie musste nach ihrer Ankunft noch Euros aus einem Geldautomaten ziehen. Trotz der kurzen Vorbereitungszeit fand sie, dass sie alles gut im Griff hatte.

Neben ihr saß ein älteres Paar um die siebzig, das sie gegrüßt und dann sofort Schlafmasken aus blauer Seide hervorgezogen hatte. Offenbar warteten sie darauf, dass die Maschine startete, damit sie die Stuhllehne nach hinten neigen und schlafen konnten. Das passte Irene ausgezeichnet. Sie hatte keine Lust, so früh am Morgen Konversation zu betreiben, sondern beabsichtigte dem Beispiel ihrer Nachbarn zu folgen, wenn auch ohne Schlafmaske.

In der Reihe vor ihr nahm eine Familie mit Kindern Platz. Bereits vor dem Start wussten alle, dass die Jungen Lukas, Simon und Natan hießen. Lukas war offenbar bereits in der Schule, da er seinen kleinen Brüdern die ganze Zeit damit in den Ohren lag, eigentlich seien das *seine* Sportferien. Um Sportferien zu bekommen, müsse man in die Schule gehen. Der kleine Natan trug noch Windeln, und Simon befand sich altersmäßig in der Mitte. Die beiden Jüngeren wurden immer ärgerlicher auf ihren großen Bruder, der triumphierend verkündete, dass sie eigentlich gar nicht in den Ferien verreisen dürften, da es, wie gesagt, seine Ferien seien. Die Kleineren wussten sich angesichts dieser Logik nur noch damit zu helfen, dass sie laut schreiend auf ihren großen Bruder einschlugen. Die Mutter war pummelig und weißblond gefärbt, hatte aber ein nettes Gesicht. Obwohl es so noch früh war, hatte sie sich bereits geschminkt. Sie war zwischen dreißig und vierzig. Obwohl sie die Kabine ohne Mantel betreten hatte, stand ihr bereits der Schweiß auf der Stirn. Ihre üppigen Rundungen hatte sie in ein ärmelloses, wadenlanges Jeanskleid gezwängt, unter dem sie ein weit ausgeschnittenes rosa T-Shirt trug. Sie versuchte ihre Sprösslinge mit Drohungen zur Ruhe zu ermahnen. Sie würden weder im Pool baden dürfen und auch kein Eis und keine aufblasbaren Tiere bekommen, wenn sie nicht damit aufhören würden. Ihre Söhne kümmerte das nicht sonderlich. Zum Schluss war der Lärm fast unerträglich. Der Vater saß auf der anderen Seite des Mittelgangs und las Zeitung.

Erst als die Anzeige, die zum Tragen des Sicherheitsgurtes aufforderte, erlosch, wurde es endlich still. Irenes Sitznachbarn seufzten erleichtert auf.

Irene entdeckte Kriminalinspektor Juan Rejón sofort, und da war sie nicht die Einzige. Die meisten Frauen in der Ankunftshalle und sogar etliche Männer betrachteten den Polizisten, der ein kleines Schild in der Hand hielt, auf dem mit rotem Filzstift »Ms. Huss« geschrieben stand. Ihm schienen die Blicke nicht weiter aufzufallen, oder er war sie gewohnt, und sie kümmerten ihn nicht weiter. Leicht breitbeinig stand er da und betrachtete gelassen den Menschenstrom, der aus der Zollkontrolle kam. Sein dunkelblaues Hemd saß perfekt an seinem durchtrainierten Oberkörper. Die imposanten goldenen Streifen seiner Schulterklappen zogen die Blicke ebenfalls an. Auf dem Kopf trug er eine dunkelblaue Schirmmütze mit einem goldenen Abzeichen. Als Irene näher kam, erkannte sie die Buchstaben PN: Policía Nacional. Er hatte hohe Wangenknochen und einen wohlgeformten Mund. Auf Wangen und Kinn war der Schatten eines kräftigen Bartwuchses auszumachen. Seine Augen waren sehr dunkel, und er hatte lange Wimpern und markante Brauen. Das dichte braune Haar, das unter seiner Mütze hervorschaute, lockte sich im Nacken. Meine Güte, sie würde sich von einem männlichen Fotomodell eskortieren lassen! Seine Haltung verriet, dass er mehr war als nur ein gewöhnlicher Streifenpolizist. Wenn man seinen Rang berücksichtigte, musste er um die dreißig sein, aber er sah jünger aus. Inspektor Juan Rejón war ein sehr gutaussehender Mann.

Lächelnd trat Irene auf ihn zu. Er erwiderte ihr Lächeln und reichte ihr die Hand. Sie stellten sich einander vor, und Irene bemerkte, dass sie ein paar Zentimeter größer war als er. Amüsiert registrierte sie die eifersüchtigen Blicke der anderen Frauen um sie herum.

»Ich fahre Sie zuerst zum Hotel Golden Sun Club. Dort können Sie zu Mittag essen und sich etwas ausruhen. Ich hole Sie dann um vier Uhr dort ab«, sagte er und erbot sich gleichzeitig, eine ihrer Taschen zu tragen.

Sie lehnte freundlich ab, da sowohl die Computertasche, die sie über der Schulter trug, als auch der Rucksack nicht besonders schwer waren. Er trat vor ihr durch die automatischen Glastüren. Laut dem Thermometer, das in der Ankunftshalle hing, hatte es draußen 25 Grad. Die Hitze schlug ihr entgegen, als sie aus der Tür trat. Fast hätte sie nach Luft schnappen müssen. Natürlich war es der Temperaturunterschied von dreißig Grad, der ihr zu schaffen machte. Es dauerte eine Weile, bis sie den Wind bemerkte, der ihr durchs Haar fuhr. Er war sehr angenehm. Auf der anderen Seite der Straße wuchsen hohe Palmen, deren Wedel in der Brise raschelten. Plötzlich hatte sie das Gefühl, eine ganz normale Touristin zu sein.

»Wie war die Temperatur, als Sie Schweden verließen?«, fragte Inspektor Rejón mit der Andeutung eines Lächelns.

Er hatte gemerkt, dass seine große Kollegin aus Schweden vor der Tür des Abfertigungsgebäudes stehen geblieben war und ein paarmal tief durchgeatmet hatte. Anschließend hatte sie die Augen geschlossen und ihr Gesicht instinktiv der Sonne zugewandt.

»Fünf Grad minus. Dazu eine Menge Schmelzwasser, das über Nacht zu Eis gefroren ist«, antwortete sie immer noch mit geschlossenen Augen und der Sonne zugewandt.

Sie suchte in ihrer Jackentasche, fand ihre Sonnenbrille und setzte sie auf. Zumindest sah man jetzt die Ringe um ihre Augen nicht mehr. Im Hotel wollte sie duschen und sich mit ihren Wundercremes einschmieren.

Inspektor Rejón schüttelte den Kopf.

»Wie kann man in so einem Klima leben? Fürchterlich! Obwohl das natürlich ein Glück für uns ist. Alle verfrorenen Skandinavier kommen im Winter hierher, um zu sonnen und sich aufzuwärmen. Das restliche Nordeuropa im Übrigen auch«, meinte er und schenkte Irene ein strahlendes Lächeln.

»Wenn ich das recht verstanden habe, ist das einer der Gründe, warum ich hier bin. Ihr Chef de Viera äußerte meinem Chef gegenüber die Besorgnis, dass die Morde dem Tourismus schaden könnten«, sagte Irene in unbeschwertem Ton.

Inspektor Rejón antwortete nicht, sondern ging auf ein Polizeiauto zu, das auf einem reservierten Platz mit dem Schild »Policía« stand. Irene sah ihn von der Seite an. Seine Züge waren wie versteinert. Hatte sie etwas Falsches gesagt? Und wenn ja, was?

Er hielt ihr die Tür auf der Beifahrerseite auf und ließ sie einsteigen, ehe er sie, wie Irene fand, unnötig laut zuknallte. Seine Reaktion konnte kaum an ihrem Kommentar liegen. Es musste mehr dahinterstecken. Sie hatte schließlich nur die Gründe wiederholt, die de Viera genannt hatte. Irene war fest entschlossen herauszufinden, was Rejóns plötzlichen Stimmungsumschwung verursacht hatte.

Ein paar Minuten lang saßen sie schweigend im Auto, während sie das kahle Flugplatzareal verließen. Nach einer Weile tauchten Palmen und hohe Kakteen am Straßenrand auf.

»Es wäre mir sehr recht, wenn Sie mir jetzt von den Morden berichten könnten. Ich weiß bislang nur, dass drei Menschen offensichtlich einer Abrechnung in der Unterwelt zum Opfer fielen«, meinte Irene freundlich, als sei ihr der Stimmungsumschwung ihres Kollegen nicht aufgefallen.

Inspektor Rejón war gerade auf die Autobahn eingebogen, die laut Schild nach Los Christianos und Playa de las Américas führte. Er schwieg lange und sagte dann:

»Natürlich haben die Zeitungen einiges geschrieben. Soweit wir wissen, nahm alles mit finanziellen Schwierigkeiten des Nachtclubbesitzers und Gangsters Jesus Gomez seinen Anfang. Er hatte zu viel Geld in ein großes Kasino investiert, das sich als

Flop erwies, und in ein Hotel, das nie fertig wurde. Wir wissen, dass ihm das Wasser bis zum Hals stand und dass er sich eine Menge Geld zusammenlieh. Unter anderem bei einem Restaurant- und Nachtclubbesitzer namens Lembit Saar. Gomez hat die Rückzahlungen durch bestimmte … Dienste bewerkstelligt. Gomez bringt Mädchen auf die Insel und besorgt ihnen Arbeit. Illegale Mädchen, Sie verstehen.«

Er warf Irene einen raschen Blick aus den Augenwinkeln zu.

»Zwangsprostitution. Handel mit Sexsklavinnen«, meinte sie nickend.

»Sklavinnen?«

Er dachte über ihre Wortwahl ein paar Sekunden lang nach und fuhr dann fort:

»Nun, es war vereinbart, dass Jesus Gomez Lembit Saar zwei neue Mädchen besorgen würde. Anstelle des geschuldeten Geldes, das Gomez ohnehin nicht hatte. Gomez beschäftigte seit Jahren Stripperinnen und Bardamen in seinem Club und kannte Leute in der Branche. Es besteht auch der Verdacht, er sei in Drogengeschäfte und einiges anderes verwickelt gewesen. Saar wollte junge blonde Mädchen, die Kunden in sein neueröffnetes Kasino mit Nachtclub locken sollten. Es handelt sich um ein sehr exklusives Etablissement in ausgezeichneter Lage, ganz in der Nähe Ihres Hotels. Ich zeige es Ihnen später. Jesus Gomez bediente sich eines alten Kontaktes. Dieser Kontaktmann versprach Gomez, ihm zwei junge Blondinen zu beschaffen, deren Transfer Gomez jedoch selbst organisieren müsse. Jesus Gomez' wichtigster Mann, Sergej Petrov, sollte nach Schweden fahren, um die Mädchen dort abzuholen. Petrov ist ein bekannter Krimineller und hat mehrere Gefängnisstrafen hinter sich. Er reiste am Donnerstag, den 19. Januar, von hier ab. Am Tag darauf hätte er mit den Mädchen zurückkehren sollen. Aber das tat er nicht. Sie tauchten nie auf.«

Nein. Denn eines der Mädchen wurde schwer krank und dann ermordet, dachte Irene, und das andere liegt jetzt in einem schwedischen Krankenhaus und schwebt zwischen Leben und Tod. Aber sie sagte nichts. Stattdessen fragte sie:

»Woher kommt Lembit Saar?«

»Aus Estland. Das ist ein weiterer Grund, warum Gomez ihn nicht mochte.«

Er grinste vielsagend und fuhr dann fort.

»Letzten Freitag verständigten die engsten Gefolgsleute von Jesus Gomez Lembit Saar. Man verabredete sich in einer Bar, die außerhalb der Touristenviertel liegt. Das Dorf liegt ein paar Kilometer von hier in den Bergen. Lembit Saar hatte keine Zeit, selbst dorthin zu fahren, und schickte deswegen zwei seiner zuverlässigsten Leute. Auf dem Weg wurde ihr Wagen von der Straße abgedrängt. Einer kam mit leichten Verletzungen davon, der andere starb. Für den Unfall gab es keine Zeugen außer dem Überlebenden, und der hat nichts gesehen.«

Inspektor Juan Rejón machte eine kurze Pause, um Luft zu holen. Dann fuhr er fort:

»Am selben Tag tauchte Lembit Saar unerwartet gegen Mitternacht im *Casablanca* auf, dem Nachtclub von Jesus Gomez. Laut Zeugen verschwand Saar dann samt zweien seiner Leute im Büro. Nach einer Weile war ein lautstarker Streit zu hören, anschließend fielen mehrere Schüsse. Jemand rief die Polizei, und diese konnte nur noch feststellen, dass Jesus Gomez und die beiden Leibwächter Saars bereits tot waren. Erschossen natürlich. Saar wurde schwer aber nicht lebensbedrohlich verletzt. Er wird das Krankenhaus bald verlassen können. Natürlich wurde darüber auch in ausländischen Zeitungen groß berichtet. Vier Tote innerhalb von vierundzwanzig Stunden! Normalerweise gibt es auf Teneriffa kaum schwere Verbrechen. Aber wenn so etwas passiert …«

Inspektor Rejón zuckte mit den Achseln, als wolle er sagen, dieses Aufsehen habe sich einfach nicht vermeiden lassen.

Der Polizeiwagen fuhr immer noch bergab. Die Landschaft war sehr schön, auf der rechten Straßenseite verwitterte Felsen, auf denen Kletterpflanzen wuchsen. Überall blühten bunte Blumen, deren Namen Irene nicht kannte. Die andere Straßenseite wurde von neugebauten Häusern mit einer wunderbaren Aussicht aufs Meer gesäumt. Irene trug ein hellblaues T-Shirt, war barfuß in ihren Segelschuhen und fühlte sich, obwohl Inspektor Rejón über vier tote Menschen sprach, wie eine Touristin.

Sie näherten sich dichterer Bebauung, und auch der Verkehr nahm zu. Sie passierten die Abzweigung nach Los Christianos und setzten ihren Weg geradeaus nach Playa de las Américas fort.

»Die ballistischen Untersuchungen haben ergeben, dass die Schüsse auf Saar und seine beiden Leibwächter aus Jesus Gomez' Smith & Wesson Magnum 340 PD, Kaliber 357, abgegeben worden waren. Man hatte die Waffe neben Gomez im Büro gefunden. Gomez war ein guter Schütze, und dieser Revolver ist sehr zielgenau. Besonders aus der Nähe. Saar überlebte vermutlich, weil Gomez bereits getroffen worden war und nicht mehr richtig zielen konnte. Er erhielt einen seitlichen Bauchschuss, von dem jedoch keine lebenswichtigen Organe betroffen waren. Gomez wurde mit zwei Schüssen getötet und zwar aus den P 226 Sig Sauer der beiden Leibwächter«, sagte Inspektor Rejón.

Die Gangster auf Teneriffa fahren wirklich ordentliches Geschütz auf, dachte Irene. Nach einer Weile fuhr Rejón sachlich fort:

»Wir haben es jetzt mit einer blutigen Vendetta zu tun. Gleichzeitig fragen sich alle, warum Sergej Petrov mit den Mädchen verschwand. Und dann meldet sich plötzlich ein Kriminalkommissar aus Göteborg, um in Erfahrung zu bringen, ob die Policía Nacional über Informationen über einen gewissen Sergej verfügt, der auf Teneriffa in den Sexhandel verwickelt ist. Polizeichef de Viera ist buchstäblich in die Luft gegangen! Ich habe es selbst gesehen, denn ich war anwesend, als er das Fax erhielt.«

Er lächelte bei dieser Erinnerung, ohne den Blick von der Fahrbahn und dem Verkehr zu wenden. Irene nickte, ohne weitere Fragen zu stellen. Sie hatte den Eindruck, als habe Rejón noch mehr auf dem Herzen.

»Es gibt noch etwas, was Sie wissen sollten … der Polizeichef ist mit Jesus Gomez verwandt. Er hat Gomez immer beschützt. Und umgekehrt.«

Es dauerte ein paar Sekunden, bis Irene richtig verarbeitet hatte, was diese Worte des Inspektors zu bedeuten hatten. Deswegen war der Polizeichef also so stur gewesen und hatte nicht eher Ruhe gegeben, bis ein Fahnder der Göteborger Polizei nach Teneriffa gekommen war. Es ging hier nicht nur um einen gewöhnlichen Mordfall, sondern in erster Linie darum, seine eigene Haut zu retten. Trotz ihrer begrenzten Kenntnisse hinsichtlich südländischer Vendetten war Irene klar, dass es in letzter Konsequenz um sein eigenes Leben gehen konnte. Falls der ermordete Jesus Gomez unter seinem besonderen Schutz gestanden hatte, dann war er vielleicht als Nächster dran.

»Es geht also gar nicht um den Tourismus. Er will verhindern, dass die Gewalt zwischen den Banden von Gomez und Saar noch weiter eskaliert, und seine letzte Chance ist herauszufinden, was in Schweden vorgefallen ist«, stellte Irene fest.

»Ja.«

»Ihm muss das Wasser wirklich bis zum Hals stehen.«

Inspektor Rejón nickte. Seine Miene legte nahe, dass das noch untertrieben war.

Inspektor Rejón parkte vor dem luxuriösen Entree des Hotels Golden Sun Club. Als sie ausstiegen, deutete er schräg über die breite Avenue:

»Auf der anderen Seite liegt Lembit Saars neueröffnetes Kasino mit Nachtclub, das Casino Royal de Tenerife. Es ist das größte und exklusivste Kasino auf Teneriffa«, sagte er.

Zwischen den Palmen, die die Straße flankierten, war die Fassade zu sehen, die, was sicher beabsichtigt war, an einen Palast erinnerte. Kopien antiker griechischer Statuen säumten die breite Freitreppe. Das Gebäude war aus goldgelbem Sandstein, der in dem grellen Sonnenlicht funkelte. Auf einer Seite plätscherte ein kleiner Wasserfall zwischen Bronzestatuen von Meeresgöttern und mystischen Seeungeheuern. Das Sprudeln des Wassers war bis zu Irene zu hören.

Das dürfte eine Kleinigkeit gekostet haben, hätte ihr verstorbener Schwiegervater aus Säffle vermutlich gesagt.

Wahrscheinlich war es nicht schwierig, Frauen zu finden, die freiwillig in dem eleganten Etablissement arbeiten wollten. Weshalb hatte Saar dann die Mädchen von Gomez angefordert? Irene ahnte die Antwort: Er hatte kein normales Personal gesucht, sondern zwei junge, blonde Sexsklavinnen.

Inspektor Rejón begleitete sie in die elegante Hotellobby. Am Tresen unterhielt er sich mit der Empfangsdame in rasendem Spanisch. Offenbar vergewisserte er sich, dass Irene auch ordentlich untergebracht wurde. Die junge Frau reichte Irene einen kleinen Umschlag mit einem Plastikkärtchen, mit dem sich die Zimmertüre öffnen ließ. Die Zimmernummer stand in grüner Schrift auf dem Umschlag.

»Zimmer 312. Ich wünsche Ihnen einen angenehmen Aufenthalt«, sagte sie mit monotoner Stimme, ohne den Blick von Juan Rejón zu wenden.

Diesem schienen die schmachtenden Blicke der Empfangsdame nicht weiter aufzufallen. Er wandte ihr den Rücken zu, um sich mit Irene zu unterhalten.

»Ich hole Sie um Punkt vier Uhr hier ab«, sagte er und schenkte ihr ein strahlendes Lächeln, das bei der Empfangsdame sicherlich eine Ohnmacht hervorgerufen hätte.

Irene nickte und ging auf den Fahrstuhl zu. Ihre Gummisohlen quietschten auf dem polierten hellgrauen Marmorboden. In großen Bodenvasen aus rotem Glas standen duftende weiße Lilien. Neben dem Fahrstuhl hing ein Schild mit einem Pfeil zur Poolbar und zum Restaurant. Dort wollte sie hin, sobald sie ihr Gepäck auf ihr Zimmer gebracht hatte. Das Mittagessen im Flugzeug war ein schlechter Scherz gewesen. Jetzt hatte sie einen Mordshunger.

Das Zimmer war groß und luftig. Alles war in Graublau- und Weißtönen gehalten. Die hellgrauen Bodenfliesen waren angenehm kühl unter ihren nackten Füßen. Die eine Seite des Zimmers wurde von Schiebetüren aus Glas eingenommen, die auf einen großen Balkon führten. Von dort hatte sie Aussicht auf die beiden Pools und einen üppig-grünen Garten. Die Schwimmbecken waren kleeblattförmig um die Poolbar angeordnet. An den kleinen Tischen saßen Leute beim Mittagessen und tranken Bier aus großen Gläsern. Plötzlich merkte Irene, dass sie einen vollkommen trockenen Mund hatte. Ein kaltes Bier war genau das, was sie jetzt brauchte.

Sie fasste einen raschen Entschluss. Dann zog sie sich aus und duschte. Anschließend cremte sie sich mit Sonnencreme ein und zog ihren Bikini und darüber das hellblaue T-Shirt und die Shorts an. Das weiße Frotteebadetuch aus dem Badezimmer packte sie in ihren Rucksack. Dann schlüpfte sie in ihre Sandalen. Ein Blick auf die Uhr verriet ihr, dass ihr zum Mittagessen und Schwimmen genau zwei Stunden Zeit blieben. Dann würde Inspektor Rejón sie abholen.

Der Hühnchenspieß mit Tomatensalat hatte ausgezeichnet geschmeckt. Die Pommes frites und das große Bier hatten ihren glykämischen Index nach oben schnellen lassen. Egal. Sie aß schließlich nicht jeden Tag im Bikini am Pool zu Mittag, und Anfang Februar hatte sie so etwas noch nie getan.

Auf dem freien Stuhl neben Irene lag ihr Rucksack mit den ordentlich zusammengelegten Kleidern darauf. Das Schwimmen musste erst mal warten, noch waren zu viele Leute in den Bassins. Sie bestellte noch einen doppelten Espresso und ein gemischtes Eis. Dann lehnte sie sich zurück und betrachtete das Gewimmel bei den Pools.

Man merkte, dass in Schweden die Winterferien begonnen hatten. Etliche Kinder, die kreischend im Wasser planschten, sprachen Schwedisch. Erstaunt sah Irene, dass auch Lukas und Simon aus dem Flugzeug mit Schwimmreifen um den Bauch angerannt kamen. Sicherheitshalber trug Simon auch noch Schwimmflügel an den Oberarmen. Hinter den beiden liefen ihre Eltern mit Natan im Buggy. Er schlief tief. Die Mutter trug ein schwarzes Bikiniunterteil und ein weit ausgeschnittenes Top, in dem ihr Dekolletee sehr zur Geltung kam. Der Vater hatte Badeshorts mit schwindelerregendem Tropenmuster in erbsengrün und orange an. Irene musste grinsen, als sie daran dachte, was Krister wohl für ein Gesicht machen würde, wenn sie ihm solche Badehosen schenkte.

Irene sah auf die Uhr, es war Zeit, sich für ihre Begegnung mit Polizeichef de Viera fertig zu machen. Sie wusste immer noch nicht seinen korrekten Titel. War er der Polizeichef von ganz Teneriffa oder nur von Playa de las Américas? Oder entsprach sein Rang dem eines Kriminalkommissars?

»Was für einen Rang bekleidet de Viera eigentlich?«, fragte Irene Inspektor Rejón.

»Er ist Chef der Policía Nacional in Playa de las Américas und Los Cristianos. Das ist zwar rein flächenmäßig kein großes Gebiet, aber hierher kommen die meisten Touristen. Deswegen ist das auch ein sehr wichtiger Posten.«

Auf dem kurzen Weg ins Präsidium unterhielten sie sich angeregt. Das Präsidium war ein großes, zweigeschossiges Gebäude aus gelb verputztem Kalkstein unweit einer Autobahnausfahrt. Das Gebäude war zwar alt, aber gut in Schuss. Über der Tür hing das blaue Wappen der Policía Nacional. Ein hoher Zaun mit Stacheldraht umgab das Bauwerk und den gepflasterten Platz davor. Sie fuhren durch das offene Tor aus stabilem Schmiedeeisen und parkten im Schatten einer großen Palme.

Inspektor Rejón tippte ein paar Zahlen in ein Codeschloss neben dem stabilen Eichenportal. Ein Summen ertönte, und er öffnete einen der schweren Türflügel und hielt ihn Irene höflich auf. Diese salutierte im Scherz, als sie an ihm vorbeiging. In der Eingangshalle war es kühl und menschenleer. Ihre Schritte hallten zwischen den kahlen, hellgrauen Wänden wider. Obwohl Irene ihre leichten Sandalen angezogen hatte, klang es, als würde sie über den Fußboden steppen.

Sie gingen eine ausgetretene Kalksteintreppe hoch und einen düsteren Korridor mit mehreren geschlossenen Türen entlang. Es roch durchdringend nach Bohnerwachs und Scheuerpulver. Fette, grün schimmernde Schmeißfliegen summten träge vor den Fenstern. Juan Rejón blieb vor einer Flügeltüre stehen und klopfte. Ein paar rasche Worte auf Spanisch erklangen von innen. Inspektor Rejón öffnete die Tür und hielt sie Irene auf.

Polizeichef Miguel de Viera erhob sich schwerfällig von seinem Stuhl hinter einem auf Hochglanz polierten Konferenztisch und wartete, während sie auf ihn zugingen. Er trug Uniform und sah genauso aus, wie Irene ihn sich vorgestellt hatte – wie ihr eigener Kommissar Andersson, nur kleiner. Wahrscheinlich war de Viera ein paar Jahre jünger als sein Kollege im Norden, im Übrigen waren sie sich aber sehr ähnlich: übergewichtig, gelichtetes Haar und ein hochrotes Gesicht. Das konnte aber auch an der Wärme liegen, die im Zimmer herrschte, obwohl eine in die Wand eingebaute Klimaanlage wie eine Dreschmaschine vor sich hin lärmte.

Bei dem üppig möblierten Raum schien es sich um eine Art Empfangssaal zu handeln, nicht um ein Büro, da wohl selbst ein spanischer Polizeichef einen Computer in seinem Dienstzimmer stehen haben müsste. Das einzig Moderne war ein normales schwarzes Tastentelefon, das mitten auf dem Konferenztisch stand.

Inspektor Rejón stellte Irene und de Viera einander vor, de Viera lächelte sie liebenswürdig mit tabakbraunen Zähnen an und sagte ein paar Sätze auf Spanisch. Da Irene nichts verstand, nickte sie nur zustimmend. Mit einer ausholenden Geste bedeutete ihr de Viera, auf einem der holzgeschnitzten Stühle an der Wand Platz zu nehmen. Das alte Leder krachte bedenklich, als sie seiner Aufforderung nachkam. Danach gab der Polizeichef Inspektor Rejón ein Zeichen, ihm auf den Korridor zu folgen. In der linken Hand hielt er eine Tageszeitung.

Irene kam sich auf ihrer Stuhlkante mit der Computertasche auf den Knien etwas dumm vor, fast so, als befände sie sich in einem Wartezimmer und hätte eine unangenehme Behandlung vor sich. Nicht einmal ein paar alte Illustrierte gab es.

Was dann geschah, ließ sie alle diese Überlegungen vergessen.

Durch die Tür drangen die Geräusche eines immer hitziger werdenden Wortwechsels, der nach einer Weile in einen regelrechten Streit überging. Das heisere Bellen de Vieras war am deutlichsten zu hören. Er schien wirklich wütend zu sein. Rejón wehrte sich, so gut er konnte, immer wenn de Viera Luft holen musste. Das dauerte aber immer nur wenige Sekunden, und der Polizeichef brüllte sofort wieder weiter. Man brauchte kein

Wort Spanisch zu verstehen, um zu begreifen, dass es Rejón an den Kragen ging.

Plötzlich wurde es vor der Tür still. Jetzt erwürgen sie sich gerade gegenseitig, dachte Irene. Sie machte sich bereit, ihrem Kollegen zu Hilfe zu eilen, wusste jedoch nicht genau, auf wessen Seite sie sich stellen sollte.

Ehe sie noch einen Entschluss fassen konnte, wurde die Tür aufgerissen. De Viera stürzte ins Zimmer, so schnell es seine Körperfülle nur zuließ. Sein Gesicht hatte einen lila Farbton angenommen. Dicht auf den Fersen folgte ihm eine kleine, anämische Frau mittleren Alters. Sie blickte sich mit großen Augen in dem Konferenzzimmer um, was Irene zu der Vermutung veranlasste, dass sie sich wahrscheinlich zum ersten Mal dort aufhielt. Schließlich blieb ihr Blick auf Irene hängen. Das Braun ihrer Augen war der einzige Farbton an ihr. Sie erinnerte an eine alte, verblichene Fotografie.

Der Polizeichef knallte die Zeitung auf die polierte Platte des Tisches. Grimmig murmelte er:

»She *habla inglés.*«

Mit dem Daumen tippte er auf die Schulter der bleichen Frau. Diese nickte Irene stumm an. Offenbar hatte sie keinen Namen, zumindest keinen, der der Erwähnung wert gewesen wäre.

»Sollen wir auf Inspektor Rejón warten?«, erdreistete sich Irene zu fragen.

Sie versuchte so auszusehen, als hätte sie von dem Streit auf dem Korridor nichts mitbekommen. De Viera warf ihr einen finsteren Blick zu und gab dann eine recht einsilbige Antwort auf Spanisch. Irene sah die Dolmetscherin fragend an. Mit vor Nervosität zitternder Stimme übersetzte sie, was der Polizeichef gesagt hatte:

»Inspektor Rejón ist von diesem Fall entbunden. Er hat sich … kompromittiert.«

Ihre Stimme war in dem großen Zimmer kaum zu hören, aber ihr Englisch war perfekt. Erst da wurde Irene klar, dass sie Engländerin und nicht Spanierin war.

»Inwiefern hat er sich kompromittiert?«, wollte Irene wissen.

Sie sah de Viera direkt an, als sie diese Frage stellte, und er verstand sie, ohne dass die Dolmetscherin übersetzen musste. Er sah Irene an und hob dann die Zeitung hoch, die er immer noch zusammengerollt in der Hand hielt. Langsam rollte er sie auf und hielt sie dann Irene hin. Mit einem dicken Zeigefinger deutete er auf ein Foto auf der unteren Hälfte der Titelseite. Auffordernd tippte er mit dem Fingernagel auf das Foto. Irene sollte es sich näher ansehen. Das alte Lederpolster des Stuhls knarrte, als sie sich erhob, um auf ihn zuzugehen. Oben auf der Zeitungsseite stand das Datum des heutigen Tages. Sie beugte sich vor und betrachtete das Bild näher.

Auf dem Foto waren zwei Personen zu erkennen, eine gutaussehende Blondine Anfang zwanzig und Inspektor Juan Rejón. Beide lächelten in die Kamera. Sie waren gerade aus einer Limousine gestiegen und gaben ein sehr schönes Paar ab. Sie trug ein eng anliegendes, silbernes Abendkleid und er einen hocheleganten dunklen Anzug. Wieder einmal schoss Irene der Gedanke durch den Kopf, dass er als Fotomodell ein Vermögen verdienen könnte, aber offenbar hatte er vor, dieses Vermögen auf andere Art zu erwerben. Die Überschrift lautete: »Nuevo boyfriend«, was selbst Irene verstand. Unter dem Foto standen die Namen Juan Rejón und Julia Saar.

»Ist Julia Saar mit Lembit Saar verwandt?«, fragte sie, obwohl sie die Antwort bereits ahnte.

»*Sí*«, antwortete de Viera finster.

»Seine Tochter«, piepste die Dolmetscherin kühn.

De Viera tat, als habe er sie nicht gehört. Er warf einen hasserfüllten Blick auf das Foto, knüllte die Zeitung dann zusammen und warf sie in den Papierkorb. Anschließend äußerte er ein paar kurze Kommentare, die die Dolmetscherin rasch übersetzte.

»Da Rejón von dem Fall entbunden ist, berichten Sie dem Polizeichef«, sagte sie.

»Nur ihm?«, wollte Irene erstaunt wissen.

»*Sí*«, sagte de Viera, ehe die Dolmetscherin ihn noch fragen konnte.

Irene packte den Laptop aus ihrer Tasche. Als sie fragte, ob es einen Projektor für eine Power-Point-Präsentation gäbe, sahen de Viera und die Dolmetscherin sie nur ratlos an. Irene unterdrückte einen Seufzer und war froh, dass sie so vorausschend gewesen war, die Akten zu fotokopieren. Sie hatte einen beachtlichen Papierstapel dabei. Sie reichte dem Polizeichef das erste Blatt und begann:

»Zunächst wurde nach zwei Männern gefahndet, die einen pensionierten Polizeioberst überfahren hatten. Wir wussten, in welche Richtung das Auto nach dem Unfall verschwunden war. Als die Polizei in der fraglichen Gegend nach dem Fahrzeug suchte, fand sie die Leiche eines jungen Mädchens …«

Es wurde ein langer Nachmittag, und es war bereits Abend, ehe sie fertig waren. Irene hatte vom vielen Reden einen vollkommen trockenen Hals, aber de Viera hatte sich auf seinem Stuhl kaum bewegt, während sie ihm Bericht erstattet hatte, ganz zu schweigen davon, dass er etwas zu trinken besorgt hätte. Erst als sie fertig waren, griff de Viera zum Telefonhörer, wählte eine kurze Nummer und gab ein paar kurze Befehle. Nachdem er aufgelegt hatte, sah er Irene direkt an und feuerte ein paar Sätze ab. Die Dolmetscherin sah aus, als habe sie ernsthaft vor, ohnmächtig zu werden, statt zu übersetzen, was er gerade gesagt hatte. Sie gab sich jedoch einen Ruck und sagte dann:

»Es werden Erfrischungen gebracht. Dann gehen wir alles im Beisein der anderen Beamten noch einmal durch.«

Irene glaubte, sich verhört zu haben. Es dauerte eine Weile, bis sie erkannte, dass dies kein Scherz war. Sie ahnte, wieso sie erst ihm die Fakten hatte vortragen müssen, ehe er ihr gestattet hatte, ihre Erkenntnisse einem größeren Publikum zu präsentieren. Er wollte sich erst vergewissern, dass sich nichts für ihn – genauer gesagt für die Gomez-Gang – Belastendes in den Ermittlungsunterlagen finden würde. Es ging ihm vor allem darum, seine Haut zu retten. Sie spürte, wie die Wut in ihr hochstieg. Konnte sie sich weigern? Nach kurzer Analyse ihrer Situation kam sie zu dem Schluss, dass das nicht möglich war. De Viera hatte ihre Reise bezahlt. Jedenfalls sah es so aus. Vielleicht kam ja gar nicht die Policía Nacional dafür auf – langsam kamen ihr Zweifel. Vielleicht war sie ja auf Veranlassung des Gangstersyndikats nach Teneriffa eingeflogen worden. Das waren seltsame Überlegungen, aber ganz von der Hand zu weisen waren sie nicht. Andererseits hatte sich der oberste Chef der Policía Nacional mit der stellvertretenden Provinzpolizeichefin Marianne Wärme ins Benehmen gesetzt. So viel Einfluss konnten die Gangster doch gar nicht haben. Oder doch? Irene wusste einiges über die Mafia in Europa, ihr Einfluss reichte bis in die obersten Etagen der Macht. Sie zog es zunächst jedoch vor, davon auszugehen, dass der höchste Chef nicht direkt in die Sache verwickelt war. Es schien sich um interne Querelen zu handeln. Vielleicht hatte de Viera seinen Vorgesetzten durch einen Vorwand zum Eingreifen bewogen. Wie es sich auch verhielt, an der Tatsache, dass Irene nun gute Miene zu bösem Spiel machen musste, war nicht zu rütteln.

Die Tür wurde geöffnet, und eine junge Frau in blauer Uniform trat mit einem kleinen Tablett mit drei Flaschen und drei Gläsern ein. In der Mitte des Tabletts stand ein Teller mit Melonenschnitzen. De Viera schnappte sich die einzige Flasche Bier und verließ ohne weiteren Kommentar das Zimmer.

Schweigend aßen Irene und die Dolmetscherin die Melone und tranken die verbliebenen kleinen Flaschen Perrier. Resigniert hatten beide eingesehen, dass ihnen nichts anderes übrig blieb, als ihren Verdruss runterzuschlucken und noch einmal von vorne zu beginnen. Energisch wischte sich Irene ihre Finger an einer dünnen Papierserviette ab und hielt dann der Dolmetscherin ihre Hand hin, um sich vorzustellen. Fast zögernd reichte ihr die bleiche Frau ihre eiskalte Hand und sagte:

»Josephine Baxter.«

Irene staunte. Josephine? Die Sepiadame sah mehr aus wie eine Edith oder Vera.

Draußen war es bereits dunkel, als sich fünf Beamte zum zweiten Durchgang einfanden, der kurz nach sieben begann. Alle lächelten Irene an, reichten ihr die Hand und stellten sich vor. Diese Höflichkeit war allerdings vollkommene Zeitverschwendung, da es ihr ohnehin vollkommen unmöglich war, die spanischen Namen im Gedächtnis zu behalten. Dann trat de Viera ein, gefolgt von der jungen Polizistin, die jetzt statt eines Tabletts mit Erfrischungen einen Projektor in der Hand hielt. Wortlos legte de Viera eine Sperrholzplatte auf den glänzenden Konferenztisch, und die Frau platzierte den Projektor darauf. Irene sah, dass einer ihrer Kollegen die Frau wie zufällig am Po berührte, was diese aber nicht weiter zu stören schien. Genauso schnell, wie sie gekommen war, verschwand sie dann auch wieder.

Als sei es das Selbstverständlichste der Welt, klemmte sich de Viera die Ermittlungsakten, die Irene ihm gerade vorgestellt hatte, unter den Arm und warf ihr einen triumphierenden Blick zu. Der schwedische Text würde ihm nicht viel nützen, aber vermutlich ging es ihm um die DNA-Befunde, die bewiesen, dass Sergej Petrov die kleine Russin nicht ermordet hatte. Für die Gomez-Gang und nicht zuletzt für de Viera war es wichtig, beweisen zu können, dass das Geschäft mit den beiden Mädchen allein aufgrund unglücklicher Umstände geplatzt war. Es durfte nicht der geringste Verdacht bestehen, dass die Gomez-Leute versucht haben könnten, die Saar-Bande zu betrügen. Zwar waren damit die finanziellen Unklarheiten nicht beseitigt, aber die ließen sich ausräumen. Oder es ging vor allem um Geld – Saar wollte das Geld für die Mädchen, die er nicht bekommen hatte, und Gomez hatte nicht bezahlen können oder wollen. Irene fragte sich, um was für Summen es sich wohl handelte. Wahrscheinlich ein Vermögen, da bereits vier Männer ihr Leben gelassen hatten.

Irene schloss ihren Laptop an den Projektor an. Währenddessen verschwand de Viera aus dem Zimmer, die Kopien der Ermittlungsakten immer noch unter den Arm geklemmt. Als er einige Minuten später zurückkehrte, hatte er die Kopien nicht mehr dabei. Wahrscheinlich hatte er sie irgendwo weggeschlossen.

Beim zweiten Mal ging der Vortrag schneller. Das lag daran, dass die Fotos vergrößert an der Wand besser zu sehen waren und dass die Dolmetscherin und Irene jetzt bereits Übung hatten. Alles lief gut. Danach bedankte sich de Viera höflich bei Irene, dass sie die weite Reise von Schweden nach Teneriffa unternommen hätte, um ihren Kollegen bei dieser schwierigen Ermittlung beizustehen. Ihr Beitrag habe ihnen ihre Arbeit erheblich erleichtert. Alle Anwesenden nickten zustimmend. Wie auf ein Zeichen erhoben sich alle und verließen das Zimmer. Dann ließ de Viera Irene durch Josephine Baxter fragen, ob sie mit ihm zu Abend essen wolle. Sie lehnte höflich ab. Sie entschuldigte sich mit Kopfschmerzen. Sie wolle direkt ins Hotel gehen und sich hinlegen. De Viera gelang es nicht ganz, seine Erleichterung zu verbergen. Wahrscheinlich hatte er ebenfalls wenig Lust, gestikulierend und in schlechtem Englisch ein ganzes Abendessen lang Konversation zu betreiben.

Josephine Baxter fuhr Irene mit ihrem kleinen Fiat zurück ins Hotel. Als Irene den Rücklichtern des Fiats auf der breiten Avenue hinterherwinkte, merkte sie, wie hungrig und durstig sie war. Ihr Magen knurrte, und ihr Mund fühlte sich wie Sandpapier an. Sie beschloss, rasch aufs Zimmer zu gehen, um sich frisch zu machen, und dann ein vernünftiges Restaurant aufzusuchen.

Sie ging durch die Lobby und nahm den Fahrstuhl zu ihrem Zimmer. Erleichtert sperrte sie die Tür auf und ging direkt ins Badezimmer. Ihre Blase platzte fast. Sie duschte kurz. Mit ein paar Spritzern Parfüm fühlte sie sich einigermaßen wiederhergestellt. Die Poolbar war noch geöffnet, und der Gedanke, dass sie nun bald etwas zu essen bekommen würde, munterte sie sehr auf.

Der Mann hatte die Beine übereinandergeschlagen und wippte mit einem eleganten Schuh in der Luft. Irene fiel auf, dass er bemerkenswert kleine Füße hatte. Sie wunderte sich, dass er sie anlächelte und sich von seinem Sessel erhob, als sie aus dem Fahrstuhl trat. Er kam mit kleinen, trippelnden Schritten über den Marmorfußboden auf sie zu.

»Mein Name ist Günter Schmidt«, sagte er und hielt ihr die Hand hin.

Er hatte einen eiligen und feuchten Händedruck, war ziemlich klein und trug ein weißes Hemd und einen dunklen Maßanzug. Seine Krawatte war aus hellblauer Seide, die Krawattennadel aus Gold. Sein dichtes Haar war schlohweiß, aber sein Gesicht wirkte jugendlich. Vermutlich war er etwas über fünfzig. Sein Englisch war tadellos, er hatte aber einen leichten deutschen Akzent. Als hätte er ihre Gedanken gelesen, sagte er:

»Ich bin Österreicher, habe aber in den letzten dreißig Jahren in verschiedenen Teilen der Welt gewohnt und bin jetzt Generaldirektor des Casino Royal de Tenerife. Lembit Saar ist mein hochgeschätzter Chef. Alle seine Angestellten hat der Mordversuch an ihm und die Ermordung zweier seiner geschätzten Mitarbeiter sehr beunruhigt.«

Seine Miene drückte die passende Trauer aus.

Der an ihm verübte Mordversuch und die Ermordung zweier seiner geschätzten Mitarbeiter. Für wie naiv hielt er sie eigentlich? Schließlich waren Lembit Saar und seine Leibwächter im

Nachtclub von Jesus Gomez aufgetaucht und hatten diesen erschossen.

Günter Schmidt deutete auf einen mageren Mann in dunkler Uniform, der ein paar Meter entfernt stand.

»Das ist mein Fahrer. Er wird uns zum Kasino fahren. Es wäre mir ein Vergnügen, Sie zum Abendessen einladen zu dürfen. Dann können wir uns auch über unsere gemeinsamen Interessen unterhalten.«

Plötzlich wurde Irene wütend.

»Ich bin Beamtin der schwedischen Polizei und auf Einladung des Chefs der Policía Nacional, Miguel de Viera, hier. Ich habe keinerlei Befugnisse, Außenstehende über eine laufende Ermittlung zu unterrichten«, sagte sie bestimmt.

Um ihre Autorität zu unterstreichen, reckte sie ihr Kinn, so dass ihre 180 cm Körpergröße richtig zur Geltung kamen und schaute auf den Mann vor sich herab.

Als hätte er sie nicht gehört, nahm sie Günter Schmidt am Arm und führte sie in Richtung Ausgang. Auf der anderen Seite wurde sie von dem mageren Chauffeur flankiert.

»Ich ziehe es vor, mich einvernehmlich zu einigen«, meinte Günter Schmidt.

Sein Griff um ihren Oberarm wurde fester, er sprach jedoch in demselben freundlich aufgesetzten Tonfall weiter:

»Es wird uns ein Vergnügen sein, Sie heute Abend als Gast im Casino Royal begrüßen zu dürfen«, sagte er.

Irene dachte fieberhaft nach. Was konnte sie jetzt tun? Ihr war klar, der Grund für den Besuch der beiden Herren war, dass Inspektor Juan Rejón bei ihrem Bericht im Präsidium nicht hatte zugegen sein dürfen. Andernfalls hätte die Saar-Fraktion jetzt nämlich bereits alle wichtigen Informationen von »ihrem Mann im Präsidium« erhalten, und ihr wäre diese »Einladung zum Abendessen« erspart geblieben.

Sie wusste auch, dass es den Gangstern nicht um sie ging. Sie brauchten die Informationen, die sie besaß. Da die eine Seite unter de Viera bereits alles wusste, konnte die andere Seite die Informationen genauso gut auch erhalten.

»Dann brauche ich aber mein Notebook«, meinte Irene resigniert.

»Wenn Sie die Freundlichkeit besäßen, meinem Fahrer Ihre Schlüsselkarte auszuhändigen, dann holt er den Computer aus Ihrem Zimmer«, sagte Günter Schmidt höflich.

Irene blieb wie angewurzelt stehen und wollte schon protestieren, besann sich dann aber eines Besseren, als sie den Ausdruck in seinen Augen bemerkte. Das war keinesfalls ein höfliches Angebot, sondern die unmissverständliche Anweisung, ihm ihren Zimmerschlüssel auszuhändigen.

Mit einer demonstrativ theatralischen Geste zog sie die Schlüsselkarte aus der Tasche und gab sie dem uniformierten Mann. Ohne eine Miene zu verziehen, nahm er sie und verschwand Richtung Fahrstuhl. Wenig später überreichte er Irene ihre Schlüsselkarte und den Laptop.

Eigentlich hätte sich Irene nicht darüber wundern müssen, dass vor dem Hotelentree bereits die schwarze Limousine wartete. Selbst die Fenster mit Ausnahme der immerhin dunkel getönten Windschutzscheibe waren schwarz. Man konnte nicht sehen, wer sich in dem Fahrzeug befand. Mit einem großen Gefühl des Unbehagens stieg sie ein. Der Geruch von kaltem Zigarettenrauch und Parfüm vermischte sich mit dem der weißen Lederpolster. Diese Geruchskombination und ihr Hunger verursachten Irene Übelkeit. Sie war froh, dass sie nur quer über die Avenue fahren würden, sonst hätte sie sich sicher übergeben müssen.

Das Casino Royal de Tenerife funkelte wie ein prachtvoller Palast und überstrahlte alle anderen Bauwerke in seiner Nähe. In der kunstvollen Beleuchtung wirkte die Fassade wie ein Barockdenkmal und nicht wie das gigantische Stilsammelsurium, um das es sich eigentlich handelte. Die Statuen schienen aus Marmor und Bronze zu sein, es konnte sich aber auch um Abgüsse aus Plastik handeln, das war bei dem künstlichen Licht schwer zu entscheiden. Der rauschende Wasserfall veranlasste viele Passanten dazu, stehenzubleiben und die aufwändige Fassade zu betrachten.

Auf der breiten Freitreppe bewegte sich ein steter Strom festlich gekleideter Gäste nach oben. Sie gingen an zwei Türstehern in Smoking und versteinerter Miene vorbei, die den Eingang flankierten. Es handelte sich nicht um ein Etablissement, das man in Shorts und T-Shirt aufsuchte, wie Irene sie trug.

Auch Günter Schmidt war dies aufgefallen. Er meinte:

»Ich schlage vor, dass wir den Hintereingang benutzen.«

Sie gingen auf die eine Schmalseite des Gebäudes zu. Irene war bislang die große Neonreklame, die die ganze Wand einnahm und rot und gelb blinkte, noch nicht aufgefallen, da dieser Teil des Casino Royal de Tenerife außerhalb der Sicht ihres Hotels lag. In Rot war dort zu lesen, dass sich hier der Club Red Light District de Tenerife befand. Darunter stand in Gelb »Striptease« und »Sexshow«. Irene wusste, dass die kleine Russin hier hätte arbeiten sollen. Ein kleineres blaues Neonschild verriet, dass das Etablissement von sechs Uhr abends bis sechs Uhr morgens geöffnet hatte. Die Gäste bekamen vermutlich in den vorderen Räumen eine aufwändige Bühnenshow geboten, und hinten mussten junge Frauen in irgendwelchen Kabuffs stundenlang am Tag sexuelle Dienste leisten.

Widerwillig ließ sie sich eine schmucklose Treppe hinaufgeleiten. Günter Schmidt tippte ein paar Zahlen in ein Codeschloss. Die Tür wurde geöffnet, und ein stämmiger Wachmann ließ sie ein. In einem Ohr trug er einen Ohrstöpsel, von dem aus ein Spiralkabel in seinem Jackett verschwand. Offenbar herrschte bei der Saarfraktion höchste Alarmbereitschaft.

Sie gingen weiter die Treppe hoch, bis sie an eine glatte Eichentür gelangten. Irene erkannte sofort, dass es sich dabei um eine Sicherheitstür handelte. Und auch an dieser befand sich ein Codeschloss. Günter Schmidt gab die Zahlenkombination ein, und das Schloss summte. Er öffnete und bedeutete Irene mit einem Zeichen einzutreten. Hinter der Tür stand ein weiterer Wächter. In dem Zimmer war es sehr warm und stickig. Irene fiel auf, dass es keine Fenster gab.

Die Einrichtung skandinavischer Art bestand aus hellem Birkenholz und weißem Leder. Der dicke Teppichboden war hellblau. Die Wände waren wie in Spanien üblich weiß verputzt. An einer Wand hing das Porträt einer blonden Frau. Auf den ersten Blick glaubte Irene, es sei die Schauspielerin Grace Kelly, die Fürstin von Monaco, aber dann erkannte sie, dass die Frau auf dem Gemälde der schönen Amerikanerin nur sehr ähnlich sah. Am Rahmen war ein Messingschild befestigt: »Elisabeth Saar, born Tanner, 1953–2002«.

Auf einem der kleinen Sessel in der Ecke saß ein schlaksiger Mann, und neben ihm stand eine Frau. Irene erkannte sie. Es war die junge Frau, mit der Inspektor Juan Rejón laut Zeitungsüberschrift angeblich liiert war.

Der Mann auf dem Sessel war Anfang dreißig. Seine weiße Leinenhose ließ einen teuren Schneider erkennen. Er gehörte zu dem Typus skandinavischer Männer, deren Haar sich bereits zeitig lichtet. Er hatte edle Gesichtszüge und eine dominierende, aristokratische Habichtsnase. Die Augen hatten dieselbe Farbe wie der Teppichboden, und sein Blick war durchdringend. Er erhob sich, als Irene mit ihrer Eskorte eintrat. Ein kaum erkennbares Lächeln huschte über seine dünnen Lippen, als er ihr die Hand schüttelte.

»Ich bitte um Entschuldigung, dass wir Ihre Zeit auch weiterhin in Anspruch nehmen müssen. Leider sahen wir keine andere Möglichkeit, als Sie hierherzubitten, damit Sie uns erzählen können, was die schwedische Polizei herausgefunden hat«, sagte er mit freundlicher Stimme.

Er deutete eine Verbeugung an und sagte:

»Mein Name ist Nicholas Saar, und das hier ist meine Schwester Julia.«

Er deutete auf die junge Frau, die sich nicht einmal die Mühe machte, Irene anzuschauen. Demonstrativ nahm sie eine lange dünne Zigarette aus ihrer riesigen weißen Handtasche und zündete sie mit einem kleinen goldenen Feuerzeug an.

»Julia, sei so nett und rauche hier drinnen nicht«, sagte ihr Bruder scharf.

Sie warf ihm mit ihren saphirblauen Augen einen säuerlichen

Blick zu, drückte dann aber ihre eben angezündete Zigarette in dem Aschenbecher auf dem Couchtisch aus.

»Die Ventilation ist defekt. Glücklicherweise ist davon aber nur der Bürotrakt betroffen. Im Kasino und im Club funktioniert die Klimaanlage einwandfrei«, sagte Nicholas Saar entschuldigend.

Mit der Computertasche über der Schulter stand Irene angespannt vor ihm. Sie presste ihre Tasche fest an sich, als könne sie aus ihr Kraft schöpfen.

»Wie Sie sehen, haben wir uns bereits auf Ihren Vortrag vorbereitet und einen Projektor aufgebaut. Aber vermutlich haben Sie nach Ihrem langen Besuch bei Polizeichef de Viera Hunger. Er ist nicht gerade für seine Großzügigkeit und Gastfreundschaft bekannt. Das Budget für die Bewirtung von Gästen steckt er in die eigene Tasche«, fuhr Saar unbeschwert fort, als sei Irene ein ganz gewöhnlicher Gast.

Zumindest sprachen Irenes Erfahrungen für den Wahrheitsgehalt seiner Behauptung. Als gastfreundlich konnte man de Viera tatsächlich nicht bezeichnen.

Irene stand angespannt schweigend da und überließ Nicholas Saar die Unterhaltung, was ihm überaus recht zu sein schien. Seine englische Aussprache war akzentfrei und hätte zu dem Darsteller einer Person aus der Oberschicht in einer englischen BBC-Serie gepasst. Englisches Internat, dachte Irene.

»Möchten Sie etwas essen?«, fragte Nicholas.

Irene war plötzlich der Appetit vergangen. Aber sie spürte, wie ihre Kopfschmerzen wieder zunahmen. Sie musste etwas essen.

»Ein kaltes Carlsberg, ein großes Glas Wasser mit Eis und ein Käsebrot.«

Sie sagte nicht einmal bitte, was auch nicht nötig war, da man sie im Prinzip gegen ihren Willen hierhergebracht hatte. Wäre alles wie geplant verlaufen, dann würde sie in diesem Augenblick vor einem warmen Essen am Pool ihres Hotels sitzen. Sie hatte aber keine große Lust, sich von diesen Leuten beim Essen zuschauen zu lassen. An ihrem Butterbrot kauen und Bier trinken konnte sie, während sie die Ermittlungsergebnisse präsentierte.

Nicholas Saar zog bei ihrer Bestellung nur ironisch die eine Braue hoch, nickte aber ohne weitere Kommentare. Er sagte etwas auf Spanisch zu dem Wachmann an der Tür, und dieser trat sofort an die Gegensprechanlage neben dem Türrahmen. Nach ein paar raschen Worten in den Apparat sahen alle sehr zufrieden aus. Die Bestellung war ausgeführt.

Irene schloss ihren Laptop an den Projektor an, richtete diesen auf die leere Wand und stellte ihn scharf. Das erste Bild zeigte den Erdkeller, in dem die kleine Russin gefunden worden war, von außen. Sie hatte das Gefühl, als stamme es aus einem anderen Leben vor vielen Jahren. Erstaunt stellte sie fest, dass es erst dreieinhalb Wochen her war.

Diskret klopfte es an der Tür. Viermal schnell und dann zweimal mit ein paar Sekunden Abstand. Der Wachmann bewegte sich nicht. Erst als das Signal wiederholt wurde, öffnete er die Tür. Die Typen waren wirklich nervös. Das grenzte ja schon an Paranoia. Wachen vor und im Gebäude. Codeschlösser an allen Türen. Wer würde in diese Festung schon eindringen können?

Ein Kellner.

Er schoss dem Wachmann an der Tür zwischen die Augen. Trotz des Schocks, den sie verspürte, als das Dröhnen des Revolvers das Zimmer erfüllte, sah Irene noch, wie Nicholas Saars schlaksige Gestalt nach hinten geschleudert wurde. In diesem Augenblick spürte sie einen schweren Schlag gegen die Schulter. Sie warf sich zu Boden und rollte sich seitlich unter den Couchtisch ab. Sie dankte ihrem Glücksstern, dass es kein Glastisch war. Ihre Vernunft sagte ihr, dass es der Mörder nicht auf sie, sondern auf die Saar-Bande abgesehen hatte. Aber die Stimme der Vernunft wurde immer schwächer, je länger sie wehrlos unter dem Tisch lag. Die Angst pumpte Adrenalin durch ihre Adern, während das Geräusch der Schüsse gegen ihr Trommelfell peitschte.

Von ihrer Position unter dem Couchtisch aus sah sie die reglose Gestalt Nicholas Saars. Auf seinem blendend weißen Hemd breitete sich ein dunkler Blutfleck aus. Dann zuckte seine Schwester zusammen und vollführte eine halbe Drehung, ehe sie neben ihm zu Boden ging. Schüsse hallten durch den Raum, und man sah nur noch Pulverdampf und Staub.

Die Wände schlugen über ihr zusammen, und alles drehte sich immer schneller. Ihr Gesichtsfeld verengte sich zu einem Tunnel, als blicke sie verkehrtherum in ein Fernglas. Am Ende des Tunnels sah sie die reglosen Gestalten der Geschwister Saar.

Dann wurde alles schwarz.

Jemand sprach. Oder flüsterte.

»Señora Huss? Señora Huss?«

Dann folgte eine längere Rede, von der sie kein Wort verstand. Sie hatte den dringenden Wunsch, nicht aufwachen zu müssen. Es würde doch nur Ärger geben. Sie beschloss, die Augen nicht zu öffnen. Es war das Sicherste, in der Dunkelheit zu verweilen.

Sie hörte rasche Schritte, die sich entfernten. Vorsichtig machte sie die Augen einen Spalt auf. Ein Schneefeld. Erstaunt blinzelte sie ein paarmal. Das Schneefeld war immer noch da, bis ihr benebeltes Hirn realisierte, dass sie an eine weiße Decke starrte. Und dass sie in einem Bett lag.

Sie hatte Schmerzen in der linken Hand. Langsam hob sie sie an. Es dauerte eine Weile, bis sie scharf sah. Eine große Nadel. Sie war an ihrem Handrücken festgeklebt. Das war es, was wehtat. Ihre Hand fühlte sich kalt und geschwollen an. Neben ihrem Bett stand ein Infusionsständer mit einer halbvollen Plastiktüte, gefüllt mit einer durchsichtigen Flüssigkeit. Zwischen der Plastiktüte und der Nadel in ihrer Hand befand sich ein Schlauch. Sie hing am Tropf.

Also musste sie sich in einem Krankenhaus befinden.

»Señora Huss? Cómo está usted?«

Offenbar schlief und träumte sie immer noch. Einen Alptraum. Denn sie kannte diese Stimme. Sie gehörte Polizeichef Miguel de Viera.

Plötzlich wurden die Schleier vor ihrem Bewusstsein brutal

beiseitegerissen, und Bilder tauchten auf: die Stunden im Präsidium, die Männer in ihrem Hotel, die Wachmänner, die Codeschlösser, der fensterlose Raum. Die Schüsse. Sie erinnerte sich an Schüsse und Pulverdampf.

In ihrem Gesichtsfeld tauchte plötzlich das rötlich-gedunsene Gesicht de Vieras auf. Neben ihm stand eine Frau, die etwas zu ihm sagte. Offensichtlich versuchte er zu protestieren, sie schob ihn jedoch milde, aber energisch weg. Eine gute Frau. Schmeiß ihn raus, dachte Irene und dämmerte wieder ein.

»Polizeichef de Viera würde gerne wissen, ob Sie ein paar Fragen beantworten können?«

Josephine Baxter war herbeizitiert worden, um dem Polizeichef bei der Befragung Irenes zu assistieren. Die Dolmetscherin trug ein helles, senfgelbes Kostüm, das ihrer ohnehin farblosen Erscheinung nicht gerade schmeichelte. Unter der Kostümjacke hatte sie einen hellen, graugrünen Pullover an, der die Katastrophe vollkommen machte. Sie sah aus wie die personifizierte Seekrankheit.

»Ja. Kein Problem«, antwortete Irene.

Sie saß mit hochgestelltem Kopfteil und ein paar Kissen im Rücken im Bett. Die Morgensonne schien durch die Lamellen der Jalousie. Neben ihr auf dem Nachttisch stand ein Frühstückstablett. Sie hatte zwei Brote gegessen und zwei Tassen Kaffee getrunken. Die Infusionsnadel war entfernt worden, und langsam fühlte sie sich wieder wie ein Mensch. Ihre Hand schmerzte aber immer noch an der Stelle, wo die Kanüle die Vene zerstochen hatte. Es war kurz vor acht am Samstagmorgen, und ihr zweiter Tag auf Teneriffa war angebrochen.

Im Zimmer befanden sich außer der Dolmetscherin und dem Polizeichef noch zwei Kollegen von der Policía Nacional. Sie erkannte sie von ihrem zweiten Vortrag wieder, den sie am Vorabend im Präsidium gehalten hatte, konnte sich an ihre Namen aber nicht erinnern.

Die drei Polizisten stellten abwechselnd Fragen, und Irene antwortete, so gut sie konnte. Ihr fiel auf, dass de Viera sie mehrmals auf die Personenbeschreibung des Mörders ansprach. Wahrheitsgemäß erwiderte Irene, dass sie ihn nie richtig habe sehen können. Sie hätte gerade ihren Laptop an den Projektor angeschlossen. Der Tisch hatte sich von der Tür aus gesehen im hinteren Teil des Zimmers befunden. Man habe sie von der Tür aus nicht sehen können. Sie erinnerte sich nur, dass die Hand, die den großen Revolver gehalten hatte, vollkommen ruhig gewesen war. Der Arm hatte in einer weißen Kellnerjacke gesteckt.

Als die Befragung dem Ende entgegenging, wollte Irene wissen, wie es den Kollegen gelungen war, in den hermetisch verschlossenen Raum zu gelangen, und was aus den anderen geworden sei, die sich darin befunden hatten.

De Viera erzählte, und Ms. Baxter dolmetschte simultan. Alle, die Schlüssel zu der Sicherheitstüre besessen hatten, hatten sich hinter dieser befunden. Schließlich war jedoch einem der Oberkellner eingefallen, dass Lembit Saar immer noch im Krankenhaus lag. Der Offizier der herbeigerufenen Polizeitruppe hatte das Krankenhaus verständigt. Saar hatte ihnen seinen Schlüssel sowie die Codes für die Schlösser gegeben. Zum Öffnen hatte man beides benötigt.

So war es erst etwa eine halbe Stunde, nachdem man draußen die Schüsse gehört hatte, gelungen, in das Zimmer vorzudringen. Glücklicherweise war die Tür nach außen aufgegangen, denn direkt dahinter hatte der Wachmann gelegen, der keine Gelegenheit mehr gehabt hatte zu reagieren, bevor er vom Mörder hingerichtet wurde. Um es mit wenigen Worten auszudrücken, so waren Irene und Arvo Piirsalou die einzigen Personen im Zimmer gewesen, die mit dem Leben davongekommen waren. Es dauerte ein paar ratlose Sekunden, bis Irene begriff, dass das der Name des Chauffeurs war. Offenbar handelte es sich bei ihm ebenfalls um einen Esten.

Nach diesen, gelinde gesagt, aufrüttelnden Erlebnissen im Ferienparadies sehnte sich Irene nur noch nach Hause.

Ehe ihre Kollegen durch die Tür verschwanden, gaben sie ihr ihren Laptop zurück. Brauchen sie ja auch nicht mehr, schließlich hat de Viera eine Kopie der Ermittlungsakten, dachte Irene noch. Doch sie sagte nichts, sondern dankte nur dafür, ihren Computer zurückzuerhalten.

Eine Stunde später verließ sie das Krankenhaus mit einem Taxi. Der Arzt hatte sie ermahnt, sich bis zur Heimreise am nächsten Tag nicht anzustrengen und viel Wasser zu trinken. Die Schussverletzung, die sie an der Schulter erlitten hatte, war zwar nur äußerlich und würde in einer Woche verheilt sein. Ihre Bewusstlosigkeit aber war auf eine Kombination aus Schock und Dehydrierung zurückzuführen gewesen. Man hatte ihr im Krankenhaus eine Beruhigungsspritze gegeben, damit ließ sich auch ihre Schläfrigkeit und ihre Desorientierung in den Morgenstunden erklären.

Zwei Liter Infusion und eine Nacht Schlaf hatten Wunder gewirkt. Sie fühlte sich erstaunlich munter, als sie in ihr Hotelzimmer zurückkam. Vor genau dreizehn Stunden war sie schon einmal durch diese Tür getreten und dann direkt auf die Toilette gegangen.

Sie stand lange unter der Dusche und ließ das Wasser an sich herablaufen. Immer wieder seifte sie sich mit der Duschcreme des Hotels ein und duschte dann den duftenden Schaum ab. Sie hatte jedoch das Gefühl, nicht sauber zu werden, egal wie lange sie schrubbte.

Ihre Gedanken kehrten ständig zu dem verschlossenen Raum im Kasino zurück, und vor ihrem inneren Auge tauchten Bilder auf. Sie benötigte ihre ganze Willenskraft, sich kein weiteres Mal einzuseifen. Nun musste sie nach vorne blicken.

Anschließend cremte sie sich mit Sonnencreme ein und zog ihren Bikini und ein Unterhemd an. Die Shorts, die sie am Vorabend getragen hatte, war schmutzig und blutverschmiert. Angeekelt warf sie sie in den Papierkorb. Dort landete auch der schöne Pullover, den sie getragen hatte. Jetzt war nur noch ein sauberes T-Shirt in ihrem Rucksack übrig. Das hatte sie eigentlich auf der Heimreise tragen wollen. Sie würde sich mit dem Unterhemd über dem Bikini begnügen, da sie ohnehin nicht vorhatte, das Hotel zu verlassen. Sie steckte Geld, Handy und Sonnenbrille in ihren Rucksack und ging runter zum Hotelpool.

In der Nähe des Pools gab es einen Stand, an dem man sich Handtücher abholen konnte, wenn man seine Zimmernummer angab. Irene legte das dicke Frotteebadetuch und das Taschenbuch, das sie aus Schweden mitgebracht hatte, auf einen Liegestuhl. Jenny hatte ihr das Buch zu Weihnachten geschenkt. Es war ein Krimi von Ed McBain mit dem Titel »Give the Boys a Great Big Hand«. Irene hatte sich englische Bücher gewünscht, da sie ihre Englischkenntnisse aufbessern wollte.

Am Pool saßen bereits Hotelgäste beim Mittagessen. Irene rumorte der Magen vor Hunger, und sie nahm das als gutes Zeichen. Es war Zeit, endlich wieder etwas Anständiges zu essen. Seit ihrer letzten warmen Mahlzeit waren fast vierundzwanzig Stunden vergangen.

Während sie das Essen verdaute, lag sie auf ihrem Liegestuhl und versuchte, in ihrem Taschenbuch zu lesen. Aber es gelang ihr nicht wirklich, sich zu konzentrieren, und so lag sie die meiste Zeit nur da und dachte an alles, was passiert war. Plötzlich fühlte sie sich rastlos. Es kam ihr unmöglich vor, wieder zu ihrer Lektüre zurückzukehren. Sie beschloss, einen Spaziergang an der Strandpromenade zu unternehmen. Laut Karte war sie etwa 15 Kilometer lang und führte vom Fährhafen in Los Cristianos am Fañabéstrand entlang zum kleinen Dorf La Caleta. Da Irenes Hotel ziemlich genau in der Mitte lag, beschloss sie Richtung Norden nach La Caleta zu gehen. Rasch packte sie ihre Sachen zusammen. Das Handtuch ließ sie liegen. Schließlich hatte sie bei ihren beiden Pauschalurlauben nach Kreta etwas gelernt. Es hatte Vorteile, den Liegestuhl reserviert zu halten, falls sie nach ihrem Spaziergang im Pool schwimmen und ausruhen wollte.

Auf der breiten Strandpromenade war viel los. Menschen verschiedener Nationalitäten betrachteten die Stände der Händler und versuchten den Schleppern der Restaurants auszuweichen. Alle Tische der Straßencafés waren besetzt. Irene war satt, hatte aber vor, etwas später noch ein kaltes Bier zu trinken. Der Arzt hatte ihr schließlich geraten, viel zu trinken. Allerdings hatte er von Wasser gesprochen.

Hohe Wellen schlugen an den Strand. Im Wasser trieben Surfer mit Neoprenanzügen. Sie warteten auf eine gute Welle.

Es wehte eine frische Brise, die auf der Haut angenehm kühl war. Die Palmwedel raschelten. Zum ersten Mal, seit sie auf der Insel gelandet war, hatte Irene ein Gefühl von Freiheit. Jetzt war sie eine der Tausenden von Touristen. Niemand wusste, was sie erlebt hatte, obwohl die Schlagzeilen der Zeitungen es hinausschrien: »Masacre!« Jetzt wollte sie einfach nur den schönen Spaziergang die Küste entlang genießen und versuchen, die furchtbaren Bilder, die sie heimsuchten, zu vergessen.

In raschem Tempo ging sie die steinigen Strände entlang, an den lauten Bars, den schönen, künstlichen Sandstränden und den exklusiven Hotelanlagen vorbei. Am Ende des Fañabéstrands machte sie kehrt und schlenderte gemächlich zum Hotel zurück.

Sie sah ihn sofort, als sie das Entree betrat. Er saß in demselben Sessel wie Günter Schmidt am Abend zuvor. Inspektor Juan Rejón lächelte, als er sie sah. Er erhob sich. Die Empfangsdame vom Vortag sah das Lächeln und warf Irene einen sauren Blick zu.

Nach ein paar höflichen Erkundigungen, ob sie sich von der Schießerei erholt habe, bat Rejón, sie zu einem Bier an die Poolbar einladen zu dürfen. Dagegen hatte sie nichts einzuwenden. Sie hatte das deutliche Gefühl, dass er etwas auf dem Herzen hatte.

Als die großen, beschlagenen Biergläser endlich vor ihr standen, stieß er mit ihr an.

»Auf den glücklichen Ausgang der schrecklichen Ereignisse des gestrigen Tages.«

Sie tranken beide einen großen Schluck. Als sie ihre Gläser wieder hingestellt hatten, sagte Irene:

»Für die anderen im Raum war der Ausgang nicht so glücklich.«

Die Miene von Rejón verdüsterte sich einen Augenblick.

»Nein, und deswegen schweben Sie auch in Gefahr. Sie sind die einzige Überlebende. Und Sie sind Polizistin. Mit anderen Worten, Sie sind eine glaubwürdige Zeugin und haben nichts mit den streitenden Parteien zu tun«, sagte er ernst.

Ihr schoss der Gedanke durch den Kopf, dass sie vermutlich die einzige Polizeikraft in Las Américas war, die keinerlei Kontakte zu irgendwelchen Banden pflegte, sagte jedoch nichts.

»Aber der Este, der Fahrer, hat doch auch überlebt«, protestierte sie lahm.

»Arvo Piirsalou. Der wird den Mund nicht aufmachen. Jedenfalls nicht gegenüber der Polizei.«

Plötzlich lächelte er breit und sagte:

»Sie brauchen einen Bodyguard.«

»Einen Bodyguard?«, rief Irene aus.

Das ältere Paar am Nachbartisch sah sie erstaunt an. Aber deren Erstaunen war nichts im Vergleich zu ihrem eigenen, das sich aber rasch in Wut verwandelte.

»Ich brauche wirklich keinen Bodyguard!«, fauchte sie.

Er lachte übermütig und machte eine abwehrende Armbewegung.

»Nein. Wahrscheinlich nicht. Aber Sie müssen vorsichtig sein. Sie sind eine Augenzeugin.«

Irene wurde von seinem entwaffnenden Lächeln zwar etwas besänftigt, sie erwiderte aber trotzdem kühl:

»Ich habe Ihren Kollegen schon erzählt, dass ich den Mörder nicht gesehen habe, nur seinen Arm durch die geöffnete Tür. Und seinen Revolver.«

»Wer auch immer den Killer angeheuert haben mag, kann sich nicht sicher sein, dass Sie auch die Wahrheit sagen. Oder ob Sie sich nicht irgendwann von Ihrem Schock erholen und sich plötzlich wieder daran erinnern können, wie der Mörder aussah. Jemand könnte zu dem Schluss kommen, dass man Sie zum Schweigen bringen muss.«

Mit einem Mal war sein Übermut wie weggeblasen. Er wirkte verbissen und ernst, und Irene erkannte, dass er es ernst meinte. Ein eisiges Unbehagen machte sich in ihr breit. Der Gedanke, dass ihr Leben immer noch in Gefahr sein könnte, war ihr gar nicht gekommen. Diese Einsicht schockierte sie.

»Meine Verletzung wurde von einem Querschläger verursacht. Ich stand in einem toten Winkel. Ich habe ihn nicht gesehen. Und er sah mich auch nicht. Wahrscheinlich lebe ich deswegen noch«, sagte sie.

»Ja. Wahrscheinlich verhält es sich so. Aber dann müssen Sie auch einsehen, dass der Mörder versucht hätte, Sie auch zu erschießen, wenn er Sie in dem Zimmer gesehen hätte. Dieser Mann hatte nicht die Absicht, irgendwelche Zeugen am Leben zu lassen.«

Irene trank einen großen Schluck ihres kalten Biers und versuchte, was er gesagt hatte, zu verarbeiten. Sie spürte, dass ihr Herz schneller schlug. Ihre Angst wuchs. Bilder aus dem verschlossenen Zimmer drängten an die Oberfläche. Nein, das konnte sie nicht zulassen. Nicht jetzt. Sie zwang sich dazu, gelassener zu klingen, als sie tatsächlich war.

»Gibt es irgendeinen Verdächtigen?«, fragte sie.

»Zweifellos handelte es sich um einen Auftragskiller von außen. Solche Leute gibt es hier auf Teneriffa nicht.«

»Ich möchte Ihnen natürlich mein Beileid zu dem tragischen Tod Ihrer Verlobten aussprechen«, sagte Irene ernst.

Sie hatte absichtlich das Wort Verlobte verwendet, obwohl in der Zeitung von Juan Rejón nur als dem neuen Freund von Julia Saar die Rede gewesen war.

Er schaute hastig von seinem Bierglas auf und sah sie an.

»Verlobte? Nein. Julia war nicht meine Verlobte, und ich war auch nicht ihr Boyfriend. Sie denken sicher an die Schlagzeile in der Zeitung.«

Er verstummte. Er hatte seine Stimme jedoch gänzlich unter Kontrolle, als er fortfuhr:

»Ich kenne… kannte sie nicht gut. Aber ich kannte ihren Bruder recht gut. Ich war sein Surflehrer und der seiner Freunde.

Er hatte mich darum gebeten, Julia auf dieses Fest zu begleiten. Erst wollte ich nicht, aber er überredete mich. Sie wollte einen anderen Typen eifersüchtig machen. Sie… Julia bekam immer, was sie wollte. Dieser Typ hatte sie sitzengelassen. Sie war wahnsinnig wütend! Während der ganzen Autofahrt schimpfte sie über ihn.«

Er lächelte bei dieser Erinnerung.

»Wissen Sie, wer das war?«

»Keine Ahnung. Julia wechselte ihre Freunde genauso oft wie ich mein Hemd. Hier auf der Insel hat sie Promistatus, weil sie Fotomodell ist und auch schon einmal in einem Film mitgespielt hat. Eine kleine Rolle, aber immerhin. Sie war also nicht nur die Tochter von Lembit Saar.«

»Aber de Viera sagte, sie hätten sich kompromittiert?«, wandte Irene scharf ein.

Juan Rejón verdrehte die Augen.

»Klar! Das Foto des Paparazzos war für ihn eine willkommene Ausrede, mich von dem Fall zu entbinden«, sagte er.

»Wieso wollte er Sie nicht dabeihaben?«

»Er wollte niemanden in seinem Ermittlerteam dabeihaben, der Kontakte zum Saar-Klan besaß. Schließlich ist er mit der Familie von Jesus Gomez verwandt. Sie sind Cousins.«

Irene dachte über die Informationen nach, die sie von Rejón erhalten hatte. Er wirkte glaubwürdig. Aber sagte er wirklich in allem die Wahrheit? Sie beschloss, ihm auf den Zahn zu fühlen.

»Was steckte hinter den gestrigen Morden?«

Er senkte den Blick und malte mit dem Finger Striche in das Kondenswasser auf seinem Bierglas. Irene brach das Schweigen nicht, sondern sah ihn nur weiter auffordernd an. Sie erhoffte sich von ihm eine ehrliche Antwort. Es hatte nicht den Anschein, als wolle er sie ihr geben.

»Es gibt viele Gründe für diese Morde«, sagte er zögernd.

»Es geht also nicht nur um den missglückten Transfer zweier Mädchen von Schweden nach Teneriffa? Und auch nicht um Sergej Petrov«, stellte Irene fest.

Er schüttelte leicht den Kopf.

»Nein. Es geht um bedeutend mehr.«

»Und zwar?«, beharrte sie.

Er sah sie an und sagte dann langsam, jede Silbe betonend:

»Manchmal ist es ratsam, nicht alles zu wissen.«

In seiner Stimme schwang eine gewisse Schärfe mit, und Irene erkannte, dass es ihm bitter ernst war. Wieder breitete sich die Kälte in ihrem Körper aus und raubte ihr fast den Atem. Sie sah ein, dass er Recht hatte. Es war ratsam, nicht alles zu wissen. Streng genommen hatte das auch gar nichts mit ihrem eigenen Fall, dem Mord an Tanja, zu tun. Die Bandenmorde reichten viel weiter und betrafen die Policía Nacional. Nach ihrer Einschätzung würden sie den Fall wohl nicht lösen können. Aber das war nicht ihre Angelegenheit. Ihre Aufgabe war es, lebendig zu Hause anzukommen.

»Sie haben Recht. Was soll ich Ihrer Meinung nach tun?«

»Um sich keiner Gefahr auszusetzen?«

»Ja.«

»Bleiben Sie hier im Hotel. Verlassen Sie das Gebäude nicht. Essen Sie zeitig zu Abend und gehen Sie dann auf Ihr Zimmer. Öffnen Sie nicht, wenn es klopft. Sprechen Sie mit niemandem. Wer sich als Hotelgast oder Hotelpersonal ausgibt, muss es nicht unbedingt sein.«

Irene öffnete den Mund, um zu protestieren, schloss ihn dann wieder.

»Okay«, sagte sie nur.

Zum zweiten Mal während ihrer Unterhaltung lächelte er sein schönes Lächeln.

»Ich habe etwas, das ich Ihnen geben wollte.«

Er steckte eine Hand in die Tasche seiner engen Jeans. Mit triumphierender Miene überreichte er Irene ein zusammengefaltetes Blatt Papier.

»Sergej Petrovs, alias Andres Tamms Buchung des Flugs von Teneriffa nach Skandinavien. Er ist früh am Donnerstag von hier abgeflogen und zwar direkt zum Flughafen Landvetter in Gota … Gothe …«

»Göteborg«, half ihm Irene auf die Sprünge.

»Danke. Offenbar gelang es ihm, noch einen Restplatz in einer der Chartermaschinen aufzutreiben. Die Rückreise hatte er für Freitagabend gebucht, mit der letzten Maschine vom Flughafen Kastrup in Kopenhagen. Und zwar zusammen mit Anne und Leili Tamm. Für alle drei ein einfacher Flug.«

Irenes Herz klopfte schneller. Deswegen waren Heinz Becker und Andres Tamm also trotz des Unwetters von Göteborg aus die Westküste entlang nach Süden gefahren. Sie hatten offenbar versucht, nach Kopenhagen zu gelangen. Obwohl alle Flüge wegen des Schneechaos eingestellt worden waren, wären sie an Ort und Stelle gewesen, um mit der erstbesten Maschine zu verschwinden.

Wer Leili war, wussten sie. Ihren Pass hatten sie gefunden. Und Anne war wohl Tanja gewesen. Ihr Pass war immer noch verschwunden.

Dass Heinz Becker aus Göteborg verschwunden war, hatte vermutlich daran gelegen, dass ihm dort nach der Razzia auf das Bordell in Biskopsgården der Boden unter den Füßen zu heiß geworden war. Da er Leili an Andres übergeben hatte und Tanja tot war, besaß er keine Einnahmequelle mehr. Für ihn war die Zeit gekommen gewesen, ins Baltikum zurückzukehren, um neue Mädchen zu beschaffen. Es hatte also auch Becker ins Konzept gepasst, nach Kopenhagen zu fahren, um von dort aus seine Reise nach Deutschland fortzusetzen. Doch die konsumierten Drogen in Kombination mit dem fürchterlichen Unwetter hatten ihren Plänen ein definitives Ende bereitet. Das Mädchen Leili würde vielleicht auch nicht überleben.

»Danke. Das ist wirklich sehr freundlich …«, begann Irene, aber Rejón fiel ihr ins Wort.

»Keine Ursache. Ich wusste, dass es schwierig für Sie sein könnte, an diese Informationen zu gelangen. Es würde mich auch nicht wundern, wenn sie auf rätselhafte Weise bereits aus dem Computer verschwunden wären. Ein Absturz, menschliches Versagen, es gibt viele Möglichkeiten, Informationen verschwinden zu lassen, die man nicht preisgeben will.«

Er lächelte erneut und zog vielsagend die Brauen hoch. Irene nickte. Ihr war klar, dass ihr Rejón diese Informationen nicht nur aus reiner Freundlichkeit überließ. Er wollte damit der Gomezfraktion – und so indirekt auch Polizeichef de Viera – gründlich eins auswischen.

Irene las das Papier mehrmals durch, ehe sie es in der Tasche ihrer Shorts verschwinden ließ. Mit diesem Beweisstück ließ sich nachvollziehen, wie die Menschenschmuggler den Transport der Mädchen durch ganz Europa bewerkstelligten.

Irene befolgte Juan Rejóns Anweisungen strikt. Aber zuvor ging sie erst noch in einen kleinen Lebensmittelladen gegenüber des Hotels und kaufte eine Flasche Rotwein, die vielversprechend aussah, und eine Tüte gemischter, gesalzener Nüsse. Den Rest des Nachmittags verbrachte sie mit ihrem Krimi auf dem Balkon. Obwohl sie riskierte, sich einen Sonnenbrand zuzuziehen, war es das Beste, die Gelegenheit zu nutzen. Es konnte lange dauern, bis sie wieder einmal so viel Sonne genießen konnte.

Mehrmals versuchte sie Krister und die Mädchen anzurufen, aber ohne Erfolg. Sie verfluchte den schlechten Empfang ihres billigen neuen Mobiltelefonanbieters in der schwedischen Provinz.

Im Restaurant des Hotels aß sie zu Abend. Den Rest des Abends verbrachte sie hinter verschlossener Tür auf ihrem Zimmer zusammen mit der Weinflasche und ihren amerikanischen Kollegen vom 87. Revier.

Als ihre Maschine in Landvetter landen sollte, gab es Probleme. Der Steward teilte über Lautsprecher mit, dass es den ganzen Sonntag in Göteborg heftig geschneit habe. Der Schneefall hatte zwar nachgelassen, aber es windete immer noch sehr stark. Die Passagiere hatten außerdem die letzte Stunde des Fluges wegen Turbulenzen angeschnallt bleiben müssen.

Als sie schließlich gelandet waren, hatte es in Göteborg mehrere Grad unter Null, und die Böen drohten Irene umzureißen. Dennoch war sie heilfroh, wieder festen Boden unter den Füßen zu haben. Das Eis des plötzlichen Kälteeinbruchs vom vergangenen Freitag lag immer noch tückisch unter dem frischen Schnee.

Irene hatte Glück. Sie bekam sofort ein Taxi. Ihr einziger Wunsch, als sie sich auf die Rückbank fallen ließ, war, endlich nach Hause zu kommen.

Im Reihenhaus brannte kein einziges Licht. Der Rest der Familie würde erst einen Tag später nach Hause kommen. Ihre Schritte hallten unheimlich wider, als sie die Treppe in dem stillen Haus hochging. Rasch packte sie ihr weniges Gepäck aus dem Rucksack aus. Die Kleider, die sie auf der Reise getragen hatte, warf sie in den Wäschekorb. Dann ließ sie Badewasser ein, in das sie eine großzügige Menge nach Rosen duftendes Badesalz gab. Mit einem wohligen Seufzer ließ sie sich in den Schaum gleiten und entspannte sich in dem heißen Wasser. Sie achtete darauf, dass das Pflaster an der linken Schulter nicht nass wurde. Der Arzt im *Hospital del Sur* hatte betont, dass es fünf Tage lang draufbleiben müsse.

Offenbar war sie eingeschlafen, denn plötzlich hörte sie ein entferntes Klingeln. Gerade als sie aus der Wanne stürzen wollte, sprang der Anrufbeantworter an. Mit Enttäuschung registrierte sie, dass niemand etwas aufs Band sprach.

Da das Badewasser bereits kalt war, stieg sie aus der Wanne und trocknete sich gründlich ab. Dann cremte sie ihr Gesicht mit einer der teuren Cremes ein, die sie in dem Dutyfree-Shop gekauft hatte. Danach hüllte sie sich in den weichen Morgenmantel, den sie von Krister vor einigen Jahren zu Weihnachten bekommen hatte, und schlüpfte mit ihren nackten Füßen in ihre Fellpantoffeln.

Bedeutend munterer ging sie in die Küche, um sich etwas zu essen zu machen. Es war fast zehn Uhr, und sie hatte einen wahnsinnigen Hunger. Das Essen im Flugzeug war in einem Schälchen etwa von der Größe einer Streichholzschachtel serviert worden. Auch das Besteck war winzig gewesen.

Der Kühlschrank war deprimierend leer. Nicht einmal Reste, die sie schnell in die Mikrowelle schieben konnte. Sie würde gezwungen sein, selbst etwas zu kochen. Nachdem sie sich die spärlichen Vorräte angesehen hatte, beschloss sie, ein Pilzomelett zu machen. Dazu gab es Knäckebrot mit Kaviarpaste. Ein paar vergessene Mandarinen, die im Gemüsefach lagen, mussten als Nachtisch und Vitaminbeigabe ausreichen.

Irene versuchte erneut, Krister und die Mädchen anzurufen. Die einzige Stelle, an der man in ihrer Hütte Empfang hatte, war im Obergeschoss am östlichen Giebelfenster. Seufzend stellte sie fest, dass sich jetzt offenbar niemand dort aufhielt. Sie konnte nur abwarten, bis jemand versuchte, sie zu erreichen.

Voller Sehnsucht dachte Irene an ihre Familie. Es wurde immer gut gekocht, wenn sie in der Hütte waren. Das war auch der Grund dafür, dass der Kühlschrank in Göteborg fast ganz ausgeräumt war. Sie hatten alles von zu Hause mitgenommen, wofür sie in ihrem Ferienhaus Verwendung hatten, denn von dort aus waren es fast zwanzig Kilometer bis zum nächsten Laden in Sunne.

Sie sah die Post durch und die Zeitungen vom Wochenende. In der Zeitung vom Sonntag blieb ihr Blick auf einer kleinen Notiz hängen: Die Polizei hatte zwei gesuchte jugendliche Verbrecher, beide achtzehn Jahre alt, bei der Großmutter des einen in Gråbo festgenommen. Beide waren im Januar aus der Jugendhaftanstalt Gräskärr ausgebrochen. Sonst stand nicht mehr viel in dem Artikel, aber Irene hatte sofort den Verdacht, dass es sich um Niklas Ström und Björn »Billy« Kjellgren handelte. Die beiden hatten einiges zu erklären. Beispielsweise, wie es ihnen gelungen war, ausgerechnet Torleif Sandbergs Auto zu stehlen.

Vor Müdigkeit fielen ihr fast die Augen zu. Ehe sie sich in ihr verlockendes Bett begab, unternahm sie einen erneuten, erfolglosen Versuch, Krister auf seinem Handy zu erreichen. Sie verfluchte ihre Sparsamkeit. Nur deswegen hatten sie in der Hütte keinen Telefonanschluss legen lassen. Anschließend fiel ihr ein, dass sie ja den Anrufbeantworter abhören könnte. Schließlich konnten die drei angerufen und eine Willkommen-zu-Hause-Nachricht auf das Band gesprochen haben. Sie drückte auf den Nummernspeicher. Als sie die Zahl im Display erblickte, war sie mit einem Schlag hellwach: zweiundzwanzig Anrufe seit Freitag! Mit einem mulmigen Gefühl drückte sie auf die Wiedergabetaste des Anrufbeantworters. Die ersten vier Anrufe waren für die Zwillinge. Die folgenden waren fast alle vom Sahlgrenska-Krankenhaus.

Etwas unbeholfen wählte Irene die angegebene Nummer. Eine muntere Frauenstimme meldete sich mit Schwester Anna und der Nummer der Station. Irene nannte ebenfalls ihren Namen und erklärte, sie sei das Wochenende über verreist gewesen.

»Das hatten wir schon geahnt. Wir haben seit gestern Nachmittag versucht, Sie zu erreichen«, erwiderte die Krankenschwester freundlich.

»Worum geht es?«, fragte Irene mit zitternder Stimme.

»Ihre Mutter ist gestern vor ihrer Haustür auf dem Bürgersteig ausgerutscht. Sie ist mit dem Kopf aufgeschlagen und war verwirrt, als sie eingeliefert wurde. Es dauerte eine Weile, bis sie uns die Namen ihrer Angehörigen nennen konnte. Und erst heute konnte sie sich wieder an Ihre Handynummer erinnern. Als wir versuchten, Sie auf Ihrem Handy zu erreichen, war es ausgeschaltet.«

Das war wahrscheinlich auf dem Heimflug von Teneriffa gewesen.

»Eine Kopfverletzung. Was Ernstes?«, fragte Irene.

»Nein, nein. Nur eine leichte Gehirnerschütterung. Mit ihrer Hüfte ist es allerdings schlimmer.«

»Mit der Hüfte?«, wiederholte Irene entsetzt.

»Ja, sie hat den Oberschenkelhals gebrochen und sich dabei das Hüftgelenk verletzt. Es musste akut operiert werden. Die eigentliche Operation soll Dienstag diese Woche stattfinden.«

»Ist … ist sie dafür stark genug?«

»Nach Einschätzung der Ärzte sollte es keine Probleme geben. Ihre Blutwerte sind okay, Blutdruck und Herz sind es auch. Sie ist auch wieder klar bei Bewusstsein und psychisch stabil.«

»Und was ist dann nach der Operation? Wird sie wieder wie früher gehen können?«

»Ganz sicher, wenn nicht besser! Sie hatte schließlich schon länger Probleme mit ihrer Hüfte. Sie hat mir erzählt, wie lange sie schon auf eine Operation wartet. Aber die Rehabilitierung nach einer solchen Operation ist langwierig.«

»Kann sie anschließend Treppen steigen?«

»Nein. Jedenfalls nicht zu Anfang.«

Irene schwieg einen Augenblick und sagte dann:

»Sie wohnt im zweiten Stock und hat keinen Fahrstuhl.«

»O je.«

Das konnte man laut sagen.

Irene beschloss, eins nach dem anderen in Ruhe anzugehen. Sie würden sich darum kümmern, wo Gerd wohnen sollte, wenn es so weit war.

»Kann ich sie heute Abend noch besuchen?«, fragte sie.

»Nein. Es ist zu spät. Sie schläft schon. Wir haben ihr ein ziemlich starkes Schmerzmittel geben müssen. Sie ist jetzt sehr schläfrig.«

»Wann kann ich sie denn besuchen?«

»Morgen nach der Visite. Nach zehn.«

Irene dankte der Krankenschwester für ihre Informationen und legte auf. Plötzlich fühlte sie sich vollkommen ausgelaugt. Nicht auch das noch! Das verkrafte ich nicht! Mein Gott, nicht auch noch das!, dachte sie. Aber es half nichts.

Da klingelte das Telefon erneut. Sie riss den Hörer von der Gabel und meldete sich.

»Hallo, Süße! Ich hoffe, du hast dich genauso nach mir gesehnt wie ich mich nach dir«, ließ sich Kristers weiche Stimme aus dem Hörer vernehmen.

»Doch … ja«, war alles, was Irene über die Lippen brachte.

Zu ihrem eigenen Entsetzen begann sie zu weinen. Wenig später schluchzte sie heftig. Alles, was sie am Wochenende erlebt hatte, holte sie ein, und sie konnte nicht aufhören zu weinen. Krister versuchte sie zu trösten, sie musste aber trotzdem den Hörer beiseitelegen. Schluchzend ging sie in die Küche und riss ein großes Stück Küchenkrepp ab. Sie putzte sich die Nase und trocknete sich die Augen.

Etwas ruhiger ging sie zurück zum Telefon. Es wurde das längste Telefonat ihrer zweiundzwanzig gemeinsamen Jahre. Irene sprach unablässig und erzählte ihm alles, was sie in den vergangenen zwei Tagen erlebt hatte. Als sie schließlich Atem holen musste, fragte Krister nachdenklich, ob das wirklich alles wahr sei und nicht der Inhalt eines amerikanischen Gangsterfilms, den sie im Flugzeug gezeigt hätten. Das war zwar als Scherz gemeint, aber Irene wäre fast wieder in Tränen ausgebrochen.

Anschließend fühlte sie sich vollkommen erschöpft, aber auch bedeutend ruhiger. Todmüde fiel sie kurz vor Mitternacht ins Bett und erwachte erst, als der Wecker klingelte.

Hallo! Du siehst ja richtig angebrannt aus!«, begrüßte sie Jonny grinsend.

Irene hatte nicht den Nerv, etwas zu entgegnen, sondern sah ihn nur finster an.

»Aber hallo! Da geben dir die Steuerzahler eine Reise in die Sonne aus, und du kommst mit einem langen Gesicht nach Hause!«

Irene blieb vor ihm stehen. Ohne ihn aus den Augen zu lassen, zog sie sich aus. Erst legte sie ihre Jacke ab und zog den dünnen Rollkragenpullover aus. Schließlich stand sie in Unterhemd und BH vor ihm. Sie deutete auf den weißen Verband, der sich stark von dem Sonnenbrand auf ihren Schultern absetzte.

»Das ist eine Schussverletzung von einer Smith & Wesson 357 Magnum. Ich hatte noch mal Glück und habe überlebt, was außer mir nur einer weiteren Person gelang, die allerdings schwer verletzt wurde. Die anderen vier, die sich mit uns zusammen im selben Zimmer befanden, sind tot. Außerdem haben die Spanier die ganze Reise bezahlt, von der schwedischen Polizei kommt keine Öre und von den schwedischen Steuerzahlern auch nicht.«

Um die Wahrheit zu sagen, erinnerte sie sich nicht an die Marke und das Kaliber des Revolvers, aber Magnum klang immer gut. Sie hatte auch nicht die Absicht, Jonny darüber zu informieren, dass sie von einem Querschläger getroffen worden war. Verärgert bemerkte sie, dass ihr bei diesen dramatischen

Worten die Stimme gezittert hatte. Jonny war das aber nicht weiter aufgefallen. Mit fasziniertem Widerwillen betrachtete er ihren Verband. Als Irene bemerkte, dass sich sein Interesse auf ihren Ausschnitt verlagerte, zog sie ihren Rollkragenpullover wieder an. Jedenfalls hatte ihm ihre unerwartete Vorstellung für eine Weile das Maul gestopft.

Sie drehte sich um, um zum Kaffeeautomaten zu gehen, und sah sich ihrem Chef gegenüber.

»Was treibt ihr da eigentlich?«, fragte der Kommissar mit echtem Erstaunen.

»Irene wollte nur ihre wunderbare Sonnenbräune aus Teneriffa vorführen. Sie hat oben ohne gesonnt«, erwiderte Jonny, ehe Irene noch etwas sagen konnte.

Er hatte sich erstaunlich schnell gefangen.

»Ich habe ihm meine Schussverletzung gezeigt«, meinte Irene gespielt gleichgültig und ging um den Kommissar herum, bevor er sich ihr in den Weg stellen konnte.

Hinter sich hörte sie Anderssons verwirrtes Kläffen:

»Oben ohne? Schussverletzung? Was ist hier eigentlich los?«

»Geht schon mal ins Konferenzzimmer, dann komme ich gleich und erzähle euch alles«, erwiderte Irene, ohne sich umzudrehen.

Irene war vorausschauend genug gewesen, die Zeitung mit der riesigen Schlagzeile »Massacre!« mitzubringen. Sie nahm diese als Ausgangspunkt für ihren Vortrag über die hochdramatischen Ereignisse des Wochenendes. Ohne ein einziges Mal unterbrochen zu werden, sprach sie über eine Stunde lang.

Sie schloss mit den Worten:

»So viel war mir jedoch klar, dass es bei dem Bandenkrieg auf der Insel um sehr viel mehr geht als nur um den missglückten Transport der Mädchen von Schweden nach Teneriffa. Zwei Mädchen lassen sich jederzeit ersetzen. Aber mit Menschenhandel werden Unsummen verdient. Ein Informant erzählte mir, dass es auch um Drogen geht. Was nicht verwundert. Drogen sind heute schließlich das Fundament allen organisierten Verbrechens.«

Andersson sah Irene nachdenklich an. Schließlich meinte er:

»Aha. Also haben wir dich auf Anfrage der Spanier dorthin geschickt, und während deines Aufenthalts ist die Mortalität bei diesem Fall um hundert Prozent gestiegen. Statt vier haben sie jetzt acht Leichen am Hals. Das war wohl nicht ganz, was sie sich vorgestellt hatten.«

Er hatte seine Stirn in Sorgenfalten gelegt.

»Ich frage mich, was sie eigentlich von uns wollten? Und konnten wir überhaupt etwas von Bedeutung für unseren Fall in Erfahrung bringen?«, fuhr er fort.

Irene war gekränkt, weil es aus dem Mund ihres Chefs so klang, als wäre es ihre Schuld, dass weitere vier Menschen erschossen worden waren. Sie beschloss jedoch, seine sarkastische Zusammenfassung der Ereignisse zu ignorieren. Scheinbar gelassen beantwortete sie seine Frage:

»Sie haben jetzt den Beweis dafür, dass Sergej Petrov nicht einfach mit Tanja verschwunden ist. Es war für die Bande von Jesus Gomez von Interesse, beweisen zu können, dass Petrov sie nicht ermordet hat. Nicht zuletzt für einen unserer geschätzten Kollegen von der Policía Nacional war es unerhört wichtig, den Beweis führen zu können, dass der Gomez-Bande der Tod von Tanja nicht anzulasten ist. Es geht dabei nicht um das Wohlergehen des Mädchens, sondern darum, dass sie sehr viel Geld wert war. Sie sollte sozusagen der Ratenzahlung der Schulden dienen, die Gomez bei Saar hatte. Lembit Saar kennt keine Skrupel, was die Ausbeutung dieser Mädchen angeht. Er war einfach sauer, dass Tanja verschwunden war. Das ganze Geld, das sie in einem Hinterzimmer des Sexclubs hätte verdienen können, wäre direkt in Lembit Saars Tasche geflossen. Um dieses Geld hat man ihn betrogen.«

»Und was nützt dieses Wissen für unseren Fall?«, fragte der Kommissar ungeduldig.

»Wir wissen, dass Tanja und Leili nach Teneriffa gebracht

werden sollten. Wir wissen auch, wo sie dort weggesperrt werden sollten. Wir wissen, dass beide keine eigenen Pässe besaßen. Beide sollten von Sergej Petrov aus Schweden geschleust werden. Die kleine Russin wurde am späten Dienstagabend tot aufgefunden. Durch die schwedischen Medien wurde der Tod des Mädchens erst am Mittwoch bekannt. Interessant ist, dass Petrov Teneriffa Donnerstagfrüh als Andres Tamm verließ. Es sieht so aus, als hätten die Menschenschmuggler nicht gewusst, dass sich Tanja nicht mehr in Beckers Gesellschaft befand. Es ist auch fraglich, ob Heinz Becker und Sergej Petrov am Freitag wussten, dass Tanja tot war. Sie konnten beide weder schwedische Zeitungen lesen noch die Nachrichten im Radio verstehen. Und ausländische Zeitungen dürften kaum darüber berichtet haben.«

»Wie wollte Petrov die Mädchen nach Teneriffa zurückschaffen?«, fragte Andersson.

»Er hatte für den folgenden Tag einen späten Flug von Kopenhagen nach Teneriffa gebucht zusammen mit Anne und Leili Tamm. Wir können davon ausgehen, dass er die gefälschten Pässe, seinen eigenen und die der Mädchen, von Teneriffa mitgebracht hatte. Die Pässe von Andres und Leili Tamm haben wir gefunden, aber nicht den von Anne. Mit größter Wahrscheinlichkeit ist ›Anne‹ unsere kleine Russin Tanja«, sagte Irene.

»Und auch das ist nicht ihr richtiger Name.« Andersson seufzte.

»Nein. Und Leili dürfte wohl auch kaum Leili heißen. Hat sie ihr Bewusstsein schon wiedererlangt?«

Mit dieser Frage wandte sich Irene an Tommy, dieser schüttelte den Kopf.

»Ich habe wie verabredet im Krankenhaus angerufen, bevor wir uns hier zusammengesetzt haben. Ihr geht es schlechter«, informierte er.

»Seltsam. Dabei ist sie doch nicht mal Irene begegnet«, sagte Jonny.

An diesem grauen Montagmorgen ist er wirklich in Hochform, dachte Irene.

»Dann könntet ihr vielleicht so freundlich sein, mich darüber in Kenntnis zu setzen, was sich hier in Göteborg getan hat«, sagte sie einfach nur.

»Klar. Rate mal«, erwiderte Fredrik fröhlich.

»Habt ihr den Indianer erwischt?«, fragte Irene.

»Yes! Er befindet sich hinter Schloss und Riegel.«

»Hat er was gesagt?«

»Kein Wort. Ich habe ihn Freitagabend erwischt. Er lag sturzbesoffen in einem Pub in der Linnégatan. Man brauchte ihn nur noch einzusammeln. Ich habe am Wochenende zweimal versucht, mit ihm zu reden, aber er weigert sich, etwas zu sagen. Ich will ihn mir heute Nachmittag noch mal vorknöpfen.«

Fredrik klang optimistisch, aber Irene wusste, dass der Indianer ein harter Brocken war. Vielleicht war ja weibliche List nötig, um seinen Panzer zu durchdringen?

»Ich wäre bei dem Verhör gerne dabei, wenn ich darf«, sagte Irene.

»Klar.« Fredrik nickte.

»Ich habe in der Zeitung gelesen, dass Billy und Niklas geschnappt wurden. Hast du die beiden schon vernommen?«, fragte sie Jonny.

»Nein. Ich finde, die Rotznasen können noch etwas in U-Haft schmoren«, sagte er.

Wahrscheinlich hatte er am Wochenende einfach nur keine Lust, sich herzubequemen und sie zu verhören, dachte Irene.

»Tommy und ich wollen sie aber sofort verhören, wenn wir hier fertig sind«, fügte Jonny rasch hinzu und schielte auf Andersson.

Die Miene des Kommissars hellte sich auf, und er nickte zustimmend. Dann sah er Irene über den Rand seiner Lesebrille hinweg an.

»Du hast heute Vormittag mit dem Bericht über deine Heldentaten auf den Kanarischen Inseln vermutlich genug zu tun. Heute Nachmittag bist du dann beim Verhör des Indianers dabei. Ich kann es nicht oft genug sagen: Knöpft euch dieses

Schwein nur ordentlich vor! Er steckt bis zum Hals in dieser verdammten Geschichte mit drin!«, sagte er grimmig. Irene hatte nur einen Einwand.

»Ich kann heute noch keinen Bericht schreiben. Ich muss ins Sahlgrenska-Krankenhaus.«

Andersson öffnete den Mund, und es hatte den Anschein, als wolle er protestieren. Als er jedoch Irenes Blick begegnete, schloss er ihn sofort wieder.

»Geh nicht hin! Sie amputieren dir nur den Arm. Bei so einer großen Schussverletzung. Die tut vermutlich wahnsinnig weh«, sagte Jonny spöttisch.

»Nur wenn ich über deine Witze lache«, erwiderte Irene scharf.

Sie eilte aus dem Zimmer, um sich keine weiteren Kommentare anhören zu müssen.

Es war ein Zweierzimmer, aber es stand nur ein Bett darin. Der Platz am Fenster war leer. Gerd wirkte zwischen den straffen Laken des Krankenhausbetts auf einmal sehr klein. Sie hatte die Augen geschlossen und schien zu schlafen. Ihr bleiches Gesicht hatte fast dieselbe Farbe wie der weiße Kopfkissenbezug. Zum allerersten Mal fand Irene ihre Mutter alt. Sie schien in den letzten Tagen rasch gealtert zu sein. Um sie nicht zu wecken, näherte sich Irene ganz vorsichtig ihrem Bett. Als hätte sie die Anwesenheit ihrer Tochter gespürt, schlug Gerd die Augen auf und sah sie geradewegs an.

»Hallo, Mama. Wie geht's?«

Gerd fuhr sich mit der Zungenspitze mehrmals über ihre trockenen Lippen und antwortete dann:

»Doch. Es geht. Kannst du mir einen Schluck Wasser geben?«

Mit zitternder Hand deutete sie auf das leere Glas auf dem Nachttisch. Irene beugte sich zum Bett vor, umarmte ihre Mutter vorsichtig und küsste sie auf die Wange. Nach dem Sturz schien sie noch zerbrechlicher geworden zu sein. Vielleicht bildete sich Irene das aber auch nur ein. Sie nahm das Glas und ging zum Waschbecken. Es dauerte eine Ewigkeit, bis sich der Wasserstrahl auch nur halbwegs kühl anfühlte.

»Stell dir vor, dass man sich auf den Bürgersteig werfen und die Hüfte brechen muss, nur damit man endlich mal mit der Operation an die Reihe kommt!«, sagte Gerd hinter ihrem Rücken.

Als sich Irene zu ihr umdrehte, sah ihre Mutter sie verschmitzt an.

»Ist das nicht etwas übertrieben?«, fragte Irene.

»Vielleicht. Aber jetzt werde ich schließlich operiert. Am Dienstag.«

Gerd klang richtig zufrieden und wirkte zuversichtlich. Irene fiel ein Stein vom Herzen. Sie hatte befürchtet, ihre Mutter könnte deprimiert oder von der Gehirnerschütterung und den Schmerzmitteln verwirrt sein. Beruhigt stellte sie fest, dass Gerd vollkommen unverändert zu sein schien. Irene trat ans Bett und reichte ihr das Wasserglas. Nachdem Gerd ein paar Schlucke getrunken und das fast leere Glas auf dem Nachttisch abgestellt hatte, sagte sie:

»Du musst bei Sture vorbeigehen. Ich war gerade auf dem Weg zu ihm, als das … passierte. Er rief bei mir an, verstehst du. Es ging ihm nicht gut.«

»Was mit dem Herzen?«

»Ja. Ich habe seine Schlüssel in meiner Handtasche. Er hat außer mir schließlich niemanden. Du kannst übrigens auch die Schlüssel zu meiner Wohnung mitnehmen und die Blumen gießen und die Post aus dem Briefkasten nehmen und …«

»Liebe Mama, wir haben bereits deine Ersatzschlüssel. Ich verspreche, dass wir in deiner Wohnung vorbeischauen. Und ich verspreche dir auch, dass ich mit Sture spreche und mich nach seinem Befinden erkundige.«

Gerds eine Hand lag auf der Bettdecke. Irene nahm sie vorsichtig in ihre. Wie schmal sie geworden war. Weshalb habe ich nicht bemerkt, dass Mama in letzter Zeit so mager geworden ist?, dachte sie. Oder habe ich es nicht sehen wollen? Mich mit Zeitmangel rausgeredet. Wie immer.

»Wie geht es deinem Kopf? Schwester Anna sagte, du hättest eine leichte Gehirnerschütterung«, fragte Irene, um sich nicht in ihre Selbstvorwürfe vertiefen zu müssen.

»Am Tag danach war mir recht schwindlig, aber jetzt merke ich davon nicht mehr so viel. Mit dem Bein und der Hüfte ist es schlimmer. Außerdem liege ich in irgendeiner Streckvorrichtung und kann mich nicht umdrehen. Aber ich bekomme starke Tabletten. Das ist gut. Obwohl mir das Zeitgefühl abhandenkommt. Wie spät ist es?«

»Gleich halb elf.«

»Ist es Montag oder Dienstag?«

»Montag«, antwortete Irene.

Ihre Unruhe bekam neue Nahrung. Gerd war nicht so klar im Kopf, wie sie gerne gewirkt hätte. Hoffentlich lag das nur an den starken Medikamenten.

»Gut. Ich meine, dass erst Montag ist. Sonst hätten die nämlich meine Operation vergessen. Ich komme morgen als Allererste dran.«

»Schön, dass du zuversichtlich bist, dass alles wieder gut wird«, meinte Irene.

»Aber natürlich! So weh, wie mir dieses verdammte Hüftgelenk im letzten Jahr getan hat … das kannst du dir gar nicht vorstellen. Schön, dass es jetzt endlich operiert wird. Obwohl ich dann erst einmal nicht gehen kann, bin ich zumindest die Schmerzen los!«

»Aber Mama, das ist doch klar, dass du wieder gehen können wirst!«, protestierte Irene.

»Ja, ja. Das sehen wir, wenn es soweit ist«, murmelte Gerd.

Sie blinzelte schläfrig. Als Irene glaubte, sie sei eingeschlafen, stand sie vorsichtig auf. Da schlug Gerd ihre Augen wieder weit auf und sah ihre Tochter scharf an.

»Ein Alarm hätte mir auch nicht geholfen! Der funktioniert nur in der Wohnung!«

Noch ehe Irene etwas erwidern konnte, schloss sie wieder die Augen.

Nicht kleinzukriegen und stur; danke, dass ich diese Eigenschaften von dir geerbt habe, liebe Mama.

Irene drehte sich in der Tür noch einmal um und betrachtete ihre Mutter. Die Decke hob und senkte sich bei ihren ruhigen Atemzügen. Du wirst auch damit fertig, dachte Irene zärtlich.

Das Haus war in den fünfziger Jahren gebaut worden, genau wie das, in dem Gerd jetzt schon fast seit vierzig Jahren in ihrer Dreizimmerwohnung wohnte. Der einzige Unterschied war, dass Sture nur eine Zweizimmerwohnung hatte. Er hatte sie gekauft, nachdem seine Frau vor fünfzehn Jahren gestorben war. Er hatte das Einfamilienhaus auf dem Land verkauft und war nach Göteborg in die Stadt gezogen. Gerd und er hatten sich im Supermarkt am Doktor Fries Torg kennengelernt, in dem sie beide einkauften. Sie waren sich in dem Laden oft begegnet und hatten angefangen, sich zu unterhalten. Nach ein paar Jahren hatten sie ihre Zuneigung zueinander entdeckt, und jetzt waren sie schon seit fast zehn Jahren ein Paar. Sie waren beide nicht daran interessiert gewesen zusammenzuziehen. Ich habe keine Lust, alle meine Sitten und Unsitten abzulegen, schließlich hat es mich ein ganzes Leben gekostet, sie mir zuzulegen, hatte Gerd die Sache erklärt.

Sture und Gerd hatten im Laufe der Jahre sehr viel Spaß zusammen gehabt, und Irene war oft dankbar für den Tag gewesen, an dem sie sich begegnet waren. Sie und ihre Familie schätzten den freundlichen und ruhigen Sture außerordentlich.

Irene versuchte ihn mit dem Handy zu erreichen, aber er ging nicht an den Apparat. Sie wurde nervös und gab mehr Gas, aber das war bei dem dichten Verkehr um die Mittagszeit nicht so leicht.

Fast direkt vor Stures Haustür fand sie einen Parkplatz. Sie schloss die Haustür auf und ging in den ersten Stock. Die Klingel hallte in der Diele wider, aber in der Wohnung blieb alles still. Sie öffnete mit dem Schlüssel aus Gerds Handtasche die Wohnungstür.

»Sture! Ich bin's, Irene!«

Ihr Ruf schallte unbeantwortet durch die Zimmer. In der Luft lag der Geruch »älterer Herr«, deutlich, aber nicht unangenehm.

Das Wohnzimmer war mit hellen Möbeln möbliert, die noch aus der Zeit stammten, als Sture und seine Frau frisch verheiratet waren. Das einzig Moderne war ein großer Fernseher mit Flachbildschirm, der an der Wand hing, und die Stereoanlage. In den Regalen standen überwiegend Schallplatten. Bei den wenigen Büchern handelte es sich hauptsächlich um Reisebeschreibungen und Biographien. Sture war Musikliebhaber und hatte hunderte Schallplatten und CDs. Mit seiner riesigen Anlage ließen sich alle Arten von Tonträgern abspielen.

Die kleine Küche war wie immer sauber und aufgeräumt. Sie war irgendwann in den siebziger Jahren renoviert worden, und es war langsam an der Zeit, dass sie wieder instand gesetzt wurde. Der Herd und nicht zuletzt der lärmende Kühlschrank mussten dringend erneuert werden. Vor dem Fenster stritten sich ein paar Blaumeisen um ein Netz mit Futter, das Sture aufgehängt hatte. Die Ärmsten brauchten alle Hilfe, die sie in diesem schonungslosen Winter bekommen konnten.

Das Bett im Schlafzimmer war ordentlich gemacht. Auf einem Stuhl lagen einige zusammengelegte Kleidungsstücke, und an den Türen der Schränke hingen ein paar frischgebügelte Hemden. Mitten im Zimmer stand ein Bügelbrett. Irene überzeugte sich davon, dass das Bügeleisen nicht eingesteckt war. Die Christrose im Fenster ließ die Blätter hängen, und Irene beschloss, sie zu gießen, ehe sie die Wohnung wieder verließ.

Dann sah sie ihn.

Er lag auf dem Fliesenboden im Badezimmer. Offenbar war er auf dem Weg zum Waschbecken gewesen oder zu dem kleinen Schränkchen, das darüberhing, denn er lag vornüber mit dem Kopf unter dem Becken. Sie hatte in den vergangenen zwanzig Jahren genug Tote gesehen, um zu wissen, dass er schon eine ganze Weile nicht mehr lebte. Er war kalt. Die Kälte des Todes. Und nichts war so kalt wie ein toter Mensch.

Falls es stimmte, was Gerd gesagt hatte, lag er bereits seit fast zwei Tagen dort. Warum hatte er mit ihr telefoniert und nicht den Krankenwagen gerufen?

Irene setzte sich im Wohnzimmer in einen kleinen Sessel, während sie auf den Krankenwagen und die Polizei wartete. Sie hatte einen Kloß im Hals, aber die Tränen wollten nicht kommen. Oder sie wollte sie nicht zulassen, sie wusste es nicht so recht. Sie hatte das Gefühl, dass ihr alles einfach zuviel war. Zu viele Tote. Sie kam damit nicht mehr klar. Aber sie musste, allein Gerds wegen.

Der Krankenwagen fuhr vor. Sie hörte, wie die Sanitäter die Trage herausnahmen und die Türen zuknallten. In diesem Augenblick fasste sie einen Beschluss.

Der Tod kam nie gelegen. Er ließ auch nicht mit sich verhandeln. Er war unaufhaltsam.

Aber man musste die Umwelt von seinem Eintreffen nicht unbedingt unverzüglich in Kenntnis setzen.

Vernehmung von Anders, ›der Indianer‹, Pettersson …«

Irene betrat das Verhörzimmer, als Fredrik gerade die Vernehmung begonnen hatte. Außer Atem bat sie um Entschuldigung für ihre Verspätung und ließ sich auf einen Stuhl am Ende des Tisches fallen.

»… Kriminalinspektorin Irene Huss ist ebenfalls zugegen«, sprach Fredrik in das Mikrofon.

Der Indianer saß träge zurückgelehnt da und wirkte, als sei er an den Vorgängen im Zimmer nicht im Geringsten interessiert. Es war ihm alles egal.

»Also, Pettersson … ich habe Inspektorin Huss gebeten, sich mit Ihnen zu unterhalten. Sie verfügt über viele neue Informationen«, begann Fredrik.

Der Indianer warf Irene einen zerstreuten Blick zu. Unter seinem scheinbaren Desinteresse ließ sich eine gespannte Wachsamkeit ahnen. Keiner wusste besser als der Indianer selbst, was er alles auf dem Kerbholz hatte. Es war alles andere als erfreulich, von der Polizei verhört zu werden.

Irene begann mit Belanglosigkeiten und sagte dann plötzlich:

»Jetzt wissen wir mehr über die ermordete Tanja und über Sergej Petrov.«

Dem Indianer gelang es nicht, seine Überraschung zu verbergen, als Sergejs Name fiel. Er zuckte sichtlich zusammen. Jetzt hatten sie seine Aufmerksamkeit. Er wusste, dass sie sich in ein Minenfeld begaben. Um seine Unruhe zu verbergen, lächelte er höhnisch und schüttelte nur den Kopf.

»Wir wissen, dass Sergej mit falscher Identität nach Göteborg kam und zwar als Andres Tamm. Sind Sie ihm begegnet, nachdem er Kontakt zu Heinz Becker aufgenommen hatte?«, fuhr Irene fort.

»Ich habe keine Ahnung, was Sie da für einen Scheiß reden.«

Irene legte das spanische Fahndungsfoto von Sergej Petrov und das vergrößerte Passfoto von Andres Tamm vor ihn hin.

»Sie sind diesem Mann also nie begegnet? Weder als Sergej Petrov noch als Andres Tamm?«

Nach einem gleichgültigen Blick auf die beiden Fotos schüttelte der Indianer seinen glattrasierten Kopf. Aber Irene wusste, dass der Indianer Sergej Petrov, Heinz Becker und das Mädchen nach ihrer Flucht vor der Bordell-Razzia in Biskopsgården abgeholt haben musste.

Das Verhör ging zäh voran. Der Indianer stritt alles ab, was er bislang gesagt hatte. Als ihn Fredrik mit der Tatsache konfrontierte, dass er es war, der ihnen die Namen Tanja und Sergej genannt habe, behauptete er, sich an nichts erinnern zu können. Er behauptete, diese Namen noch nie gehört zu haben. Vielleicht sei das ja etwas gewesen, was ihm jemand im Suff erzählt und was er dann, noch nicht wieder nüchtern, wiederholt habe. Außerdem bestehe er bei allen weiteren Verhören auf seinem Anwalt. Sein Anwalt Joar Svanér war im Präsidium bekannt – oder genauer gesagt berüchtigt. Er lief auch unter dem Namen Bandidos-Anwalt. Irgendwie glückte es ihm immer, die Gesetze zu dehnen. Sein Talent war unbestritten. Im Laufe der Jahre war er sehr reich geworden und galt als einer der bekanntesten Anwälte Göteborgs. Promi-Partys, Frauen und schnelle Sportwagen waren sein Markenzeichen. Und der wichtigste Rat für seine Mandanten war: Schnauze halten!

Es war deutlich, dass Anders, »der Indianer«, Pettersson sich diesen Rat seines juristischen Vertreters zu Herzen genommen hatte. Er hatte nicht vor, auch nur eine Silbe zu sagen.

Nach einer Stunde ergebnisloser Fragerei gab Irene Fredrik verstohlen ein Zeichen. Dieser brach daraufhin das Verhör ab.

Als der Indianer mit einem letzten höhnischen Grinsen das Zimmer verließ, sagte Fredrik mutlos:

»Der wird nie reden.«

»Doch. Wir müssen uns nur etwas einfallen lassen, um ihm Angst einzujagen, damit er redet. Wovor hat er am meisten Angst?«

»Dass ihm die Bandidos eine Abreibung verpassen, falls er auspackt, ihn vielleicht sogar kaltmachen.«

»Ja. Und davor hat er ganz zu Recht Angst. Aber ich meine, gemerkt zu haben, dass er nervös wird, sobald wir auf seine eigenen Schandtaten zu sprechen kommen. Ich glaube, er hat Angst davor, dass wir etwas finden, das ihn wieder in den Knast bringt. Ich habe das Gefühl, dass das Gefängnis seine größte Furcht ist.«

»Da gefällt es doch wohl keinem Verbrecher.«

»Stimmt. Aber für den Indianer war es im Knast vermutlich besonders hart. Pädophile haben dort nichts zu lachen. Und er hat Angst davor, dass wir irgendeiner Sache auf die Spur kommen. Fragt sich nur, welcher. Und dann müssen wir sie natürlich beweisen können.«

Fredrik nickte und sah aus, als würde er angestrengt nachdenken. Plötzlich sagte er:

»Mit den Bauarbeitern auf dem Dachboden über dem Bordell habe ich geredet und ihnen Speichelproben abgenommen. Es ergab sich keine Übereinstimmung mit dem Sperma, das wir auf Tanja und ihrer Jacke gefunden haben. Vielleicht sollten wir die DNA des Indianers überprüfen?«

»Warum nicht? Wir haben sein DNA-Profil schließlich noch von früheren Fällen des Missbrauchs von Minderjährigen.«

»Ich habe aber irgendwie das Gefühl, dass nicht er es war, der Tanja ermordet hat«, meinte Fredrik.

»Nein, vielleicht nicht. Aber er weiß etwas über diesen Mord. Er kannte die Beteiligten viel besser, als er zugeben will.«

Björn »Billy« Kjellgren war laut Personenkennziffer gerade achtzehn geworden, sah aber jünger aus. Seine weiten Hosen und die Kapuzenjacke hingen an seinen schmächtigen Gliedmaßen herunter. Seine knochigen Schultern zeichneten sich scharf unter der Jacke ab. Um die Wahrheit zu sagen, war er fast mager. Rotblondes Haar schaute unter dem Rand einer gestrickten dunkelblauen Mütze hervor. Sein Gesicht hatte feine Züge, war aber von einer starken Akne entstellt. Er saß vornübergebeugt auf einem Stuhl und fixierte die Spitzen seiner abgetragenen Stiefel.

Irene stand hinter dem Spiegel des Verhörzimmers und beobachtete Jonnys harten Kampf, Billy zum Reden zu bringen. Es war unsinnig.

Aus seiner eigenen Perspektive gesehen lief es gut für Billy. Er gab nämlich während des ganzen Verhörs keinen einzigen Laut von sich. Jede Frage des immer frustrierteren Jonny beantwortete er mit nichts als Schweigen. Nicht einmal als Jonny ihm das Strafmaß für die Straftaten, derer er bezichtigt wurde, nannte, die sich alles in allem auf mehrere Jahre hinter Schloss und Riegel beliefen, verzog er eine Miene.

Schließlich gab Jonny auf. Das passierte nur selten, aber jetzt war er auf jemanden gestoßen, dem er nicht das Wasser reichen konnte: einen kleinen schmächtigen Teenager, dem Flucht aus dem Gefängnis, Autodiebstahl, Fahrerflucht und fahrlässige Tötung zur Last gelegt wurde.

»Der kleine Scheißkerl scheint lobotomiert zu sein«, seufzte Jonny, als er mit Irene nach dem Verhör einen Kaffee trank.

Er musste vor der Vernehmung von Niklas Ström wieder zu Kräften kommen.

»Darf ich dabei sein?«, fragte Irene.

Jonny zuckte nur leicht mit den Schultern.

»Klar. Aber hast du nicht mit deinem eigenen Fall zu tun?«

»Doch, aber Linda Holm treffe ich erst um vier. Bis dahin kann ich gut an diesem Verhör teilnehmen.«

Jonny warf ihr einen forschenden Blick zu.

»Warum?«, wollte er wissen.

Irene war auf diese Frage vorbereitet.

»Ich würde gerne wissen, ob er oder Billy an dem Abend, an dem Tanja ermordet und Torleif Sandberg angefahren wurde, etwas gesehen haben. Sie müssen in der Nähe gewesen sein, auch wenn nicht sie es waren, die Torleif angefahren haben.«

»Wer hätte es denn sonst sein sollen?«

»Genau das frage ich mich auch. Sehr viel spricht dafür, dass es diese beiden Typen waren. Aber ich kann mir einfach nicht zusammenreimen, wo sie die Schlüssel von Torleifs Auto herhatten, das mehrere hundert Meter entfernt vor seinem Haus abgestellt war!«

»Wirklich sehr seltsam«, pflichtete ihr Jonny bei.

Niklas Ström war etwas größer und kräftiger als Billy. Im Übrigen sahen sie sich zum Verwechseln ähnlich und hätten Brüder sein können. Der größte Unterschied lag in ihrer Körpersprache. Billy war vollkommen schlapp und ausdruckslos, und Niklas konnte keinen Augenblick stillsitzen. Die ganze Zeit zuckte es irgendwo unkontrolliert.

Obwohl auch Niklas schwieg, so saß er zumindest nicht vollkommen still da. Unentwegt räusperte er sich und schnaubte.

Nach den einleitenden Sätzen sagte Jonny:

»Wenn ich das recht verstanden habe, so haben Sie mit Billy vereinbart, aus Gräskärr auszubrechen. Es ist mir eigentlich egal, wie Sie den Ausbruch geplant und durchgeführt haben. Mich interessiert, was Sie danach hier in Göteborg getan haben.«

Niklas schnaubte ein paarmal und trommelte dabei mit den Fingerspitzen auf den Tisch.

»Erzählen Sie mir von den ersten Tagen nach Ihrem Ausbruch.«

Niklas schüttelte den Kopf und stöhnte einige Male rasch hintereinander laut. Keine Antwort kam über seine fest zusammengepressten Lippen.

»Es war verdammt kalt, als Sie sich aus dem Staub gemacht haben. Sie mussten irgendwo unterkommen. Und Sie brauchten ein Auto«, versuchte es Jonny wieder.

Niklas' einzige Reaktion waren ein paar kräftige, pfeifende Geräusche durch die Nase. Irene gewann den immer deutlicheren Eindruck, dass mit ihm etwas nicht in Ordnung war. Hatte das mit seiner Drogenabhängigkeit zu tun? Waren das Entzugssymptome?

Niklas schien die Fragen von Jonny nicht beantworten zu wollen. Irene nutzte die Gelegenheit, um eine eigene Frage zu stellen:

»Haben Sie und Billy in der Zeit, in der Sie draußen waren, Drogen genommen?«

Niklas sah sie an und schüttelte energisch den Kopf.

»Mit diesem Unsinn habe ich aufgehört«, antwortete er zu ihrer Verblüffung.

»Sie haben also beide keine Drogen genommen?«, verdeutlichte sie ihre Frage.

Niklas räusperte sich einige Male laut.

»Billy hat nie Drogen genommen, und ich habe damit aufgehört.«

»Das ist ja schön, dass Sie aufgehört haben. Was gab es für einen Grund?«

Nachdem er sich einige weitere Male schnaubend geräuspert hatte, sagte er:

»Ich vertrage das Zeug nicht. Deswegen habe ich das damals auch getan… obwohl ich mich nicht erinnere… alles ging im Kreis, und dann wurde alles schwarz…«

»Sie meinen, als Sie diesen anderen Typen vergewaltigt haben«, warf Jonny hart ein.

Niklas hustete einige Male rasch hintereinander, ehe es ihm gelang, ein kurzes »Ja« über die Lippen zu bringen.

»Sie meinen also, dass Sie in Ihrem Inneren ein harmloser kleiner Schwuler sind? Die Vergewaltigung war nur ein Unfall, weil Sie zuviel Stoff genommen hatten? Eigentlich war es gar nicht Ihre Schuld, dass Ihr Opfer dabei schwer verletzt wurde und wochenlang im Krankenhaus lag?«

Niklas' Miene verdüsterte sich, und Irene erkannte, dass das Verhör eine katastrophal falsche Wendung genommen hatte. Für die Sache, über die sich Jonny so sarkastisch ausließ, war Niklas bereits verurteilt worden. Rasch versuchte sie die Sprache wieder auf die verhängnisvollen Tage im Januar zu bringen.

»Wo haben Billy und Sie die ersten Nächte gewohnt, nachdem Sie aus Gräskärr abgehauen waren?«

Niklas räusperte sich einige Male, antwortete aber nicht. Auch bei den folgenden Fragen schwieg er beharrlich. Nach Jonnys provokanten Bemerkungen über die Vergewaltigung hatte er die Schotten dichtgemacht. Irene verfluchte die Dummheit ihres Kollegen, sah aber ein, dass nichts mehr zu machen war. Das Kind war in den Brunnen gefallen. Es hatte keinen Sinn weiterzumachen. Sie mussten es morgen wieder versuchen. Noch waren sie nicht annähernd zu der Frage gekommen, wie die Burschen in den Besitz von Torleifs Autoschlüsseln und seines Autos gekommen waren.

Als Irene nach Hause kam, war die ganze Familie bereits versammelt. Als sie die anderen umarmte, spürte sie, wie die Spannung von ihr abfiel, die sie bis dahin gar nicht bemerkt hatte. Felipe hatten sie bereits bei sich zu Hause abgesetzt. Abgesehen von einem verstauchten Daumen war er von dem Skiausflug ganz begeistert gewesen. Krister und die Mädchen hatten eine frische Farbe, da sie jeden Tag stundenlang draußen verbracht hatten. Irene hatte an dem Samstag auf dem Hotelbalkon ebenfalls ihre bleiche Winterfarbe verloren. Von außen betrachtet wirkte die ganze Familie sehr munter, aber sie hatten viel zu verarbeiten. Krister hatte in Mellerud für das Abendessen eingekauft. Er briet Beefsteak mit sehr viel Zwiebeln, ein Lieblingsessen von Irene. Jenny begnügte sich mit ein paar Gemüsebrätlingen aus der Tiefkühltruhe.

Auch Sammie hatte sein Fressen bekommen und lag schnarchend unter dem Küchentisch. Beim Essen sprach Familie Huss über alles, was am Wochenende vorgefallen war. Hauptsächlich redete Irene. Noch einmal musste sie die ganze Geschichte von der Schießerei im Kasino erzählen. Krister hatte seinen Töchtern zwar davon berichtet, aber sie wollten sie von ihr selbst hören. Es hatte etwas Therapeutisches, sie einmal mehr zu erzählen, die Ereignisse noch einmal Revue passieren zu lassen. Es war auch heilsam, noch ein paar Tränen zu vergießen und sich von jenen Menschen trösten zu lassen, die sie am allermeisten liebte.

Dann diskutierten sie lange, wie sie Gerd am besten helfen konnten, wenn sie wieder nach Hause kam. Alle vier gingen davon aus, dass sie die Operation des nächsten Tages gut überstehen würde, wie es dann weiterging, war allerdings schwierig.

»Sie kommt nicht allein in ihrer Wohnung im zweiten Stock ohne Fahrstuhl zurecht«, meinte Irene mutlos.

»Kann sie nicht hier wohnen?«, schlug Katarina vor.

»Doch schon, aber ihr kennt doch Großmutter. Stur wie sonst was. Sie wird sicher in ihrer eigenen Wohnung bleiben wollen.«

»Daher hast du das also«, spottete Katarina.

»Allerdings, und du hast auch deinen Teil abbekommen«, konterte Irene rasch.

»Hört schon auf, Mädels. Jetzt geht es um Gerd. Wir müssen zusehen, dass sie wieder in ihre Wohnung kommt. Die Sanitäter, oder wer auch immer sie von der Klinik nach Hause fährt, müssen halt mit anpacken«, meinte Krister mit Nachdruck.

»Die ambulante Hauspflege kümmert sich ja wohl um alle medizinischen Belange, aber da ist noch etwas …«

Irene sprach den Satz nicht zu Ende. Sie seufzte erneut.

»Wir müssen einen Plan erstellen und uns damit abwechseln, sie jeden Tag zu besuchen«, meinte Jenny.

Schließlich fühlte sich Irene auch in der Lage, von Stures Tod zu erzählen. Trauer und Betroffenheit herrschten daraufhin in der kleinen Runde. Die ganze Familie war sich einig, dass das wirklich zuviel auf einmal war.

»Ich finde nicht, dass wir Mama schon von Stures Tod erzählen sollten. Sie muss sich erst mal von ihrer Operation erholen«, sagte Irene.

Krister sah sie nachdenklich an.

»Ist das so schlau? Und wenn sie es doch erfährt?«

»Wenn wir nichts sagen, erfährt sie nichts.«

»Und wann, findest du, sollen wir es ihr erzählen?«, wollte Krister wissen.

»In ein paar Tagen«, antwortete Irene ausweichend.

Sie hatte keine Ahnung, welcher Zeitpunkt geeignet war. Eine solche Nachricht kam natürlich nie gelegen. Sie wusste nur, dass sie jetzt jedenfalls nicht die Kraft hatte, es ihrer Mutter beizubringen.

Fredrik Stridh schaute in Irenes und Tommys gemeinsames Büro hinein.

»Irene, da ist ein Typ, der jemanden sucht, der mit dem Fall der kleinen Russin befasst ist«, teilte er mit.

Im Augenblick arbeitete nur noch Irene aktiv an dieser Ermittlung, deswegen gab es nicht viel Auswahl.

»Gut. Stell ihn durch«, antwortete sie geistesabwesend.

Sie starrte konzentriert auf den Monitor ihres Computers. Mit Mühe versuchte sie, die Ereignisse auf Teneriffa in eine schriftliche Form zu bringen. Obwohl sie sich kurzfasste, vermittelte ihr Bericht den Eindruck, dass sie sich mindestens eine Woche lang auf der Insel aufgehalten haben musste und dass das meiste von ihr erfunden war.

»Er ist nicht am Telefon. Er ist hier.«

»Ach so … ich will nur eben noch …«

Ehe sie den Satz noch beenden konnte, hatte Fredrik den Mann schon eintreten lassen. Oder dieser hatte sich an ihm vorbeigedrängt. Er trug eine dicke, dunkelblaue Seglerjacke mit Kapuze, ein ungemein praktisches Kleidungsstück bei dem eiskalten Regen, der gegen die Fensterscheibe trommelte.

»Hallo. Ich heiße Martin Wallström und habe etwas Wichtiges mitzuteilen, was den Ort angeht, an dem Sie das ermordete Mädchen gefunden haben.«

Es war ihm anzumerken, dass er es gewohnt war, dass ihm alle zuhörten. Er strahlte Energie und Entschlossenheit aus. Irene schätzte ihn auf etwa 45 Jahre. Sein sehr kurz geschnittenes Haar lichtete sich bereits etwas. Seine Gesichtszüge waren scharf und sein Blick hinter den randlosen Brillengläsern hellwach.

Irene nannte ihren Namen und bat ihn, doch auf dem freien Stuhl auf der anderen Seite des Schreibtisches Platz zu nehmen. Martin Wallström zog die teure Freizeitjacke aus und hängte sie über die Lehne. Unter der Jacke trug er eine dünne hellgraue Wolljacke und ein dunkelgrünes Polohemd. Zusammen mit seiner schwarzen Baumwollhose und seinen schwarzen, stabilen Schuhen ergab das ein ebenso formelles wie legeres Gesamtbild. Irene hatte sofort den Eindruck, einen Mann mit Geld und gutem Geschmack vor sich zu haben. Fit schien er auch zu sein.

Was ihn jedoch interessant machte, war die Tatsache, dass er etwas erzählen wollte, was den Fall der kleinen Russin betraf. Das war bei dieser Ermittlung bislang noch nicht vorgekommen.

»Ich höre mir gerne an, was Sie zu sagen haben«, sagte Irene und lächelte ihm aufmunternd zu.

Er nickte und musterte sie kritisch. Dann sagte er abrupt:

»Sie müssen verstehen, dass das hier etwas … heikel ist.«

Irene nickte, als sei das sonnenklar. Gleichzeitig fragte sie sich, was er ihr wohl sagen wollte. Sie erwiderte nichts, sondern wartete darauf, dass er Klarheit in das Dunkel bringen würde.

»An dem Abend, an dem das kleine Mädchen ermordet wurde … war ich an dem Ort, an dem sie gefunden wurde. Natürlich nicht in diesem Keller, sondern auf diesem kurzen Weg, der zum Kanuclub führt. Ich hatte dort geparkt.«

Irene spürte, wie sich ihr Puls beschleunigte. Das konnte ja richtig interessant werden. Sie versuchte nicht zu zeigen, wie gespannt sie war.

»Wann kamen Sie dorthin?«, fragte sie ruhig.

»Halb neun, glaube ich, sogar ziemlich genau. Vielleicht ein paar Minuten später«, erwiderte er rasch.

»Was haben Sie für einen Wagen?«

»Einen dunkelblauen Volvo S 80, das Modell von letztem Jahr.«

Das musste der zweite Wagen gewesen sein, der laut Zeugen die Töpelsgatan entlanggerast war. Die Zeit und der Wagentyp stimmten mit den Zeugenaussagen überein. Das würde aber auch bedeuten, dass Martin Wallström nicht allein im Auto gewesen war. Laut dem Mann mit dem Hund, der fast überfahren worden war, hatte sich auch eine Frau im Auto befunden.

»Weshalb sind Sie dorthin gefahren? Es war später Abend und sehr kalt ...«

Irene beendete den Satz absichtlich nicht, damit er daran anschließen und weitererzählen würde.

»Wir mussten uns ungestört unterhalten. Ich kannte diesen kleinen Weg, da ich oft dort joggen war. Ich wohne in Örgryte.«

Da wär ich nie drauf gekommen, dachte Irene sarkastisch, nickte ihm aber nur aufmunternd zu weiterzuerzählen.

»Ich war nicht allein im Auto. Ich hatte also eine Frau in meiner Gesellschaft. Wir ... hatten wichtige Dinge zu besprechen.«

Er verstummte, holte tief Luft, als wolle er Kraft sammeln, und sprach dann weiter:

»Wir hatten seit mehreren Monaten ein Verhältnis. Wir hatten beide nicht gedacht, dass es so kommen würde ... aber es ist eben passiert. Die Situation wurde schwierig. Wir fuhren also zu diesem Weg beim Kanuclub, um zu besprechen, was wir tun wollten. Sollten wir unsere Beziehung beenden? Oder uns von unseren Partnern scheiden lassen? Sie müssen wissen, wir sind fast Nachbarn. Es hatte ... Gerede gegeben. Einige Nachbarn hatten uns gesehen.«

Martin Wallström sah betreten aus, als er Letzteres erzählte. Irene fragte sich, was wohl schlimmer gewesen war: dass er eine Affäre mit einer Nachbarin hatte oder dass sie in der Nachbarschaft bekannt geworden war.

»Sie verstehen sicher, dass es für uns sehr wichtige und entscheidende Dinge waren, über die wir sprachen. Es war kalt, und ich ließ den Motor laufen, damit wir nicht frieren würden. Ich glaube, dass wir fast eine Stunde lang dort standen. Jedenfalls etwas mehr als eine Dreiviertelstunde. Dann mussten wir fahren, weil es spät wurde. Wir hatten immer noch keinen endgültigen Beschluss gefasst. Wir haben beide Kinder. Ihre sind noch jünger als meine… es ist keine leichte Entscheidung, so etwas aufs Spiel zu setzen.«

Zum ersten Mal wich er Irene mit dem Blick aus. Er schaute aus dem Fenster, an dem die Regentropfen hinunterflossen. Dann schluckte er ein paarmal.

»Was ich sagen wollte, ist, dass die ganze Zeit, die wir im Auto saßen, ein anderer Wagen ein Stück weit von uns entfernt geparkt stand. Etwas näher am Schlagbaum.«

Und etwas näher am Erdkeller, dachte Irene.

»Saß in diesem Auto jemand?«

»Nein. Es war leer. Glaube ich. Es war schließlich sehr dunkel. Einige Straßenlaternen waren kaputt, aber mir fiel nichts auf, was darauf hingedeutet hätte, dass sich jemand in der Nähe befand.«

»Um was für eine Automarke handelte es sich denn?«

»Weiß nicht. Ich glaube, dass die Farbe recht hell war. Ein etwas größeres Modell, aber den Hersteller weiß ich nicht. Es parkte mit der Kühlerhaube in unserer Richtung. Wir standen ganz am Anfang der Abzweigung, vielleicht zwanzig Meter vom Schlagbaum entfernt.«

Martin Wallström schwieg und sah Irene fast trotzig an. Als er keine Anstalten machte weiterzuerzählen, fragte sie:

»Warum sind Sie nicht schon früher gekommen?«

Er rutschte verlegen auf dem Stuhl hin und her.

»Das liegt doch auf der Hand«, erwiderte er schroff.

»Nein. Erzählen Sie«, ermahnte ihn Irene freundlich.

»Wir hatten uns noch nicht entschlossen, wie unsere Zukunft aussehen sollte und… überhaupt alles. Aber jetzt hat meine Frau von der Sache mit uns erfahren. Von einer ihrer Freundinnen, die uns gesehen hat. Jetzt gibt es also kein Zurück mehr. Wir lassen uns beide scheiden und versuchen uns ein neues gemeinsames Leben aufzubauen.«

»Ihnen muss aber doch klargewesen sein, dass diese Beobachtungen wichtig sind?«, sagte Irene.

»Ja. Aber aus den ebengenannten Gründen wollte ich nicht mit Ihnen reden. Es bestand das Risiko, dass unsere Ehepartner erfahren hätten … Sie verstehen schon.«

Irene beschloss, die Sache auf sich beruhen zu lassen, obwohl sie sich ärgerte, dass er sich nicht früher gemeldet hatte.

»Sie haben also niemanden in der Nähe dieses anderen Autos gesehen?«, fragte sie.

»Nein. Aber als wir den Delsjövägen entlangfuhren, hörten wir in der Ferne Sirenen eines Polizeiautos. Und zwar von der Stadt her. Wir konnten auch das Blaulicht sehen. Da wir uns nicht aufhalten lassen wollten, bogen wir in die Bögatan ein und fuhren über die Sankt Sigfridsgatan direkt nach Hause«, sagte Wallström.

Das Martinshorn, das sie gehört hatten, war wahrscheinlich das des Streifenwagens gewesen, der den gestohlenen BMW verfolgte. Wallström und seine Geliebte hatten den Unfall, bei dem Torleif Sandberg zu Tode gekommen war, nur um wenige Sekunden verpasst. Oder sie hatten ihn nicht bemerkt.

»Sie haben kein Auto gesehen, das den Delsjövägen in entgegengesetzter Richtung entlangfuhr? Ich meine das Fahrzeug, das von dem Streifenwagen verfolgt wurde«, sagte Irene.

»Nein. Ich habe mir darüber auch den Kopf zerbrochen, kann mich aber an kein entgegenkommendes Fahrzeug erinnern. Ich war natürlich sehr erregt … wir hatten schließlich ungemein wichtige Fragen besprochen … wahrscheinlich war ich nicht besonders aufmerksam. Mein einziger Gedanke, als ich das Blaulicht sah und die Sirenen hörte, war, dass ich nicht in irgendeinen Unfallstau geraten wollte. Wir wollten nach Hause, ehe es zu spät wurde.«

Irene nickte.

»Ich müsste auch mit Ihrer Begleiterin sprechen«, sagte sie.

Sein Blick wanderte wieder Richtung Fenster.

»Das ist nicht so leicht. Ihr Mann ist… vollkommen außer sich. Sie ist zu ihren Eltern gezogen. Vorübergehend. Bis wir in das neue Haus einziehen können, das ich gekauft habe. Die Kinder wohnen noch bei ihm, aber das ist vermutlich nicht so gut…«

Er verstummte gequält.

»Hat sie auch einen Namen?«

Das klang unhöflicher, als es Irene beabsichtigt hatte.

»Bitte? Wer? Ach so… natürlich. Marika. Marika Lager.«

Er zog eine Visitenkarte aus der Tasche und schrieb rasch etwas auf die Rückseite. Dann reichte er Irene die Karte.

»Das ist ihre Handynummer. Im Augenblick ist sie krankgeschrieben. Meine Nummer steht auf der Visitenkarte. Am einfachsten erreichen Sie mich auf dem Handy.«

Er erhob sich und sah plötzlich wieder so energisch und resolut aus wie beim Betreten des Zimmers.

»Sie müssen entschuldigen, aber ich muss los. Ich habe einen Termin.«

Er reichte Irene die Hand über den Schreibtisch, schüttelte ihre fest und verschwand rasch aus dem Büro.

»Ich habe Marika Lager angerufen und sie hat die Aussage von Martin Wallström bestätigt. Sie hatte nichts hinzuzufügen. Im Gegenteil. Sie konnte sich nur daran erinnern, ein abgestelltes Fahrzeug bemerkt zu haben, als sie auf das kurze Wegstück einbogen. Sie wusste nicht einmal mehr, ob es hell oder dunkel war.«

Andersson nickte und faltete dann die Hände auf seinem Bauch.

»Das Einzige, was wir sicher wissen, ist also, dass am Schlagbaum ein Auto parkte«, sagte er nachdenklich.

»Ja. Und zwar unmittelbar unterhalb des Hangs, auf dem der Erdkeller liegt«, erwiderte Irene.

»Das Schwein könnte im Auto gewartet haben. Wahrscheinlich hatte er die kleine tote Russin bereits in den Keller geschafft und hatte keine Zeit mehr gehabt weggekommen, bevor

Wallström und seine Geliebte auf den Weg einbogen und hielten. Oder er tat es unmittelbar, nachdem die Turteltäubchen weggefahren waren«, meinte Jonny.

»Wir wissen nicht, ob es sich wirklich um den Wagen des Mörders gehandelt hat. Aber ich glaube, dass wir davon ausgehen können, und zwar, weil sich der Fahrer nicht bei uns gemeldet hat«, fuhr Irene fort.

»Auch wenn er die Leiche ganz schnell in den Keller geschafft hätte, er hätte dazu nicht viel Zeit gehabt. Wenn Wallström und seine Flamme etwa um halb zehn von dort weggefahren sind, dann hatte der Mörder gerade mal zehn Minuten, die Russin zum Keller zu tragen, die Tür aufzubrechen und sie dort reinzuschmeißen. Und er muss sich vom Acker gemacht haben, ehe der BMW dort einbog. Sonst hätte dieser ihm den Weg versperrt«, sagte Fredrik.

»Und was, wenn er es nicht mehr rechtzeitig geschafft hat? Wenn unsere kleinen Fahrerflüchtigen dort angekommen sind, ehe er abhauen konnte«, meinte Tommy nachdenklich.

Irene dachte über diese Theorie nach. Ihr war klar, worauf er hinauswollte.

»Du meinst, dass die beiden in diesem Fall wissen müssten, wer er war oder zumindest, wie er aussah«, sagte sie.

»Yes.«

Alle Augen waren auf Jonny gerichtet.

»Okay. Ich knöpfe mir die kleinen Scheißer noch einmal vor. Dieses Wegstück scheint bei Liebespaaren ja sehr beliebt zu sein«, meinte er und grinste vielsagend.

»Aber beide Paare sind ja wohl nicht zum Sex dorthin gekommen«, meinte Irene kühl.

»Hört schon auf! Macht mit den Verhören weiter«, entschied Andersson in einem Ton, der keinen Widerspruch duldete.

»Yes!«

Tommy lächelte Irene an. Er saß mit dem Telefonhörer am Ohr da und machte mit zwei Fingern das Victory-Zeichen.

»Mailst du mir das? Sehr gut!«

Energisch warf er den Hörer auf die Gabel. Immer noch lächelnd meinte er:

»Ich glaube, dass wir endlich was gegen den Indianer in der Hand haben.«

Er machte eine Kunstpause und sah sie übermütig an.

»Raus mit der Sprache!«, sagte sie ungeduldig und weil er es von ihr erwartete.

»Das Labor hat die DNA des Spermas, das wir auf Tanjas Jacke gefunden haben, mit der des Indianers verglichen. Identisch!«

Irene starrte ihn fassungslos an.

»Und im Haar… und die Hautfragmente unter ihren Fingernägeln?«, brachte sie schließlich über die Lippen.

»Nein. Es handelt sich nicht um die DNA des Mörders. Aber bei den Flecken auf der Jacke haben wir einen Treffer!«

Die schmutzige, rosa Jacke hatte Spermaflecken aufgewiesen, die von einem früheren Zeitpunkt vor dem Mord stammten. Und nun wussten sie, dass eine dieser DNA-Spuren vom Indianer stammte. Langsam begann Irene zu realisieren, was für Möglichkeiten ihr diese Tatsache nun eröffnete.

»Ein Spermafleck stammt also von unserem guten Freund, dem Indianer. Das können wir beweisen, und er wird sich in der Sache nicht rausreden können. Wir wissen auch, dass es sich dabei nicht um die DNA des Mörders handelt. Aber das kann der Indianer ja nicht wissen«, sagte sie und lächelte jetzt genauso breit wie Tommy.

»Genau.«

Er stand auf und ging auf die Tür zu. Auf halbem Weg drehte er sich nach Irene um.

»Svante lässt dir außerdem ausrichten, dass wir vergessen haben, den DNA-Vergleich zwischen Andres und Leili Tamm zu stoppen. Jedenfalls bestätigt er, was wir bereits wussten. Die beiden sind nicht verwandt.«

Der Indianer war geschockt, als seine Untersuchungshaft wegen dringenden Mordverdachts verlängert wurde. Sein Anwalt

Joar Svanér erschien und forderte, dass man seinen Mandanten sofort freilasse. Aber als man ihm mitteilte, dass die DNA des Indianers auf der Jacke des ermordeten Mädchens gefunden worden war, da erkannte selbst Svanér den Ernst der Situation. Er verlangte, sich mit seinem Mandanten unter vier Augen besprechen zu dürfen. Kurz darauf teilte der Anwalt mit, dass Anders Pettersson jetzt bereit sei, mit den Kriminalbeamten zu reden.

Irene und Fredrik saßen bereits im Verhörzimmer. Wie beim letzten Mal brachten zwei Gefängniswärter den Indianer herein. Dieses Mal hatte er aber auch noch den Bandidos-Anwalt Joar Svanér in seiner Eskorte.

Irene hatte immer gefunden, dass er eher aussah wie ein überalterter Diskotänzer als ein Anwalt. Er hatte sein halblanges Haar dunkelbraun gefärbt und mit reichlich Pomade zurückgekämmt. An diesem Tag trug er ein schwarzes Ledersakko und ein preiselbeerrotes Hemd ohne Schlips. Eine funkelnde Silberschnalle zierte seinen breiten schwarzen Gürtel. Angesichts der Größe der Schnalle drängte sich die Frage auf, ob sie die eleganten schwarzen Hosen nicht eher herabzog als oben hielt. Obwohl enge Hosen angesagt waren, waren Svanérs Hosenbeine leicht ausgestellt. Cowboystiefel mit hohen Absätzen machten das Bild vollkommen. Das Schuhwerk war bei dem strömenden Regen genauso unpraktisch wie der braune Wildledermantel, den er über dem Arm trug. Den Mantel hängte er über eine Stuhllehne im Verhörzimmer. Man hätte Joar Svanér für exzentrisch und dumm halten können, wäre da nicht sein Blick hinter den gelb getönten Brillengläsern gewesen.

Irene hatte einmal ein Programm über den Nutzen von Aasfressern im Fernsehen gesehen. Ein großer Geier hatte den Todeskampf einer Ziege beobachtet. Mit seinen hellgrauen Augen hatte er das sterbende Tier angestarrt. Manchmal hatte er bedrohlich mit seinen Flügeln geschlagen, um andere kleinere Vögel und andere Geier zu vertreiben. Dazwischen hatte er vollkommen reglos verharrt und die ihm zugedachte Mahlzeit betrachtet. Einzig seine gefühlskalten Augen hatten sich gelegentlich bewegt, wenn er einen sich nähernden Gegner fixierte. Irene konnte sich an diesen Blick gut erinnern. Er nahm alles wahr, ihm entging nichts. Er zeigte keinerlei Gefühle.

Genau so einen Blick hatte der Anwalt Joar Svanér.

»Mein Mandant will die Wahrheit über seine Verbindung zu dem Mordopfer erzählen«, verkündete Svanér ohne weitere Erklärungen.

»Gut. Fangen Sie an«, meinte Irene und nickte dem Indianer zu.

Er wirkte mitgenommen und hatte keinen Versuch unternommen, das zu verbergen. Sein teures Markenhemd stank nach Schweiß, und seine verbeulten Jeans waren schmutzig. Die Stoppeln an seinem Kinn waren jetzt etwas länger als die am Kopf. Seine Augen waren blutunterlaufen und sein Gesicht aufgedunsen. Kurz gesagt, sah er aus wie ein physisches und psychisches Wrack. Das ließ sich sicher darauf zurückführen, dass er in der letzten Zeit Unmengen an Drogen konsumiert hatte. Aber hauptsächlich beruhte es wohl darauf, dass seine Taten ihn endlich eingeholt hatten. Mit größter Wahrscheinlichkeit hatte er vor allem befürchtet, seine Verbindung zu Heinz Becker und dessen schmutzigen Geschäften könne bekannt werden.

Für Drogenhandel wurden schwere Strafen verhängt, aber seit der Menschenhandel in letzter Zeit in den Brennpunkt der Medien geraten war, hatten die juristischen Instanzen sich dieser Problematik intensiver angenommen als früher. Dennoch wurden Drogenvergehen immer noch härter geahndet als der Handel mit Menschen. Und mit Drogen hatte der Indianer überwiegend zu tun gehabt. Er wusste, dass es fatal sein würde, wenn man ihm etwas nachwies: Dann hatte er mit einer langen Gefängnisstrafe zu rechnen.

»Ich… ich hatte… wie zum Teufel soll man das ausdrücken… Kontakt mit dem Mädchen.«

Der Indianer verstummte und starrte auf die Tischplatte. Schweißtropfen liefen ihm über das Gesicht, obwohl es im Zimmer nicht sonderlich warm war. Zwar hatte er gestanden, gegen das Gesetz verstoßen zu haben, das den Kauf sexueller Dienste unter Strafe stellte, aber das würde ihm keine Gefängnisstrafe einbringen. Trotzdem war ihm anzumerken, dass er nervös und ihm die Situation unangenehm war.

»Fangen Sie von vorne an. Wie kamen Sie in Kontakt mit Heinz Becker?«, fragte Irene.

Der Indianer dachte lange nach und antwortete dann:

»Ich rief wegen der Anzeige an. Wegen der Mädchen.«

»Wo hatten Sie diese Anzeige gelesen?«

»In … in einer Zeitung«, antwortete er vage.

»In welcher Zeitung?«

»Erinnere mich nicht.«

»Wie sah die Anzeige aus?«

Der Indianer blickte verständnislos drein.

»Was meinen Sie? Was sind das für idiotische Fragen …?«

»Sie sind für die Ermittlung von Bedeutung«, fiel ihm Irene ins Wort.

Nicht zuletzt, wenn man bedachte, dass er ihnen bereits die erste Lüge aufgetischt hatte. Heinz Becker hatte seine Dienste nur im Internet angeboten. Aber darum brauchte sich der Indianer nicht zu kümmern, da sich Becker wahrscheinlich persönlich bei ihm gemeldet hatte, um Drogen und Potenzmittel zu beschaffen.

»Ich erinnere mich nicht«, antwortete der Indianer mürrisch.

»Heinz Becker und Sie hatten also vorher noch nie miteinander zu tun?«, fuhr Irene fort.

»Nee.«

»Warum hat er sich dann jetzt mit Ihnen in Verbindung gesetzt?«

»Frau Inspektorin, Sie missverstehen das. Mein Mandant wählte die Nummer aus der Anzeige, in der willige Mädchen angepriesen wurden«, warf Joar Svanér rasch ein.

»Ja, genau.« Der Indianer nickte hastig.

Irene tat, als hätte sie den Einwand des Anwalts nicht gehört, und fuhr fort:

»Wann war das?«

»Das habe ich doch verdammt noch mal schon gesagt! Samstag, bevor … bevor sie mich wegen Trunkenheit am Steuer drangekriegt haben! Ich meine also diesen verdammten Samstag vor einer Woche.«

Du erinnerst dich also an unser erstes Verhör, dachte Irene. Und du erinnerst dich an den genauen Tag, an dem du Tanja getroffen hast. Nicht schlecht, bedenkt man deinen permanenten Vollrausch der letzten Wochen. Irene ahnte, dass Joar Svanér mit dem Indianer genau durchgesprochen hatte, was er sagen sollte. Und vermutlich auch, was er keinesfalls sagen durfte.

»Sie wählten also die Nummer aus der Anzeige«, sagte Irene.

»Ja. Wenn man geil ist, ist das nun mal so.«

Er versuchte, übermütig zu klingen, merkte aber selbst, wie lächerlich sich das anhörte. Irene warf ihm nur einen kalten Blick zu. Sein Versuch, einen normalen Freier zu spielen, der ahnungslos in dem Bordell in Biskopsgården gelandet war, war lächerlich.

»Was ist dann passiert?«, fragte Irene.

»Als ich dorthin kam, sagte er … also Becker … dass die kleine Hure irgendwas mit ihrer Ritze hätte. Sie hätte sich irgendwas Übles eingefangen und könnte einem nur einen blasen. Bei der anderen Nutte standen sie an, und deswegen habe ich gesagt, na gut, okay, soll sie mir's halt mit dem Mund besorgen.«

Seine Stimme klang jetzt sicherer. Irene hatte plötzlich das Gefühl, dass er jetzt die Wahrheit sagte.

»Wie war Tanja, als Sie sie trafen?«

»Wie sie war? Was soll das? Sie fror, und deswegen hatte sie auch diese verdammte Jacke an. Deswegen hat sie auch mein Sperma abgekriegt. Ich habe mit ihrem Tod nichts zu tun!«

Vermutlich entsprach es der Wahrheit, dass der Indianer Oralsex mit Tanja gehabt hatte. Samstag war ebenfalls ein plausibler Zeitpunkt für ihre Begegnung. Die Spurensicherung hatte festgestellt, dass das Sperma auf ihrer Jacke ein paar Tage älter war als das in ihrem Haar. Vermutlich sagte der Indianer die Wahrheit über seine Begegnung mit Tanja.

Es ließ sich schwer beweisen, aber alles, was er vorher gesagt hatte, war gelogen.

»Sie sagen also, dass Tanja die Jacke anhatte. Haben Sie sich denn nicht innen aufgehalten?«, fragte Irene.

»Doch.«

»Wo waren Sie?«

»Da … in Biskopsgården.«

»Fanden Sie auch, dass es in der Wohnung kalt war?«

»Nee. Aber ihr muss verdammt kalt gewesen sein.«

»Warum glauben Sie, dass ihr kalt war?«, fuhr Irene fort.

Der Indianer und sein Anwalt sahen verwirrt aus. Sogar Fredrik warf ihr einen raschen Blick von der Seite zu, um ihr zu signalisieren, dass ihm nicht klar sei, wo das hinführen sollte.

»Warum? Das kann ich doch verdammt noch mal nicht wissen!«, explodierte der Indianer.

»Wie ging es Tanja?«

»Wie es ihr ging? Woher soll ich das wissen?«

Unsicher sah er sie mit seinen blutunterlaufenen Augen an und wich dann sofort wieder mit dem Blick aus. Vielleicht ahnte er, worauf sie hinauswollte.

»War sie gesund?«

»Darf ich darauf hinweisen, dass mein Mandant kein Arzt ist. Er kann unmöglich entscheiden, ob eine Person, die er nicht kennt, gesund ist oder krank«, protestierte Svanér.

»Er wird doch wohl die einfache Frage beantworten können, ob diese Person gesund aussah und sich wie ein gesunder Mensch verhielt«, erwiderte Irene kühl.

Der Blick des Indianers irrte zwischen Svanér und Irene hin und her. Schließlich sagte er und schielte dabei unsicher auf seinen Anwalt:

»Sie war vermutlich nicht ganz auf dem Damm. Ich meine … sie wirkte verdammt … schlapp. Oder, wie soll ich sagen … ja, verdammt schlapp.«

»Sie zwingen also eine schwerkranke Minderjährige zum Oralsex«, stellte Irene trocken fest.

Er schluckte ein paarmal, ehe er antwortete:

»Zwingen … verdammt … das war ein Geschäft. Sie wurde dafür bezahlt.«

»Haben Sie ihr das Geld gegeben?«

»Klar!«, antwortete der Indianer grinsend.

Beide wussten, dass es nicht so war, aber das konnte Irene nicht beweisen.

»Wie kommt es, dass Heinz Becker Ihre Handynummer in seinem Handy gespeichert hatte?«

»Er sollte mich verständigen, wenn sich die Ritze der kleinen Hure wieder erholt hat«, antwortete der Indianer, ohne mit der Wimper zu zucken.

An dieser Lüge mussten er und Svanér eine Weile gefeilt haben. Sie hatten gewusst, dass diese Frage kommen würde. Sie wussten, dass die Polizei beweisen konnte, dass der Indianer und Becker über Handy Kontakt gehabt hatten. Der Indianer hatte nicht die Absicht einzuräumen, dass es um Drogenlieferungen und Ähnliches gegangen war.

Während des weiteren Verhörs versuchte Irene mehrmals, ihn zu dem Eingeständnis zu bewegen, schon früher Kontakt zu Heinz Becker gehabt zu haben. Aber er war unerschütterlich und gab nichts zu.

Er hatte sich die strenge Ermahnung seines Anwalts zu Herzen genommen, bis auf den Sexhandel keinen Kontakt mit Heinz Becker zuzugeben.

»Wir verfügen über eine Liste der Gespräche, die von Ihrem und Heinz Beckers Handy aus geführt wurden. Es waren zahlreiche in der Woche, in der er und die Mädchen hier waren. Wie erklären Sie das?«

»Er hielt mich auf dem Laufenden. Also über die Genesung der Muschi«, grinste der Indianer höhnisch.

»Und als er Sie anrief, als er jemanden brauchte, der ihn in Ringön abholte? Hat er Ihnen da auch von der Genesung der kleinen Muschi berichtet?«

Der Indianer schielte auf seinen Anwalt und erwiderte dann rasch:

»Ich war wirklich sehr erstaunt, als er mich bat, aber klar hatte ich Zeit. Sie zahlten sehr gut, weil sie unbedingt eine Maschine in Kopenhagen erwischen wollten.«

»Wer, sie?«

»Der Typ und das Mädchen, das noch übrig war.«

»Haben Sie nicht gefragt, wo Tanja geblieben war?«

Der Indianer schwieg lange und sagte dann:

»Doch. Sie haben gesagt, sie sei schon gefahren.«

»Allein?«

»Nee.«

»Mit wem war sie dann gefahren?«

»Mit … irgendeinem verdammten Sergej.«

Offenbar erinnerte er sich, diesen Namen beim ersten Verhör genannt zu haben. Um seine Glaubwürdigkeit zu erhöhen, nannte er ihn jetzt erneut. Vielleicht hatte er von der Sache auf Teneriffa gehört. Das war nicht ganz unwahrscheinlich, falls er wirklich in den Menschenhandel verwickelt war. Wahrscheinlich hatten die Bandidos auch da ihre schmutzigen Finger drin, wie in allen anderen kriminellen Machenschaften, mit denen Geld verdient wurde.

»Als Sie Heinz Becker und dieses Mädchen Leili abgeholt haben, befand sich doch noch ein Mann in ihrer Gesellschaft. Wissen Sie, wer das war?«

»Nee. Ich weiß nur, dass er dieses Mädchen … haben Sie Leili gesagt? … nach Teneriffa begleiten sollte.«

»Sie sollte also auch nach Teneriffa fahren?«

»Ja. Das hat Heinz jedenfalls zu mir gesagt.«

»Sollte sie an denselben Ort gebracht werden wie Tanja?«

»Wie soll ich denn das wissen? Ich habe sie nur zu einem Parkplatz in Heden gefahren. Ich hatte wirklich nicht das Geringste mit diesen Huren zu tun!«

Du weißt sicher mehr, als du erzählen willst, dachte Irene. Ihr war jedoch klar, dass es keinen Sinn hatte, in dieser Sache weiter in ihn zu dringen. Stattdessen fragte sie:

»Sie haben also Becker gefragt, wo Tanja geblieben sei. Was hat er darauf geantwortet?«

»Das habe ich doch schon gesagt! Dass sie vorausgefahren ist. Mit diesem Sergej.«

»Haben sie etwas über ihre Krankheit gesagt?«

Der Indianer strich sich mehrmals mit seinen Händen über seine stoppelige Glatze, als wolle er sein Gehirn durch etwas Massage stimulieren. Plötzlich nahm er die Hände wieder runter und sah Irene direkt an.

»Sie haben gesagt, irgendein Typ hätte die kleine Puppe zu einem Arzt gebracht. Und dann sei sie wieder so gesund geworden, dass sie nach Teneriffa hätte fahren können.«

Die unbeweglichen Geieraugen blinzelten so rasch, dass es Irene fast nicht bemerkt hätte. Für den Bruchteil einer Sekunde fiel die unergründliche Fassade Joar Svanérs. In diesen Nanosekunden erkannte Irene, dass dies eine Neuigkeit war, die er noch nicht kannte.

»Wer war denn der Typ, der sie zum Doktor gebracht hat?«, fragte Irene rasch.

»Weiß nicht. Irgendein verdammter Freier.«

Jetzt wäre Irene fast die Maske runtergefallen. Diese Information konnte sehr wichtig sein, falls sie wahr war. Und im Augenblick hatte es tatsächlich den Anschein, als hätte sich der Indianer entschlossen, die Wahrheit zu sagen. Die Erklärung war sicher einfach: Er wollte den neugierigen Fragen der Polizei ein Ende bereiten und ihr Interesse in eine andere Richtung lenken.

»Wieso glauben Sie, dass es sich um einen Freier gehandelt hat?«

»Er sagte was im Auto ... was war das noch gleich ... irgendwas von einem Kunden, auf den er sich verlassen kann.«

»Sie erinnern sich nicht mehr genau daran, was er gesagt hat?«

»Verdammt! Das ist so lange her! Ich kann doch wohl nicht ...«

Ein Blick auf seinen Anwalt brachte ihn zum Verstummen.

Auch Svanér hatte den Wert der Taktik erkannt, von der Person des Indianers abzulenken. Besonders da die Polizistin an diesen Informationen interessiert zu sein schien.

»Verdammt… Heinz sprach wahnsinnig schlecht Englisch. Aber er sagte, dass er ›trusted this man‹ und ›he is a good customer‹«, sagte der Indianer mit erstaunlich guter englischer Aussprache.

Ein zuverlässiger Stammkunde hatte also, nach dem, was der Indianer sie glauben machen wollte, den Auftrag erhalten, Tanja zu einem Arzt zu bringen. Statt sie dorthin zu fahren, hatte er sie zum Oralsex gezwungen. Sein Sperma hatte in ihren Haaren geklebt, als sie einige Stunden später gefunden worden war.

Dieser unbekannte vertrauenswürdige Kunde konnte folglich ihr Mörder sein.

Im Hinblick darauf, was die Fahnder wussten, der Indianer aber nicht, konnte das, was er erzählt hatte, also durchaus der Wahrheit entsprechen.

Direkt nach dem Verhör ging Irene in ihr Büro und rief im Sahlgrenska-Krankenhaus an. Die Oberschwester der orthopädischen Station informierte sie, dass ihre Mutter auf der Wachstation liege. Falls nichts dazwischenkomme, würde sie bereits am Abend wieder auf die reguläre Station verlegt werden. Gerd habe jedoch eine große Operation hinter sich, Irene solle sich also keine Sorgen machen, falls sie noch über Nacht unter besonderer Aufsicht bliebe. Die Schwester bat Irene, nach fünf Uhr noch einmal anzurufen, um dann Näheres zu erfahren.

Seufzend machte sich Irene wieder an ihren Bericht über die Ereignisse auf Teneriffa. Sie war unkonzentriert, und die Arbeit ging nicht voran.

Gerd hatte über Nacht auf der Wachstation bleiben müssen, und erst gegen Mittag sollte sie wieder auf die orthopädische Station verlegt werden. Die Schwester empfahl Irene, mit ihrem Besuch bis zum Abend zu warten.

Irene legte auf und starrte eine Weile an die Wand. Nach einer fast schlaflosen Nacht war sie todmüde. Die Sorge um ihre Mutter und die Gedanken an Stures Tod hatten sie wachgehalten.

Die Wirklichkeit forderte ihre Aufmerksamkeit. Das Klingeln des Telefons riss sie aus ihren Gedanken. Ehe sie noch etwas sagen konnte, hörte sie schon Svante Malms Stimme am anderen Ende:

»Hallo! Ich konnte Hannu nicht erreichen. Kannst du runterkommen? Ich habe hier was, was euch sicher interessiert!«

Ihr blieb keine Zeit zu fragen, was es war, denn er hatte schon wieder aufgelegt. Es blieb ihr nichts anderes übrig, als sich in die Spurensicherung zu begeben.

»Ich hatte so eine Idee und rief beim Fundbüro an. Die haben das hier am 18. reinbekommen, am Tag nach dem Mord an dem Mädchen.«

Mit einem vielsagenden Lächeln reichte er Irene die Fundsache. Es handelte sich um ein nagelneues schwarzes Nokia-Handy, mit einer breiten mattsilbernen Verzierung. Irene klappte es auf. Es war abgestellt.

»Das von Torleif Sandberg?«, fragte sie.

»Ja. Du hattest mir doch die Seriennummer des Handys gegeben, und sie stimmt überein. Der Akku ist leer, aber ich hatte schließlich auch die PIN von dir und habe dann die SIM-Karte mit einem anderen Handy überprüft.«

»Wo wurde das Handy gefunden?«

»Auf dem Reitweg oberhalb der Fernsehanstalt. Eine Reitlehrerin hat es gefunden.«

»Aber hatte es nicht angefangen zu schneien? Wie konnte sie es da erkennen?«

»Es lag deutlich sichtbar mitten auf dem Weg. Außerdem hat es erst am Tag danach zu schneien begonnen. Es lag kein Schnee.«

Dass sich der geizige Kruska-Toto ein so teures Handy geleistet hatte. Irene betrachtete das praktische kleine Telefon, das angenehm in der Hand lag. Sie klappte seinen Deckel auf und bewunderte das gelungene Design. Es war wirklich an der Zeit, dass sie ihren eigenen Ziegelstein ersetzte. Warum nicht durch so ein schmuckes Handy mit eingebauter Kamera?

»Ich dachte, es könnte dich interessieren, was für Fotos gespeichert sind«, sagte Svante, als könnte er ihre Gedanken lesen.

»Weißt du, wie man das macht? Kann man nicht einfach das Handy an einen Computer anschließen …«

»Ich bin Chemiker und habe von Computern keine Ahnung. Das hier ist eines der neuesten Modelle. Das Einfachste wäre gewesen, den Fotochip, oder wie die Dinger heißen, rauszunehmen. Aber ich weiß ehrlich gesagt nicht, wie man das macht oder ob das bei so einem Handy überhaupt möglich ist. Kennst du dich da aus?«

»Ich habe nicht den leisesten Schimmer.«

Svante lächelte sie erleichtert an, froh, nicht der Einzige zu sein, der moderner Technik ratlos gegenüberstand.

»Den Memorychip aus einer Digitalkamera zu nehmen ist kein Problem. Aber wie das bei diesem Telefon funktioniert … ich habe Angst, dass ich was kaputtmache. Und Jens, der so was kann, ist diese Woche im Fjäll. Er kommt Montag wieder. Ich lade den Akku erst mal auf. Dann können wir die gespeicherten Fotos vielleicht so anschauen. Aber ich muss erst ein Ladegerät besorgen. Die neuen Handys haben andere Ladegeräte. Das schaffe ich bis morgen«, sagte Svante.

Typisch, dass das Computergenie gerade diese Woche im Urlaub sein musste. Er sah aus wie ein sechzehnjähriger Skateboardfahrer, wenn er die Korridore entlangschlurfte, war aber fast schon dreißig. Was Bildbearbeitung am Computer anging, besaß er die Fähigkeiten eines Zauberkünstlers. Ihm war es zu verdanken gewesen, dass sie einen schwierigen Fall gelöst hatten, bei dem die einzigen Spuren ein paar Fotos von großen Bränden gewesen waren. Die Menschen darauf waren nur als schwarze Silhouetten vor den Flammen zu erkennen gewesen. Ihm war es aber gelungen, ihre Gesichtszüge und andere wichtige Details sichtbar zu machen. Das wäre ohne seine Spezialbearbeitung der Fotos unmöglich gewesen.

»Was ergab die Auswertung von Torleifs SIM-Karte?«, fragte Irene neugierig.

»Es war nur eine Nummer gespeichert, und zwar die seines Kundenberaters bei der Bank. Tätigte Torleif so komplizierte Geschäfte, dass er einen persönlichen Kundenberater brauchte?«

»Ja … er hatte sich ein Haus in Thailand gekauft, hatte jahrelang Geld dafür gespart. Seinen Sohn hat das total überrascht. Er hatte keine Ahnung davon. Ein richtig schickes Haus mit Pool und allem Drum und Dran.«

»Was du nicht sagst. Und nicht mal sein Sohn wusste davon?«

Irene wollte nicht weitertragen, was ihr Stefan Sandberg über das Verhältnis zu seinem Vater erzählt hatte.

»Torleif und er hatten in den letzten Jahren nicht sonderlich viel Kontakt. Er ist Arzt in Norrland«, antwortete sie.

Es gelang ihr, den Anschein zu erwecken, als sei der Sohn Arzt bei den Lappen nördlich des Polarkreises, dort wo man sich nur noch mit dem Rentierschlitten fortbewegen konnte. Weder Telefon noch Internet hatten diesen letzten Vorposten der Zivilisation erreicht.

Es sah aus, als würde sich Svante mit dieser Erklärung zufriedengeben, jedenfalls ließ er das Thema auf sich beruhen.

»Willst du einen Kaffee?«, fragte er.

»Nein danke, ich muss an meinen Schreibtisch zurück.«

Der Kaffee der Spurensicherung war der schlechteste im ganzen Präsidium, zumindest wenn Svante ihn kochte.

»Okay. Dann rufe ich dich an, wenn wir die Fotos anschauen können«, sagte er lächelnd.

Eine bleiche Februarsonne hing über der Stadt und verschwand nur gelegentlich hinter ein paar dünnen Wolkenschleiern. Die Menschen auf den Straßen blinzelten wie eben erwachte Murmeltiere ins ungewohnte Licht. Sie ließen sich jedoch nicht täuschen, vor dem Frühling würde noch einiges an Niederschlägen in Form von Schnee und Regen herunterkommen. Aber die Sonne ließ darauf hoffen, dass es auch dieses Jahr wieder einen Frühling geben würde. Dieser Winter war ungewöhnlich trostlos gewesen. Es windete immer noch stark und böig, aber das war gut so, denn dann trocknete das Schmelzwasser auf den Straßen schneller. Die Erde war immer noch gefroren und konnte kein Wasser aufnehmen.

Irene stapfte energisch durch den Schneematsch zur Haustür ihrer Mutter. Sie nutzte die Mittagspause dazu, einige Dinge, um die sie ihre Mutter gebeten hatte, zu holen.

Als Irene die Wohnungstür aufschloss, schlugen ihr die Erinnerungen entgegen. In dieser Wohnung hatte sie die ersten 19 Jahre ihres Lebens verbracht. Gerd hatte fast 43 Jahre dort gelebt.

Es war eine kleine Dreizimmerwohnung, genauer gesagt, eine Zweizimmerwohnung mit Kammer. Das kleine Zimmer lag hinter der Küche, es hatte früher Irene gehört. Mit etwas gutem Willen hatten dort ein Bett, eine Kommode und ein kleiner Schreibtisch Platz gefunden. An der Wand über dem Schreibtisch hing ein Regal. Die Wand hatte ursprünglich eine Tapete mit kleinen Rosenknospen geziert. Mit vierzehn hatte Irene die Tapete heidekrautlila übermalt. Als sie ausgezogen war, hatte ihr Vater als Erstes die Wände hellbeige gestrichen. Der lila Bettüberwurf und der passende Teppich waren aber geblieben. Die Möbel auch. Seit dem Tag, als sie ausgezogen war, hatte sich nichts verändert. Ihre Eltern hatten die Kammer als Gästezimmer verwendet. Wenn die Zwillinge bei ihrer Großmutter übernachtet hatten, nachdem diese Witwe geworden war, hatte diese in dem kleinen Zimmer geschlafen und den Mädchen das Doppelbett im Schlafzimmer überlassen.

Irene hob die Post und die Zeitungen vom Fußabstreifer in der Diele auf und ging in die Küche, um die Gießkanne zu holen. Im Gegensatz zu ihr besaß Gerd einen grünen Daumen und interessierte sich für Blumen. Auf den Fensterbänken standen alle möglichen Topfpflanzen. Sogar in der dunklen Jahreszeit gelang es ihr, Blumen zum Blühen zu bringen. Zur Zeit prunkten zwei Orchideen im Wohnzimmerfenster.

Sie verweilte auf der Schwelle zur länglich geschnittenen Küche und betrachtete das vertraute Interieur. Die Schranktüren hatte ihr Vater weiß lackiert, damals, als er auch die Wände in ihrem Zimmer in einem neutralen Beige gestrichen hatte. Damals hatte er alle Zimmer frisch tapeziert. Anschließend war in der Wohnung, in der sie ihre Kindheit verbracht hatte, nichts mehr verändert worden. Nur der Herd und der Kühlschrank waren Mitte der achtziger Jahre ausgetauscht worden. Damals waren die Mietwohnungen in Eigentumswohnungen umgewandelt worden, und die alten Elektrogeräte im Haus waren ersetzt worden. Damals waren auch das Treppenhaus renoviert und der Hof instandgesetzt worden, und man hatte einen Hausmeisterservice engagiert. Danach war der Schnee nicht mehr geräumt worden, nur wenn sich die Gemeindearbeiter mal nach Guldheden verirrten. Irene seufzte. Früher war alles besser gewesen. Sie füllte die Gießkanne mit Wasser und gab eine Verschlusskappe Pflanzendünger dazu. Energisch begann sie, die durstigen Pflanzen zu gießen. Keine von ihnen sollte während Gerds Abwesenheit dran glauben müssen, dafür wollte sie schon sorgen.

Als sie fertig war, fielen ihr Stures Pflanzen ein. Wer kümmerte sich eigentlich um seine Wohnung? Er hatte keine Kinder, und Irene wusste nicht, ob er andere Angehörige besaß. Wann sollte sie eigentlich ihrer Mutter von Stures Tod erzählen? Wieder einmal stellte sie fest, dass es ohnehin keinen geeigneten Zeitpunkt gab. Sie musste es einfach so bald wie möglich erledigen.

»Wo hast du gesteckt? Ich habe dich gesucht«, sagte Jonny vorwurfsvoll.

»Ich freue mich auch, dich zu sehen«, erwiderte Irene.

Sie hatte nicht die Absicht, ihm zu erzählen, wo sie gewesen war. Das ging ihn nichts an.

Jonny sah sie finster an. Er trat ratlos von einem Bein aufs andere und sagte dann höchst widerwillig:

»Du bist doch mit dieser kleinen Schwuchtel Niklas so gut klargekommen. Tommy und ich haben es noch mal mit Billy versucht, aber das ist aussichtslos. Er schweigt eisern.«

Das lag vermutlich daran, dass die beiden Polizisten in Billys Augen jene Welt repräsentierten, der man nur mit Schweigen begegnen konnte: Männer fortgeschrittenen Alters, Behörden und Schwulenhasser. Letztere Beurteilung galt hauptsächlich für Jonny.

»Ich kann natürlich dabei sein, wenn du mit Niklas redest. Ich hänge nur schnell meine Jacke auf«, sagte Irene und verschwand in ihrem Büro.

»Verhörzimmer zwei in einer halben Stunde«, hörte sie noch Jonnys Stimme hinter sich.

Tommy war nicht da. Es war schon eine Weile her, dass sie zuletzt mit ihm gesprochen hatte. Sie hatte nichts Besonderes auf dem Herzen, aber sie hätte sich gerne mal wieder mit ihrem Freund und Kollegen unterhalten. Als sie gerade ihre Jacke aufhängte, knisterte die Gegensprechanlage:

»Hallo, Tommy. Ich geh jetzt runter.«

Das war alles. Aber Irene hatte die Stimme von Kommissarin Linda Holm erkannt. Sofort erwachten Irenes polizeiliche Instinkte. Wohin waren Tommy und Linda Holm unterwegs?

Gemeinsam? Aus reiner Neugier beschloss sie, das herauszufinden.

Rasch trat sie auf den Flur und schlenderte zum Eingang des Dezernats. Nur diese Tür führte zu den Fahrstühlen. Der Notausgang war ein Umweg, weil er zur Rückseite des Präsidiums führte. Sie hörte, wie das Klappern von Linda Holms Absätzen auf dem Fußboden lauter wurde. Einige Meter vor Irene bog die Kommissarin des Dezernats für Menschenhandel um die Ecke und ging auf die Fahrstühle zu. Sie schien es eilig zu haben und steuerte zielbewusst auf die Glastüre zu. Offenbar hatte sie Irene nicht bemerkt, da sie gelassen ihren Weg fortsetzte. Als sie die Hand auf die Klinke legte, sah sie Linda in einem der Fahrstühle verschwinden, dessen Anzeige auf der Zwei stehenblieb. Wahrscheinlich war sie auf dem Weg zur Kantine. Keine zehn Pferde hätten Irene jetzt davon abhalten können, sich ebenfalls dorthin zu begeben. Wir leben in einer freien Welt, dachte sie. Habe ich Lust auf einen Kaffee, dann ist das nun mal so, und dann habe ich auch das Recht, in die Kantine zu gehen.

Ganz hinten in der Ecke der Kantine entdeckte sie Tommy. Er saß bereits an einem Tisch und winkte. Aber nicht ihr, sondern Linda, die eine volle Tasse in der einen und ein Butterbrot in Folie in der anderen Hand trug. Irene beschloss, ihrem Beispiel zu folgen. Sie hatte nicht zu Mittag gegessen, da sie in der Mittagspause in der Wohnung ihrer Mutter nach dem Rechten gesehen hatte.

Entspannt ging sie zum Tresen und nahm eine Tasse Kaffee und ein Käsebrötchen. Nach kurzem Zögern legte sie dann auch noch ein Brot mit Leberpastete auf ihr Tablett. Dann drehte sie sich um und ließ den Blick durch den Raum schweifen, wie man das tut, wenn man nach Leuten Ausschau hält, die man kennt. Wie zufällig blieb ihr Blick in der Ecke hängen. Es war aber wenig sinnvoll, dorthin zu gehen. Tommy und Linda unterhielten sich und schauten sich dabei tief in die Augen. Da würde sie sich nur aufdrängen.

Glücklicherweise entdeckte sie Hannu, der allein an einem Tisch saß.

»Darf ich mich setzen?«, fragte Irene.

»Klar.«

Sein Versuch zu lächeln glich eher einer kläglichen Grimasse. Noch nie hatte sie Hannu so… niedergeschmettert gesehen. Das war das Wort, das ihr einfiel. Niedergeschmettertheit.

»Wie geht's?«, wollte sie wissen.

»Geht schon.«

Das war ein recht dürftiger Bescheid, und deswegen versuchte es Irene noch einmal.

»Wann kommt Birgitta nach Hause?«

»Morgen.«

»Ist deine Schwiegermutter noch da?«

»Ja.«

Sie kannte Hannu und seine Einsilbigkeit zwar, aber das war selbst für ihn extrem.

»Wann fängt Birgitta wieder an zu arbeiten?«

»Weiß nicht. Vielleicht in einer Woche.«

Er machte sich. Zwei halbe Sätze hintereinander!

»Wie geht es ihr?«

»Besser.«

»Schön.«

Man wird so wie die Leute, mit denen man verkehrt, sagte ihre Mutter immer. Sie schämte sich jedoch für diesen Gedanken, als sie in Hannus graues Gesicht schaute. Kein Wunder, dass er nicht sonderlich gesprächig war. Er hatte genug eigene Sorgen. Der Blick, den er ihr zuwarf, als er seine Kaffeetasse abstellte, war matt und müde. Er rieb sich mit dem Zeigefinger über dem einen Auge und sagte:

»Ich habe nachgedacht. Er war so dünn gekleidet.«

Es dauerte ein paar Sekunden, bis Irene begriff, wovon er sprach.

»Du meinst Kruska-Toto.«

»Ja. Er erlitt Erfrierungen, weil er nie vorgehabt hatte, sich im Freien aufzuhalten.«

Irene antwortete nicht. Nachdenklich aß sie ihr Käsebrötchen. Er würde ihr schon sagen, worauf er hinauswollte.

»Er wusste sehr genau, wie man sich vor der Kälte schützt. Er wurde gezwungen rauszugehen. Außerdem klauten sie ihm den Wagen.«

»Die Ausbrecher aus Gräskärr? Niklas und Billy?«

»Ja. So muss es gewesen sein.«

»Ich hatte ähnliche Gedanken …«

»Aber es gibt einen Haken.«

Hannu verstummte und sah sie an, bevor er weitersprach:

»Warum hat er nicht die Polizei gerufen?«

Irene öffnete den Mund, um etwas zu antworten, schloss ihn aber gleich wieder. Gute Frage. Warum hatte er nicht die Polizei gerufen, nachdem ihm sein Auto gestohlen worden war?

»Er hatte ja ein Handy. Das ist übrigens gefunden worden«, sagte sie.

»Das habe ich gehört.«

Irene dachte laut nach:

»Vielleicht konnte er sein Handy ja nicht verwenden? Es ist das allerneueste Modell, und er wusste vielleicht noch nicht, wie es funktioniert«, spekulierte sie.

»Schon möglich, aber …«

»Hier sitzt ihr und heckt was aus!«, ließ sich eine bekannte Stimme hinter Irenes Rücken vernehmen.

Sie drehte sich um, ihr lag für Tommy und seine Begleitung bereits ein ironischer Kommentar auf der Zunge, doch dann schluckte sie diesen rasch hinunter: Er war allein und lächelte sie fröhlich an. Von Linda Holm war keine Spur zu sehen.

Die Tage der U-Haft waren Niklas Ström anzusehen. Er hatte dunkle Ringe um die Augen, die auf Schlafmangel hindeuteten. Sein Körper zuckte, und er konnte nicht stillsitzen. Das unmotivierte Schnauben und die unartikulierten Laute schienen ebenfalls zugenommen zu haben. Seine Nägel hatte er so weit abgekaut, dass es blutete.

Jonny begann mit dem Verhör, überließ das Wort dann aber schnell Irene. Es war ihm nicht gelungen, Niklas zu einer ordentlichen Antwort auf eine einzige Frage zu bewegen. Irene hatte sich ihre Eröffnungsfrage genau überlegt.

»Niklas, befürchten Sie, wieder im Gefängnis zu landen und Haftverlängerung zu erhalten?«

Er sah rasch von seinen ängstlich trommelnden Fingern hoch und ihr in die Augen.

»Raten Sie mal!«, erwiderte er heftig.

»Dann lassen Sie sich gesagt sein, dass wir Sie und Billy, so wie die Dinge momentan liegen, eines Mordes beziehungsweise der Mittäterschaft verdächtigen. Ganz zu schweigen davon, dass Sie unter Verdacht stehen, einen Mann totgefahren zu haben. Ich spreche von dem Mord an einem Mädchen.«

»Was soll denn das! Sie sind doch wohl nicht ganz bei Trost!«

Niklas wollte sich erheben, wurde aber von Irenes Stimme zurückgehalten, die wie ein Peitschenhieb durch den Raum pfiff:

»Setzen Sie sich! Hören Sie mir zu!«

Er ließ sich wieder auf den Stuhl fallen und sah Irene trotzig an. Irene fiel auf, dass er überraschend schöne, grünblaue Augen besaß.

»Wir müssen dieser Sache nachgehen, da Sie und Billy sich nachweislich zum Zeitpunkt des Mordes in der Gegend aufgehalten haben. Wir haben in dem Fahrzeug, das dem Mann gehörte, der überfahren wurde, Ihre Fingerabdrücke sichergestellt. Der Diebstahl muss zeitnah zu seinem Tod begangen worden sein. Und an diesem Abend wurde also auch das Mädchen ermordet.«

Sie verstummte und musterte ihn eingehend. Er wich ihrem Blick aus, saß mit gesenktem Kopf da und stieß kurze summende Geräusche aus. Sein Oberkörper wiegte hin und her, als schüttelte ihn eine unsichtbare Hand.

»Es wird lang dauern, bis wir den Mord an dem Mädchen aufgeklärt haben. So lange bleiben Sie und Billy in Untersuchungshaft. Es könnte auch sein, dass die Ermittler falsche Schlüsse ziehen und auch das Gericht. Damit könnten Sie sich eine bedeutend längere Strafe einhandeln, als eigentlich angezeigt wäre. Um das zu vermeiden, brauchen wir Ihre Hilfe. Sie müssen die Wahrheit sagen.«

Sie verstummte, um zu sehen, ob er ihr zugehört und sie verstanden hatte. In seinem Gesicht zuckte es fürchterlich, und lautes Stöhnen drang aus seiner Kehle. Offenbar erfüllte ihn die Aussicht, einen ungewissen Zeitraum in Untersuchungshaft verbringen zu müssen, mit Grauen. Die Aussicht einer Strafverlängerung war auch nicht sonderlich ansprechend.

»Niklas. Erzählen Sie jetzt genau, was sich am Abend dieses 17. Januar ereignete. Sie könnten sich und Billy eine Menge Unannehmlichkeiten ersparen. Was Sie getan haben, lässt sich nicht mehr ändern, und dafür wird man Sie auch verurteilen. Aber es ist doch wohl unnötig, dass Sie sich einem langwierigen Mordprozess aussetzen? Haben Sie über den Mord an dem Mädchen irgendetwas zu sagen?«

»Was für ein verdammtes Mädchen? Ich weiß nichts von einem Mädchen! Wir …«

Er hielt inne und sah sie trotzig an.

»Ich habe verdammt noch mal kein Mädchen gesehen!«

»Ja, was haben Sie denn dann gesehen?«

Jetzt rutschte er mit immer heftigeren Bewegungen unruhig auf seinem Stuhl hin und her. Seine Qualen waren offenbar und wurden von immer lauterem Stöhnen unterstrichen.

»Können Sie nicht mal still sitzen!«, brüllte Jonny.

Irene hatte fast vergessen, dass er da war. Die Wirkung erfolgte augenblicklich. Niklas' Zuckungen wurden stärker, und er sah Jonny finster an. Seine schönen Augen waren hasserfüllt. Irene hatte den Eindruck, dass Niklas diese Worte schon oft in seinem Leben zu hören bekommen hatte.

»Niklas. Hören Sie mir zu. Ich versuche, Ihnen zu helfen. Ich will Ihnen doch nur erklären, was passiert«, sagte sie.

Sie versuchte ruhig und vertrauenerweckend zu wirken. Sie hatte den Eindruck, dass sie und der hyperaktive junge Mann auf der anderen Seite des Tisches doch schon eine Art vorsichtiger Beziehung zueinander entwickelt hatten. Und dann trampelte Jonny mit seinen hundert Kilo daher und zerstörte dieses zerbrechliche Vertrauen. Sie warf ihm einen verärgerten Blick zu und wandte dann wieder ihre ganze Aufmerksamkeit Niklas zu.

»Wir müssen also zwei Fälle aufklären. Beide Straftaten wurden ungefähr gleichzeitig verübt. Zum einen geht es um die Fahrerflucht mit Todesfolge. Zeugen sahen zwei Männer in einem BMW, der in der Stampgatan gestohlen worden war. Vor der Fernsehanstalt überfuhren sie einen Mann, der sofort seinen Verletzungen erlag. Wir werden mit Ihnen und Billy eine Gegenüberstellung veranstalten. Auf Sie passen die Beschreibungen, die wir bekommen haben, nämlich sehr gut. Es ist ein ernstes Vergehen, ein Auto zu stehlen und jemanden umzufahren. Aber immer noch weitaus weniger ernst als ein vorsätzlicher Mord. Und das ist das andere Verbrechen, mit dem wir uns gerade befassen. Und Mord gibt eine ordentliche Strafe.«

Sie hielt inne, damit er das Gesagte verarbeiten konnte. Niklas schwieg, aber Irene hatte das deutliche Gefühl, dass er ihr zuhörte.

»Nachdem wir den BMW brennend in der Einfahrt zum Kanuclub gefunden hatten, haben wir die Gegend dort natürlich gründlich abgesucht. Mit unzähligen Polizisten und mit Hunden. Dabei haben wir die Leiche eines jungen Mädchens gefunden. Sie war ungefähr zu jenem Zeitpunkt ermordet worden, als der BMW in die Abzweigung eingebogen war. Ihre Leiche lag unmittelbar neben diesem Weg versteckt.«

Irene sprach ein stilles Gebet, dass Jonny so viel Verstand haben würde, den Mund zu halten. Ausnahmsweise schien sie erhört zu werden. Niklas zuckte zusammen und sah sie scharf an.

»Geht es um dieses Mädchen im Keller? Irgendeinem Erdkeller. Das muss es sein! Sind Sie nicht mehr bei Trost? Wir waren …«

Er verstummte und sah Irene finster an. Diese ließ sich davon nicht beeindrucken und fuhr ruhig fort:

»Sie haben also von diesem Mord gehört. Ja, es geht um das

Mädchen im Erdkeller. Sie verstehen sicher, dass sich uns der Verdacht aufdrängt, Sie könnten etwas mit diesem Mord zu tun haben. Sie waren dort. Sie hatten die Gelegenheit. Und …«

»Verdammte Lüge! Wir haben verdammt noch mal nie …«

Niklas atmete heftig und drohte fast an seinem wiederholten, erregten Schnauben zu ersticken.

»Mir ist klar, dass Sie nicht in einen kaltblütigen Mord verwickelt werden wollen. Aber um unseren Verdacht auszuräumen, müssen Sie uns schon die Wahrheit sagen. Sie müssen uns sagen, was an diesem Abend eigentlich geschah.«

Niklas schwieg lange und nagte an seinen abgekauten Fingernägeln. Seine Knie wippten auf und ab, als er seine Füße mit den Zehen vom Boden abstieß. Er atmete rasch und hörbar.

»Ich muss … nachdenken. Und ich will einen Anwalt!«, sagte er mit Nachdruck.

»Natürlich. Wir rufen Ihren Anwalt sofort an. Dann können wir heute Abend oder morgen weiterreden«, erwiderte Irene.

Sie musste sich sehr anstrengen, um ihre Enttäuschung zu verbergen. Natürlich hatte Niklas Anspruch auf einen Anwalt. Aber sie hatte das Gefühl, dass er fast geredet hätte.

Irene stellte das Tonbandgerät ab und wollte schon aufstehen. Niklas hatte sich bereits erhoben.

»Wir haben nichts gesehen. Da war keine Menschenseele! Nur dieses Auto«, sagte er plötzlich.

Irene erstarrte. Ihr Mund war trocken. Jetzt galt es, die richtigen Worte zu wählen!

»Was für ein Auto? Meinen Sie den BMW?«, fragte sie fast gleichgültig und packte Block und Stift in ihre Umhängetasche.

»Nee, was glauben Sie, der Opel. Der weiße Opel!«

Eine Sekunde lang geriet Irene vollkommen aus dem Konzept. Hinter sich hörte sie Jonny nach Luft ringen.

»Sie meinen den Opel, mit dem Sie dann nach Olofstorp gefahren sind?«, brachte sie endlich über die Lippen, als sie sich wieder einigermaßen gesammelt hatte.

Niklas warf den Kopf einige Male hin und her und antwortete dann: »Ja.«

»Billy und Sie haben den kaputten BMW also stehenlassen und angezündet. Dann haben Sie den Wagen genommen, der am Schlagbaum stand. Wie haben Sie den angelassen?«

»Der Zündschlüssel steckte.«

Plötzlich wirkte er vollkommen ruhig. Seine Fingerspitzen hatten begonnen zu bluten, und er hatte Blut auf den Lippen. Er fuhr sich mit der Zunge über die Lippen und sah nachdenklich auf seine blutenden Finger.

»Der Zündschlüssel steckte«, wiederholte Irene und versuchte sich fieberhaft einen Reim darauf zu machen.

»Wussten Sie, dass der Opel dort stehen würde?«, fragte Jonny.

Niklas sah erst so aus, als habe er nicht die Absicht zu antworten, zuckte dann aber mit den Achseln und sagte:

»Woher hätten wir das wissen sollen? Der Wagen stand einfach da!«

Er ging zur Tür und wartete geduldig darauf, zur Zelle zurückeskortiert zu werden. Irene war verwirrt.

Torleif Sandbergs Auto hatte also auf dem Weg gestanden. Nicht abgeschlossen und mit dem Schlüssel im Zündschloss. Warum hatte das Auto dort gestanden? Und warum hatte er es stehengelassen und war dann durch die kalte Winternacht gerannt?

Deswegen hatten Niklas und Billy so schnell aus dem Fahndungsgebiet verschwinden können. Sie waren bereits Dutzende von Kilometern von dort entfernt gewesen, als man am Morgen mit Hubschraubern nach ihnen gesucht hatte.

»Wie sind Sie an den Straßensperren vorbeigekommen?«, fragte Irene den Jungen an der Tür.

»Über kleine Wege. Davon gibt es am Delsjö unzählige«, antwortete Niklas.

Zum ersten Mal huschte so etwas wie ein Lächeln über sein Gesicht. Wahrscheinlich war er recht stolz darauf, dass Billy und ihm die Flucht gelungen war.

Als sich die Tür hinter ihm und dem Wärter geschlossen hatte, hörte Irene Jonny murmeln:

»Unglaublich ...«

Sie konnte ihm nur zustimmen.

Andersson sah alles andere als froh aus, als Irene ihren Bericht über das Verhör mit Niklas Ström beendet hatte. Der einzige Grund, warum er nicht protestierte, war, dass Jonny neben ihr saß und ihren Bericht bestätigte.

»Was zum Teufel hatte Torleif dort zu suchen?«, fragte der Kommissar streitlustig.

»Keine Ahnung. Aber es ist schon sehr seltsam. Er hatte sich Erfrierungen zugezogen. Das deutet darauf hin, dass er direkt nach Hause laufen wollte. Laut Wallströms Zeugenaussage stand der Opel die ganze Zeit dort, während er sich mit seiner Geliebten dort aufhielt.«

»Der Schwachkopf wäre demnach also über eine Stunde dort draußen herumgeirrt, bevor er sich auf dem Delsjövägen überfahren ließ«, meinte Jonny zweifelnd.

»Wohl kaum. Wie ich bereits sagte, kannte er die Gegend wie seine Westentasche«, wandte Andersson ein.

»Könnte er gesehen haben, wie der Mörder kam und Tanja in den Erdkeller schaffte? Vielleicht hat er dann versucht, den Mörder zu verfolgen. Torleif war schließlich ein guter Läufer. Falls sich der Mörder zu Fuß aus dem Staub gemacht haben sollte, könnte er ...«

Irene unterbrach sich. Ihr kam ein Gedanke, der sie fast umwarf.

»Mein Gott! Entschuldigt mich«, sagte sie und stand auf.

Ehe sie aus dem Zimmer verschwand, drehte sie sich noch einmal um und sagte:

»Svante!«

Dann war sie weg.

Andersson runzelte die Stirn und sah Jonny an. Beide schüttelten gleichzeitig den Kopf und sahen sich dann in stillem Einvernehmen an.

Ehe Irene Feierabend machte, rief sie auf der Station an, auf der ihre Mutter lag. Die Schwester teilte ihr mit, Gerd sei von der großen Operation noch etwas mitgenommen, hätte sich aber im Großen und Ganzen gut erholt.

»Sie hatte eine pertrochantäre Fraktur. Das ist der häufigste Bruch bei älteren Leuten, ein Oberschenkelhalsbruch. Da der Condylus, also der eigentliche Gelenkkopf, in einem sehr schlechten Zustand war, haben wir ihn entfernt. Sie hat jetzt eine Gelenkprothese. Unangenehm für sie ist, dass auch ihr Steißbein angebrochen ist«, erklärte die freundliche, professionelle Stimme.

»Was unternimmt man da?«, erkundigte sich Irene besorgt.

»Da ist nicht so viel zu machen. Aber dieser Sprung im Knochen ist schmerzhaft, und sie wird ihn noch lange spüren.«

»Kann ich sie nachher besuchen?«

»Kein Problem.«

Wahrscheinlich kam sie während des größten Besucherandrangs, denn es war fast unmöglich, einen Parkplatz zu finden. Schließlich endeckte sie eine Parklücke und parkte ihren Volvo vor der Nase eines Polo ein. Der Fahrer des kleineren Wagens hupte ein paarmal wütend, aber Irene tat, als hätte sie nichts bemerkt. Sie lächelte ihn freundlich an und eilte dann zum Parkscheinautomaten.

Auf dem Korridor der Station herrschte Betriebsamkeit. Ein Krankenpfleger schob einen großen Wagen aus rostfreiem Stahl klappernd zum Fahrstuhl. Die Tabletts mit den Mittagessen waren auf dem Weg zurück zur Zentralküche.

Gerd hatte das Zimmer nicht mehr für sich allein. Am Fenster stand ein Bett. Lautes Schnarchen war zu hören. Nach den Konturen unter der Decke zu urteilen handelte es sich um eine sehr korpulente Frau. Am Fußende stand ein Gestell auf dem Bett, damit die Decke nicht auf ihren Füßen lag.

Gerd lag mit geschlossenen Augen da. Irene spürte einen Kloß im Hals, als sie ihre bleiche Mutter so daliegen sah. Sie sah aus wie eine zerbrechliche Porzellanpuppe. Vorsichtig schlich Irene auf das Bett zu und beugte sich vor, um ihrer Mutter über ihr weißes Haar zu streichen. Gerd schlug die Augen auf und lächelte.

»Du glaubst doch wohl nicht, dass ich bei diesem Lärm schlafen kann?«, fragte sie.

Erleichtert stellte Irene fest, dass die Laune ihrer Mutter immer noch dieselbe war.

»Wie geht's?«, fragte sie.

»Spüren tut man es schon. Aber ich hatte Schlimmeres erwartet. Morgen soll ich mit der Krankengymnastik anfangen.«

»Morgen? Ist das nicht ein wenig früh?«

»Sonst könnte es zu einer Thrombose kommen, weißt du.«

Plötzlich fiel Irene auf, dass sie mit leeren Händen gekommen war.

»Ich wusste nicht, ob man Blumen hier auf die Station mitbringen darf. Und ich wusste auch nicht, ob du schon was essen darfst. Ich bringe dann morgen was mit …«

»Mach dir keine Mühe. Bring mir lieber ein paar Illustrierte mit. Und was, womit man Hörbücher abspielen kann. Dann kann ich einen Kopfhörer aufsetzen und brauche mir das nicht mehr anzuhören …«

Sie deutete vielsagend auf ihre Bettnachbarin, die gerade laut schnarchend nach Luft schnappte, nachdem sie eine Weile ganz ruhig gewesen war. Es hörte sich an, als würde sie ihre Zunge verschlucken und ersticken.

»Schlafapnoe. Gefährlich. Das kann zu einem Schlaganfall

führen«, sagte Gerd, die immer mit großem Interesse Artikel über Medizin las.

Man muss mehr wissen als die Ärzte, damit man mit dem Kranksein klarkommt, pflegte sie immer zu sagen.

Plötzlich sah Gerd Irene scharf an.

»Hast du Sture erreicht?«

Jetzt war der gefürchtete Augenblick gekommen. Sie nahm Gerds eine Hand zwischen ihre. Sie war eiskalt.

»Mama … Sture … er …«

»Er ist tot.«

Gerd sah sie direkt an, als sie das sagte. Ihre Augen füllten sich mit Tränen, und diese flossen seitlich auf das Kissen.

»Ich habe ihn gefunden … als ich hingefahren bin«, sagte Irene mit schwacher Stimme.

Gerd nickte, als hätte ihre Tochter nur etwas bestätigt, was sie schon lange geahnt hatte. Lange saß Irene da und hielt die Hand ihrer Mutter. Gerd liefen immer noch die Tränen herab, als sie plötzlich sagte:

»Er wusste, dass er sterben würde. Er hat mich am Samstag angerufen, um mir Lebewohl zu sagen. Deswegen habe ich auch das Haus verlassen, obwohl ich das bei der Glätte hätte bleiben lassen sollen … ich wollte ihn noch einmal sehen, bevor …«

Sie deutete mit ihrer freien Hand auf den Nachttisch. Dort lag ein Stapel Servietten. Irene reichte ihr einige.

»Warum hat er nicht den Krankenwagen gerufen?«, fragte Irene.

Gerd schnäuzte in die raschelnde Serviette und erwiderte dann:

»Ich habe es ihm noch gesagt … und er hat versprochen, es gleich nach unserem Gespräch zu tun … aber offenbar hat er es nicht getan, oder er schaffte es nicht mehr.«

»Ich glaube, dass er es nicht geschafft hat. Es ging sicher sehr schnell.«

»Wo … wo hast du ihn gefunden?«

Es hatte keinen Sinn zu lügen und zu sagen, er habe im Bett

gelegen. Einer von Stures Nachbarn würde sicher Bescheid wissen und einem Bekannten im Supermarkt etwas erzählen, der würde sich wiederum mit einer Nachbarin von Gerd unterhalten, und von dieser würde es dann zu ihrer Mutter durchdringen. Sie würde es auf die eine oder andere Art erfahren.

»Er lag im Badezimmer auf dem Fußboden. Aber er hatte sich nicht beim Sturz verletzt. Es sah aus, als hätte er sich nur eben hingelegt. Friedlich. Er sah richtig friedlich aus«, sagte Irene.

Gerd drückte ihre Hand.

»Danke … danke«, sagte sie nur.

Irene blieb über eine Stunde bei ihrer Mutter. Als sie ging, war diese eingeschlafen. Jedenfalls lag sie trotz des dröhnenden Schnarchens ihrer Zimmergenossin mit geschlossenen Augen da.

Die ganze Diele stand voll mit leeren Bananenkisten. Die Zwillinge hatten offenbar vor, vor ihrem Auszug in knapp zwei Wochen zu packen.

Es würde leer werden im Haus.

Das war der Nachteil mit Zwillingen, bei ihnen begannen die verschiedenen Lebensabschnitte gleichzeitig. Obwohl die Persönlichkeit der Mädchen so unterschiedlich war, verliefen ihre Entwicklungsphasen parallel. Es war also vollkommen logisch, dass sie gleichzeitig von zu Hause auszogen. Das machte den Verlust doppelt so groß. Andererseits brauchte Irene das Gefühl des Verlassenwordenseins dann nur einmal zu überwinden. Aber vielleicht wurde sie es ja nie ganz los?

»Mama! Ich nehme auch mein Bett mit!«, rief Jenny aus dem Obergeschoss.

Irene hatte sich noch nicht einmal ihre Jacke ausgezogen. Sie rief die Treppe hinauf:

»Okay!«

»Gut! Dann nehme ich auch noch die Vorhänge mit. Die sind passend zur Tagesdecke gekauft«, antwortete ihre Tochter zufrieden.

War das so? Irene konnte sich nicht erinnern, aber vielleicht stimmte das ja. Die gestreifte Tagesdecke in Regenbogenfarben stammte jedenfalls von IKEA, das wusste sie sicher, da sie selbst beim Einkauf dabeigewesen war. Aber woher die Vorhänge waren …

»Ich kriege das Schlafzimmer, und da steht schon ein schönes Doppelbett, ich lasse also mein Bett hier stehen«, sagte Katarina, als sie in die Diele kam.

In den Armen hielt sie einen Stapel weißer Frotteehandtücher. Die stammten auch von IKEA. Sie waren neu und noch vollkommen unbenutzt.

»Das sind meine«, sagte Irene.

»Unsere. Jenny und ich brauchen je eins.«

»Je eins. Du hast da vier Stück. Wenn nicht mehr«, meinte Irene säuerlich.

»Man muss schließlich auch mal wechseln. Unsere Mutter hat uns Reinlichkeit gelehrt.« Ihre Tochter lächelte fröhlich.

»Aber hallo! Ich habe gesagt, ihr könntet ein paar Badelaken aus dem Wäscheschrank nehmen, aber nicht die neuen!«, rief Krister aus der Küche.

Katarina seufzte und verdrehte die Augen.

»Je eins können wir doch wohl kriegen.«

Irene wurde weich.

»Okay. Je eins von den neuen. Und zwei von den alten. Nimm die roten. Alles andere müsst ihr euch eben zum Geburtstag wünschen.«

»Superlieb!«, sagte Katarina.

»Wie geht's Großmutter?«, ließ sich Jenny aus dem Obergeschoss vernehmen.

»Das erfährst du, wenn du zum Essen runterkommst! Das Essen ist fertig!«, rief Krister, ehe Irene noch etwas sagen konnte.

Sie ging in die Küche und lächelte ihn an. Es duftete nach gekochtem Fisch. Oder pochiertem, wie ihr Mann gesagt hätte. Eine Duftsinfonie aus Dill, Zitrone und Krabben stieg aus dem großen Topf auf dem Herd auf. Daneben köchelten die Kartoffeln. Plötzlich merkte Irene, wie hungrig sie war. Und wie dankbar für ihre laute und herzliche Familie.

Es würde nicht nur leer werden, wenn die Zwillinge ausgezogen waren. Es würde auch sehr still werden.

Es waren immer noch ein paar Grad über Null, und der Wind hielt an. Der Schneematsch war größtenteils verschwunden, als Irene Donnerstagmorgen ins Zentrum fuhr. Das Wetter würde bis Samstag stabil bleiben. Danach sollte es wieder kälter werden. Hoffentlich verschwand dann das ganze Wasser von den Straßen und das Glatteis. Die Kosten für all die Arm- und Beinbrüche hatten laut der Schlagzeile der *Göteborgs-Posten* an diesem Morgen bereits alle Rekorde gebrochen. Und immer noch waren die lauen Lüfte des Frühlings in weiter Ferne. Gerd war nun auch Teil dieser traurigen Statistik. Es ist wirklich nicht leicht, alt zu werden, dachte Irene mit einem Seufzer.

Es ist nicht leicht, alt zu werden«, seufzte der Kommissar.

»Ich verspreche, ich erledige das«, sagte die Verkäuferin in der Konditorei Lindén.

Andersson kaufte dort ein, seit er vor fast dreißig Jahren nach Partille gezogen war. Die Frau auf der anderen Seite der Ladentheke arbeitete dort schon fast genauso lange. Im Laufe der Jahre hatten sie sich recht gut kennengelernt, jedenfalls so gut, wie sich ein Stammkunde und eine nette Verkäuferin eben kennenlernen. Ihr vertraute er das Geheimnis an, das er jetzt schon seit ein paar Wochen allein mit sich herumschleppte. Es war ihm zwar aufgefallen, dass die anderen in der Kaffeepause fragende Blicke wechselten, aber niemand hatte ihn bisher darauf angesprochen. Schließlich ging es sie ja auch nichts an.

»Meine Mutter hatte auch Altersdiabetes«, bekannte er in einem Anfall absoluter Aufrichtigkeit.

»Diabetes ist heutzutage so häufig. Nicht nur bei älteren Leuten, sondern auch bei jungen. Aber ich stelle Ihnen ganz einfach eine Auswahl mit verschiedenen guten Sachen zusammen, und dann zeige ich Ihnen, welches die zuckerfreien sind. Dann können Sie davon nehmen. Das hat bisher immer funktioniert.« Sie lächelte und zwinkerte ihm verschwörerisch zu.

Er hatte ihr Lächeln immer ganz bezaubernd gefunden. Sie verbreitete ein Gefühl der Geborgenheit – ja, genau das war es! Wenn nicht zuviel Kundschaft im Laden war, blieb er immer etwas länger, um sich ein wenig mit ihr zu unterhalten. Den Duft von Kaffee und Frischgebackenem gab es gratis dazu. Sie war ungezwungen und gesprächig, etwas füllig, aber recht gutaussehend. Dass er nie daran gedacht hatte, ihr Avancen zu machen! Dieser Gedanke war ihm ganz plötzlich durch den Kopf geschossen und hatte ihn selbst überrascht.

»... Sie können dann morgen alles abholen«, unterbrach sie seine Überlegungen.

»Wie bitte? Ich meine ... entschuldigen Sie«, erwiderte er verwirrt.

Sie lachte herzlich, und er hatte fast den Eindruck, dass sie ein wenig mit ihm flirtete. Oder etwa nicht? Er lächelte sie an, und ihm wurde plötzlich leicht und warm ums Herz.

»Ich mache Ihnen das Tablett heute Abend fertig und stelle es in den Kühlschrank. Dann können Sie es abholen, wenn Sie morgen früh zur Arbeit gehen. Wir machen um sieben auf, aber Sie können auch an der Hintertür anklopfen. Wenn Sie gleich zahlen wollen, dann ist auch das erledigt.«

»Klar! Wunderbar!«

Er nahm ein paar Hundertkronenscheine aus seiner Geldbörse und legte sie in ihre kleine, wohlgeformte Hand. Dann tippte sie Preise für verschiedenes Backwerk in die Kasse ein und sagte, ohne aufzuschauen:

»Hören Sie auf zu arbeiten? Gehen Sie in Pension?«

»Nein. Keinesfalls! Ich wechsele zur Cold-Cases-Gruppe. Sie wissen schon ... alte Morde, die bald verjähren ...«

»Ach richtig! Die Serie habe ich gesehen! Richtig gut. Obwohl, da sind es ja eine junge Frau und ihr Assistent, die die Verbrechen aufklären«, meinte sie fröhlich.

Andersson lächelte betrübt:

»Leider gibt es keine junge Frau in unserem Team. Nur so alte Knochen wie mich«, sagte er.

»Ach was! Sie sind doch gar nicht alt. Wir sind im Übrigen fast gleich alt. Dann wäre ich also auch nicht mehr jung. Aber vielleicht finden Sie mich ja auch alt?«, erwiderte sie mit gespielter Entrüstung.

»Absolut nicht! Sie sind ... sie sind ... sehr gutaussehend!«

Andersson errötete leicht und fühlte sich wie ein Konfirmand bei seinem ersten Date. Sie lachten beide, und die etwas verlegene Stimmung verschwand. Ein herrliches Gefühl breitete sich von der Brust des Kommissars bis in den ganzen Körper aus. An diesem grauen und trüben Februarmorgen war offenbar Amor an der Konditorei Lindén vorbeigeflogen und hatte einen Pfeil direkt in sein Herz geschossen.

Irene und Jonny begannen den Morgen energisch mit einem neuen Verhör Niklas Ströms. Dieses Mal hatte er seine Verteidigerin dabei. Als sie Michaela Lackbergh von der bekannten Kanzlei Lemberg & Lemberg & Anjou erblickte, dachte Irene zuerst, man habe eine Gymnasiastin geschickt. Jedenfalls wirkte sie sehr jung, obwohl sie mindestens 25 Jahre alt sein musste, wenn sie ein ganzes Jurastudium absolviert hatte. Vielleicht war es ja auch ihre fast ätherische Erscheinung, die die Leute glauben ließ, sie sei jünger. Sie war so zart und blond, dass sie schon fast durchsichtig wirkte. »Albino«, zischte Jonny in Irenes Ohr. Keine roten Augen, hatte Irene flüsternd geantwortet. Nein, die Augen der Anwältin waren alles andere als rot. Sie waren stahlblau und besaßen die Schärfe eines Laserstrahls. Ihr platinblondes Haar hatte sie straff zurückgekämmt und zu einem Pferdeschwanz zusammengebunden. Sie trug ein dünnes Tweedjäckchen, eine weiße hochgeschlossene Bluse und dunkelblaue Stretchjeans. Die Hosenbeine hatte sie in weiße Cowboystiefel gesteckt. Trotz ihrer hohen Absätze reichte sie Irene kaum bis zur Schulter. Ihre aufsehenerregend langen Fingernägel vereitelten ihren Versuch, eine blaue Plastikmappe aus ihrer Tasche zu ziehen. Die glänzenden, helllila Fingernägel glitten auch beim zweiten Versuch an der glatten Oberfläche der Mappe ab. Man soll scheinbar ungefährliche Kätzchen nicht unterschätzen, denn sie haben Krallen, dachte Irene.

Niklas Ström sah aus wie am Tag zuvor. Nach den Ringen um seine Augen zu schließen, schlief er in seiner Zelle nicht sonderlich gut. Irene hatte seine Akte durchgesehen und darin die Erklärung für sein seltsames Verhalten und seine ständige

Rastlosigkeit gefunden. Laut dem Psychiater, der ihn im Vorjahr untersucht hatte, als er wegen der brutalen Vergewaltigung festgenommen worden war, litt er am Tourette-Syndrom, das sich durch unfreiwillige Geräusche und motorische Störungen auszeichnete.

Sie leiteten das Verhör mit ein paar allgemeinen Fragen ein, damit sich Niklas etwas entspannen konnte. Wie schon am Vortag führte Irene das Wort.

»Es interessiert mich nicht, aus welchem Grund Billy und Sie aus Gräskärr abgehauen sind. Das können Sie mit anderen Kollegen besprechen. Wir beim Dezernat für Gewaltverbrechen interessieren uns dafür, was am Abend des 17. Januar dieses Jahres geschah. Wie ich Ihnen bereits erläutert habe, versuchen wir den Mord an einem jungen Mädchen aufzuklären. Da sich Billy und Sie am Mordabend in der Nähe des Ortes aufhielten, an dem sie gefunden wurde, wäre es uns sehr recht, wenn Sie uns erzählen könnten, was genau passiert ist. Hoffentlich können wir Sie dann beide von der Liste der Verdächtigen streichen. Das würde für alle Beteiligten vieles vereinfachen.«

Niklas rutschte auf seinem Stuhl hin und her und stieß kurze, schnaubende Geräusche aus. Er sah seine Anwältin fragend an. Diese nickte, warf ihm aber kein aufmunterndes Lächeln zu. Das tat hingegen Irene. Niklas erweckte den Anschein, als würde er gründlich nachdenken. Nachdem er einige Male laut gestöhnt hatte, nahm er Anlauf und sagte aufgebracht:

»Wir haben wirklich nichts mit diesem Mädchen zu tun. Da war keine verdammte Menschenseele.«

»Jetzt sprechen Sie davon, wie Sie mit dem BMW mit der kaputten Windschutzscheibe auf den Weg eingebogen sind, der zum Kanuclub führt?«, warf Irene rasch ein.

»Mir ist nicht aufgefallen, dass da irgendein Kanuclub ist! Wir hatten wirklich andere Sorgen!«

»Zum Beispiel?«

Er warf ihr einen langen Blick zu und antwortete dann:

»So schnell wie möglich von da wegzukommen«, murmelte er.

»Aber nicht etwa, weil Sie beide dieses Mädchen ermordet hatten, wollen Sie sagen?«

»Natürlich nicht!«

Er geriet wieder in Rage und stöhnte mehrere Male laut. Sein ganzer Körper zuckte unkontrolliert, als er sich bemühte stillzusitzen.

»Gestern, unmittelbar bevor Sie gegangen sind, erwähnten Sie, dass in einiger Entfernung des BMW ein anderes Auto geparkt hatte. Können Sie sich erinnern, um was für ein Fabrikat es sich handelte?«

»Um einen Opel, einen Astra.«

»Farbe?«

»Weiß.«

»Was haben Sie getan, nachdem Sie den BMW auf diesem kleinen Seitenweg abgestellt hatten?«

»Wir haben ihn angezündet.«

»Warum?«

»Weil wir keine Handschuhe trugen.«

»Sie hatten also Angst, dass Sie Ihre Fingerabdrücke in dem BMW hinterlassen hatten?«

»Hm.«

»Sie zündeten ihn also an. Die Spurensicherung hat Reste einer brennbaren Flüssigkeit in dem Wagen gefunden. Meine Kollegen glauben, es war Alkohol. Stimmt das?«

Niklas nickte.

»Billy fand eine ungeöffnete Flasche Absolut Vodka unter dem Sitz. Wir tranken jeder ein paar Schlucke. Schließlich war es saukalt! Dann haben wir etwas im Auto ausgegossen und angezündet. Was übrig war, haben wir mitgenommen.«

»Hatten Sie die Flasche dabei, als Sie in den weißen Opel eingestiegen sind?«

»Ja.«

»Mussten Sie die Zündung kurzschließen?«

Niklas wirkte auf einmal ganz eifrig. Er beugte sich vor und fing Irenes Blick auf.

»Was glauben Sie! Der Zündschlüssel steckte!«

Er lachte laut, als er sich daran erinnerte, wie rasch er seinen Verfolgern entkommen war.

»Sie sind also nicht zum Delsjövägen zurückgekehrt, wenn ich Sie recht verstanden habe?«

»Nee. Wir irrten auf Pfaden und Fußwegen herum. Schließlich gelangten wir nach Herlanda. Und dann haben wir Gas gegeben.«

»Wohin ging's?«

»Zu Billys Großmutter. Wirklich 'ne coole Alte!«

»Und Sie haben dann die ganze Zeit dort gewohnt?«, fragte Irene.

»Yes«, sagte Niklas.

Irene betrachtete ihn nachdenklich. Das Zucken und die Geräusche hatten abgenommen, nachdem er ihr alles erzählt hatte. Vielleicht hatte er ja im Lauf der Nacht über das Gespräch des Vortags nachgedacht.

»Niklas. Können Sie noch einmal an den Abend zurückdenken, an dem Sie den BMW gegen den Opel getauscht haben? Erinnern Sie sich, ob es in dem Opel kalt oder warm war?«

Er dachte lange nach und antwortete dann:

»Kalt.«

»Wie in einem Kühlschrank oder nur ein wenig?«, wollte Irene wissen.

»Wie in einem Kühlschrank, aber nicht wie in einem Gefrierschrank«, antwortete Niklas und lächelte über seine eigene Spitzfindigkeit.

»Gut. Das Auto war also nicht ganz ausgekühlt. Es waren an diesem Abend 16 Grad unter Null. Aber so kalt war es in dem Auto nicht, oder?«

»Wirklich nicht! Aber es hatte schon eine Weile dort gestanden.«

»Erinnern Sie sich, ob es in dem Auto nach irgendetwas roch? Zigaretten, Alkohol oder ...«

»Nee.«

»Haben Sie aus dem Auto irgendwas mitgenommen, als Sie und Billy in Olofstorp eintrafen?«

»Nee. Erst wollten wir die Decke mitnehmen, aber das ließen wir dann, weil wir wie Indianer ausgesehen hätten, wenn wir sie umgehängt hätten. Leuten fällt so was auf. Allerdings … stimmt! Wir haben die Wodkaflasche mitgenommen! Da war noch ein Schluck drin«, meinte er gutgelaunt.

»Hatten Billy und Sie nicht aufgehört, Drogen zu nehmen und zu trinken?«, wandte Irene freundlich ein.

»Ach was. Das war später … Billys Großmutter sagte, wir dürften nur bei ihr wohnen, wenn wir clean seien. Außerdem war dort sowieso nichts zu kriegen.«

Er zuckte mit den Achseln und schnaubte ein paarmal nachdrücklich. Irene musste lächeln, als sie sich vorstellte, wie Billy und Niklas aus der Not eine Tugend gemacht hatten. Gab es keine Drogen in Reichweite, dann wurde man ganz einfach clean. Das hatte den Jungs sicher gutgetan. Es zeigte aber auch, was für eine Heidenangst sie gehabt haben mussten. Sie hatten sich bei Billys Großmutter versteckt und sich nicht einmal vor die Tür getraut, um sich Drogen zu beschaffen. Sie hatten nur zu gut gewusst, dass überall nach ihnen gefahndet wurde.

»Haben Sie über den Unfall, den Sie verursachten, im Fernsehen gehört oder in der Zeitung gelesen …?«

»Beides. Annika … also Billys Großmutter … sie hat die *Göteborgs-Posten* abonniert. Und wir haben die Lokalnachrichten im Fernsehen gesehen.«

»Sie sind also erst einmal dort abgetaucht. Wie lange, glaubten Sie, dass das gutgehen würde?«

Niklas zuckte mit den Achseln.

»Weiß nicht. Bis sich die Wogen wieder geglättet hätten. Wir wollten von dort natürlich weiter … aber wir hatten beide keine Kohle. Wir hatten nicht mal Geld, um dieses Scheißauto zu betanken!«

»Den Opel?«

»Ja.«

»Hatten Sie ihn deswegen in der Scheune versteckt?«

»Ja. Billy kannte die Scheune.«

»Hatten Sie den BMW geklaut, um zu Billys Großmutter zu fahren?«

Niklas wurde spürbar unruhiger. Er atmete schnaufend.

»Also, wir haben wahnsinnig gefroren! Wir hatten ein paar Nächte bei einem Freund geschlafen, aber das ging dann nicht mehr, weil er … auch egal! Wir wussten nicht, wo wir hinsollten, und deswegen rief Billy Annika an, und sie war so wahnsinnig nett, uns aufzunehmen. Aber es fuhren keine Busse, und wir waren vollkommen pleite. Dann sahen wir diesen BMW … mit laufendem Motor! Der kam uns wie gerufen! Als der Typ, der das Auto gerade vollpackte, ins Haus zurückging, sind wir einfach eingestiegen und losgedüst!«

»Aber wenn Sie nach Gråbo wollten, dann sind Sie doch in die falsche Richtung gefahren?«, wandte Irene ein.

»Ich weiß. Aber von hinten kam eine Straßenbahn, und wir konnten nicht wenden. Ich bin also die Skånegatan entlanggefahren. Ich habe gedacht, ich fahr 'ne Runde … wo wir schon mal so 'nen Superschlitten haben.«

Ein schwaches Lächeln huschte über sein müdes Gesicht, verschwand aber sofort wieder. Er schien resigniert zu haben. Er hatte nicht mehr die Absicht zu lügen. Für ihn ging es nur noch darum, dass man ihm den Mord an dem Mädchen nicht anhängte.

»Erzählen Sie uns von der Autofahrt«, bat ihn Irene ruhig.

»Tja. Wir sind also an Liseberg vorbei und dann weiter auf den Delsjövägen. Vor der Imbissbude sahen wir die Bullen … und die entdeckten uns auch, und wir merkten, dass sie die Verfolgung aufnahmen. Da habe ich dann das Gas durchgetreten, und vor der Fernsehanstalt kam dann dieser blöde Alte angerannt … Der lief einfach direkt auf die Straße! Ich hatte keine Chance!«

Sein ganzer Körper zitterte, als er das Geschehene zum zweiten Mal durchlebte. Irene zweifelte nicht an seiner Aufrichtigkeit. Alles passte zu den Fakten, die sich im Laufe der Ermittlung herauskristallisiert hatten.

»Nein, Niklas, Sie hatten keine Chance. Es gibt Zeugen, die

ausgesagt haben, dass er nicht stehenblieb, sondern mit unvermindertem Tempo einfach weitergerannt ist. Das war wirklich maximales Pech. Sie sind wahnsinnig schnell gefahren, und er kam angerannt.«

Niklas schluchzte auf.

»Taschentuch«, bat er er mit undeutlicher Stimme.

Michaela zauberte rasch ein Papiertaschentuch aus ihrem Aktenkoffer aus weichem, hellbraunem Leder. Niklas nahm es dankbar in Empfang und schnäuzte sich lautstark. Von dem Unfall erzählen zu müssen, nahm ihn sichtbar mit. Irene hatte den Eindruck, dass ihn das Bild des Menschen, der gegen die Windschutzscheibe geschleudert worden war, verfolgte. Das Geräusch der splitternden Scheibe würde er noch in seinen Träumen hören. Er hatte sicher versucht, die Bilder zu verdrängen, aber sie hatten sich auf immer in sein Gedächtnis eingebrannt.

»Es ist doch ganz offenbar, dass der Streifenwagen die Jungs zu dieser hohen Geschwindigkeit provozierte. Sie hatten natürlich das Gefühl, gejagt zu werden. Das werden wir bei unserer Verteidigung auch unterstreichen«, meinte Michaela Lackbergh kühl.

Da öffnete Jonny zum ersten Mal bei diesem Verhör den Mund:

»Haben Sie eigentlich einen Führerschein, Niklas?«

Alle im Zimmer wussten, dass die Antwort auf diese Frage nein lautete. Irene verfluchte ihren taktlosen Kollegen, der über das Fingerspitzengefühl einer Dampfwalze verfügte. Niklas zog es vor zu schweigen.

»Und Wodka hatten Sie ebenfalls konsumiert«, meinte Jonny vergnügt.

»Das hat Niklas nicht gesagt! Davon wissen Sie nichts!«, wies ihn Michaela Lackbergh zurecht.

Jonny zog erstaunt eine Braue hoch. Es war nicht ganz klar, ob es daran lag, dass man seine Feststellung in Zweifel zog, oder ob er sich darüber wunderte, dass das kleine Kätzchen fauchte.

»Er hat gerade eben erzählt, dass er und sein netter Kumpel Billy eine Flasche Absolut Vodk …«

»Er hat nicht gesagt, dass er während der Fahrt getrunken hätte!«, fiel ihm die Anwältin ins Wort.

»Ich dachte, ich hätte so was gehört«, beharrte Jonny.

»Hör schon auf! Das ist für uns nicht von Belang. Wir wollen, dass Niklas uns dabei hilft, den Mord an Tanja aufzuklären«, sagte Irene scharf und sah Jonny finster an.

Dieser machte ein böses Gesicht und murmelte etwas Unverständliches vor sich hin.

»Niklas, Sie wissen so gut wie ich, dass es uns nicht weiter interessiert, ob Sie ohne Führerschein gefahren sind. Egal! Darum sollen sich die anderen kümmern. Wir jagen einen Mörder. Und Sie haben uns dabei geholfen, ihm näherzukommen. Ich will, dass Sie wissen, dass ich Ihren Willen, uns alles genauso zu erzählen, wie es sich zugetragen hat, zu schätzen weiß. Das wird man Ihnen zugute halten«, sagte Irene mit Nachdruck und warf Jonny einen weiteren scharfen Blick zu.

Dieses Mal war er so weise, den Mund zu halten.

»Erzählen Sie uns, was geschah, nachdem Sie den Läufer angefahren hatten«, sagte sie.

»Man konnte auf einmal nichts mehr sehen … die ganze Windschutzscheibe war gesplittert! Wir bekamen Panik! Ich raste weiter, und Billy sagte mir, wie ich fahren soll. Er hing aus dem Seitenfenster! Wir bogen die erste Querstraße ab und fuhren den Berg hoch … aber ich sagte, dass ich so nicht fahren kann … ich kam dauernd fast von der Straße ab … und da entdeckte er diese kleine Abzweigung … da bogen wir dann ein … den Rest wissen Sie.«

Er verstummte und schnäuzte sich noch einmal gründlich.

»Sie stiegen also aus dem BMW, gossen Wodka auf die Sitze und zündeten ihn an. Hatten Sie da bereits das andere Auto entdeckt und gesehen, dass der Zündschlüssel steckt?«

»Klar. Es war wirklich nicht zu fassen! Da stand eine zweite Karre mit steckendem Schlüssel. Am selben Abend!«

»Es vergingen also nur wenige Minuten, bis Sie den kleinen

Seitenweg und den brennenden BMW zurückließen«, stellte Irene fest.

Niklas nickte.

Irene schaltete das Tonband aus und sah ihre Kollegen an, die um den Konferenztisch herumsaßen. Der Kommissar blickte ebenso grüblerisch drein wie Tommy, Fredrik und Jonny. Hannu saß entspannt zurückgelehnt, aber die müden Falten um seine Augen sprachen Bände. Wann hast du zuletzt eine ganze Nacht geschlafen?, dachte Irene und empfand Mitleid mit ihm. Sie war nach allen aufwühlenden Ereignissen der letzten Woche ebenfalls müde, aber das Verhör von Niklas Ström hatte sie wieder munter gemacht.

»Er hat die Wahrheit gesagt. Wir wissen jetzt sicher, dass das Auto von Torleif Sandberg vor 20.30 Uhr auf diesem Seitenweg geparkt worden war. Dafür haben wir Zeugen, Martin Wallström und seine Geliebte Marika Lager. Und wir wissen, dass der weiße Opel noch dort stand, als Billy und Niklas gegen zwanzig vor zehn dort einbogen.«

»Kruska-Toto wurde um 21.35 Uhr angefahren. Was zum Teufel hatte er über eine Stunde lang im Wald zu suchen? Ohne Mütze und in so dünnen Klamotten, dass er sich Erfrierungen zuzog!«, meinte Jonny erstaunt.

»Ist es nicht seltsam, dass der Wagen ausgerechnet dort geparkt war?«, meinte Hannu leise.

»Er muss etwas gesehen haben. Er sah vielleicht, wie das Mädchen ermordet wurde … wie der Mörder die Leiche im Erdkeller versteckte. Torleif verbarg sich, um zu beobachten. Und dann versuchte er, das Schwein zu verfolgen«, sagte Andersson voller Überzeugung.

Er tat Irene leid. Die Wahrheit würde ein schwerer Schlag für ihn sein. Aber die Wahrheit ließ sich nie verschönern. Sie war immer gleich: nackt und ungeschminkt.

»Er hat den Mord an Tanja tatsächlich aus nächster Nähe miterlebt. Es war nämlich Torleif, der sie ermordete«, sagte Irene.

Anderssons Pupillen weiteten sich, und sein Gesicht rötete sich. Alle im Zimmer spürten, dass er gleich explodieren würde. Um das zu verhindern, beeilte sich Irene zu sagen:

»Wir haben eindeutige Beweise.«

Da kam die Explosion.

»Was zum Teufel behauptest du da eigentlich? Soll Torleif das Mädchen ermordet…?«

Er war so außer sich, dass ihm der Atem stockte.

»Hier.«

Irene zog ein Blatt Papier aus ihrem Block, auf dem »Tanja« stand.

»Das hier habe ich von Svante bekommen, als ich vor unserer Besprechung noch bei der Spurensicherung war. Ein Schnelltest hat gezeigt, dass das Sperma, das wir in Tanjas Haaren gefunden haben, von Torleif stammt.«

Andersson rang offenen Mundes nach Luft. Diesen Gesichtsausdruck hatte er mit Jonny, Fredrik und Tommy gemeinsam. Hannu nickte nur, als sähe er einen alten Verdacht bestätigt.

»Für die Hautfragmente unter Tanjas Fingernägeln liegt noch kein Ergebnis vor, aber die Sperma-DNA reicht als Beweis bereits aus. Svante meinte, wir hätten Glück gehabt. Torleif hätte morgen beerdigt werden sollen. Feuerbestattung. Wenn wir nicht rechtzeitig eine DNA-Probe entnommen hätten, dann wäre es zu spät gewesen. Svante hat auch den Akku von Torleifs Handy aufgeladen. Das ist ein neues Fotohandy von Nokia, mit dem man auch kurze Videosequenzen aufnehmen kann. Schaut her.«

Irene zog das kleine, praktische Handy aus der Tasche und klappte es auf. Sie klickte im Menü auf Multimedia und von dort weiter auf »Video«. Mit dem Daumen drückte sie auf Start und reichte das Handy dann an Andersson weiter. Skeptisch betrachtete dieser den winzigen Monitor.

Ton gab es auch. Die jammernde Stimme eines kleinen Mädchens und das schwere Keuchen eines Mannes waren zu hören. Auf dem Display tauchten wackelige Bilder auf.

Ein blonder Mädchenkopf. Hände, die sich zu wehren suchten. Die Nahaufnahme des Unterleibs des Mädchens. Sie drehte sich weg. Ein erigierter Penis von oben. Er näherte sich dem bleichen und unscharfen Gesicht des Mädchens.

Mit bedrücktem Schweigen reichten sie das Nokia-Handy in der Runde weiter. Niemand sagte etwas, bevor alle die Videosequenz gesehen hatten.

»Es gibt auch Fotos«, sagte Irene.

Sie klickte das erste Foto an, und das Handy machte eine weitere Runde bei ihren Kollegen.

»Das reicht«, sagte Andersson.

Er atmete schwer und war plötzlich unnatürlich bleich. Seine Lippen hatten jegliche Farbe verloren und waren blaugrau. Das sah furchtbar aus. Irene befürchtete, er könnte ohnmächtig werden.

»Ich hätte nie … nie … geglaubt …«

Die letzten Worte waren nur noch ein Flüstern.

»Nein. Erst wurden wir zu einem Unfallort gerufen, an dem Torleif von zwei jungen Autodieben totgefahren worden war. Bei der Fahndung nach den beiden Fahrerflüchtigen wurde die Leiche von Tanja gefunden. Keiner von uns hätte ahnen können, dass die beiden Fälle zusammenhängen.«

»Noch dazu ein Polizist, den wir kennen.«

Andersson wirkte am Boden zerstört. Irene verstand, dass das furchtbar für ihn sein musste. An seinem vorletzten Arbeitstag beim Dezernat für Gewaltverbrechen wird sein alter Freund und Kollege als Sexualmörder entlarvt! Das war wirklich ein heikler Abschied für ihren Chef. Bevor er bei der Cold-Cases-Gruppe anfing, hatte er eine Woche frei. Die brauchte er wohl auch, nicht zuletzt, um sich von dem Schock zu erholen, der ihn gerade ereilt hatte. Nächste Woche würde die neue Kommissarin des Dezernats für Gewaltverbrechen, Efva Thylqvist, ihren Dienst beginnen. Man erzählte sich schon so einiges, und Irene freute sich nicht auf eine neue Vorgesetzte. Jedenfalls nicht auf Efva Thylqvist.

»Wann bist du da draufgekommen?«, fragte Hannu und sah Irene mit zusammengekniffenen Augen an.

Obwohl er aussah, als könnten ihm jeden Augenblick vor Müdigkeit die Augen zufallen, hatte diese unerwartete Wendung einen Funken Interesse in seinen Augen entzündet.

»Draufgekommen … ich ahnte etwas, als der Indianer sagte, Heinz Becker hätte Tanja mit einem besonders vertrauenswürdigen Freier zum Arzt geschickt. Wer hielt sich zum Zeitpunkt des Mordes nicht sonderlich weit vom Erdkeller auf? Wer war schon vertrauenswürdiger als ein ehemaliger Polizist? Und von welchem der Beteiligten hatten wir bisher kein DNA-Profil erstellt? Von Torleif Sandberg.«

Andersson nickte jetzt, als würde er sich langsam mit den Tatsachen abfinden.

»Wie glaubst du, ist es abgelaufen?«, fragte er kurz.

Irene überdachte ihre Rekonstruktion noch einmal rasch und antwortete dann:

»Alles begann auf Teneriffa. Laut meinem Gewährsmann bei der Polizei gab es dort schon lange Spannungen zwischen verschiedenen Gangstergruppierungen. Vor allem im Zusammenhang mit dem Drogenhandel. Einer der Gangsterbosse, Jesus Gomez, hatte Schulden bei einem anderen Gangsterboss namens Lembit Saar. Gomez verfügte zwar nicht über Bargeld, aber über etwas anderes, worauf Lembit Saar aus war. Er besaß Kontakte. Saar brauchte Mädchen für seinen neueröffneten Nachtclub. Für den eigentlichen Nachtclub gab es sicher genügend Bewerberinnen. Aber er brauchte spezielle Mädchen für spezielle Kunden. Mädchen, die in den Hinterzimmern gefangen gehalten wurden. Mädchen, die sich nicht wehren konnten und die alles mit sich machen ließen. Mädchen, die ihren Besitzern eine Menge Geld einbrachten. Sexsklavinnen.«

Sie verstummte, um Atem zu holen und nachzudenken. Ihre Kollegen unterbrachen sie nicht.

»Jesus Gomez setzte sich mit Heinz Becker in Verbindung. Dieser hatte zwei Mädchen, die Saars Wünschen entsprachen. Sehr jung und blond. Becker war mit den Mädchen auf Bordell-Tournee, konnte sich aber vorstellen, sie weiterzuverkaufen, nachdem sie in Schweden gewesen waren. Das Problem war nur, dass keines der Mädchen einen gültigen Pass besaß. Beide hatte Becker ins Land geschmuggelt. Gomez besorgte also gefälschte Pässe. Und damit alles ganz glattgehen würde, ließ er seinem zweiten Mann, Sergej Petrov, gleich auch noch einen ausstellen. Petrov bekam eine neue Identität. Er hieß jetzt Andres Tamm und sollte sich als Vater der Mädchen ausgeben. Mit diesem Decknamen sollte Petrov die Mädchen von Schweden nach Teneriffa eskortieren.«

»Aber die Sache ging schief«, sagte Jonny.

»Das kann man wirklich sagen. Die kleine Russin, die wir Tanja nennen, wurde krank. Schwer krank. Sie bekam eine aggressive Form der Gonorrhö, die sich rasch im ganzen Körper ausbreitete. Sergej Petrov sollte am Donnerstag, den 19. Januar, in Schweden eintreffen, um die Mädchen abzuholen. Am Dienstag, den 17., sah Heinz Becker ein, dass er Tanja zum Arzt bringen musste. Sie war wahrscheinlich in sehr schlechter Verfassung. Aus verschiedenen Gründen konnte er sie nicht selbst ins Krankenhaus bringen. Entweder bat er seinen vertrauenswürdigen Kunden Torleif Sandberg, dafür zu sorgen, dass das Mädchen medizinisch versorgt würde, oder Torleif bot es von sich aus an. Auf alle Fälle war Heinz Becker sicherlich zu Dank verpflichtet. Er wollte bestimmt geheim halten, dass er sich im Land aufhielt und dass das Mädchen ihm gehörte.«

»Kruska-Toto nahm das Mädchen also in seinem Auto mit, fuhr aber nicht geradewegs zum Arzt, sondern nutzte die Gelegenheit dazu, sich etwas Gratis-Sex zu verschaffen«, vermutete Jonny.

Irene nickte.

»So muss es sich zugetragen haben. Wenn man sich die Fotos im Handy ansieht, spricht sehr viel dafür. Außerdem befand sich das Sperma in ihrem Haar. Aber irgendwas ging schief. Wir haben ja gesehen, wie sie sich wehrte. Vielleicht wurde er ja wütend, als sie sich nicht fügen wollte. Was genau passierte, werden wir wohl nie erfahren, aber wir wissen, dass er sie erwürgt hat.«

»Mein Gott«, stöhnte Andersson.

»So ein Schwein!«, rief Fredrik.

»Ja. Das steht außer Frage. Nachdem er Tanja getötet hatte, musste er die Leiche irgendwie beseitigen. Er kannte die Gegend beim Delsjö sehr gut und auch den alten Erdkeller, der nicht mehr verwendet wurde. Er wickelte Tanja in die blaue Fleecedecke, die wir in seinem Auto gefunden haben. Die Fasern der Decke entsprechen den Fasern, die wir an der Leiche gefunden haben. Er fuhr auf diesen kleinen Weg – oder vielleicht befand er sich ja auch dort, als er das Mädchen ermordete –, um Tanjas Leiche in dem Erdkeller zu verstecken. Mit Hilfe irgendeines Werkzeugs brach er das Vorhängeschloss an der Tür auf. Dann warf er Tanjas Leiche samt ihrer Kleider hinein. So weit ging alles glatt. Aber dann begann seine Pechsträhne.«

»Deswegen war er auch so leicht gekleidet. Er hatte nie die Absicht, sich im Freien aufzuhalten«, stellte Hannu befriedigt fest.

»Genau. Martin Wallström und seine Nachbarin Marika Lager bogen auf den kleinen Zufahrtsweg ein. Laut Wallström parkten sie dort fast eine Stunde lang. Wir können davon ausgehen, dass sich Torleif versteckt hielt und versuchte abzuwarten, bis sie wieder verschwanden. Natürlich wollte er sein Auto nicht dort stehen lassen, wo er die Leiche eben versteckt hatte! Und der Zündschlüssel steckte im Schloss. Es war aber zu kalt. Er konnte kaum von einem Bein aufs andere springen oder die Arme kräftig zusammenschlagen, denn dann wären die Turteltäubchen im Volvo am Ende auf ihn aufmerksam geworden. Schließlich war er vollkommen ermattet vor Kälte. Er musste einsehen, dass er im Begriff war, sich Erfrierungen zuzuziehen. Da beschloss er, nach Hause zu laufen. Er lief allerdings nicht die große Straße zum Delsjövägen entlang, sondern nahm einen der Radwege. Er hatte eine Taschenlampe dabei. Das wissen wir, denn nach dem Autounfall lag sie auf dem Bürgersteig. Als er fast den Parkplatz vor der Fernsehanstalt erreicht hatte, verlor er sein Handy. Wahrscheinlich merkte er es nicht einmal. Er war ganz benommen vor Kälte. Vermutlich hat er die Geschwindigkeit des auf ihn zurasenden BMWs falsch eingeschätzt. Vielleicht glaubte er ja, dass er es noch über die Straße schaffen würde. Aber das tat er nicht.«

»Er wurde überfahren und starb«, sagte Andersson lakonisch.

Er hatte allmählich seine normale Gesichtsfarbe wiedererlangt.

»Während Torleif den Reitweg Richtung Fernsehanstalt entlangrannte, fuhren Martin Wallström und Marika Lager bereits von Richtung Delsjövägen zurück. Wallström sah die Blaulichter eines Einsatzfahrzeugs. Sicher die Streife, die den BMW verfolgte. Er entschied sich einen kleinen Umweg nach Hause zu nehmen.

»Die Fortsetzung kennen wir dank Niklas Ströms Aussage«, sagte Tommy.

»Ja. Und die haben wir uns gerade auf Band angehört«, meinte Irene.

»Wirklich Pech für Torleif Sandberg, dass Martin Wallström gerade in diesen Weg einbog und sich dann so lange dort aufhielt. Sonst wäre Torleif vielleicht davongekommen«, überlegte Fredrik.

»Ja. Und das Pech ereilte dann auch Heinz Becker. Als Sergej am Donnerstag nach Göteborg kam, um seine Mädchen abzuholen, war Tanja immer noch verschwunden. Heinz hatte keine Ahnung, wo sie steckte. Und er konnte sich natürlich auch nicht mit Torleif in Verbindung setzen. Wir wissen warum, aber Heinz und Sergej hatten natürlich keine Ahnung. Vielleicht wollten sie ja abwarten, bis Torleif mit Tanja wieder auftauchte, aber dann wurden sie durch die Razzia überrascht, bei der Fredrik und ich dabei waren. Sie entkamen, weil einer der Bauarbeiter von der Dachbaustelle ihnen die Schlüssel eines Lastwagens überließ. Die Flucht durch den Schneesturm ging gut, bis sie von der Straße abkamen. Heinz und Sergej kamen bei dem Unfall um, und das Mädchen Leili liegt im Koma und wird immer noch künstlich beatmet.«

»Hat man eines der Mädchen identifizieren können?«, fragte Tommy.

»Nein. Wir haben ihre Angaben an Europol weitergegeben und an die Länder jenseits der Ostsee, aber bisher ohne Ergebnis. Laut Linda Holm wurden die Mädchen wahrscheinlich aus Russland oder Estland eingeschmuggelt. Wahrscheinlich wurden sie von irgendeinem Kinderheim oder von ihren Eltern verkauft. Vielleicht sind sie auch selber irgendwo abgehauen und in die Klauen der Menschenhändler geraten. Vielleicht finden wir ihre wahre Identität irgendwann heraus. Vielleicht aber auch nicht.«

»Ich habe mich heute mit dem Varberger Krankenhaus unterhalten. Wenn sie feststellen, dass bei Leili der Hirntod eingetreten ist, stellen sie die Maschine ab«, sagte Tommy.

»Gott behüte die Seelen dieser armen kleinen Sklavinnen«, seufzte Irene.

Sie war zwar nicht besonders religiös, aber diese Worte kamen ihr von Herzen.

»Amen«, sagte Andersson.

Die Beerdigung ist vorbei. Ich war auch schon auf der Bank und habe alles für den Verkauf seines Hauses in Thailand und seiner Wohnung hier vorbereitet.«

Stefan Sandberg sah älter aus als bei ihrer letzten Begegnung. Wahrscheinlich lag das an dem schwarzen Anzug und dem weißen Hemd mit der weißen Krawatte.

»Es hat mich ein wenig überrascht, als Sie noch einmal bei mir angerufen haben«, sagte er.

Er wich ihr rasch mit dem Blick aus, und Irene hörte, wie er murmelte: »Oder vielleicht war ich es ja auch nicht.«

Sie beschloss, so zu tun, als hätte sie diese Worte nicht gehört, und sagte:

»Es ist nett, dass Sie noch einmal gekommen sind. Ich habe Ihnen etwas sehr Bedauerliches mitzuteilen.«

Stefan Sandberg saß ihr während ihrer Ausführungen auf seinem Stuhl reglos gegenüber. Irene erklärte ihm, welche Rolle sein Stiefvater bei dem Mord an der kleinen Russin, die Tanja genannt wurde, gespielt hatte. Sie wollte, dass er die ganze Wahrheit erfuhr, ehe sie ihm als Schlagzeile entgegengeschrien wurde.

Er schwieg lange, nachdem sie geendet hatte. Irene fragte sich schon, ob der Schock vielleicht größer war, als sie vermutet hatte. Torleif und er hatten sich schließlich nach seiner eigenen Aussage nicht sonderlich nahe gestanden.

»Das hier kommt für mich nicht vollkommen überraschend«, sagte er schließlich.

Als hätte er Irenes Gedanken ahnen können.

»Ich hatte Torleifs Computer mitgenommen, einen Laptop. Und das Buch über Ahnenforschung, das daneben lag. Ich dachte, dass es vielleicht interessant sein könnte, mehr über ihn zu erfahren. Schließlich bin ich sein alleiniger Erbe.«

Er presste die Lippen zusammen und fixierte seine gefalteten Hände, die auf der Tischplatte lagen.

»Natürlich gab es da auch Dateien über Ahnenforschung. Und über das Haus in Thailand, aber vor allen Dingen Unmengen von Pornographie. Aller Art! Das Übelste und Ekligste, was man sich vorstellen kann.«

Er strich sich mit der Hand über das Gesicht, als wolle er die Bilder verscheuchen, die er vor seinem inneren Auge sah.

»Ich wäre Ihnen sehr dankbar, wenn Sie uns diesen Computer zur Verfügung stellen könnten. Er könnte Beweise enthalten. Wir können danach aber auch die Festplatte neu formatieren, falls Sie ihn zurückhaben wollen.«

»Nein danke. Ich will das Ding nie mehr sehen.«

Es schüttelte ihn, dann sagte er nachdenklich:

»Ich fand ihn immer seltsam. Ich mochte ihn nicht. Mama hat immer gesagt, er sei ein Mann mit einem kleinen Gesicht.«

»Drolliger Ausdruck. Was hat sie damit gemeint?«

»Dass Torleif so durchschnittlich war. Dass er nicht auffiel. In einer Menschenmenge hätte ihn niemand bemerkt. Er war irgendwie beige, um es einmal so auszudrücken. Aber wenn man ihn näher betrachtete, dann hatte er seine kleinen Eigenheiten. Er war Vegetarier und rührte keinen Alkohol oder sonstwas an. Er war pedantisch und geizig. Und laut Mama besaß er keinerlei Humor. Ein unauffälliger Mann mit einer etwas seltsamen Persönlichkeit. Aber dass er zu so etwas fähig sein könnte, hätte ich nie gedacht.«

»Nein. Das konnte sich keiner von uns vorstellen.«

Ein großes Dankeschön an:

Thomas Ekman, Kriminalkommissar, Polizeibehörde Västra Götaland, LKP/Trafficking/Dezernat für Menschenhandel. Es war ungemein wertvoll zu erfahren, wie die Situation auf dem Markt für Zwangsprostituierte heute in Schweden aussieht und was die Polizei in Göteborg zur Bekämpfung des Menschenhandels unternimmt.

Leif Johansson, Leiter der Abteilung Kinder und Jugendliche, und *Kristina Andersson*, Koordinatorin, beide von der Ausländerbehörde. Sie verschafften mir einen Einblick in die Frage, wie mit Kindern, die ohne Angehörige einreisen und Asyl beantragen, verfahren wird.

Lena Krönström, Lehrerin in Sunne mit estnischer Abstammung. Sie hat mir mit korrekten estnischen Namen für einige meiner Romanfiguren ausgeholfen.

Wie immer habe ich mir große Freiheiten in geographischen Details erlaubt. Ich passe meine Erzählungen nicht an die tatsächliche Geographie an, sondern die Wirklichkeit richtet sich nach den Geschichten. Keine meiner Figuren hat bewusste Ähnlichkeit mit lebenden Personen, mit Ausnahme von Sammie, meinem eigenen Hund. Und dieser begegnet seinem zweiten Dasein als fiktiver Hund mit Gelassenheit.

Helene Tursten

btb

Die Romane von
Helene Tursten

Der Novembermörder

Roman. ISBN 987-3-442-72554-0

»Schweden hat eine neue Queen of Crime. Dieses Buch kann man nicht mehr aus der Hand legen.« *Expressen*

Der zweite Mord

Roman. ISBN 987-3-442-72624-0

In einem Göteborger Krankenhaus wurde eine Schwester ermordet. Eine Zeugin behauptet hartnäckig, eine gewisse Schwester Thekla auf den Gängen gesehen zu haben. Doch diese hatte sich bereits vor 50 Jahren auf dem Dachboden des Hauses erhängt …

Die Tätowierung

Roman. ISBN 987-3-442-73147-3

Am Fjordufer von Göteborg wird eine grausam verstümmelte männliche Leiche gefunden. Eine ungewöhnliche Tätowierung des Opfers bringt die Polizei dem unheimlichen Mörder ein Stück näher ...

Tod im Pfarrhaus

Roman. ISBN 987-3-442-73233-3

»Ein würdiges weibliches Gegenstück zu den Kurt-Wallander-Romanen von Henning Mankell.« *Lexikon der Kriminalliteratur*

Der erste Verdacht

Roman. ISBN 987-3-442-73596-9

»Fans von Anne-Holt-Krimis und Liza-Marklund-Romanen, die sehnsüchtig nach neuem Stoff gieren, werden Helene Turstens ›Der erste Verdacht‹ nur so verschlingen.« *Gala*

Feuertanz

Roman. ISBN 987-3-442-75162-4

Als Irene Huss mit der Leiche einer jungen Tänzerin konfrontiert wird, schrillen bei der Kommissarin alle Alarmglocken. Vor Jahren stand das Mädchen unter Verdacht, ihren Stiefvater auf ähnliche Weise ermordet zu haben …

btb

Der Nummer-1-Bestseller aus Norwegen:

Anne B. Ragde

Das Lügenhaus

Roman. 319 Seiten

ISBN 978-3-442-75193-8

Ein Schweinezüchter, ein Bestattungsunternehmer, ein Dekorateur. Was haben die drei gemeinsam? Nichts – außer einer Mutter, die im Sterben liegt und einem Vater, der endlich ein dunkles Familiengeheimnis lüften will …

»Warm, witzig und liebevoll. Was könnte das für eine Fernsehserie abgeben!«
GT

»Ein ergreifendes Familiendrama.«
Bild am Sonntag

Ausgezeichnet mit dem Norwegischen Buchhandelspreis.